君子以泽 作品

虽然世界上的人那么多，但对很多人来说，

遇 到 一 个 自 己 很 爱 、 对 方 也 很 爱 自 己 的 人 ，

或 许 只 有 一 次 机 会 。

我 说 得 对 不 对 ？ 贺 英 泽 ⋯⋯

镜中蔷薇

The Roses in the Mirror

君子以泽 作品

湖南文艺出版社
HUNAN LITERATURE AND ART PUBLISHING HOUSE

博集天卷
CS-BOOKY

对我而言，最好控制的东西依次是：体重、物欲和时间。最不好控制的东西是没必要的压力和完美主义，前者是后者引发的。经常因为做不好一点点事就低落到谷底，觉得人生终结，写千字自我检讨，失眠。然而第二天还是六点起床。

总之，一切欲望我都觉得很好控制，唯独控制欲我控制不了。我想戒掉自己的控制欲，但想想戒掉控制欲以后，又会控制不了其他欲望了，遂放弃。人性是个矛盾的命题，优点和缺点总是如影随形，不可能平白无故蹦出个优点而不带缺点，反之亦然。这是我在写《镜中蔷薇》时思考得最多的东西。

从小就喜欢迈克尔·杰克逊，他的音乐让我找到了很多创作小说的灵感。而带给《镜中蔷薇》灵感的，无疑是他那首触动灵魂的 *Man in the Mirror*（《镜中之人》），其中有一段歌词是这样：

I'm starting with the man in the mirror

我要从镜中之人开始做起

I'm asking him to change his ways

我要求他改变他所走的路

And no message could have been any clearer

没有比这更清楚的信息了

If you wanna make the world a better place

如果你想让这个世界更美好

Take a look at yourself, and then make a change

那么，先审视自己，然后做出改变

这首歌唱出了我心中所想。我一直有一个人生信条，就是遇到任何问题和困难，第一个需要审视的人就是自己。中国的说法是，严以待己，宽以待人。于是，就有了这样一个故事，镜子与照镜人的主题从头贯穿到尾，组成了浪漫的《镜中蔷薇》。

我的现代作品中，《夏梦狂诗曲》是文艺而理想化的，《思念成城》讲的是刻骨铭心的十年思念。而创作《镜中蔷薇》这个阶段，是我探索人生规划与自我提高的阶段，因此对老读者而言，或许除了熟悉的文风和一如既往少女心的恋爱剧情（笑），还能发现有一些与过去作品不同的地方。

当人们赞美一个人聪明，很喜欢用"双商高"来表述。智商、情商说起来是个很笼统的概念，实际却颇为耐人寻味。因为写作需要，我喜欢观察生活，思索人性。久而久之，就发现这么一个定律：高智商的人为人处世容易有缺陷，高情商的人又会在实践与才华上稍微差那么一截。二者都具备的人是凤毛麟角，这样的人如果保持坚定不移的信念并付出努力，哪怕生不逢时，也总会有出人头地的一日。于是，这一发现让我有了《镜中蔷薇》两个女主角的灵感，她们分别是高情商和高智商的典型。洛薇性格温和，会察言观色，了解他人需求，不论男女朋友都喜欢和她打交道，但她的亲和力让她的才华也变得过于"亲和"而不出挑（这一点和《夏梦狂诗曲》里的裴诗是完全相反的）；欣琪天生条件好，貌美富裕而有才华，她过着大部分女孩子都向往的生活，可是内心极度不安，性格充满攻击性，大小姐脾气严重。

人的个性都是有两面性的，就像镜子里外的场景一样。自由洒脱的人容易逃避现实，没有责任感，有责任感的又容易刻板和控制欲旺盛；有义气的人容易忠言逆耳，对他人赞美过多的人又容易没有义气；人缘好的人经常没有精力完成专业领域的研究，专业领域做得很好的人又容易性格孤僻；洞察力太好的人容易犀利刻薄，过度随和的人很有可能能力平庸……大千世界形形色色的人里，没有一个人是完美的，一个人身上显著的优点背后，一定有阴影一样的缺点。但反过来看也可以这样理解，一个人显著缺点的背后，同样有一个你不曾发现的优点。例如一个人喜欢吵嚷惹人烦，往往也单纯无心机；一个总是吹捧自己的人，往往会毫不吝啬地与你分享成功经验；一个啰唆婆妈的人，往往生活上会无微不至地体贴你……

我时常收到学生读者的来信，他们会跟我说，很不喜欢现在的自己，觉得什么都做不好，想要变成强大的人。我给他们的回复通常是："你不喜欢自己，是因为你还年幼，等过一些年，你就会很爱自己了。"因为当我们年龄渐长，就会发现那些令自己不愉快的事、那些令自己烦恼的缺点，都可以用智慧这面镜子照出美好的那一面。

这也是《镜中蔷薇》的主题。

全文完成后，我为这本书下了一个精准的定位：这是我最接近童话的一本书。同时，让你也能感受到这一份希望自己变得更好的心情。

最后，用我写在最后一章里的一段话，来作为这部小说的开场白吧：

她们终于知道，超越别人是毫无意义的。因为，除了本人，谁也不知道这个人真正过着怎样的生活。许多人春风得意的微笑里藏着泪水，又有许多看似平庸落魄的人，他们并不自怜，心中充满阳光。

别人的生活，终究只是一面镜子。

确定今天的自己比昨天好，今天才是成功的一天；知道明天会有新的目标，天空才会在夕阳落下后依然明亮。

有的人可能要过很久很久才会知道，最美的风景，是镜子倒映出来的蔷薇本身。

君子以泽

二〇一五年十月十三日于纽约

目　　录

前世我一定爱过你，伤过你，欠过你，负过你。

因为，我不相信一辈子的时间，足够喜欢一个人这么多。

一定一定，是伴随着轮回的思念。

我说得对不对？

贺英泽。

一　面　镜

赌局

这世界上，总有人过着你想过的生活。

这世界上，总有人过着你想过的生活。

就像谢欣琪，她过着无数女人都想过的生活。

早上六点，城堡式庄园被阳光描成金色，女佣们挤出肥硕奶牛的鲜奶，小跑到厨房将它煮熟，加上鲜榨橙汁、椰青汁等额外选择，放在厨师刚做好的英式早餐旁，再端料理上楼。门前，女管家推来七套定制女装，把衣服上的蝴蝶结扶正。数小时后，主卧中的人睡到自然醒，娇嫩的声音隔门传出："进来。"她们鱼贯而入，待她伸手点了一套衣服，就如伺候武则天上早朝般为她梳妆打扮。穿戴完毕，她推开阳台窗户。用人们光速把画架、颜料、调色板、水桶和椅子摆在她面前。她坐下来，打一个哈欠，拿起画笔，看一眼楼下栅栏中的红蔷薇，蘸一坨大红颜料，用笔尖点了两下马斯黑与熟赭色，调色盘都不用，就大胆狂放地涂在画框上……

夕阳落山后，她会变成夜之女神。当豪华轿车门被拉开，一双鞋底发亮的高跟鞋踏上宴会红毯，记者们相机的快门就"咔嚓咔嚓"响个不停。周边有十多个护驾的黑衣保镖，她只负责拨动飘飘长发，对镜头摆出不同姿势。关注她的人都知道，她时常昨天出现在帆船酒店总统套房，今天在比弗利山庄试开新买的超跑，明天又坐在飞机头等舱和好莱坞巨星玩九宫格自拍。她在任何地方稍作停留，都有上流社会公子哥儿送上三克拉彩钻与空运来的鲜花，而她手里如果拿着饮料，会对着这些东西一杯倒下去，再恹恹地挥手。

当然，这样的画面只会出现在电视中。电视机前的人目瞪口呆，看见电视里快门银白闪电般密集闪烁，拍摄着一个与他们截然不同的世界。谢欣琪的故事，用小辣椒的话讲，就是："真是他妈的酷毙了。"这一刻，小辣椒又一次重复了这句话，双腿搭在茶几上，啃了一口苹果，把果肉屑喷得到处都是："我说薇薇，你和谢氏地产的宝贝公主真是太像了，同一年出生，星座一样，连从事的行业都一样，你俩是从小失散的双胞胎姐妹吧？"

"哪里像？我和她这种金瓶里的栀子花才不一样。我的志向是当上总经理，出任CEO，迎娶高富帅，走上人生巅峰。"

"我看你是走上了人生疯癫。"

洛薇差点把手里的袜子扔到小辣椒头上，但想想以暴制暴对抗小辣椒，自个儿很没优势，于是腼腆地笑笑，继续唱着小曲儿洗袜子："怎么说，我长得不像爸妈，反倒像这样一个什么都有的大美女，也没枉费老妈烧香拜佛。"

"其实，你比她多拥有一样东西。"见洛薇好奇地抬头，小辣椒身手矫健地翻过沙发，对着洛薇的肚子戳一下，指了指电视机上瘦成闪电的谢欣琪，一脸销魂地抚摸着自己的小腹，在沙发上歪成一摊烂泥。

"我辞职了，再见。"洛薇笑得满头青筋乱跳。

"我觉得有必要跟你科普一下，辞职的前提是有工作——如果你所说的工作不是在我这里当保姆的话。"丢掉苹果核儿，小辣椒又剥好一根香蕉，猴子般歪嘴啃起来，"我还有一年才大学毕业，都找到了工作，你说说你，咋就这么弱呢？"

"说的也是，快递小妹可是强爆了呢，连袜子的氨气杀伤力都这样强。"她强压下捏鼻子的欲望，扔了一双小辣椒的臭袜子进盆。

小辣椒咀嚼着香蕉耸耸肩，翻了个贱气冲天的白眼："哟，瞧不起快递小妹？快递小妹照样月收入过万，快递小妹还有马甲线，ok？"说完又抚摸着自己的小腹，跟个妊娠期妈妈似的。

听到那句"月收入过万"，洛薇扭过身子，面向笔记本电脑上修改过无数次的履历表。春色明媚，阳光照亮显示屏上满面愁容的影子。这整一个"囧"字再现的脸，和履历表上一脸憨笑的姑娘形成血泪对比。记得当年大学刚入学听公开课，返校的学长曾说过一句话："现在你或许会觉得自己牛气冲天，等写履历表那一天到来，才会知道根本没什么可以写的。"现在回想起来，真是一条带诅咒的预言。

洛薇生长于宫州北岛，九岁时，她父亲因工作被调动到海对岸，就带着她和母亲一去不复返。这些年里，她一直茹思萦怀，他们却绝口不提故里。有时她禁不住怀疑，这老两口是否在老家欠了一屁股赌债……不管怎么说，在爸爸法西斯式管教和妈妈蜜糖罐子式宠溺的二重包围下，她终于撑到了大学毕业，背着他们向宫州各大珠宝企业投简历，跑回宫州到童年伙伴小辣椒的出租房里蹭吃蹭喝，又用一份上海公司的面试通知忽悠了爸妈，导致他们现在都还以为她在上海……然而截止到现在，宫州的面试已经全军覆没。她只觉得自己的人生，有那么一丁点儿，不太成功。

诚然，洛薇跟超级白富美谢欣琪是长得非常相似，按理说也该算是个美人。她刚上大学第一周，班长就带着其他男生在宿舍楼下叫她的名字，托人为她送水送药送零食，她都跟室友们分享了。室友们羡慕得不得了，说跟美女同一寝室福利可真多。不过她当时正蜷缩在寝室追偶像剧，被入江直树迷得少女心萌动，其他男生的脸都变成了无数大写的问号，也就没动半点儿恋爱的心思。而且，从小到大，周边男孩子对她不是热情就是腼腆，她也曾多次被邀请去当平面模特，诸多经验让她知道，自己还算是寻常人眼中的漂亮姑娘。遗憾的是爸妈没能把她生在上个世纪，只有在那会儿，光靠脸蛋撑起来的漂亮才能决定一个女性的人生。在当代，一个女性的价值是由千千万万个小细节组成的，除去外貌，工作、学历、家境、气质、谈吐、品味、到过的地方、读过的文字、擅长的语言、脑中的信息量、人生规划力、目光与决策、对艺术的领悟……甚至连身上一个时尚配件，都能决定加分还是减分。而这些千万个小细节，全都得靠自己一点点如堆积木般叠在人生中，不可有丝毫懈怠。一个大学毕业以后连工作都找不到的人，或者说，一条连恋爱都没谈过的悲惨单身狗，还有什么价值可言呢？想到这里，洛薇就感受到了来自全世界的恶意，忍不住痛苦地捂着胸口，恨透了大学缩在寝室花大量时间上网的自己。明明高中时还那么拼，还是一个理科小达人，怎么到了大学，就成了这样呢？

这世界和毕业前幻想的世界真不太一样。那时觉得自己出了学校就能掀起惊涛骇浪，实际上自己就是一滴水，轻轻掉落在风雨交加的海洋。那时觉得自己无所不能，现在发现自己非常无能。那时觉得自己有十八般武艺，现在发现自己只有厨艺，还是因为自己是个吃货，每到一个新地方，第一件事就是研究当地有什么好吃的。最近在小辣椒这里，除了捣腾简历，她的厨艺更是突飞猛进，被鸡鸭鱼肉活活喂出了十斤膘。再这样宅下去，她就要从一个纤瘦小美人，进化成微胖界社会关爱人士了。如果不那么执着于回宫州，执着于儿时的回忆，或许情况还有些好转吧……想到这里，她摇摇脑袋，制止自己再想下去，做人必须得有正能量。

"薇薇，其实你不用担心太多。今天我哥刚好从国外巡演回来，回咱爸妈家休息呢。他人脉广，你的工作都包他身上啦。"小辣椒把香蕉皮丢出一条抛物线，它稳妥地掉入垃圾桶。

洛薇心中咯噔一下，差点忘了她是谁的妹妹："不要不要，这点小事不要麻烦嘉年哥，让他休息吧。"

"你也太没心没肺了。这一走就是十多年啊，你知道我哥多想你吗？他出国前每天都要提起你几次，害我做梦都梦到你被他念回来了。"

心又咯噔一下。洛薇稳住仪容，笑若春花："哈哈，时间过得真快。他已经回来定居了吗？"

"回了啊，去年就回来了。"小辣椒不解地对洛薇眨眨眼睛，"你没我哥的联系方式？"见洛薇摇头，她拿出手机，打开微信，把他的号码摆出来，让洛薇自己加他。

洛薇寻找到了他的微信号，却没有加他，只是翻了翻他的朋友圈：他穿着条纹针织衫，坐在欧洲蓝天下，明绿草地上。他的长袖盖住半只手，长长的手指正在逗弄一只蓝眸黑猫。他两鬓鬈发微乱，有几分阴柔，低头看小动物的眼神和阳光一样温暖。想到小时发生的糗事，洛薇就跟做贼似的，目光不敢在照片上逗留太久，继续往后翻照片。

这时，门铃响起。洛薇慢吞吞地起身开门，手指还在苏嘉年的朋友圈里划来划去，拉开房门，抬头却看见了本尊。她和他对望了两秒，心脏都停止了跳动，但还是精准地展开一脸笑容："嘉年哥。"

他目光转动，停留在她身上，像只是不经意地看到了她，温和有礼地说："洛薇，好久不见。"

他居然来得这么快，都不给时间让她做心理准备。毕竟，他留给她最后的印象，就是当年他们在电话里的对话：

"嘉年哥，我给你介绍女朋友吧。"

"我不需要你介绍。"

"我每天都和这姑娘待在一起，特了解她，跟你拍胸脯保证，是个好姑娘。"

"你每天都和她待在一起？那等她有了男朋友以后呢？"

"什么都不会变啊。还是一起玩。"

"就是说，你和她男朋友也会天天在一起，也会对她男朋友很好？"

"对啊！怎么了？"

"好，那我跟她在一起。"

"好啊好啊……慢着，这是什么意思？"

洛薇到现在还记得，她假装思考时，其实早已悔得肠子都青了。她说要为他介绍女朋友，是想笼络他，套出另一个男孩子的消息。但她糊涂犯大了，直接把苏嘉年逼到告白。罪恶感大雨般淹没了她，当时她只是小孩子，缺乏面对事实的勇气和处理窘境的情商，干脆直接消失了。再过两个月，她做好郑重道歉的准备，重新打电话给他，却被对方硬生生地挂断电话。第二年，他在国际钢琴大赛中一举成名。此后，她只能通过新闻、电视、网络得知他最官方的消息。

转眼间，他们都成了大人，她早已没了那个心心念念的男孩子的消息，苏嘉年也早已变得遥远。她觉得有些寂寞，却很高兴与旧友重逢："是啊，不过我经常看见你的新闻，一点也不觉得你很陌生呢。记得小时候我们每次出去玩，你妈妈都会叫你回家练钢琴。你是最勤奋的人，现在果然功夫不负有心人。"说完竖起大拇指。

他对她的恭维却毫不领情，只是摸了摸热烈欢迎他的小辣椒的脑袋，转移了话题："我听我妹说，你现在正在找珠宝设计的工作？"

"对。"

"这么坚持，自己喜欢的东西就是不一样，你也一定能做好的。"

三个人在家里聊了一会儿，就一起出门用晚饭。其实这兄妹俩家境很好，只是小辣椒叛逆，宁可打工赚钱，也一定要出来独住。这天因为苏嘉年的劝说，才总算答应要回去陪父母一个晚上。九点，他们决定散伙回家休息。无月之夜，冷雨穿透湿雾自空中飘落，高挑的街灯鬼影般模糊。苏嘉年在屋檐下撑开伞："洛薇，你现在住我妹那儿对吗，我送你。"

洛薇连连摆手："我自己走，没有问题。"

"走吧。"

她正想坚持己见，小辣椒那练过泰拳的胳膊一抢，差点把她推到苏嘉年怀里："既然不远，让他送你一下又怎样啦。"她吓得心惊肉跳，小辣椒却补充了一句更惊悚的话："就满足一下嘉年哥的心愿啊。乖，去吧。"

洛薇内心的脸孔变成了"呐喊"的模样，脑内砍了小辣椒几万刀，但还是硬撑了一脸白吟霜式微笑。她钻到伞下，垂下脑袋，和苏嘉年走入雨中。然而，和他共撑一把伞，只是思想折磨的开端。这一路上他俩并肩而行，气氛却完全冷了下来，完全没有仨人时的热络。没人主动开口说话，也不是怡然自得的沉默，只有雨声是串联的八音盒，淅沥叮咚，连绵不断，连呼吸都为之冰凉。这是一条小时踏过无数次的街道。夜空藏蓝，乌云是淡墨色，路灯把冰制的面纱披在街道上。十多年前的雨夜，他们无数次路过这里，地面上积起的水洼中，有银光照亮一群孩子的运动鞋底。现在低头，水洼中出现的倒影，却是一双走得不是很稳的米色高跟鞋，和一双大了许多的男士鸵鸟皮休闲鞋。

"其实，我一直想向你道歉。"他突然这么直接，让她有些惊讶。她抬头，看见他的眼睛在阴影中微亮。不等她说话，他继续说："十年前，你来找我，我却把电话挂了。"

"没事没事，小时候不懂事嘛。"

"因为那一年我接到了你爸爸的电话。"

她抬头，怔怔地望着他许久："……我爸？"

"他说，你和我联络太多，不认真读书，成绩下降得很快，可能连高中都考不上。"

她被他说得一头雾水："怎么可能？那时我可是我们班的前两名啊。我前面是有一个人总是比我高一两分，但……"

说到这里，她突然想起一次关在房间里和苏嘉年打电话，她"嘉年哥嘉年哥"地撒娇卖萌，旁敲侧击地打听那个男孩子的近况，但挂电话后打开门，却正对上父母让人背心发麻的目光。难道从那以后，他们都以为……她早恋的对象是苏嘉年？

苏嘉年也向她投来了错愕的目光："真的？"

看见她的表情，他知道这个问题有些多余。他们缄默相望了几秒。一阵狂风吹来，把雨水刮到他们脸上。她侧过头去，避免长发碰到他。他却一动不动，任颤动的刘海儿扰乱视野。终于，他的笑容略微无奈："那，他们可能只是不希望你和男生联系太多吧。"

她从小跟男生一起长大，这个假设不成立。他们只是不想和宫州有联系，天知道是什么原因。她没有解释，而是宽心地笑出来："既然是误会，那就没什么好介怀的啦。我还以为你只是觉得我烦呢。"

"洛薇，我不可能这样想。"

苏嘉年真的变了不少，稳重了许多，不再像小时候那样敏感。他再度陷入沉思，对话没再进行下去，一直到小辣椒的家门出现在视野中。以前晚上从这里走过，都能从两边高楼缝隙中看见明月。这个晚上，抬头却只能看见缠绵的丝雨。她下意识地放慢了脚步，想努力寻找合适的道别语，但还没开口，他已先说："你搬走以后，我从来都没想过，会收到你写的信。"

她沉默着，听他说下去。

"其实那段时间，我爷爷刚去世，父母在闹离婚，我又刚好在叛逆期，不懂调节自己的情绪，在家已经完全不练琴了。所以，妈妈对我更加失望，你知道她失望起来有多可怕。"果然，看见她心有余悸的样子，他笑了笑，有些无奈，"所以，当时我每天都不想回家，经常一个人在这里闲逛，看你的信。那是那段时间里，唯一能令我开心的事。"

"嘉年哥，很遗憾我没有陪你渡过难关……"

"男人都不愿意让别人看见自己的狼狈吧。虽然那会儿我还只是个初中生。"

她笑着，心中却觉得对话已经不能再进行下去。她在包里翻门卡钥匙，同时说："我准备回去休息了。你也早些回家。"

"洛薇。"

"嗯？"她刚摸到门卡，抬头看了看他。

"虽然现在说有些晚了，但我觉得还是有必要让你知道。"他顿了顿，声音轻得几乎听不到，"和你失去联络后，我就再也没法喜欢上别人。"

"原……原来如此……"大脑忽然短路，她迅速转身，把卡按在机器上。

身后又传来了低低的声音："哪怕当年你接近我只是因为其他人，我也没有变过。"

"嘀嘀"两声响起，前门打开了。可是她手一抖，钥匙和卡都掉在了地上。苏嘉年把钥匙捡起来，递给她。她抓过它，连看也没看他一眼，就拉开门，冲上楼去。静夜的雨恰似朦胧的初恋，昙花一现，隔夜即逝。她刚在沙发上躺下，就看见小辣椒发来的一条消息："洛薇，今天早上你看微博了吗？你的双胞胎姐妹出大事了。"

她心情有些乱，随手打开微博，搜索"谢欣琪"三个字，打开一个转发率高达几十万的视频：镜头晃动着，拍摄的是下午的游乐场，一个连背影都精致无比的姑娘挽着一个高大男生的胳膊，时不时朝四周打量。偷拍的人跟着他们走了三十多秒，洛薇正想关掉，却发现那个姑娘转过头来，赫然是谢千金的脸。她对着镜头惊讶地睁大眼，发现有人在偷拍，却并没有闪躲，只是收腹翘臀，身体侧过45度，摆出S形线条，冲镜头的方向微微一笑，随即用食指拉开下眼睑，吐舌做了一个特别丑的鬼脸……

洛薇下巴都快掉下来了，回了小辣椒一排省略号。小辣椒立即回复："大小姐胆子真大，连这个赛车手都敢碰，他的脑残粉、女友粉、腹肌粉堪比当红小鲜肉，现在网上黑粉骂战成这样了，你看她还在干吗，真是佩服这姑娘的心理素质。"随后，她发来一张谢大小姐的海滩比基尼自拍照。

美国人民的爱好就是周游世界，他们文化奔放，见多识广，任何怪咖在他们看来都正常得很。但此时此刻在洛杉矶马里布海滩上，他们还是不由自主地转过脑袋，看着躺椅上的亚洲女性：她穿着彩色比基尼，鼻梁上架着荧光黄框墨镜，亮粉双唇含着鸡尾酒吸管。一条着粉裙的小白狗在她脚下跑来跑去，摇尾动作像主人一样娇气。不远处的专属停车位有她的大红灯笼法拉利，而她暴晒的肤色和法拉利颜色差不了多少。她身边站着一个穿黑衣的管家，面色苍白，严肃古板，默默为她举着一张印有她照片的报纸。面对那张鬼脸照，她只是扬了扬右眉，学着老外的样子夸张地耸耸肩："你来这里，就是为了给我送报纸？"

"我是来通知您，您兄长看见这张照片很不开心，请您速回宫州。"

"以哥哥的行事作风，看见我这条新闻，只会觉得我为家族增添了荣光吧。"

"还请您亲自告诉他。"

想到哥哥板着脸叫自己的样子，浑身鸡皮疙瘩都站成了队，她咬牙切齿地说："他心里清楚得很，我和这个人约会，是因为哥哥自己身边的女人跟流水似的，却总不让我谈恋爱。他是这世界上最直男癌的直男！我就是要让他看到，我不是小女孩了！"

"还请您亲自告诉他。"

她特想一拳打在这个"复读机"脸上，但还是忍了下来，对报纸挥挥手："告诉他我在写博士论文，没时间。"

"谢先生说，如果您坚持不回去，就让我把这个交给您。"管家又递来一个信封。

"这是什么？"

"您相亲对象的照片。"

"相亲？你开什么玩笑，哥哥会让我相亲？他不是觉得我只有十三岁吗，不是觉得我和男人说句话都会生下七胞胎吗？"

"那是因为谢先生说过，要配给小姐的男人，一定得是质量最高的。"

"质量最高的？"她缓缓抽照片，一脸不信任地看着他，"什么人？"

"小姐请先过目。"

看了一眼里面的照片，她先是眨了眨眼，把照片放回信封，再从里面把它抽了出来。墨镜在阳光下一闪，她冷笑一声："你开什么玩笑？"

对方只是微笑。她伸了个懒腰，一副即将烤熟升天的洒脱相："叫我去和这人相亲？本小姐一看这男人的眼神就知道，不管什么女人贴上去，不是碰钉子，就是被折磨得遍体鳞伤吧？"

"所以呢？"

"所以，给我订回宫州的机票。"她把墨镜往下拨了一些，露出一双大眼睛，嘴巴呈正圆形吐出一个单词，"Now。"

哥哥太靠谱了，她错怪了他。她又看了几遍照片，发现怎么看都看不腻。明明是个眉清目秀的男人，又面无表情，却总给人一种微皱眉心的错觉。就冲着这人疏冷的王者气质，她嫁了。

管家微微笑起来："看来小姐对贺先生还算满意。"

"他姓贺？"谢欣琪的背直了起来。

"是的，小姐都没看一看他的名字吗？"

见管家做了一个翻书的动作，谢欣琪把照片翻过来，看见下面一个孤零零的英文单词：

King

她手一抖，差点弄掉了照片："……我的天！"

这男人，是King。

以前为什么没想过去搜一下King的照片，他居然长成这个样子？哥哥说的真是字面上的"质量最高的男人"啊……

生活在宫州的人都知道，这座城市的上流圈子里，最多情的男人是谢公子，最无情的男人是King。谢公子可以让任何女人都浮想联翩，而King可以让任何女人都只能浮想联翩。

"King"是一个特殊的代号。宫州从博彩业兴起，就有了甄姬王城。王城的统治者，也就是董事长，人们都称之为"King"。去年，甄姬王城易主。据说新King不满三十，手腕之狠辣却不亚于老King。他曾以钻石发家，后把业务重心转移到珠宝古董上，打击异己，垄断行业，其影响可以用《阿特拉斯耸耸肩》中的典故形容——泰坦巨人阿特拉斯耸了一下肩，整个世界都晃了一晃。在这种巨大变革的影响下，毕业生们面试全面扑街，简直就像呼吸一样平常。这也是洛薇无限期待业的主要原因。在又一个闲着的艳阳天里，她与小辣椒一起喝着冷饮，忍不住叹息："唉，珠宝业现在实在太难混，都怪小樱，忘恩负义离开我们，不然我都可以去当他的水钻设计师。"

小樱和洛薇、小辣椒、苏嘉年是青梅竹马，也是洛薇千方百计想要寻找的男孩子。他们在同一个街区长大，苏家兄妹住的是别墅，她和小樱就住在旁边的平民小区，两家楼是面对面的，所以他们俩也是邻居。她一直喜欢闪闪发亮的东西，小时候还喜欢玩妈妈的水钻首饰。记得她曾经对小樱说，你长大以后去当水钻商吧，他答应了。提到他，原本只是想开玩笑，让自己的失业显得不那么狼狈，不料小辣椒不再说话，反倒一脸凝重地望着她："其实，薇薇，你知道新任King的事吗？"

"我知道啊。"

"原来你知道，我们都以为你不知道。唉，这件事真是遗憾。我们也和小樱哥失去联系了。不过，我知道他的活动范围，明天可以试着带你去找找他。"

"好……好啊。"

不知为什么，只要提到小樱，她内心就很容易激动，却又有些别扭，无法坦率。

小辣椒一向是个行动派。她溜回家把自己的SUV开出来，载着洛薇大野牛般"轰"的一声开出去，到一家高级定制服装店拎了两个大袋子，从车窗里塞到洛薇怀中。打开一看，里面是两件晚礼服，洛薇迷惑了："我们是要出席什么正式场合？"

小辣椒点点头，神色凝重："一会儿到了以后，你记得少讲话，跟着我走就好。"

"好。"

"这些年，其实我和我哥私底下跟小樱哥见过面，但不知道是不是新环境给他太大压力，他把我们拒之门外了。只希望跟你见面，让他能够变回来一些。"

"他跟你们相处的时间比我长，如果你们和他谈话都没用，我去更没用。"

"不，有用的。"小辣椒沉思了片刻，"虽然后来你们闹得那么僵，但我一直觉得，你对他来说非常特别。"

这句话让洛薇思考了很久。

一个小时后，夜色渐浓，魔幻的灯光照亮车窗外的世界。小辣椒戴了一个银色小丑面具，递给洛薇一副泥金皇后白羽面具。眼前的建筑矗立于宫州大桥一侧，覆盖了大半条海滨大道，二十多个小门上镶满人造珠宝，被旋转四射的灯光照得闪闪发亮。主楼高达四十五层，立成了一座深海冰山，巨大空心红桃镶嵌中央，是全透明的下午茶餐厅。它头顶的高空中，印有"Herson Group"标志的直升机绕着建筑徘徊，不时也被灯光射中。脚下有游艇快艇往来，送来世界各地的亿万豪客。这是一座融合了古典与现代艺术的杰作，集休闲、娱乐、赌场、酒店、餐饮、会所于一身。每天晚上八点后，正门的喷泉就会被火山模型替代，每十分钟爆发一次，将冰蓝建筑烧成红色。在这里，舞女跟南迁的鸟儿一样繁多，她们妆容艳丽，踏着大理石台阶进进出出。这是任何人提到宫州时，第一个想到的娱乐中心——甄姬王城。

洛薇的礼服是一条裸肩曳地水蓝长裙，胸前有一朵雅致的花。而小辣椒穿了一套白色西装，颇有几分好莱坞同性恋天后的味道。进入甄姬王城，她们把外套和包存了，小辣椒两根手指夹着五张钞票，递给存衣女郎，作为小费。看见那五张钞票的面值都是一百，洛薇表面无动于衷，实际上内心已经晕厥了一百次。她知道小辣椒是富二代，但这样花钱，是打算送快递送到阿布扎比吗？不过，更令她意外的是，原来小辣椒提到小樱那样诡异的表情，是因为他在赌场沦陷了。

记忆中的小樱，是个长着美人痣的漂亮男孩子。上小学之前她一直以为他是女孩，也误以为他名字里那个"英"写作"樱"，所以叫他"小樱"，以至于小辣椒也叫他小樱哥。读书以后，得知她们学校的"校草"和"校霸"都是小樱，她还觉得有点不可理喻——小樱应该是"校花"才对呀。可事到如今，"校霸"还真跟所有学校的坏学生一样，变成了个嗜赌成性的流氓……脑补一个痞子叼烟吐雾、满面油光推麻将喊"和了"的样子，再联想小时候拥有雪花般肤色的小樱，洛薇整个人都不好了。

透明电梯在甄姬王城正中央飞升，她们从里面看见每一层楼的画面：

除了大量轮盘、巴卡拉①、老虎机等博彩娱乐设施，还有鸡尾酒宴会、艺术展览厅、全球直播的拳击赛……她甚至在某一层入口处看见活鲨鱼和老虎，但还没来得及看清里面的状况，电梯就与它们擦身而过。最终，电梯停在第四十五层。这里有天花板都是透明的旋转餐厅，上方的星光洒落下来，让人误以为自己在银河漫步。

下电梯后，小辣椒却带她刷卡进入另一扇门，徒步走上楼梯，小声说："甄姬王城其实有四十六楼。那个四十五层的顶，用了最先进的技术，折射出四十六楼才能看见的星空。"

上了四十六楼，过了安检，穿燕尾服的门童看过小辣椒的邀请函，就为她们打开皮革大门。这道门里面是一个赌厅，扑克的洗牌声传了出来。地面由黑白格大理石制成，就像国际象棋的棋盘。角落里摆放着大量红白玫瑰，美艳繁盛如同来往的女宾。墙上挂着白色的时钟，大到占了半面墙，弯曲的黑色指针仿佛有扭转时空的魔力。中央的巴卡拉桌周边围了盛装的赌客，记账员拿着一个长长的黑色平勺在桌上铲牌。洛薇还发现了一个奇怪的细节：巴卡拉桌的对面，放着一个笼子。笼子里装着一只超大的乌龟，它像个驼背老头，背上的壳拱得高高的。她自觉就像爱丽丝梦游进入了仙境："辣椒辣椒，这到底是什么地方？"

"秘密交易的赌场，只有持有特殊邀请函的人才能进来。"

原来，这里是一个特殊赌场：每一个宾客入场会用巨额买下筹码，选择性参与淘汰式竞赛。最后的胜出者可以用所有筹码换取现金，或者换回一个罕见商品——现在的交易商品，就是那个笼子里的乌龟。笼子前写着它的名字：

---

① 巴卡拉是一种扑克牌拼点游戏。每一局开始，庄家会推出自己的筹码，让从他右边的一号旁家开始，选择是否应战，如果一号旁家选不跟，就轮到二号旁家；二号旁家不跟，则轮到三号，以此类推。如果庄家给的赌注实在太大，旁家们可以联手对抗他，但出战者只能有一位。开局以后，双方每人抽两张牌，互相拼点，赢家的数字必须是等于九或接近九。A是一点，J、Q、K和大小王是零点。如果两个数字加起来超过了九，点数按个位数算。例如抽到八和七，最终点就是五而非十五。如果没有分出胜负，双方各自再补一张牌。同时，每一局每个人都有一次自主选择的补牌机会。如果一次性抽到两张牌的点数为九，就叫"天生大牌"，基本可以直接获胜。

平塔岛象龟（Geochelone nigra abingdoni）

新闻里报道过，这种动物曾经生活在厄瓜多尔西面，东太平洋科隆群岛的平塔岛上。最后一只被命名为"孤独乔治"的平塔岛象龟死于2012年，此后没有再发现纯种的个体。所以，这……这是已经灭绝的动物吗？

她们在这里等了许久，看见他们卖掉绝种龟，又接连卖掉了北印度洋的艾赛恩海岛、已故巨星梅波·丽安的卵子、多明尼加的军事机密、提香·韦切利奥未公开的圣子油画遗作……这些东西让洛薇大开眼界，但她更关心小樱在这里做什么。

就在这时，有人拍拍她的肩，低声说："你怎么会在这里？"

二　面　镜

命运

他摘掉她的猫耳和项圈，搬来桌上的香槟桶，

把里面的冰水直接倒在她头上。

一个男人出现在洛薇身后。他一米八出头，头发是深褐色，穿深红色西装、黑色衬衫，系白色领带，胸口有一个VIP客户专用的杏黄古典徽章。骑士面具遮住了他大半张脸，从洞里的双眼可以看出，他有一双自带桃花的迷人眼睛。面具下的嘴唇颜色很浅，十分饱满，嘴角微微上扬。没等到她的回答，他又一次说："你不是应该还在飞机上吗？"

洛薇摸了摸脸，还以为自己的面具掉了。但男人很快瞳孔紧缩，淡淡地说："抱歉，我认错人了。"然后转身走掉，回到自己的朋友圈里。小辣椒抬起眼皮看了看他，笑了："他把你认成他妹了。这人是谢修臣啊。"

想了很久，洛薇也没能从小学同学名单里找到耳熟的名字。她只能老实地问："谢修臣是谁？"

"洛薇你是认真的吗？谢欣琪你都认识，居然不认识她哥？"

"我是正派人士，不看娱乐八卦。"

洛薇做了个捻须的动作，却被小辣椒推了一下脑袋："这不是娱乐八卦，是常识好吗？你有没有听过一句话：在宫州，最多情的男人是谢公子，最无情的男人是King。"见洛薇再次摇头，她扶了扶额："你果然是太久没回来了。这里说的谢公子，不光是指谢修臣，还指他老爸。这里说的King，也不光是指现在的King，还指King他老爸——老King。总之，姓谢的都是花花公子，姓贺的都是冰山教父。"

"原来如此，不过他不是挡了脸吗，你怎么知道他是谢公子？"

"因为他的袖扣和鞋。"

再度看去，那个男人穿着一双灰白相间的牛津鞋，袖扣是一朵白金蔷薇花。小辣椒一本正经地当起了解说："谢修臣不管衣服如何骚包，鞋子都一定是最正统的。他有恋妹情结，会把妹妹设计的东西放在身上。白金蔷薇花是谢欣琪珠宝设计中加入最多的元素。"

"辣椒妹，讲真，你确定要去送快递？不觉得八卦记者更适合你？"

"记者只能写八卦，送快递却可以看八卦，你说哪个更划算？"

"……"

遗憾的是，她们没能等到想找的人。午夜过后，洛薇无奈地说："小樱大概今天不会来了吧。"

"他经常来这里逛，我们下次再来看看好了。"

洛薇无奈地点点头。原来，小樱还不是一般的赌徒。他混入了豪赌的高端圈。

翌日下午，一辆兰博基尼化作一道红色飓风，飞过海滨大道，在距离甄姬王城几百米处来了个急刹车。车中的谢欣琪戴着墨镜，身穿绕脖式多褶连衣裙——也是大红色。她拨了拨刚弄好的栗色大鬈发，大口大口吸气、吐气。

活了二十多年，谢欣琪一直视男人如粪土，如今第一次有了畏惧的感觉。

淡定，淡定。King又如何，不管外界把他传得多神奇，他到底还是一个男人。是男人都喜欢她，她能拿下他的。但越这么想，她越乱，尤其是再次看了一眼King的照片后。她用脑袋在方向盘上撞了两下，比在美国大学第一次面对百名学生做演讲还紧张。

不能这样，她可是谢欣琪。只有男人看见她紧张的份儿，怎么可以倒过来？

她把手袋里的化妆品全倒在副驾上，挑出最喜欢的口红，单手把口红帽去掉，对着倒车镜熟练地描了一圈，抿嘴发出"啵啵"两声响，再踩下油门，杀到甄姬王城门前。她开门下车，把钥匙扔给门童，踩着细高跟鞋走上台阶，很有《环太平洋》中的战士从机甲中走下来的架势。路过一扇玻璃门，她看见里面的影子，摘下墨镜，噘了噘嘴，用大鬈发挡住一只眼睛，扭进甄姬王城。

二十分钟后，她从同样的门中走出来，已经换上了备用的平底鞋，手里拎着防水台高跟鞋，头发也全部扎在了脑袋顶上。尽管如此，她被高跟鞋虐得太久，还是有些跛脚。她打着电话，摘下沉重的耳环："哥，你在家里给我等着！我和你没完！你为什么从来没告诉过我，那男人是个神经病？什么男人？你还好意思问我是什么男人，His Majesty King Herson啊！"说到"King"时，她把日本进口的假睫毛撕下来。说到"Herson"时，她把假睫毛愤怒地丢了出去。

这对兄妹的日常情绪都像心电图，只不过谢欣琪是活人的，谢修臣是死人的。电话那头，谢修臣的声音平静无波，忽略了她的愤怒："你是不是迟到了？"

"十五分钟。"她看了看自己的手表，"女人和男人见面，迟到十五分钟根本不能算是迟到！"

"你对King做过调查吗？"

"没有，我只是不知道精神病院为什么要提前放他出来！"说到这里，她从Bra里抽出两块透明的塑胶水饺垫，猛扔出去，不慎砸在了路人的脑袋上。

事情是这样的：回国前，King的助理就发邮件通知她，这天下午四点在甄姬王城下午茶餐厅见面。她进入豪华间以后，一个留着和尚头、小短胡的男人站起来，并不是照片上的男人。经解释她才知道，他是甄姬王城负责市场的副总，因为她没来，King先走了，他留下来等她。"绝对不能比男人早到"是谢欣琪的人生法则。但是，King居然连等十五分钟的耐心都没有。

谢欣琪开车兜风绕城半圈，总算发完了神经。回到谢氏庄园时天色已晚，南岛被浸泡得只剩一天繁星。临水的富人区雕梁画栋，繁花似锦，一轮皎月挂在写满岁月跫音的古楼上，大有一番"桃李春风一杯酒，江湖夜雨十年灯"的韵味。谢氏庄园是官州南岛第一豪宅，连古典的外墙都是高科技纳米技术修建的。每一个路过这里的人都会放慢脚步，多看它几眼，游客还会和它合照。全城最漂亮时髦的女孩集聚于这里的下午茶餐厅，她们只用叫一篮点心，就一边听室内弦乐四重奏，一边花四个小时换着角度自拍，选角度最好的照片上传到朋友圈。除了修照片时特别需要，其他时候并不与闺密们交流。透过落地窗看见这样的场景，谢欣琪只觉得不能理解。

谢欣琪把车停好，推开家门。除去菲佣说了一句"Welcome home, Lady Xie"，客厅中就只剩下了沉寂的灰烬。她踩过大理石地板和毛地毯，走到餐厅西洋长桌前坐下。厨师为她拿来了晚餐菜单，她随便指了一道西餐，然后坐在大桌的小角落无聊地翻手机短信箱，不经意翻到了和"妈"的消息记录。最后一条消息还是几个月前发的："妈，元宵节快乐。"没有回复。她又翻了翻和"爸"的消息记录，最后一条也是她发的："爸，没钱了。"对方的回复是："已转账，请查收。"前一条、再前一条、再再前一条……全部都是"爸，没钱了"和"已转账，请查收"，要不是日期不同，一般人肯定以为是网络信号不好，所以重发了十几次。直到他们为她上了第一道前菜，她才放下手机。接下来，整个豪宅里只有端送餐盘的声音，厨师小声询问需要哪种酱料的声音，还有她微不可闻的放置刀叉声。她把菜一道道吃完，厨师为她端上镀金的贝壳小碟，里面装了浇了野生蓝莓汁的冰激凌。她用小勺剜起一点塞在牙缝中，叹了一口气就把勺子放下，擦擦嘴起身，在注目礼中走到楼梯上。想到在下午茶餐厅里拍照的女孩们，她回头扫视了一下室内，发现家里的角落都比那个餐厅尊贵奢华，心中洋溢着不屑一顾的优越感，却也找寻不到半点快乐。

是因为什么都有了，失去了追求，所以才感到不快乐吧。

她想起有一次上微博，看见有网友评论说："谢欣琪内心还真是非常强大，不管有多少人骂她，她每天都还是很开心。"于是有人回复说："废话，她可是'谢'欣琪。你如果是'谢'欣琪，你也会开心的。"说得还真对，她可是人生赢家，都赢到觉得人生无趣的程度了。这样的人生赢家，怎么能不找一个好男人？King很好，对她的味。要征服那样日理万机的男人，如果没有耐心，似乎不大好吧？正这么想着，她接到一通电话，是和尚头副总打过来的。他说King明天晚上有空，可以和她在海边见面。她毫不犹豫地答应了。

这才是世界的定律，没有不被她的美貌征服的男人，连最冷酷无情的那一个也一样。挂掉电话，她扔下手机，坐在化妆镜前卸妆，却听见外面传来脚步声。她眨了眨眼睛，像等到主人的小狗般跳了起来，又强压着冲动坐下来，静"听"其变。果不其然，没过多久，隔壁书房传来一声体重秤的金属声响，以及轻微的叹息。她一脸没辙的笑，摇摇脑袋："多少啦？"

"肯定是因为这两天没睡好。"隔壁书房里，她的哥哥不紧不慢地说着，同时传来脱外套的声音，"六十七点五。"

"穿着外套都才一百三十五斤？敢不敢把外套脱了？"

要说她和谢修臣的生活习惯不同，大概就是对待体重的态度：她永远是早晨上过厕所后裸体空腹踩在体重秤上，谢修臣永远是晚上吃完饭穿着外套踩在体重秤上。称体重后她叹息是因为长胖了，他叹息是因为又瘦了。在谢欣琪看来，这种事完全是他自找的。他回家总喜欢为她买夜宵，简直像跟她有仇一样，只买她最爱吃的高热量食品、甜食、面食，自己却对食物没什么兴趣。对他而言，食物只是维持能量的东西，所以买来夜宵以后，多半是他看着她把东西吃完，自己不动筷子。最后结果是，两个人都为体重苦恼。她每次都会抱怨哥哥阴险狡诈，但当他回家时真的两手空空，她又会很失落。就像这天晚上，她没有听见塑料袋的声音，连卸妆也有些有气无力："哥，明天我要去图书馆，会晚一点回来。"

"如果是跟King见面，那没问题。"外面又传来了拿书、翻书的声音。

有一个太了解自己的哥哥真是讨厌。她缩着肩膀装傻，静候对方的回答，直至熟悉的身影出现在镜子里。谢修臣靠在卧房门前，低头摘下蔷薇袖扣，衬衫是一片腊月初雪。就这么一个随便的动作，都跟经过培训似的潇洒又优雅。谢修臣的长相一点也没有辜负他父母的期望，他一直以来的行事作风也没有辜负他的长相——他的眼神总是温柔深情，自带电流，任何女人与他对视几秒，都会觉得他此生非自己不娶。他身边的女人总是在换，尽管没一个能得到他的承诺，但她们无怨无悔，甘愿为他和劲敌大战几百回合。因为从小就只能接收到来自女性的善意，他对她们也很体贴，从不会拒绝任何女性的要求，不会对任何女性冷脸相向，除了对自己的妹妹。作为外貌协会的会长，谢欣琪到现在还没看够他的脸，但"要能有跟哥哥一样帅的男友就好了"这样的想法，往往会在他管教自己的那一秒戛然而止。这不，他又开始了："你跟King打算在哪里见面？"

她硬着头皮说："海边。"

"欣琪，你撒谎的水平是不是该好好练练了？"

她只卸了一只眼睛的妆，还是大小眼的样子，扯了扯嘴角，把卸妆液倒在棉片上："跟你撒谎，我至于吗？"

"真可惜，你是昨天去的四十六楼。如果是今天去，大概就能骗过我。因为，King明天一天都会在四十六楼。"

这下谢欣琪是真的蒙了："……什么四十六楼？"

"还装傻？"

"我不懂，你在说什么？哪里的四十六楼？"她转过身来，不明所以地看着他。

"你是我妹，就算戴了面具，我也能一眼认出来。"

"我真的不懂，你好好说话行不行？什么面具？什么看不看得出来啊……"

谢修臣抬头看着她，俨然道："甄姬王城四十六楼。我都逮到你了，还装？"

"你不是知道我最讨厌的地方就是甄姬王城吗？我就去过一次，那一次我在那里输了三十七万美元！而且，参加一个面具舞会，我有必要瞒着你吗？不要这么自以为是好不好！"

看见妹妹表情越来越愤怒，谢修臣停止了辩论。因为他突然想起，欣琪所有的裙子都性感修身，很少穿素色。那女孩穿着水蓝长裙，裙身线条如流苏，走路时飘逸如仙，像被朵朵花牵引着摇摆一样，不是妹妹的风格。这么看来，前一天真是遇到了和她相似的人？

谢欣琪真的生气了。平时她对他总有畏惧感，现在不管他是走到她身边，还是低下头来看她，她都拉着脸，不愿和他有目光接触。他轻轻笑了一下："我们欣琪果然是美女，就算是一只眼化妆，一只眼素颜，还生气噘嘴，也还是那么漂亮。"

这招对她完全没用，她还是板着脸，望向地面。

"这么漂亮，得拍下来。"他从兜里掏出手机，用镜头对着她。

"不！不准拍！！"她急了。

"那笑一个。"谢修臣哄孩子般望着她，见她还是拉长了脸，又认真严肃地举起手机，"还是拍一张留念好。"

"不可以，不可以！！"她跳起来抢他的手机。

他也没有勉强，只是任她抢去手机，望着她低声笑着。她本想继续发火，但再也气不起来了，露出想笑又偏要怒的别扭表情："……哥真是超烦。"

初次从苏嘉年那里听到Edward的名字，洛薇只知道他在为苏嘉年代言的钢琴做装饰，完全没把他和著名设计师Edward Conno联系在一起。直到接到他的名片，去他那里面试并且通过，她才终于相信，自己真的成了Edward Conno的助理。

他外表和在杂志上差别不大，五十五岁，是个发际线后移的中德混血儿同性恋。这个设计鬼才的眼睛就是一双4D相机：看见枯萎的花，他能设计出有颓废感的胸针；看见破洞的蜘蛛网，他能设计出割裂感十足的月长石项链；就连看见雨后马路上的轮胎印，他都能设计出独一无二的银饰纹理。他从不像别的设计师那样到处取景拍照，因为对他来说，温度、味道、情绪，也是设计的一部分。遗憾的是，他的天赋有多高，脾气就有多暴躁。从开始干活的那一刻起，洛薇就在他各种暴躁的唾骂中呼吸，等从他的工作室出来，她整个人都快被榨成肉干了。

晚上九点四十分，官州北岛的夜生活才刚开始。北望官州天际，那边高楼林立，立交桥上车辆飞梭，甄姬王城如同一座红桃空心的城堡，谱写着彻夜辉煌。不知不觉，洛薇走出地铁站，一个人去了最近的海边散心。那里空无一人，就像是属于她自己的海岛一样，任由她留下长长的足迹。最终，她站在码头上，面朝大海舒服地伸了个懒腰。看着眼前海上生明月的画面，她想起了还没读书时的一段往事：一天，小辣椒看了灵异节目，约小伙伴们半夜翻窗出来去海边抓鬼。晚上过了十一点，有小石头砸在洛薇家窗子上。推开窗一看，站在下面的孩子是小樱。他扔了一根绳子上来，让她攀着它下去。跳到地面的那一刻，她对小樱露出了大大的笑脸。小樱性格一向很酷，只伸出食指和拇指，在她额上弹了一下，率先走到前面去。想想抓鬼，洛薇还是有些害怕，三步并作两步地追上小樱，牵住他的手。他呆了一下，扭过头去，脖子红了一截。就这样，两个人手拉手去了海边。小辣椒是发起者，没想到自己反倒迟到了。于是，洛薇和小樱在海边玩起了焰火。

当时，她和小樱就蹲在从这个码头能看到的沙滩上，点燃了一个又一个焰火。她被焰火的光辉吸引，聚精会神，连话都忘了说。小樱看了她一眼："洛薇，你好像很喜欢发亮的东西？经常看见你玩发卡上的水钻。"

"对啊对啊，我喜欢水钻，我喜欢亮晶晶。"她奶声奶气地说道。

他被她花痴的样子逗笑了，又点燃了一个焰火，递到她手里："那长大以后，如果我变成了水钻商人，你会不会嫁给我？"

焰火跳跃，金光在小樱的脸颊上隐现。他的脸盘很小，两颊鼓鼓的，看上去可爱极了。而且，他鼻尖微翘，右侧有一颗小小的美人痣，就像是一叶归舟，点缀了一整幅潇湘水墨画。妈妈曾说过，小樱这孩子长得好看，尤其是鼻子，长大不知道要迷倒多少女孩子。她当时就觉得奇怪，明明是一群肉包子，妈妈怎么评判出谁好看谁不好看？近距离观察后，她终于懂了，妈妈说得没错。只是，小樱可是女孩子，两个女孩可以结婚吗？小樱看着她的眼睛，静候答案。他的眼睛深黑又明亮，又一次吸引了喜欢亮晶晶的她。她终于不再犹豫，用力点头："好啊，小樱和水钻我都喜欢，那以后我嫁给你！"

"那就这么说好了，我长大会成为水钻商，然后洛薇就变成我的妻子。"

"好！"

"说好了不可以反悔，来拉钩。"

"好，拉钩上吊一百年不许变！"

那是洛薇第一次与男孩子牵手，也是有生以来，第一次与别人许下约定。孩童时的记忆果然是七彩的泡泡，有着转瞬即逝的梦幻美丽。那种见到小樱就不由自主仰望期待的感觉，也只有大学以后对着入江直树发花痴时才有过。这么说来，跟小樱这一段算不算是初恋呢？两个肉包子的初恋？这也太滑稽了一些。想到这里，洛薇忍不住一个人呵呵笑了起来。

这时，身后传来急促的脚步声。她吓了一跳，转过身想去看是什么人。还没时间看清状况，后颈已被什么东西劈中。她眼前一黑，晕了过去……

迷迷糊糊中，洛薇听见了电流嗞嗞跳动的声音。有蓝光照在眼皮上，身体原已神经麻木，更因此彻骨冰凉。她闭着眼，极度不适地打了个哆嗦。随后，有女人在离她不远处宣布道："恭喜X256先生，加利福尼亚州长情妇的情报是你的了。"

昏迷好像只是一瞬间的事，怎么一恢复神志，就听到这么离奇的对话内容？她觉得头很疼，想伸手去揉一下脑袋，却发现双手被冰冷的金属铐住，抬不起来。费力地睁开眼睛，连眼睛都被黑布罩住。四周有蓝光照来，令她有一种变成医学小白鼠的错觉。这是怎么回事？她……被绑架了？她用力摇晃脑袋，也无法把黑布甩下来。四下古丘般安静，只有那个女人以愉快的口吻大声说："接下来，我们要展示今晚的压台赌注。这是一个生机勃勃的美丽礼品，是你做梦也不会想到可以拥有的东西。女士们，先生们，你们准备好了吗？请看——"

马戏团风格的音乐响了起来，然后是开锁声和重物抬起的声音。即便眼睛被蒙着，洛薇也能感觉周围明显明亮了很多。另一个男人接着说道："你们猜猜看她是谁？等等，不可以偷看笼子上的字哦，这是犯规，哈哈！好吧，现在我再向你们保证一下，你们看到的，确实不是幻觉！"

有一个东西钩住挡住洛薇眼睛的黑布，一下把它拽了下来！顷刻间，明光进入眼睛，她无法抬手，只能低下头，条件反射地眯上眼睛。一对身着奇装异服的男女站在她面前。男人穿黑色公爵服和翘头长靴，眼睛四周被扑克黑桃花纹盖住；女人穿着高领曳地红裙，唇上画着一颗小小的红心，俨然一个活体版红皇后。洛薇被铐住双手关在金属笼子里，置放在高高的展览台上。台下有黑白方格的大理石地板、巴卡拉机、名贵桌椅、红茶洋酒，以及满堂穿着考究的面具赌客。红皇后雀跃地宣布："没错，你看到的就是谢氏地产的小公主——谢欣琪！"话音刚落，底下一片议论纷纷。

这到底是发生了什么事？这个地方，不是甄姬王城的四十六楼吗？为什么自己会被关在这里？洛薇晃晃脑袋，细想红皇后说的话，终于恍然大悟——她在码头散步时被人当成谢欣琪敲晕，带到这里来当赌注卖了！

"等等！等等！你们弄错了，我不是谢欣琪！"蓝光管子温度很高，逼得她不敢靠近，她只能静坐着大声辩驳，"拜托，请相信我，我知道自己和她长得很像，周围很多人都这么说，但我绝对不是她……"

"真没看出来，谢小姐还挺有幽默感的。"黑公爵带着大家笑了起来。

"我可以对天发誓，用我和我全家人的生命做担保，我真的不是谢欣琪！我的手机上有我和家人的照片，你们可以打开……"

不等她说完，红皇后转过头来，朝她身后丢了个眼色。然后，石块般的冰冷物体顶在她的背上。她慢慢转过头去，一个穿着黑西装的黑人正用电棍指着她。见她转了脑袋，他往前轻推了一下电棍，朝人群偏了偏下巴。大脑的血液都已经凝固，她头皮发麻，嘴唇微微发抖，也听到自己的呼吸声像幽灵一样。她重新转过头去面朝人群。

这群恐怖的人……什么非法勾当都做得出来，恐怕杀人也是小菜一碟。不，如果买她的人是谢欣琪的仇家，她恐怕会被折磨得生不如死……为……为什么会发生这种事……

"怎么样，是不是很意外呢？这份惊喜我们保密功夫做得很好，可是连我们的头号贵宾都不知道呢。"红皇后微笑着，摊手指向对面高空的地方。

她和所有人一样，抬头往空中看去。那里有一个室内悬空阳台，上面有一个欧式四角红沙发和一个茶几。茶几上放置着一堆高脚杯，一瓶罗曼尼·康帝和一瓶路易十三。沙发长而宽大，大约可以坐五六个人。周围站了一群面具男子，坐在沙发上的却只有一人。

那是一个相当引人注目的男人。他戴着银紫相间的国王面具，身穿黑色西装和马甲，手表也是正式的皮带款，但里面的紫衬衫却有些性感地解开了两颗扣子；胸口叠放着黑白格纹方巾，就像是这里的大理石棋盘地板也在烘托他。这个男人暴露在面具下方的下巴瘦削，嘴唇微薄，从肤质上看，年龄没破三字头。但他跷着腿，一只胳膊搭在沙发靠背上，一只手懒洋洋地撑着额头，唯我独尊的坐姿更不像是二十几岁的人。

很显然，红皇后是在对他说话。但他别说搭理她，连坐姿都没变一下，只是一双眼睛透过面具，朝洛薇冷冷地扫了过来。

身体中了魔法般不能动弹，洛薇有些心慌地看向别处，不敢与他对视。而第一个坐到赌桌庄家位置上的男人，居然是一个树墩子龅牙老男人。他只有后脑勺有头发，还把它留得很长，从头的一侧盖到另一侧，让人瞬间联想到滑丝的黑袜。看看他面前高高堆起的鹅黄筹码，洛薇垂下脑袋，恨不得立刻死掉。

他们玩的是巴卡拉。庄家定下来后，旁家也陆续上来，在龅牙左右两侧坐下。赌客们准备就绪，记账员为他们洗牌，让一位旁家帮忙切牌，将它们装在赌桌上的白金盘子里。然后，他宣布道："开局赌注是七个黄色筹码。"

开局后玩了几轮，只有两个人输了以后离桌，其他输掉的人持续增加筹码。桌外排队等候的赌客却有增无减，随着赌注越来越大，气氛也变得紧张起来。而坐在上方的紫衫男人提不起兴趣，只是叼着一支雪茄，偏过头让人用喷枪点火，像在看一群小孩子玩家家酒。

龅牙输了多次，暂时离桌恢复手气。接着轮到一个枯瘦男人坐庄。他除了机械地打牌，完全没有任何表情。没过多久，他淘汰掉了二十来号人，面前的筹码已经堆积如山。眼见加入赌博的人越来越少，似乎就要分出胜负。洛薇想，如果这男人赢了，她就要被他带走吧？他会拿她去做什么呢？这里的怪咖这么多，他又长得非常阴森，不会是解剖狂，或想拿她做生化实验吧……想到后来，她背上全是冷汗。

突然，有灯光打到她的头上。她又变成了全场的焦点。抬头往上看了看，她发现指挥灯光的是旁边理着和尚头的面具男人。他歪着嘴角笑了笑："如果这就是今天晚上的尾声，那是否也太无趣了？女士们、先生们，今天，我们还为你们准备了一个彩蛋！"在他的指挥下，黑公爵走到她的笼子旁边，从名牌旁边撕下一张银色的字条。和尚头微笑道："没错，这个赌注的真正名字，是'玩具谢欣琪'！聪明的各位，一定猜到这'玩具'底下的意思了吧？"

他举起手，击掌两次。红皇后带着两个黑人保镖走过来。她手里拿着一支细细的针管，里面装满蓝色液体。两个保镖蹲下来，打开笼子和手铐，把洛薇的手臂拽了出来。

"你们要做什么？这是什么？！"洛薇用力挣扎着，想要往后退缩。但他们扳倒她，红皇后推了一下针管，溅出一些液体，用冰凉的手压住她的胳膊，寻找血管。她几乎要哭出来："不要，不要！我真的不是谢欣琪，我可以证明给你看！放我……"后面的话说不下去了，保镖捂住她的嘴。

这时，旁边和尚头的手机响了。他恭敬地接了电话："喂，六哥，放心好了，不过给我们的客户找点乐子……再说，她毕竟是那个人的女儿，我们没必要对她心慈手软，不是吗？这，说得有理，她父母的事确实与她无关，我会把握好度的，吓吓她就好，不会真的注射药物……"他显然不是很听话。电话都还没挂断，他就做了个手势，命令他们把洛薇换个方向，还是把针头扎进她的肌肤。

"唔唔！不……呜呜……"

眼见一针管药物一点点被推完，洛薇甚至能感到冰凉的液体流入了血液，惊恐的泪水顺着脸庞滚了下来。红皇后拔了针，保镖也松开了捂住她嘴的手。他们把她重新推入笼子，再度上了锁，这一回却没有铐住她的手。那种药剂令她浑身无力，她伏在地上，止不住抽泣道："我真的不是谢欣琪……我叫洛薇，只是一个普通的设计师助理……你们怎么可以这样陷害无辜的人……"

听见她说的话，本来在打电话的和尚头背直了一下，又转过头继续讲电话："这是她自己瞎掰的吧，洛小姐不是不在宫州吗……"

黑公爵没有注意到这边的动静，他已经站出去，大声宣布道："各位，再过半个小时，谢欣琪小姐就会变成一个完全服从于你的玩具，任你尽情享受！"

接下来，就是记账员的发言："下一局，庄家依旧是F087先生，请旁家们入座。"

F087就是之前的枯瘦男人。他还是保持着之前死人一般的状态，但人群中却传来了整齐的低呼声，而且都整齐地朝着空中方向——那个紫衫男人走下台阶了。

赌厅里鸦雀无声，人群自动分开为他让出道路。一群侍者为他新加了椅子。庄家推出筹码后，他伸出手指，在赌桌上轻敲两下。记账员推了推他的大礼帽，微微抬起下巴，用荣誉感十足的口吻宣布道："K001先生跟进。"他用刮铲分别发牌给庄家和K001。K001把牌拿过来，翻过来淡淡扫了一眼，又把它重新放回原处："不补牌。"

这一举动让擅长隐藏情绪的枯瘦男人失了优势。从洛薇这个角度，刚好可以看到他的手牌。他翻过自己的两张牌，分别是黑桃A和黑桃四。他把它们举在空中看了一会儿，把牌藏在下巴下，身体往前倾，静静地观察K001许久，纠结是否要补牌。K001的脾气似乎不大好。等了几秒钟，见对方没反应，他的身体就往后一靠，跷起二郎腿，抱着双臂，一副很无聊的样子。

面具后面，枯瘦男人的眼睛眯了起来。他终于压低声音说："补牌。"

记账员铲了一张牌给他。他接过来一看，是九点。这是越补越糟。不过他没有任何反应，只是把牌翻了过来。记账员宣布道："四点。"

K001也翻开了自己的牌。那是一张红心九，和一张方片六。

"五点。"记账员把筹码推到K001那边。

旁人都有些心惊。不过是五点，他连想都没想，就做了决定，那么自信满满的态度到底是怎么来的？

枯瘦男人把树枝一样的手交叠在桌面上，一口气推了比刚才多两倍的筹码。看来这人表面冷静，内心却很好胜。K001毫不犹豫地说："跟进。"

又一次等来了新的两张牌。这一回，枯瘦男人的运气不差，抽到了方片三和红心三。他看了一眼对面的K001。对方还是跟刚才的反应一样：看了一眼，就把牌放回原来的地方。但他想他这一回不会想再上当了。他思索了两三秒，目光投向对面的人，慢悠悠地说："不补牌。"

对方伸出修长的食指和中指，夹住拿两张牌，把它翻了过来。

一张小王。一张红心九。

"天生大牌。"记账员又把大堆筹码推向了K001。

这行为明显是挑衅——通常情况下，人们拿到天生大牌，都会直接翻开。K001脸上却没半点喜悦之色。还藏着天生大牌消遣他！这种行为激怒了他。到最后一轮，他把大半筹码都推了出去。然而开局以后，出现在手里的牌，却是两个黑桃K。他身体僵了一下，低调地补一张牌，可惜补到手的牌是黑桃二。牌面上两个黑桃就像是黑公爵的那双眼睛，不过以恐怖的姿态看向了相反的方向。K001敲敲桌面，补了一张牌。最后的点数是四。枯瘦男人深吸一口气，拿走剩下的筹码，离开了赌桌。

庄家变成了K001。死寂维持了一会儿，一个气喘吁吁的声音从门口传了过来："再算我一个！"

龅牙提着一个沉沉的塑料袋，里面是一摞摞的筹码。他坐上了旁家的位置："今天我非要带欣琪小姐走不可。来吧。"说完，他看了洛薇一眼。她被他那写满渴望的绿豆眼吓到，不由自主地浑身绷紧。

K001像没有听见他说话，一口气推出近百个筹码。人群中产生了不小的骚动。龅牙也怔了一下，但还是一咬牙，也推了那么多筹码出去。这已是今晚最高的赌注。人们更加聚精会神地留意着现状。

首战告捷的人是龅牙，他的嘴角几乎都要咧到耳朵上去。但K001对那堆筹码完全不留恋，看也不看，就像丢了两块钱。到了第二局，他直接把剩下的筹码全部推出来。洛薇看不懂，但从旁人的眼神也察觉到了这K001很乱来。身体越来越不适。她拉了一下领口，对着脖子扇了扇风。这里明明开着空调，为什么会觉得热呢？难道……药效开始发挥了？

第二局K001又输了。他的所有筹码都被记账员拨给了龅牙。看见面前赢来的筹码，龅牙似乎不敢相信是现实。他呆了大约三四秒，忽然捂嘴狂笑起来："如何？你还要继续吗？没钱的话就赶紧退下。我看欣琪小姐已经饥渴难耐了……"渐渐地，狂妄的笑容从他脸上退去。因为又有侍者端着盘子走来，里面装着堆积如山的黄色筹码。侍者把它们放在K001身边。K001把所有筹码又一次全部推出去："跟进。"

群众们禁不住惊叹起来。不知道他到底是何方神圣，怎么会买得起这么多筹码？而且花起来毫不手软。

第三局还是K001输，龅牙却再也高兴不起来。他肥胖的手指蚂蚁般在筹码旁流连，眼睛却转也不转地看着K001。直到侍者又一次为K001端来一盘更多的筹码，龅牙的面具下方，已有汗液涔涔流下。K001再把所有筹码推出去，表情丝毫未变："跟进。"

此刻，洛薇没有办法继续观察战况。就像是麻醉针直接打到了大脑中，她的头变得越来越沉，逐渐思路混乱，反应迟钝，身体内有一个烘炉在熊熊燃烧。大颗大颗的汗珠从额角落下来，她用力晃脑袋，想要保持清醒，却发现自己连他们的声音都快听不到了……视野已然天旋地转，大理石地板的黑白格、筹码的金黄、K001衬衫的紫色……一直在眼前晃来晃去。她所能听到最后的声音，是龅牙的咆哮声和响亮的鼓掌声。龅牙怪兽般站起来，把所有筹码掀飞，脸色先是变成猪肝色，之后变成惨白。最后，他按着胸口，心肌梗死发作，一屁股坐在地上……

终于，困着她的牢笼被打开。她摇晃着站起来。红皇后在她头顶戴了一个猫耳朵，脖子上套了一个项圈，又把扣着项圈的铁链递给K001。仅剩的理性令她抬起手，打掉了那条铁链，往后退了两步，却不小心撞到一个人。那个人推了她一把，她差一点跌倒在地，手腕却被人抓住。转过头以后，她看见了K001近在咫尺的国王面具。她挣扎了两下，但那只手掌的力量比刚才的手铐还大。她愤怒至极，一口咬在他的胳膊上。他居高临下地看着她，非但没放手，反而握得更紧。她看着大门的方向，拼命往那里跑，但还没迈出脚步，身体已经悬在空中。他扛麻袋般把她扛在肩上。血液倒流令她痛苦极了，她虚弱无力地捶打他的背："放……放开我……"

他转身对和尚头说："不经我允许随便安排相亲，不管是出于什么目的，都是最后一次。"

即便神志不清，洛薇也看出和尚头打了个激灵。他唯唯诺诺地说："是，是……"

就这样，在大庭广众之下，他把她从四十六楼扛了出来，一直进到电梯里。但没下几层楼，电梯在酒店的楼层停了下来。看着服务生们毕恭毕敬地把他们引向总统套房，她欲哭无泪，开始用力拉拽他的西装："我……我不是谢欣琪……真的不是她，我不是……"

"我知道。"他大步走进去，把她扔到了床上，然后抽出皮带，把她的手绑在床头。

被绑起来以后，她的大脑更加不清醒，嘴里说着一些没有逻辑的怪话。他摘掉她的猫耳和项圈，搬来桌上的香槟桶，把里面的冰水直接倒在她头上。大脑瞬间清醒，她张大嘴，冷到连气都吸不进去。他一手插在西装裤兜里，弯下腰来，在她的脸上拍了两下："醒了吗？"

她晃晃脑袋，迷糊地望着他："给我注射这种怪药，还指望我和你说话？"

"醒了就行。"他捏住她的脸颊，"这个晚上会非常漫长。"

三 面 镜

陷阱

与他视线相撞的刹那，不到一秒的时间，

世界也停止运转了一下。

谢欣琪不知有人代自己受了过，还因被锁在家里一晚而怒气冲天。不论怎么解释，哥哥就是一口咬定King不会赴约，她要么是被骗了，要么就是在撒谎。她打电话给甄姬王城副总，对方没有接电话，让谢修臣更加确定了自己的猜想。第二天早上，谢修臣来敲她的门，本想放她出去，她却冷笑一声，说："你不让我出去，我就不会跟你说一句话。"

　　于是，外面的人真的没有坚持，脚步声逐渐远去——他就这样把她丢在了家里。她冲到窗前，目送哥哥和秘书上车后扬尘而去。这下惨了，他下了禁足令，管家保镖就绝不会让自己出去。她绝望了，躺回床上想睡觉，忽然接到好姐妹的一通电话。对方尖着嗓子唤道："报告大王，大喜啊，大喜啊！"

　　"叫我女王大人。"

　　"好的大王，今天有超级不一样的party哦，是一个著名音乐家的生日派对！去的人有很多……"

　　"去不了啊，我被我哥锁在家，所有人都不让我出去，除非跳楼，不然我只能……"她原本半死不活地躺在床上，说到这里，忽然眼前一亮，"我想到办法了，你快来接我，快！"

　　半小时后，住宅区上空，轰鸣声持续响起，一架直升机缓缓下降，停在谢欣琪房间门口。她早就换好了短裤T恤，带着化妆品纵身一跳，跃入机舱。直升机越飞越高，她把长腿搭在脚蹬上，把墨镜往上推了推，露出伴装惊讶的眼，又让它重新掉到鼻梁上，朝下方心急如焚的管家挥挥手："记得向我哥问好！"

就这样，谢欣琪到品牌店弄了一身崭新的裙鞋，前往"波塞冬六世"——由英国人修建的希腊式大楼，里面的宴厅时常举办艺术、音乐、红酒、时尚等主题的派对，它西望甄姬王城，南对南岛房价最高的谢氏庄园，一直是宫州北岛著名的名利场。但是，才在宴会队列里站了没多久，她就听见前方传来令人匪夷所思的对话：

"什么？！你把King睡了！！"

"嘘，不是King啦，是King的左右手。"

"King的左右手？难……难道你和宫州头号种马搞在一起了？天啊，这种话居然是我们公关女神说的？你不是从来都号称只嫖男人，不让男人嫖吗？"

"你说为什么呢？"

"他……很厉害？"

"几乎要死过去了。"那位"公关女神"缩着肩，一副被灌了春药的销魂样。

"我的天啊，你简直'性'福死啦！哎呀，就算他不怎么样，说到底还是King身边的人，这下你的人生改变了啊。"

谢欣琪抬头看了看前方的两个女生，发现她们浑身上下的行头少说也有六位数。果然，任何女人面对King都爱自降身价。

"其实，我看到King了。"听见好友尖叫一声后，"公关女神"又继续捂胸道，"King长得特别帅，又高又帅，简直是……唉，不行，想到他我的心口就好疼。"

"等等，你的相好不是种马男吗，种马男不是很厉害吗？"

"嘘……小声啊。我心里很难过啊，要是早知道King这么帅，唉……"

"能拿住种马男也可以啊，你觉得和他有戏吗？"

"很难，他太花心。我觉得对他这样的男人，绝对不能太主动、太多事，所以没有多问。不过，临走前我借上洗手间的机会，在镜子上用口红写了一句话 'It was very sexy just now'……"

任何男人都不会介意和一个不丑的浪荡女调几句情，甚至发生亲密关系。然而面对女神，面对真爱，他们的第一反应是畏惧。这个女生完全不懂这个道理。她似乎都没能和那个种马男睡在一起，就被打发走了，居然还引以为傲……不过，三观不合，何必苛刻。谢欣琪无语地摇摇头，跟着队列进入宴会厅。

宴会厅里面一片觥筹交错，天籁之音。人群包围着的中心，有一架水晶制的透明三角钢琴，演奏者每弹一个音，都能看见钢琴内部弦槌和琴弦的运动。旁边的人正好挡住演奏者的脸，隐约间一双手扫过黑白琴键。几段主旋律和伴奏从琴中传来，心脏最脆弱的部分就被狠狠击中。时而高昂，时而悲怆，他的指尖流溢出了生命谱写的十四行诗。谢欣琪下意识往前走了一步，终于看见了演奏钢琴的人。那是一个正在低头演奏的男人。他穿着白色燕尾服，头发微卷，盖住半只眼睛。他向音节注入了呼吸与血液，每到一个休止符，都会轻轻吸一口气。但不管弹到哪里，他的脸上，都始终挂着幼童般的微笑。那是流星化作一道银色的虹，亦是焰火在烟雨中奇迹般绽放，琴声纯净透彻，令在场的人都快忘了如何呼吸……

一曲终了，宴会厅里响起了雷鸣般的掌声。谢欣琪也跟着一起激动地鼓掌。他抬头后，她才识别出他的脸——原来，他是苏嘉年。她很喜欢他的音乐，却没想到他这么年轻。同时，她又看见了另一个被人群包围的女人。那个女人大约五六十岁，个子高挑，脸颊尖瘦，盘着一头雪白鬓发，胸前一串金色珍珠项链让人挪不开眼。它和谢欣琪戴的项链几乎一模一样，但眼尖一点，就会发现它更华贵、细节更多。在灯光下，添置的钻石耀眼得刺目。

谢欣琪的项链是下午在Edward Conno买的。当时售货员还说，这条项链官州只有一条限量版。谢欣琪很喜欢Edward Conno的设计，所以一眼就看出这个白发女人的项链并非山寨品，而是设计师本人做的未公开新款。这样一比，谢欣琪脖子上这一串反倒像是赝品。正巧这时，女人转过头看了她一眼，睥睨了她胸前的项链，再抬起高傲的下巴，回头与旁边的人说话去了。这对谢欣琪而言简直是奇耻大辱，她转过身去，把酒杯放回酒桌，摘下了脖子上的项链。她又对着玻璃看了看自己的影子：脖子上空空的，还盘着头，金色礼服也变得朴素了。既然如此，不如低调到底，她把耳环也摘掉，装进包里。她伸手去拿红酒时，一个声音从她身侧传了过来："Are you in charge of wine?①"

她随意往旁边扫了一眼，发现来人竟在对自己说话。那是一个六十岁出头的西方男人。他头发花白，系着领结，正一脸和蔼地望着她。她的英文很好，但这句话她差一点就没听懂——他……他是在对自己说话吗？她低头看看自己的裙子和包，再看看自己身后摆满高脚杯的红酒桌，往旁边让了一些，表情古怪地扔出一句话："Do you know who I am?"

"Sorry, no."男人有礼地笑笑。

"Do you still wanna live in this city?"

察觉到气氛有些奇怪，男人看看别处，然后转过头一脸迷惑地看看她。她正准备说出更惊人的话来吓他，另一个人的声音响了起来："Mr. Statham is an American composer. He doesn't live here."

走过来的人是那个白发女士，她对谢欣琪点点头："Now if you excuse me."把西方男人拉到一边去。

尽管他已经走了，谢欣琪还是觉得很不舒服——他居然把她认成端酒的服务生！有没有搞错，她可是谢欣琪！这大伯他是眼睛瞎了吗？没过多久，那个女人又一次走了回来，对谢欣琪淡淡地说："老美没有'豪门千金不能当服务生'这种概念，也没有'我爸是某某'这种概念，你没必要和他计较。"

谢欣琪火气还没完全下去，抱着胳膊说："我又不是没去过美国，美国人一样有阶级之分。"

"何必讲这么透，这不就证明你在他们眼中没什么气质吗。不过，你为

---

① 这一段英文对话翻译如下：

"你是负责酒水的服务生吗？"

"你知道我是谁吗？"

"对不起，不知道。"

"你还想在这座城市生活吗？"

"斯坦森先生是一位美国作曲家，他不住在宫州。"

"打扰了。"

什么要摘下项链呢？"女人摸了摸她耳边的碎发，微笑道，"你看，这样空空的一块，多不好看。"

谢欣琪躲开她的手。她却不在意，脸上依然挂着冷漠的笑容："其实，一个女人的气场，不是靠奢侈的珠宝堆出来的。谢小姐，你自己心里也清楚，一离开这些东西，你就只是一个除了青春什么也不剩的寒酸小姑娘。没有你父亲，你连在这里为人倒酒的资格都没有。"

谢欣琪扬起一边眉毛，讥笑道："你又是什么呢？不过是一个认识多点人、来这里蹭场子的阿姨。你寒酸到连青春也没有。"

像是听到全天下最好笑的笑话，女人呵呵笑出声来："今天晚上是我的生日，你说我有没有资格以主人的口吻说话？"

谢欣琪怔住："……你是今天晚上过生日的音乐家？"

女人只是笑着摇了摇头，端起一杯酒，回到宴会厅人群中央。至此，谢欣琪觉得已经快要吐血而亡。她望着玻璃里的影子。这土到掉渣的发型也确实没法见人。一不做二不休，她把盘发也拆开，晃晃脑袋，抓乱头发，让它自然散下来。这时，手机振动起来，出现了"哥"的来电提醒。她接起电话，那边的声音年轻动听，语气却不客气："谢欣琪，我叫你好好待在家里，为什么不听话？"

原本已经烦到不行，听到这样的训话，她更加不爽："我出来玩又怎么了？"

"我已经找人打听过了，King昨天晚上就在甄姬王城，你跟我撒谎，还问我怎么了？"

"反正在你眼中，我就是任性、胡来、满嘴谎言，对吧？"

谢修臣沉默了片刻，耐着性子说："你认为我是在害你吗？之前你和那个男生上报纸的事，教训还不够？我说过多少次，不管你见什么男生，必须让我把关。"

"你管得也太宽了吧，你换女朋友我管过吗？"

"我是男人，还是你哥。"

"你是直男癌，还是直女癌的哥哥。抱歉，我不听。"

她挂断电话，心情低落到了极点。那个女人说得没错，离开谢氏，她什么都不是。都这么大的人了，还要像金丝雀一样被锁在笼子里，什么都得听父母的、听哥哥的，连恋爱都不能自己做主。她又望了望玻璃里的影子，里面的女孩身材火辣，大眼睛迷人而有神，只是充满了怨怼和伤感。

不，她不信。她不信自己不能掌握命运。

宴会厅的一角，苏嘉年和Adonis正端着酒杯说话。意识到有人朝自己走过来，苏嘉年瞥眼看了一下，视线与谢欣琪撞在了一起。他正为对方和洛薇的相似度惊奇，领结却被对方拽住。他吓了一跳，低声说："怎么……"

她已凑过去吻上他的嘴唇。苏嘉年睁大眼，心跳停了一拍。然而，对方却撬开他的嘴，缠住他的舌，暴风雨般的吻卷席而来。一抹粉红染上他的双颊，他睫毛抖了一下，看上去就像中了迷魂汤。他始终不敢有太大反应，只是温柔地回应她，将她搂在了怀中……

苏嘉年不知道，洛薇根本没机会参加这个活动。Edward接到一通来自老客户的电话，对方指明要谢欣琪买走的限量项链的加工款。这实在是一项为难的工作，所幸Edward做过一条一模一样的项链，只需为它新添加昂贵的装饰即可。

跟Edward一起做事，洛薇学到了很多东西。每每看他变魔法般做出各式各样的设计，她就会自动在脑中为它模拟上市局面、广告创意、宣传语……真是大师，不管做什么，都会有很多人买吧。这是多少人求之不得的工作，竟砸到了她的头上。说到底，还是因为有一个超级给力的青梅竹马。只是即便想到这里，过度紧张的心情也没能缓解太多。回想被绑架的恐怖记忆，她还是会不由自主打哆嗦。

确实如那个戴面具的K001所说，她经历了很漫长的一个晚上：她被欲火烧了一个晚上。然而，只要她表现得体态酥软，就会被冷水泼醒，醒了又发软，软了又泼，持续了通宵，到天快亮时药效散去，他才允许她睡下。后来她吃力地撑床坐起来，只觉得腰酸背痛，头疼欲裂，浑身骨头都像被拆开再重组过。K001早已消失得无影无踪，连一根头发都没留下。她想过要去报警，但一想到那个四十六楼是小樱经常去的地方，就担心让警方介入会不小心害了他。他们想绑架的人是谢欣琪，以后应该不会再找自己麻烦……她决定在找到小樱之前按兵不动。

和Edward苦战一天，终于把项链加工出来。司机来取项链送走，刚好可以让夫人戴着它出席生日宴会。之后，洛薇又继续在工作室里忙了很久，才总算下班。她很佩服自己的毅力，经历了那么多事还能这样工作，用小辣椒的话来说，真是他妈的酷毙了。然而，回家后小辣椒说的话却比这句话更酷："薇薇，你脸色这么差，是不是昨天熬通宵太辛苦了？那我告诉你个好消息，来安慰一下你？你找的人打电话给我了，他说有事要和你说。"

"哦。你说我找的人……"她敷衍地答道，却倏然瞪圆了眼，"我找的人？你是说小樱？！"

"他说八点在东门之埠等你，用他的名字订了位置。从这边过去也就半个小时。还有一个小时时间，你可以喝完这杯饮料就……"

她话还没说完，洛薇已经冲入卧房，翻箱倒柜，试遍各种衣服，在十五分钟内搭配完毕出门，狂截按钮，冲进电梯。这个过程中，不论小辣椒说了什么，她都没有听见。在电梯里，她反复在镜子里检查自己的打扮：本来扎着马尾的头发散到肩膀，身材被淡紫色连衣裙裹出女性气息十足的线条，配上白色高跟短靴、白色手袋，这样子，会不会太素了一些？如果腰再瘦一点、腿再细一点就好了……想到这里，她狠狠拍了一下脑袋——为什么要这么紧张，小樱不是别人，是十多年没见的老朋友。

其实，心中还有很多疑问。例如小樱这些年都去了哪里？他为什么不直接来见她？是因为他沉迷赌博，觉得有些不可见光吗？见了面以后，她要不要劝他放弃赌博呢……不知不觉中，她抵达了东门之埠。这家中餐厅在官州大桥以西，临港而设，也是贺丞集团的产业之一。她有些疑惑，因为小樱现在应该有点缺钱，却选了这样一个奢侈的地方。那一会儿见了他，她要不要抢着埋单？还是AA制？然而，一切的设想，都在前台对话时被斩断。

"林先生？我看看……对不起，小姐，从下午五点到八点半，我们这里就没有姓林的客户订位。"

"怎么会没有呢？再查一下好吗，他全名叫林英泽。"

前台小姐再次看了一遍预订表，摇摇头："还是没有。要不您报一下他的电话号码，我再帮你查查？"

她只能出去，让小辣椒帮忙联系小樱，小辣椒却说联络不到他。然后，她回去再度向前台确认说："八点前没有林先生吗？要不你再看看晚一点的名单？"

"晚一点就没有了。八点十五分以后，这里有人包场，所有预订已被取消。"

"包场？是谁包场的呢？"

"贺先生。"

包场的人姓贺，那说不定是贺丞的土豪订了座，这就没有办法了。她只能站在东门之埠门口等待。没过多久，有两个个子高挑、打扮优雅的年轻姑娘从餐厅里走出来，路过她身边，小声地嘀咕道：

"快看，就是那个，那个是King的车……！他今天晚上真的要包场啊。"

"啊啊啊，我们要不要过去假装偶遇一下？反正还有半个小时才清场……"

她顺着她们所指的方向看去。那里有一辆加长黑色轿车，正缓缓驶入东门之埠的后门。那两个女孩激动地牵着手，踩着高跟鞋，追星般小跑过去。

她们说的，难道是甄姬王城那个King？原来包场的贺先生就是他。King在业内真是赫赫有名，他不仅是甄姬王城的一把手，还是宫州钻石商之首，在贺丞集团的诸多项目中均有投资，真是个全能的商业奇才。她踮脚看了看那辆车，想看看这个超级大富豪长什么样。只是，想到甄姬王城，她就想到被绑架的不愉快记忆，她看看手表，老实地站在原地等待。过了七八分钟，起码换了二三十种站姿，她看见那两个女孩子从后门出来，一脸尴尬加扫兴，看样子是在里面碰了钉子。她举起手机再度检查时间，觉得这已是人生中最漫长的几分钟。

七点五十九分时，她迅速转过身，对玻璃门上的影子检查自己的衣着，再迅速转回来，想要面对长大后的小樱。然而，所有紧张都是徒劳。因为这一分钟之内，小樱没有出现。

确切地说，后一个小时他都没有出现。她打电话跟小辣椒说了这边的情况，小辣椒说，她多半是被放鸽子了，还是早点回家。天气渐渐转冷了。她穿得有些少，抬头看看早已被清空的二楼，抱着胳膊在路边的台阶上坐下来。

时钟指向了十一点。宜州南岛谢氏庄园的豪宅中，谢太太在卧室里被伺候着做美容，二楼书房里，谢茂与别人的电话没有断过："那这件事就麻烦你了……是啊，我女儿年纪也不小了，就是不懂事，我们也拿她没办法，我会好好训她的……张总，你看你这话说的，我觉得她就是被我们宠坏了……"

　　他对面坐着灰头土脸的谢欣琪。她妆容已花，晚礼服脏兮兮的，头发就像个被黄鼠狼践踏过的鸡棚；袜子滑丝了，拉出一条长长的裂缝，膝盖还有磕破的伤口。但是，她仍旧抱着胳膊，展现出耀武扬威的叛逆。终于，谢茂挂断电话，转过身来，刚才堆了一脸的笑容瞬间烟消云散："说吧，你到底想做什么。"这些年来，他苍老很多，两鬓花白，一身是病，但眉宇间还是留着年轻时的风流俊逸。

　　谢欣琪连表情都没有丝毫改变。谢茂眉毛拧在一起，声音带着病态的沙哑，却更加严厉："没错，我是可以帮你挡掉一部分纸媒的报道，但网络呢？还好苏太太的生日是私人派对，还来得及挽救，不然你还要再像上次那样上头条。"

　　"你情我愿，有什么不可以。"谢欣琪仰着下巴说道。

　　"你情我愿？你情我愿的结果就是，他母亲请人把你从宴会厅里请出来，然后你差点和她打起来？"

　　她涨红了脸，横眼往别处看去。她怎么会知道，不过亲了苏嘉年一下，苏太太就成了疯子，大叫警卫，叫他们把自己请出宴会现场——不过在那之前，她已经一把抓坏了苏太太盘好的头发，还掀开了对方的裙子。在她的精心破坏下，音乐宴会最后只剩了乌烟瘴气。波塞冬六世门前有大批狗仔蹲点，见她出来，他们一拥而上，把她包围在闪光灯刺目的银色小圈中。真是想不到，她小时很向往童话故事，长大却变成了这副德行。她也没有办法，毕竟童话里王子会时刻拯救公主，现实却不是这样。她被无数男人追求，可以随便践踏他们的自尊。但在内心深处她也知道，他们爱的是她的姓氏，她的万贯家财，而不是她极力想要证明的自己。现实就是如此，保镖都比王子可靠。就像在建筑外，她完全没把那些蝼蚁放在眼里，掏出手机，想打电话让司机保镖来接自己。谁知，手机没电。记者这么多，她寸步难行，只能听他们问着她各式各样的尖锐问题：

"谢小姐，听说你和上次约会的F1赛车手分手了，还是说你们只是玩玩的？"

"谢小姐，今天早上有一架直升机把你从家中接走，你是离家出走了吗？"

"谢小姐，你为什么会来出席苏太太的生日宴会？今天怎么会提早出来？是因为不讨主人喜欢吗？"

人成熟以后，会比以前更容易处理倒霉麻烦的事。但是，如果所有霉运接二连三而来，再理性的人也会接二连三地失控下去。换做其他时候，她可能会摆出女王造型，随便他们拍摄。但那一刻，她的头发乱了，鞋跟断了，整个人比平时矮了一截，周边还没有一个可以依靠的人，她笑不出来。直到一群黑衣保镖出现，垃圾车铲垃圾般把记者们推到路边。从他们清出的道路上，谢修臣匆匆赶到，一句话不说，抓着她的胳膊，塞她进车里。她在车里还在闹脾气，身体贴着车门，脸对着窗外。谢修臣拍拍自己身侧："坐过来。"

她赌气地抱着胳膊，嘴噘得高高的："不过去，就知道命令我。你为什么不坐过来？"

他转过头默然看向她，没有怒气，也没有笑容。她觉得委屈极了，刚想说点作死的话，就见他淡淡地笑了："因为你比我轻，坐过来比我方便。"

她脸上的不悦烟消云散，得意地扬起下巴："说得也是，我超级轻的。"然后笑着坐过去，缠着他的胳膊，靠在他肩上。

虽然表面很傲娇，当她依靠在哥哥身上轻蹭，却有点想哭。那一刻，她觉得自己是一条落难的小狗，被主人从脏兮兮的泥坑里捡回来，好好地保护起来。

原来，这世界上不是没有王子。王子是哥哥。

此时，谢茂望着女儿，本想再说点什么，但对上她这样的眼神，终于还是摇摇头："欣琪。你在考验你爸的耐心。"他叹了一声，站起来，拍拍她的肩："你知道我这样纵容你，是因为你的妹妹，你……"

"死者为大，我懂的嘛。"

她这副无所谓的样子让谢茂更生气了，他气得瞪了她一眼就走。回到卧室，他看见谢太太正贴着面膜，聚精会神翻看桌上的报纸。听见他的动静，她停滞了一下，动作平缓地把报纸合上，用手掌对面膜扇着风，去了洗手间。谢茂对自己夫人了解颇深，知道她从来不看和时事有关的东西，于是过去翻那沓报纸。里面有一条新闻是关于宫州第一黑帮苍龙组的。她是在看这个吗？谢茂皱了皱眉，把报纸再度合上。

　　谢欣琪哼笑一声，大马金刀地跷腿靠在沙发上，用遥控器打开电视。果不其然，随便换几个频道，她就看见自己那架粉色的直升机。她关掉电视，长叹一声，躺倒在沙发上，仰头却正对上一双俯视她的眸子。她"哇"的叫了一声，无所谓地笑了出来："怎么，爸爸训完，现在轮到哥哥啦？你想说什么，我帮你说了吧。'欣琪，你真是太不像话了！''哪怕不是为了你自己，也要考虑一下我们家族的名誉！''你一个女孩子，做事怎么可以这么轻浮？'……还有吗？"

　　他没有再板着脸训话，只是在她面前蹲下来，就像小时候为走路不稳的妹妹系鞋带一样。他握着她的手，抬头用恳求的语气说："欣琪，不要再这样任性下去，哥哥很担心你。"

　　谢欣琪从来不怕别人和她对着干，相反，她喜欢别人跟她来硬的。这样她就可以和对方拼得你死我活，而且往往她会赢。可是，她很怕被温柔对待。她整个成长过程中得到了过多的宠爱、跪舔和凶悍，独独缺少亲人平凡的关爱。她睫毛快速抖了抖，不自信地避开谢修臣的视线："万一我就是要任性呢。"

　　"其实，我知道你这么做，有部分原因是你叛逆，另一部分，是因为你想保护我。没有必要。我更希望自己妹妹过得好。"

　　她呆住了。他没再解释下去，两个人却对他话中的意思心知肚明。因为他是私生子。他母亲是父亲的情妇，害死了她的孪生妹妹，因此被谢茂彻底抛弃。从有记忆开始，他就没和父母一起吃过一顿饭，童年是在旁人的窃窃私语中度过的。十五年前，他的生母郁郁而终。从那以后，他的日子比以往更不好过。没有了生母的庇佑，连当着谢茂的面，后母都敢对他冷嘲热讽。家里人出差带回来的礼物，也没有一份是属于他的。个性与妹妹基本相反，他从小就学会了看人脸色过日子，学会讨人喜欢，以此让自己生存下去。一个男人处于他这样的身份地位，嘴甜得跟涂了蜜似的，又很难对人说"不"，自然也招来了大量桃花。正因如此，更有无数张嫉妒的嘴在背后抹黑他。

谢欣琪从来不计较他的出身。她只知道，他是她的兄长，他很疼她。而且，每次当她犯下错误的时候，爸爸都会和哥哥站在同一战线教训她。只有当她不那么完美的时候，别人才会对哥哥更重视一些。所以犯错时，她习惯性地把事情做得更糟糕一些……没想到，他居然看出来了。但是，这却是她第一次如此坚信，自己并没有做错。

"好了，早些睡觉吧。我还要去看一些文件。"他站起来，把她的头发揉得更乱了，"晚安。"

看见他纤长的背影即将消失在门前，谢欣琪从沙发上跳了下来："哥。"

他转过头来，疑惑地看着她。她别扭地走过去，双臂从他胳膊下穿过去，把头埋在了他的胸前，不再说一句话。

"这么大了还撒娇。"他听上去一点也不无奈，嘴角还有一丝微笑，"不过也没几年了，你总要嫁人。"

"你又想给我相亲是吗？King脾气可真臭，我一点也不喜欢。"

"连他你都挑，那我真找不到第二人选了。"

"我觉得哥哥就是这世界上最完美的男人，你按你自己这样的标准帮我找吧。"

按以前他们的对话习惯来看，他肯定会自恋地笑一下，说"想得美"。可是，等了很久，她也没有等到他的回答。

他只是轻轻推开她："你总不能嫁给我。"

谢欣琪微微一笑，挺着胸膛说："没关系，慢慢找嘛，总会有好结果的。毕竟马克·吐温说过，喜剧就是悲剧加上时间。"

谢修臣也微微一笑："我就是你的时间。"

"说得好！我们兄妹双璧，一定能……"但停了一会儿，她再度回了他一个微笑，"滚蛋。"

当时钟指向了十二点，东门之埠楼上的灯也随之熄灭。

一阵冷风吹来，洛薇锁上手机，抱着胳膊打了个寒战。真不敢相信，她居然在这里傻站了四个小时。小樱这家伙，不会是因为小学的那点矛盾，想打击报复她吧。她把已经踢脱在路边的高跟鞋穿上，提着包，颤颤巍巍地离开了餐厅。走了五分钟，身体就累得快要垮掉。穿过马路，扶着栏杆沿海边缓步而行，她看见了不远处的甄姬王城。它宝塔般矗立在宫州大桥一侧，灯火通明，不眠不休。

不知自己到底在追逐些什么。那些珍惜的记忆，不过是两个孩子的无忌童言。看看，这个晚上她都等了这么久，他还没有出现，甚至没试图来找她，说一声今天的见面取消。这只说明了一件事：过度在意的人，只有她。沿着河畔行走，清风拨乱她的头发，她禁不住打了个喷嚏。近期昼夜温差很大，是时候去打车回家了。这时，一个声音在身后响起："洛小姐。"

她疑惑地转过身去，看见一个外国男人站在她身后。他穿着一身纯黑西装，看上去不是很好惹。她防备地退后一些，小声说："请问你是……？"

"我们老板有事要找你。请跟我来一下。"

"你们老板？"

他指了指马路对面，那里停着一辆加长豪车。它和这位外国的衣服男人的衣服一样，也是纯黑色，但表面擦得锃亮，像能把所有的霓虹都吸收进去。

这里是宫州最著名的一条河，有个古典的名字叫洛水。它切割开两岛的水湾，给了宫州人尼罗河之于埃及人民般的信仰。传闻古时曾有神灵居住于此，耗其精神，以守宫州。这也是甄姬王城名字的由来——在曹子建笔下，甄姬是洛水之神的化身。宫州大桥到洛水极东这里是宫州最贵的地段，任何款式的名车都会在这里频繁出现。但是，这么正式的limo（豪华轿车）还是很少见。所以，她是不是可以推断，这一辆车就是刚才King的那一辆？这么说，找她的人是King？难道说，她能顺利离开甄姬王城只是那个K001看守不牢，现在他们要重新抓她来了？现在这么晚，周围没人，逃跑来不及，说不定还会再度被敲晕拖走。

"哇，是要见大人物吗？你稍微等一下，我整理一下衣服。"她转过身，面对洛水的方向，回头朝他充满歉意地笑了笑。他见多了这样的女生，只是面无表情地看着别处等待。趁这个机会，她拿出包里的手机，拨通报警电话，再掏出口红来，假装对着镜子补妆。

终于，听到有人接电话，她赶紧倒扣着手机，一边涂抹唇膏，一边对那位外国保镖说："其实，我刚搬回宫州，都对这里的路段不熟悉了……你看宫州大桥，好像比十多年还要宏伟。"

他没有说话，还是沉默地站在原地等她。电话那头无人讲话，却没有挂断，看样子已经意识到这边的状况。这时，另外两个男人也从对面走过来。其中一个个子偏高，穿着白色休闲西装，戴着银项链，一头茶色的法式小鬈发歪向右侧，眼角微微下垂；另一个穿着浅色正装，头发剪得很短，几近光头，留着小胡子，看上去有些痞气。见她还在那儿补妆，小鬈发笑了笑，说："这位有着乌鸦羽毛般长发的小姐，夜色让你如此动人，你却还没准备好吗？"

她一时间没能适应这种奇怪的说话方式，停了一下才说："马上马上，就快了。我还要补个腮红……"

"伊壁鸠鲁曾说，不要为了你想要的东西，糟蹋了已经拥有的东西。因此，你也不要糟蹋六哥的耐心，因为发怒的六哥，比恶龙还要可怕十倍。"

她掏出腮红，佯装闲聊，对他们喃喃道："这位先生，你应该不是在这里长大的吧。我跟你说哦，以前西边这条街上没有这个服装店，这怎么读来着……Le paradis？这是法语吧。东边也没有这个叫'理想国'的餐厅……"

那个说话跟念诗一样的男人本想开口，但小平头不耐烦地瞪了他一眼，抢先道："洛薇小姐，我不但是在这里长大的，还知道本地人不爱用东南西北分方向。然后，请那边转告一下刘警官，这里是常枫，我们六哥只是有事想和这位小姐聊聊天，没什么要紧事，不用派人过来。"他微微一笑，从口袋里掏出一个袖珍的遥控器，对着她的方向轻按一下。她听见手机发出"嘀"的一声，再翻过来看，电话已被远程操控挂断。他朝她伸出手："你好，我叫常枫，甄姬王城的副总。这位是陆西仁，我们的艺术总监。"

"……我是洛薇。你们好。"

她缩起了肩，把冰凉的手指放在他手心里，象征性地晃了晃，硬着头皮跟他走过马路。早就该想到，开得了这么大一家赌场的组织，必须得黑白两道通吃。这下她真是死透了。不过二十米的距离，走过去简直像一个世纪那么长。最终，她双手抓着包带，在那辆闪闪发亮的车后门前，不自在地挥挥手。车窗显现着她的影子，她看见自己笑得一脸僵硬。

随着那扇车窗缓缓下落，冷夜挥动月色的云烟笔墨，描绘出黑暗中男人的侧脸。她呆了呆，心跳也停了几秒。这一刻，街道对面呼啸而过的车声转瞬即逝，霓虹之光在头顶闪烁。直到寒风吹得背上一凉，她才确定这是一个人，而不是一张贴在车里的舞台剧海报。

这晚肯定是站太久，她的表现有些古怪。大学时她们设计系的帅哥很多，她也现场见过一些男明星，从没有因为哪个人好看就走神成这样。可刚恢复平静，她就察觉到，他长着瓜子脸，鼻尖高高挺起，鼻尖右侧有一颗小小的美人痣……她捂住嘴，不由得倒抽一口气。她不是看错了吧，应该没有看错吧！可是，这个人明显就是……

"你迟到了四个小时。"他低头看看手表，不耐烦地皱着眉，然后转过头来看着她，"现在都十二点一刻了。"

与他视线相撞的刹那，不到一秒的时间，世界也停止运转了一下。

这样的感觉小时候不是没有过，所以出于保护自己的目的，她才总想着避开他。但那时懵懂，并没有像长大后这样强烈。她只是愕然地呆了片刻，然后强迫自己打消这种不安。

"小樱！！"刚才的僵硬瞬间烟消云散，她狂喜地叫了出来，弯下腰扶着车窗边框，"真的是你，真的是你吗？真的是你！"

四　面　镜

小樱

真是无论想几次，都觉得非常不现实，又非常真实。

她那种源自直觉的他与自己的距离感，原来就是这么一回事。

"你这么激动做什么？不是一早就约好的吗？谁知道你会迟到这么久。"他对着旁边的空位置偏了偏头，"上车。"

　　她欢天喜地地奔到另一边车门，这时司机已经下车，替她开门，她收回和他的手套碰到一起的手，说了声"谢谢"，赶紧坐到车里去。随着关门声响起，车厢内显得特别寂静。

　　小樱身穿灰色西装和黑衬衫，衬衫的前两颗扣子懒散地解开，露出若隐若现的锁骨。腿和胳膊长而笔直成这样的人真不多，而且，他还跷着腿，单手手背撑着额头……他身上有一种几近冷漠的傲慢。有那么一刻，她想起了那个戴面具的男人K001。但随着他转过来的视线，这种想法立刻被她打消。他扬了扬眉，轻笑道："怎么，想说我不是你喜欢的类型？"

　　洛薇愣了一下，想起了小时候的事。

　　当时，她们班和四年一班周二下午第一节课都是体育课。有一次自由活动时间，小樱去小卖部买水，她偷偷溜进去，跟他打了个招呼。小樱"哦"了一声，拿着水转身就走，但走到门口，又抱着足球转头对她说，以后周二中午都一起来上学吧。她高兴坏了，用力点头。

　　下个周二，妈妈多准备了一个苹果，让她送给小樱。后来每个周二的中午，他们都会坐在操场边上吃苹果，一起等待体育课铃声响起。几节课以后，小樱的哥们儿跑过来钩着他的脖子，对她笑了笑说："嘿，学妹，你和老大关系很好啊。"她诚实地点头。他说："你喜欢老大吧。"她说，超级喜欢。随后，男生们爆发出一阵哄笑。那个学长一边鼓掌，一边对她说："学妹真坦率，其实老大也很喜欢你哦！哈哈哈哈！"他们最后的结果是轮流被小樱踹了一顿。当天下午，小樱破天荒地来教室门口接她。她提着书包就飞奔出去，牵着他的手朝学校门口走去。小樱愣了一下，不自然地把手抽出来。又看了她一眼，见她睁大眼迷惑地望着他，他别过头去，一把抓住她的手，把她往门外拖去——那一刻，她不是没有意识到周围有很多人在看他们，但她想小樱可是校霸大姐头，大家看他们很正常。她还挺了挺胸脯，觉得脸上可有光了。只是小樱的反应很奇怪，他像拖着个玩具兔娃娃般大步往前走，耳根红红的，直到走出校园，都没有转过头来看她。

有一节体育课，看着小樱穿着一身球服在足球场上奔跑、铲球、射门。洛薇突发奇想，问苏嘉年，为什么小樱越看越像男孩子。苏嘉年笑出声来，说英泽本来就是男生啊。那一瞬间，如晴天霹雳。想起他同学对她说的话，她主动牵他手时他不自然的反应，还有全校孩子诧异的目光，那种震惊、顿悟、尴尬……直到现在，都难以忘怀。从那天开始，她没再等过小樱，一下课就自己溜回家。但她和小樱哪怕同时出现在一个操场，都能听见几十米外传来哄笑声。

他们的矛盾在音乐节当日爆发了。她属于读书起步比较慢的学生，不仅没什么艺术天赋，连考试都挺吃力的。音乐节前一天发试卷，她偷偷把卷子上的分数"1"改成了"9"，被爸妈发现。他们把她训斥了一顿，叫她第二天把卷子改完再回家。她只好在音乐节上也悲苦地订正卷子。那天活动大厅里，四年一班的学生刚好坐在他们班位置的右上方。看见苏嘉年的背影，她跑去让他帮忙看卷子，但他正巧起身去准备钢琴表演了。她想撤退，小樱的好哥们儿又一次冒了出来，大叫："哇，这不是大嫂吗？大嫂来找老大问作业啦！喂喂，你们都快来叫大嫂！"小樱已经习惯了他们这样起哄，走到她面前，下巴朝他座位旁的空位偏了偏说，你过来吧。那是知道他性别后，她第一次跟他站得这么近。不管他说什么，那些男生的起哄都不曾停止。她再也受不了，对他们大声说："我以前一直以为小樱是女孩子，所以才和他关系这么好！我才没有喜欢他，他不是我喜欢的类型。就算要喜欢，我也会喜欢嘉年哥啊。你们不要开这种玩笑了！"然后，她看到了小樱震惊的眼神。有那么一刹那，她觉得非常非常后悔，但为时已晚。唉，童言无忌。就这样的话，让他们俩从此变成了路人，一直持续了将近三年，她即将搬家离开宫州的日子。

三年后，花团锦簇的春日，她在操场上看小樱他们集体拍毕业照，签同学录，却不敢靠近。没想到小樱主动走来说："洛薇，你转学以后还会不会回来？"

原来他已经知道了她要转学的事。太久没有和他对话，她局促地摇摇头："我不知道……"

他把校服搭在肩上："你喜欢我吗？"

完全没想到他会说这种话。她吓了一跳，承认也不是，否认也不是，整张脸烫得发疼，快要哭出来，最后只能垂下脑袋："我……我不知道你在说什么……"

"以后我们可能都再也见不了面，你还不愿意说实话？"

"……我……"

"算了，不勉强你。等到你真的回来那一天，可能我们都已经长大了。我会变成水钻商的。"他轻拍她的脑袋，伸手在她的小指上轻轻钩了一下，"你也不要忘记我们的约定。"

她记得，那一天是春季，桃花开遍整个宫州，花瓣雨落了他们俩一身。他把校服搭在肩上，抬头看了一眼头上的桃花，伸手往上指了指，朝她露出了孩子气的微笑："就这么决定了。我会等你回来。等花再开的时候，我就会和你结婚。"

粉色的花瓣落满了校园。她看着他走得越来越远，不知为什么，脸上的热度没有消失，反倒高烧般越来越烫。最后，她用两只手揉着眼睛，哭了起来……

多年后，一句"我不是你喜欢的类型"，也带回了这一份孩子气的早恋记忆。想到这里，洛薇涨红了脸："在你记忆力的衬托下，我简直就是金鱼。"

"这样有自知之明，说明你还是比金鱼好点。"他的声音充满年轻男性的魅力，音调却冷冷的，犹如沧海深冰，然后他对她摊开了手，"手机给我。"

她乖乖拿出手机，解锁后递到他手里。他在上面快速输入了一个号码，拨通以后挂断，说："这是我的号码，存着。"

她又偷瞄他一眼。像他这样的类型，会有女生不喜欢吗？就是总感觉……有点太强势。她以为他长大会变温柔一些，没想到事实是变本加厉。不过，电话簿里突然多了他的号码，只觉得心里美滋滋的，也没心思去追究这些细节。

之后，常枫和陆西仁也上了车，坐在他们前侧。常枫问洛薇住哪里，她交代以后，突然拍了拍脑袋："唉，你看我可真笨，之前小辣椒就告诉过我，你现在经常在甄姬王城，我到了东门之埠，听他们说King在楼上，都没想过你也在楼上。刚才如果我上去找你，就不会让你等这么久啦。"

听到这番话，小樱疑惑了一秒，又冷笑着摇摇头。这表情严重打击了洛薇的自尊心。她觉得应该亡羊补牢一下："我没说错吧？你认识King吗？"

"认识。"

这下，连陆西仁也噗笑出声。这不明意味的笑让她更加尴尬，她继续说："别笑啊。甄姬王城这么大，不是每一个人都和他打过交道的吧？我会下这种结论，是因为你们都坐了他的车。我没说错对不对？"

常枫哑然，陆西仁又忍不住笑了几声。小樱叹了一口气："是够笨的。"

其实他才是笨蛋，既然一直都在那儿等，为什么不找小辣椒要电话？她可是按时按点到的。算了，他脾气一直是这样。每次跟别人约时间见面，他都得比机器人还准时，但对方哪怕迟到一分钟，他也不会再多等下去。不解释、不沟通、不示弱，完全就是他的个人特色。没想到过了这么多年，还是一点没变。想到这里，她转头朝他笑了："嘿，小樱。"

"怎么？"

车厢中只漏入了街灯的微光。他侧过头，将目光投落在她身上。她的披肩长发也在风中轻舞，散发着亭亭玉立的气息。但她还是和以前一样，眼神有一股不服输的韧性，笑容既有坏姑娘的狡黠，又有好姑娘的纯真，和小时候并无不同。他静静望着她，面容因背光而不清晰，轮廓却美丽如同电影中的场景。不管是他发丝被风扬起的颤抖，还是眨眼时睫毛扇动的瞬间，都像慢镜头一样，缓缓进行着。

——不要忘记我们的约定。

——我会等你回来。等花再开的时候，我就会和你结婚。

那个童年男孩子的声音依稀在耳边响起。她想，之前她会为与小樱见面感到紧张，大概是曾经有过这样的对话。但真的见面以后，她发现自己确实想太多。她试着继续话题："真没想到我们十五年没见啦。之前一直找不到你人，我还以为你遇到了麻烦，结果你现在居然这么厉害。"这些都是肺腑之言。小樱的家境并不富裕，也没有女主人，但林叔叔是标准的好爸爸。以前他们一帮孩子去小樱家玩，他每次都会烧香喷喷的菜给他们吃，待他们特别好。这样和蔼可亲的林叔叔，按理说应该养出安分守己的儿子，没想到小樱这样霸气，居然能走到这一步——很早就听人说过，甄姬王城高层大部分都是名门望族，贺姓股东更是占了大半。一个二十多岁的年轻人想要混到King身边，真需要点本事。

"厉害？愿闻其详。"他饶有兴致地说道。

"能在King身边工作，还不厉害吗？虽然我也在厉害的人身边工作，但到底只是个小助理，你比我高了不知几个段数呢。"

陆西仁大笑起来："哦，我的上帝，我肚子空得就像霜浓月薄的严冬，你这一逗我，我的胃更疼了，洛小姐，你是想用你幽默的羽毛将我安葬吗？"

"你不吃东西是因为在忙着把妹，这也怪在洛小姐身上？"常枫完全不给他台阶下。

小樱没再继续嘲笑她："你在给谁当助理？"

"Edward Conno。"

"现在还喜欢发亮的东西？"

发现他能记住这么多关于她的事，她眼睛笑成了两湾明媚的深潭："对了，你有事要跟我说？"

　　气氛安静下来。她本来觉得自己还是有点了解小樱，但面对他的目光，她总是会有些不知所措。那样的眼神，没有朋友之间的和善，也没有男人对女人动心的柔情，倒有点像狼观察猎物的神情，极端冷静，也相当可怕。他看了她一会儿，转头望向窗外："以后再说。"

　　"好吧，今天确实也有些晚了。"她晃晃手机，"我们电话联系吧。"

　　"嗯。"

　　没过多久，车停在小辣椒家楼下。待她下车拿钥匙打开家门，轿车飞驰而去。她满心雀跃，本想跟小辣椒分享一下与小樱重逢的心情，但小辣椒在梦中连续喊了两声"明天我要送快递"，就睡死过去。

　　小辣椒说的都是大实话。第二天大清早，她真的开始了她人生中第一份工作。已经有不下十个人告诉她，女孩子不适合干这一行。大家都听过快递小哥，却很少见到快递小妹。但她左耳进右耳出，还是坚持到底。这个早上，街边的商店生意依旧兴隆。有人听着音乐摇头晃脑，饱和的音色早已萦绕于心；有人正因天气太热，愤怒伸手扇风，为自己点亮烟的星火；有人气质儒雅，即便住在破落旧宅，也在门前种上兰菊芍药；有人从豪车上下来，为自己的老板买下一杯咖啡，效率十足，在一分钟内完成交易……大千世界的色彩，就是她做这份工作最想感受的东西。她骑着电动车开始往附近的高档小区"圣特丽都"配送快递，不幸的是，第一堆东西的收件人就要了她的命。因为，有一个人不知道网购了什么东西，要收大大小小十二个包裹。她把东西全部搬到物业，往台上一放就想离开。物业的工作人员却猛地站起来："如果是2号楼4948的包裹，请务必送到家里，由业主本人签收。"

　　到了49层4948室，她按下门铃，半晌没人来开门。她拨打收件人的手机，也没人接。她敲了几下门，也没人开门。她的好脾气被磨尽了，开始编辑短信："陆先生，我是顺通快递。您家没人，快递我放在物业……"里面总算传来"乒乒乓乓"的声音，她停了一下，又开始狂按门铃。一个女人娇嫩的声音传出来："来啦来啦，就来啦。"

　　家门打开，小辣椒却被吓了一跳：面前的女人留着风情大鬈发，大约有一米七八，荔枝红真丝睡裙裹得住细腰，却遮不住呼之欲出的大胸长腿。小辣椒瞪大了眼，看看包裹上面的名字，再看看面前的大美女："陆西仁？"

美女打了个哈欠，让了一条道，睡眼蒙眬地倚在墙壁上："东西都放在过道上吧。"小辣椒把东西搬进去，望了一眼满大厅的蕾丝文胸、内裤、捆缚绳子、手铐，还有一些她从未见过的道具，又不慎抬头看见美女不可忽视的乳沟，吞了口唾沫，红着脸把东西放在过道上，让美女签收后，匆匆逃入电梯。

工作安定以后，洛薇开始了社交生活。她的大学寝室室友丁晴也在宫州工作，和丁晴联络上以后，丁晴约她出来吃了一顿饭。记得在校时丁晴的男友是金融学院的，他俩当时也算是一对出名的恩爱情侣，毕业以后他们一起来了宫州，于是洛薇问他们是不是好事将近。丁晴的脸跟京剧脸谱似的拉了老长，只冷冷交代了一句"他劈腿找了个绿茶婊，我们掰了"，就再没后话。洛薇赶紧转移话题，可不论说什么，她都深深陷在情绪低谷中，怎样都好转不起来。而说错话的下场就是，洛薇被迫参加了丁晴朋友的聚会。

原本以为聚会是指聚餐吃夜宵，周五晚上九点下班后，洛薇去了丁晴给的地址，发现目的地是一家豪华俱乐部。她直接穿着白天上班的衣服来了，和这里的风格格格不入。还记得大一的万圣节，她曾经跟丁晴还有另外两个室友到夜店玩过。那里震耳欲聋的音乐韵律感十足，当拿着拐杖、头戴大礼帽穿着渔网袜的女郎从她身边走过时，她第一次知道，原来浓妆艳抹的女人可以美得这样张扬、这样诱人，简直就是《果酱女郎》里走出来的女人①。跟刘姥姥进大观园似的，她和同学们在里面溜达了两个小时，害羞而笨拙地跟着晃了几下，就溜回了寝室。虽然没有再去夜店的冲动，但她们都很有一种"我已经是大人了"的嘚瑟劲儿，跟青春期第一次抽烟的嘚瑟男生有异曲同工的傻感。

---

① 《果酱女郎》指 *Lady Marmalade*，1974年《红磨坊原声带》中的歌曲，2001年由Christina Aguilera、Pink、Lil'Kim、Mya翻唱后，成为当年全球最畅销、打榜成绩最辉煌的CD单曲，在全球50个国家登上冠军位置，共卖出了510万张唱片。在2002年获得第44届格莱美最佳流行合唱作品奖。

没想到转眼间，丁晴已经变成了夜店的常客。进入俱乐部，洛薇被她拉走的瞬间，差点都没认出来。她穿着迷你裙、踩着恨天高，鬈发拨到一边，香肩半露，脸上的妆容精致得可以直接上电视节目。她挽住洛薇，上下打量了一圈："我的天，薇薇你怎么就这样来了啊。"

"上班忙没时间打扮呢，本来还要加班呢，我都赶来了，够义气吧。倒是你，漂亮得跟明星一样，要不要这么拼啊？"

丁晴挺受用，在她耳边悄悄说："其实，渣男和绿茶婊周五经常出现在这里，我就是要特别漂亮，让他看见我就后悔。"

洛薇想了想，如果是自己，只会觉得分手即是陌生人，他后悔也没什么意义，这样做有些浪费时间。但每个人的人生观不同，她只能表示支持老同学，于是对丁晴伸了个大拇指："高。"

丁晴和她的朋友们订了一个包间，总共有十来个人，男生却只有三个。丁晴拉着洛薇一一为他们互相介绍后，一个叫小容的女生嗲嗲地说："丁晴呀，我是不介意多几个女孩子，可只有女生也没法玩是吧？丁晴你是想当灭绝师太吗？要不我再叫几个男生来啦？"

"唉唉唉，不劳烦周总大动干戈，你想叫男生，我来叫就是。"丁晴侧头对洛薇小声说道，"小容长得很漂亮，看得出来吧？"见洛薇点头，她翻着白眼吐了一口气："但她也挺作的，她叫来的男生简直跟邪教教众一样。今天是我的局，我可不想让她来捣乱。你认识什么靠谱的男生吗？叫来凑个数吧。"

大学时期丁晴一直在恋爱，大二以后就和男友搬出去同居了。洛薇和其他室友都是每天吃黄金狗粮的单身汪，和丁晴不算一类人，因此和她不算太熟。在没有完全了解她之前，出于对好朋友的负责态度，洛薇不想把小辣椒苏嘉年这类死党带到这个圈子。可临时叫普通朋友出来玩，又显得不太礼貌。左思右想，她总算想到了一个两全其美的方法，就是叫一个不太可能会出来的人，然后被拒绝。小樱颇有震慑力的目光在她脑海中飘过，她发了一条消息给他："我和朋友们在外面聚会，你要一起来吗？"然后把俱乐部地址发给他。说完她对丁晴挥挥手机，表示自己问了朋友："关系好一点的男生就这一个，他不来我就没办法了哦。等等看吧。"

丁晴表示理解，自己叫了其他男生来。而小樱的反应也完全在洛薇的意料中。等了很久，他回都没有回复。她知道，这就是他的作风，但她还是觉得有些失落。之后有男孩子说要她去玩游戏，她也只能老实地说自己不会。对方点了点头，但还是坐在旁边为她端茶送水。她觉得有些不自在，干脆说自己有男朋友了。对方先是一愣，然后尴尬地笑着说了一句"真是好女孩"，就找别人玩去了。

半个小时后，丁晴叫了洛薇还有两个女生一起去上洗手间。洛薇在洗手间反复检查了手机很多次，除了新闻，什么新的消息也没有收到。小樱真是的，好歹拒绝她一下。什么都不回复会让人胡思乱想的。不过想想他可能是在忙，她也就不纠结了，只觉得意兴阑珊，开始犯困，想要回家。就在这时，旁边的女生推了丁晴一把："妈呀，丁晴你快看，那边有个男人长得好帅，身材也好好，大长腿啊！"

丁晴跟着转过头去，不耐烦地说："这么多人你要我往哪里看？哪一个……"话说到一半，眼睛也看直了。她眼睛眨也不眨，推了洛薇两下："快看，快看。"

洛薇顺着她所指的方向看过去，果然看见一个男人站在角落里打电话。她只听见一道闷雷在脑中劈过，接着手机就振动起来，"小樱"两个大字明晃晃地出现在她眼皮子底下。她颤颤巍巍地接通电话，但什么都没听见，只能飞速挂了电话，起身朝他跑过去。这时DJ正打着一首慢摇的韩文歌曲，男女声合唱出深情的旋律，夹着慵懒性感的叹息声回荡在舞池中。小樱正皱眉想再打一次，被她伸手戳了戳胳膊，抬头扬眉看向她。蓝紫色的灯光在他们身上跳跃，洛薇莫名感到紧张，朝他小幅度地挥手打招呼："你……你居然真来了啊。"

他没有听见，走过来低头说了一句话。她也只能听见音乐，朝他眨了眨眼睛，指了指耳朵，摆手表示听不见。他无奈地叹气，走近一些，低头在她耳边说："你怎么会来这里？"

也不知为什么，旁边的人都不时朝他们投来故作淡漠的目光。他明明隔得不算太近，低低的、好听的声音却绕着耳膜缠了一圈，深入耳蜗，烫红了她的脸颊。她连正眼看他都不敢："朋友聚会啦。我也是第一次来。"

"你不适合这种地方，看看其他女孩多性感。"他朝人群偏了偏下巴，又用挑剔的目光把她从头到尾羞辱了一遍，"……你简直像小学生。"

羞涩感转瞬即逝，洛薇抬头瞪了他一眼，把他带到丁晴她们身边。于是，这一路回到包间的过程中，丁晴和另外两个女生都是一脸呆相。进入包间后，所有人都抬头看向小樱的方向，正在唱歌的女孩子让卡拉OK只剩了伴奏。然后，唱歌的女孩子支支吾吾地说："丁晴……这是？"

"这是洛薇的——"

丁晴转过头看了一眼洛薇，洛薇连忙说："朋友。"

"哦哦，这是洛薇的朋友。"丁晴看着小樱的目光闪烁不定，口齿也变得不灵活了，"你叫？"

"Jim。"小樱随口说道。

"哦，哦，好。"那个女孩子点点头，又继续对着字幕唱歌。

直到小樱和洛薇并肩坐下来，静谧的尴尬才缓和了一些。只是，现场的气氛与之前完全不同了。本来女孩子们都在和男孩子们玩骰子、划拳，见过小樱后，都不再和男孩子们一起玩，而是坐在一起聊起女性化的话题。男孩子们也察觉到了这种微妙的变化，自觉地跟哥们儿喝酒玩骰子，统一拉长了脸往地上看。个别比较有个性的，还在鼻间发出讽刺的笑。

洛薇并没留意到周围人的反应。因为他不认识任何人，她就更需要多与他聊天，照顾他的感受，否则第二天自己恐怕小命不保。还好小樱的性格私底下还算健谈，跟她你来我往地说了好一会儿。聊到一半，她感到有人轻掐了一下她的腰，她打挺儿直了背，回头发现丁晴正眨巴着眼睛看她，那副娇羞的样子是见所未见。她张开嘴，在询问丁晴有什么事前，已经秒懂了丁晴的意思，于是笑着让开，让丁晴坐在她与小樱中间。看见小樱对自己扬了扬眉，她清了清嗓子对他说："介绍一下，这是我大学最铁的姐们儿丁晴。丁晴，Jim和我认得可比你久，我俩认识的时候差不多都是穿开裆裤的小屁孩儿呢。"

"我知道，他就是小樱。"丁晴把鬓发拨到一侧，展现出成熟女人的知性姿态，"大学的时候天天听洛薇提起，耳朵都快生茧了呢。"

"没错，就是他！晴儿你真是聪明坏了。"洛薇满心喜悦都写在了脸上，本想对小樱再说几句话活跃气氛，对上的却是他冷漠而复杂的视线。意识到自己可能说错话了，她赶紧住口，摊摊手示意他们俩继续聊。

小樱没有再看她，接过丁晴递来的酒水，客气地说："丁晴，你是做什么的？"

"和洛薇一样，都是珠宝设计。你呢？"

还没等小樱开口，洛薇已经插嘴说："保险！他……他是卖保险的！"

"卖保险？"丁晴皱了皱眉，"跑业务的吗？"

洛薇点头如捣蒜："对，就是跑业务的。"

小樱现在在甄姬王城工作，恐怕不宜透露太多信息。因为丁晴以前就喜欢和家境好、地位高的人打交道，她的前男友也是一个富二代，所以，最快让她打消对小樱兴趣的方法，就是把他的工作说得初级一些。洛薇对小樱坚定地闭眼点头，表示自己这样做是没错的。谁知丁晴不但没有减少兴趣，反而端了酒杯敬小樱："真厉害，保险业务员是非常辛苦的工作。"

洛薇大吃一惊，连眼睛都忘了眨。小樱吐了一口气，嫌弃得连看都不想看洛薇，随即机智地把话题转到了珠宝上。他与丁晴聊了好一会儿，丁晴居然一改往日强势爱说教的个性，认真当起了倾听者。洛薇撑着脑门儿，只盼不要出现任何错漏。而这整个过程中，小容一直坐立不安，一会儿捶胸顿足，一会儿仰头长叹，把所有的女孩子都吸引过去，听她说一些感情琐事。丁晴不是没有留意到小容的故作姿态，但她只忙着和小樱聊天，并不想搭理小容。直到小容大叫一声："哎呀，真是烦死了！"让小樱都不由得看了她一眼，丁晴才总算拉不下脸，客套地露出一脸假惺惺的关心："怎么啦？"

令人跌破眼镜的事发生了。小容居然就这样站起来，把一群姐妹扔到角落里，扭着屁股、踢着迷你短裙下的纤长白腿，一步三摇地走到隔了五六个人的小樱右边，贴着他坐下却假装看不见他，对他左边的丁晴说："哎呀，晴晴，你不知道，我真是快烦死了。"

丁晴眉间明显皱了一下，嘴角也轻轻往下撇了一下，但还是强挤出一脸不大舒服的笑："怎么烦啦？"

"就是上次那个十八岁的小鲜肉，你看。"小容掏出手机，把微信聊天记录展现在小樱和丁晴中间，"我都拒绝了他好多次，可他还是死缠烂打，每天花式告白，半夜还骚扰我，真是闹心啊……"

手机屏幕上是满满的"我想你"和桃心符号、亲吻表情。丁晴瞅了一眼小樱，发现他也在看小容的手机，于是眼睛眯起来，快速抢过手机，往上翻了翻："呀，怎么都是他一个人发消息，都没有你的回话呢？你看这条，他说了一句'对啊，我是在想你'，上面的对话呢？网络不好吗？"

小容的脸跟火烧过似的热了起来，笑容也变得跟丁晴一样不自然了："哦，可能是信号不好吧。但这不重要，哪怕信号不好他也老发给我啊。"

丁晴单手撑着下巴，扬着嘴角轻飘飘地说："这多好。我记得你说过他很帅，应该还是挺喜欢他的吧。"

小容一副快哭出来的可怜表情："没有没有，我只当他是小弟弟，谁知道他会来这一套。"

两个女孩子只是在聊普通的话题，但她们一句句对答下来，周围的人也都感受到了浓浓的火药气息，纷纷看向她们的方向。随着气氛越来越紧张，终于，小樱笑了："这年头姐弟恋也很流行，怎么不考虑一下？"

"我不喜欢他，但我喜欢你这样开明的思想。"小容比被翻到牌子的妃子还受宠若惊，举起一杯酒对着他，"来，我敬你。"

小樱当然不会推拒，和她喝了一口。她捂着嘴，一副不胜酒力的样子，嗲得恰到火候："对了，你叫Jim是吗？"

"对，你呢。"

"我叫小容。"

小容兼职平面模特，比丁晴更懂展现女性的魅力，也更大胆、更懂男人。她与小樱的距离近到几乎贴在他身上，连说笑声都带着甜腻的气息，比常态下拉长了脸嫌这嫌那的样子可爱多了。她思维活跃又跳跃，持续问小樱各式问题，不给丁晴任何插嘴的机会。小樱对答如流，也确实没时间与其他人对话。随着他们聊天时间变长，丁晴也从尴尬地笑变成完全笑不出来，咬着嘴唇，脸色比周围被冷落的男生还难看。

而洛薇从头看到尾，竟也发不出感慨，想笑又不敢笑，只能目瞪口呆地看着他们仨人。

最后，丁晴实在拉不下老脸和小容火拼，面无表情地提裙起身而去，跟别的女孩子坐在了一起。小容的双肩放松了一些，却并没有感到得意，反倒有些失落地沉默了好一会儿，才对小樱说："对了，Jim，你长得有点像

King呢。"

听见这句话，洛薇扑哧一声笑出来："你这样说，他回去得高兴死啦！"

"咦，亲爱的，你跟他关系这么好，居然不觉得他像King吗？"

洛薇压根不知道King长什么样，只是老实地摇摇头。小容又软软地笑了："不过Jim比他帅多啦，他的鼻梁比King的高，个子也比King高半个头吧。"

就这样，一个晚上过去，洛薇回到家中，只觉得比跟人打了一架还累。打开手机随便翻了翻，发现有几个聚会上的人在微信上加她为好友。她只通过了讲过话的两个女生，没想到她们都在问她小樱的事情。有小樱这种朋友还真是辛苦。她随便敷衍了几句，就刷了刷朋友圈。有趣的是，小容和丁晴一前一后都发了朋友圈。

小容的照片是一张自拍，文字写的是：终有一天，我们都会变成自己曾经最讨厌的样子。

丁晴分享了一首经典悲伤情歌，是她大学时最爱听的歌。文字写的是：年纪越大越不知道自己想要什么，恐怕再也等不到真爱了。怀念曾经。

她俩的明争暗斗虽然精彩，但任何形式的热闹散场后，总是会有些寂寞。这不是任何人的错，也不能怪小樱。作为一个旁观者，洛薇也没来由地觉得有些低落。只是，她低估了这两个女孩的战斗力。第二天，她再度收到了她们的消息。丁晴说得比较含蓄，大意是她分手之后，再也没有遇到过真正爱她的男人，问洛薇有没有合适的男孩子可以介绍给她。小容的消息倒是直白得有些可爱："Jim是单身吗？"

洛薇回复说："不知道，没听他提过女友。可能是吧。"

"那你为什么不和他在一起？我听丁晴讲，你们从小就认识了。你有男朋友吗？"

洛薇有些无奈，只能给出最安全的答案："我没男朋友，不过我跟他从小就认识，所以才没感觉啊。太熟了。"她想了想，在与小樱重逢前，她曾经有过一些浪漫的幻想，真的碰面后，她还真没想过要跟他有超出友谊的发展。但并不是因为从小认识这种理由，而是因为……总感觉两个人差距有些大，彼此也没什么共同话题。和这样的人当朋友会让她眼界更广、变得更优秀，但如果要找男朋友，她还是比较想找做技术的上班族，不需要太帅，个子比她高，比她聪明一点点，收入和她持平或者高出一点点就好——这样也是她父母最理想的女婿类型。想到这里，洛薇才开始有点担心起自己的未来了。是不是该少花点心思在工作上，抽空去接触一下男孩子，谈个恋爱什么的……

她正拿笔想写一下瘦身美容计划，小容的消息把她从想象中拉回现实："既然如此，你帮我和Jim牵个线可以吗？我……我知道他高不可攀，如果不是亲眼见到，我永远也不敢想认识他。可是他昨天对我态度特别好，我整个晚上都没睡着，到现在想到他都觉得脸红心跳。哪怕只是做朋友也可以啊，拜托拜托，我想再见他一次，只要我要到他的联系方式，后面就不会再麻烦你了。我知道薇薇姐姐你最好了啦……"

小容发射出一系列嗲嗲的蜂蜜炮弹，腻得洛薇腰背都快酥软了。小樱真有本事，从小好看到大就算了，还总散发着让人仰望的气息。如果说出他在甄姬王城当高管的事实，恐怕女孩子们更要疯狂。当他的朋友还真是挺有面子的。洛薇呵呵笑了几声："好好好，我帮你问问看。"

"薇薇姐姐，你这么友善，那我也不卖关子了。其实我知道Jim是谁了。"

"是谁呀？"洛薇加了一个坏笑的表情。

"就是他像的那个人。"

这简直是洛薇本年度听过最好笑的笑话。她回话说："小容你不仅冰雪聪明，还火眼金睛。"

"天啊，是这样吗？其实昨天环境那么暗，我开始也不能完全确定，但凑近看我发现Jim和King一样，鼻子上有一颗痣！哪有这么巧合的事呢？我居然真的跟他说了这么久的话，我还和他喝酒了……现在我更乱了，不行了，我得去平复一下心情……"

小容如此笃定的态度让洛薇觉得有些奇怪。难道他们真的长得很像？她掏出手机来搜了搜"甄姬王城King"，出现了的结果是：

您要找的是不是：贺英泽

这个名字让洛薇的心跳都停了两秒。而百科介绍里出现的照片，压根就是小樱的照片。洛薇吓得手一抖，差点把手机也摔了。她不敢相信自己看到的结果，然后再度输入"甄姬王城King全名"，第一个结果是知道提问："甄姬王城现任King的全名是什么啊？他和贺炎是什么关系？"点赞最多的答案是："贺英泽，贺炎孩子里的老六，唉，偶像级人物啊。"

她望着那三个字，头脑一片空白，在她和小辣椒、苏嘉年的群里发送语音消息："怎么回事，为什么King的名字照片都和小樱这么像？"之后发了一张截图。

"啊？难道没有人告诉过你小樱哥改姓了？他现在是叫贺英泽啊。"语音发过后，小辣椒又发了一段文字消息："@苏嘉年 哥，你都没告诉过她King就是小樱哥？"

苏嘉年回复说："我以为你说过。"

小辣椒迷惑地说："奇怪，薇薇，记得之前我问你知不知道小樱哥的事，你跟我说你知道……"

洛薇呆了一下，隐约想起她们之前有过这类对话，但实在记不清具体内容了。

和他们交流后她才得知，小樱的亲爹一直住在南岛，林叔叔只是他的管家。她搬离宫州时，他也刚好被父亲召回了南岛。贺氏是拥有私人家族坟场的宫州第一望族。它的创立者是贺丞，是百年前地震灾害后经济复苏的宫州首富。当时，宫州有一句俗语，假若形容一个人不懂得德量力，就可以说"你当你贺丞啊"。这个响当当的贺丞有十二个孩子，其中最叛逆的就是贺炎。贺炎曾因时犯大错，屡教不改，被他逐出家门，结果二十年后回来，贺炎变成了黑白两道通吃的大人物，重新获得了父亲的重视。虽然贺炎已于十五年前病逝，但连他们这一代的人听到他的名字，都自觉如雷贯耳。而和洛薇一起长大的小樱，就是这个老六，贺丞的孙子，新King贺英泽。

小樱是King，是贺英泽。真是无论想几次，都觉得非常不现实，又非常真实。她那种源自直觉的他与自己的距离感，原来就是这么一回事。

她很快调整了心态。不管他是什么身份，都是和她一起成长的朋友，没必要有差别待遇。只要发自内心真诚对他，这份友谊一定能维持下去。对了，既然现在甄姬王城是他的……他是不是可以查出高级贵宾K001的真实身份？这个人好歹救了她一命，还让她免于一场灾难，她很想当面向他道谢。找个机会试探一下好了。

回复小容后没多久，她还没来得及想清怎么向贺英泽开口，就收到了丁晴的消息："洛薇你什么意思，为什么要介绍Jim给小容？你到底是我的朋友还是她的朋友？"

洛薇像做错事的孩子一般脸红起来，问她怎么知道的。丁晴发了一张好友群聊天记录截图过来，小容在群里说，她要跟洛薇和Jim去聚会了。这姑娘也太沉不住气了。洛薇无奈地扶额，发了一段语音过去："我的祖宗晴儿，你也没跟我说过你对Jim有兴趣啊……"

"你是在跟我开玩笑吗？我不是才跟你说，让你帮我留意优秀的男孩子吗？还是说在你眼中Jim只是卖保险的，不够优秀？"

"不是他不够优秀，而是他实在优秀过头了。挑战他很可能会受伤的。"

"为什么？"

既然卖保险都无法阻止她的热情，洛薇也干脆直说了："Jim是贺英泽，就是甄姬王城那个King。"

过了很久，那边才回了一句："我的妈！"

"现在理解我的苦心了吗？"

很显然，丁晴没理解："你和甄姬王城的霸道总裁是穿开裆裤的好朋友！这么好的男人你居然介绍给小容！！！"

洛薇差点一头撞在桌子上："我答应小容帮她约他，是因为她有自信，活力满满的。但你才结束了一段爱情长跑，再挑战这么大风险的，我怕你会受伤。"

"我不怕。"

"啊？"

"小容有自信，我就不能有？你们出去的时候，把我也叫上。不然我俩同室情谊就over了。"

洛薇真的头大了。前一天晚上丁晴和小容都斗成了那样，再下一轮岂不是要抓头发甩耳光？都怪自己，当时就不该去约贺英泽，现在该怎么收场……

她深思熟虑了很久，决定让当事人来做决定，发了一条消息给贺英泽，向他大致交代了一下情况，他给了她自己的微信号。她加好他，率先发了一段消息："小樱，这事主要责任在我，次要责任在你。你太帅了，把这俩姑娘迷得神魂颠倒，现在她们把我缠得不行，我实在不知道怎么处理了。这样吧，你发个消息给我，说你没空。我截图给她们看。"

贺英泽的回复很莫名："知道了。周六你把她俩带到Herson高尔夫球场。"

Herson就是"贺丞"的英文写法。在Herson高尔夫球场这种地方和她们聚会，贺英泽明显是在埋炸弹。洛薇试图力挽狂澜："啊？你直接发消息说你没空就好了。"

"今天说我没空，她们还会找你的吧。"

"对……"

"那不就得了。周六见。"

她实在猜不到贺英泽葫芦里卖的什么药。

五 面 镜

恋情

虽然世界上的人那么多，但对很多人来说，

遇到一个自己很爱、对方也很爱自己的人，或许只有一次机会。

最近，谢欣琪越发觉得，哥哥藏了一个大秘密——他其实是个基佬。

每次看到他，她都会想起一段在美国念油画系时的往事。艺术系是男同性恋高发专业，他们总是穿着奇装异服，扭屁股，翘兰花指，这让她放下了校园恋爱的念头。但有一个男生是火山熔浆中的一缕清泉：他是英美混血，身高一米八，不和同性恋或女孩子为伍，说一口标准的贵族式牛津腔，令无数美国女孩神魂颠倒。谢欣琪与他交往不多，心中的可恋爱清单中，却始终有他的一席之地。大学第四年，这个男生邀请她参加自己的生日聚会。突如其来的惊喜让她坚定地认为，他们一定能摩擦出火花。她艳光四射地出现在男生的生日聚会上。而这个男生比平时帅了不止一点，也惊艳了她一把。她朝他走去，因为怦然心动，反而有些不好意思。他们俩的视线相交，他蓝眼睛里写满了柔情，说了当天第一句话："欣琪，今晚你的包真不错，很配你这条裙子。"

四年暗恋在这一瞬间粉碎。

你的包真不错——当一个男人对你说这句话，不管他是有八块腹肌，还是长了满脸颓废的胡楂，都不可能会喜欢女人。

果然，之后这男生的小男友登场。她终于知道，看不出来他是gay，是因为他是个攻[①]！这段往事，让她非常肯定一件事：如果一个男人英俊多

[①]"攻"，动漫术语，指在同性恋中扮演男性角色的一方。

金，魅力四射，单身多年，不急色，不愚蠢，懂女人，穿衣服讲究，对一个穿低胸红裙的女人，他看她的眼睛而不是胸，那只有一种可能：他是gay，而且是隐藏自己性取向的gay。这些条件，谢修臣全部满足。

有这样的假设以后，谢欣琪开始留意他的生活细节。譬如，他的房间跟酒店套房没区别，洁无纤尘，连洗手池都闪亮得跟新的一样。每次菲佣进他的房间，五分钟就会出来。他是她见过最会穿衣服的男人。定制西装，意大利皮鞋，仅仅是挂领带的旋转架子他就有三个。他会七种系领带的方法，不管是上班还是出席活动，身上绝无一点皱褶。虽然他身边女人不断，但和他从小一起长大，她从未见过他认真谈过一场恋爱，更没见他把女人带回家过。再不纯情的男人，也必然喜欢过一个沈佳宜那样的女孩。谢修臣没有。这两年，父亲逐渐年迈，开始催他结婚，他却以工作为由再三推托，还是和以前一样，只流连花丛，从不定性。综上，这样的男人为什么会没有女朋友？那只有一种可能，就是他有男朋友！

为了验证这一设想，一天晚饭后，谢欣琪对谢修臣说："哥，最近我有个好朋友回国了。比我大一岁，大美女，一米七五，36D，家里做石油的。"

"哦，是吗？"

他一如既往地没什么兴趣。为排除哥哥不喜欢御姐这种可能，她又补充道："她跟她表妹一起回来。她表妹比我小两岁，小美女，一米六四，长得可像洋娃娃了，会撒娇会黏人，脑子特聪明，双硕士。"

他起身走到厨房，打开冰箱为自己拿了一罐饮料，慢悠悠地说："你想出去玩多久？"

磨蹭半天，居然给她这种回答！她赶紧摆摆手："要不你跟我一起去机场接她们，我给你看照片……"

"不用了。我可以陪你去接机。"

看见哥哥瘦高的身材站在电冰箱旁，比大型电冰箱还高半个头，小腰板儿上一点赘肉都没有，谢欣琪想起他还特别喜欢称体重。要知道，同性恋最在意的两种数字就是体重和年龄。谢欣琪又狐疑地说："哥，我偷偷告诉你哦，她俩都是单身。"

谢修臣没什么反应，拉开饮料罐拉环咕噜咕噜喝起来。客厅里的谢茂反而抬起头："修臣，可以去看看。你老这么玩也不是办法，该找个女朋友了。"

"物以类聚。谢欣琪的朋友能看吗？"

谢欣琪快爆炸了，挥起沙发上的垫子冲过去，朝他打去："谢修臣，你这身高比电冰箱还高，体重还不足一百四的男人！"

他抓住垫子扔到一边，捏住她的脸颊："臭丫头，想死？"

她不甘示弱，伸出双手去抓他的脸。他脑袋往后一仰，胳膊比她长的优势一下拉开，两个人原地转了几个圈，她都碰不到他的皮肤。过了一会儿闹疲倦了，她从冰箱里拿出甜点想烤来吃，看见谢修臣在旁边，她可怜巴巴地望着他说："我也不知道为什么，我一烤甜点就容易把食物烤糊，所以我一般都让Anne去烤。要不哥你帮我烤一下。"

他冷眼横了她一下，帮她烤甜点去了。

也不知道是不是那句"体重不足一百四"刺激了他，直到这两个美女回国之前，他对谢欣琪的态度都特别冷淡。她本来就很忙，也没太留意他的反常。去接机之后，姐妹俩竟然同时喜欢上了谢修臣，在底下相互对抗，争先恐后地拍谢欣琪的马屁。谢欣琪非常享受当红娘的感觉，但谢修臣那边暧昧不明的态度令她找不到台阶下。于是，她开始试图催促他，让他做出选择，不要让人家姐妹反目。他微微笑着，是他周围女性最喜欢的那一款笑容："收不了手了吗，插手哥哥的感情生活下场是很惨的。"

经过一番新推理，谢欣琪已经有了答案：哥哥的恋人是他的秘书。秘书和他差不多高，戴着副眼镜，斯文秀气，说话轻言细语，总是像小女人一样跟在哥哥后面，一看就知道是个痴情柔弱的主儿。哥哥不管去哪里，都会把他带在身边，可见感情之深，已到不可自拔的程度。她觉得他们俩很可怜，相爱如此不易，还要背负舆论压力，谈地下恋情。所以，尽管她还没谈够恋爱，但还是希望能减轻一些哥哥的压力。一天下午，她在房间里化妆，试了上百套衣服，最后穿了一套淡粉色的连衣裙。谢修臣路过她的房间，饶有兴致地靠在门上说："欣琪，这一身打扮，不像你以往的风格啊。"

连打扮风格都能这么快发现，她应该早意识到，他就是个基佬。她对着镜子不经意试探道："哥，你说男版的你是什么样的呀？"

"就是你这样的。"

"……"本是同根生，相煎何太急。她陶醉地捧着脸，旋转着裙边，直接到舞台上跳芭蕾都可以："这世界上怎么可能有这样妩媚多情的男子。"

他拨开她的刘海儿，把她的头发别到耳朵后面，笑意满溢眼中："欣琪，你已经不是公主病了，是公主癌。"

"你先化疗好你的癌再操心我的癌吧。今天我要跟朋友去吃饭。"见他露出审问的眼神，她赶紧补充，"是很正派的朋友啦，苏嘉年，就是那个钢琴家。"

上次在苏太太生日上演乌龙戏之后，苏嘉年很快追出来道歉。原来，她长得很像他一个朋友，还算有点缘分。他们留下了联系方式，并时不时打个电话聊天。前两天他约她出来吃饭，她想到这一切可都是为了哥哥，毫不犹豫地答应了对方。谢修臣知道，妹妹以前从不为任何人改变自己的风格，于是调侃道，"怎么，打扮得这么素雅，你喜欢这个苏嘉年？"

"何止喜欢。我都想结婚了。"

他怔了怔："结婚？"

"对，结婚！我还想要生好多好多宝宝，搞不好会比你这个当兄长的还要先当家长。"

她一边说着，一边观察他的表情。她真的没有猜错，他就是gay。因为，他脸上的笑容早已退去，取而代之的，是一脸来不及收回的震惊。而自从意识到哥哥是同性恋，她对他说话也不再那么放肆。她轻轻握住他的手："哥，我真的该定下来了。所以，爸妈要你结婚生子什么的，你都不用怕。还有我呢。"

谢修臣凝视着她，许久，才不确定地，低声试探道："……你是不是知道了什么？"

"对。"她自信满满地说道，"我知道你喜欢一个不能喜欢的人。"

她居然如此轻松地说出了这句话。他哭笑不得，想要说点什么来隐藏情绪，但觉得已经没必要："所以，你认为这算是在拯救我？"

"是啊，这样是让你开心的最好方法。"

她看见他快速闭上眼，深呼吸了几次。他的额上有青筋暴起。而后，他再度睁开眼睛，眼眶已经微微发红。他不愿再与她对视，只是望向门外，轻声说了一句话："谢欣琪，你是真厉害。"然后推开她的手，转身离去。

谢欣琪也忍不住捂住胸口，皱着眉，感怀春秋起来。哥哥真可怜，爱得好辛苦。这个世界真是不公平，为什么不能给这个特殊群体一点宽容呢？她在后面大声说："哥，没事，这里有我呢！如果你实在觉得痛苦，就出国吧！"

但谢修臣已经走远了。

很快周六到来，洛薇与丁晴、小容仨人抵达Herson高尔夫球场，在大厅中忐忑不安地等了片刻，就被球童开着高尔夫球车送到了一片绿地旁。远远地就看见贺英泽和一个女孩正在打球。他戴着黑色球帽，右手戴手套，穿着中袖衬衫与菱格纹针织衫，看上去休闲而阳光，与平时很不一样。他打得太专注，这时是需要保持绝对安静的。球童把车停在路边静待他和女孩挥杆结束，才开车过去通知他有朋友来了。他把球杆递给球童，带着那个女孩走过来。

"洛薇，你们要打吗？"球帽下他的脸庞瘦瘦的，五官如峡谷般凌厉，实在是有点迷人。

"我不会。"洛薇坦白道，朝丁晴和小容递了个眼色。

小容的眼睛却始终没有离开贺英泽身边的女孩："这位是……？"

其实，洛薇也一早就想问她是谁了。见了这个女孩，她第一次这样深刻地感觉到，品味与华丽是两回事，气质是散发在举手投足间的。女孩穿着樱花粉T恤，一头蓬松空气卷长发被帽子轻巧地压着，盖满骨感的肩，两只手套、鸭舌帽、及膝棉袜和高尔夫鞋都是初雪的颜色。一看她小腿与腰臀的线条，就知道是完美营养调节与适量运动的产物。她裸妆比丁晴贴了假睫毛的脸夺目，她穿着高尔夫鞋，也比踩着高跟鞋的小容高挑。她都还没开口说话，丁晴和小容就丧失了八九成斗志。而当她开口说话以后，他们更加不知如何应对。

"你们好，我是倪蕾，是King的朋友。你们也是他的朋友，对吗？我该怎么称呼你们呢?"

她实在是太温柔了,礼貌成这样,非但让人不敢冒犯,还让另外三个女生觉得大声说话都会吓着她。她们依次进行自我介绍,本来很会发嗲的小容都变得跟男人一样僵硬,更别说本来就有些强势的丁晴。与她对话了一会儿,她几乎每一句都会加上一句"真的吗""好厉害呢",而且看上去是发自内心认真倾听着,充满了对对方的尊重与赞赏。洛薇有些喜欢她,觉得她情商高、有修养,应该家境不错,但从丁晴和小容的脸色来看,她们并不是很喜欢她。

"会打球的都过来打吧,不会的可以先坐在这里等等。"贺英泽转身对球童说,"给她们弄点吃的。"

他带着倪蕾进入草地。从倪蕾转身的刹那开始,到小鸟依人地站在他身边微笑,到她挥杆的每一个瞬间,丁晴和小容都像男人看见电影里的情色镜头一样,目不转睛,不肯放过一点点细节。可是,她们并没如愿地发现任何可以挑剔的地方。小容耸了耸肩说:"应该是不太出名的模特吧,同行啦。"

一整个下午过去,预期中的战争没有发生。相反,丁晴把手机递给小容、洛薇,看见手机网页呈现了倪蕾的新闻,她们之间连最后一缕硝烟也熄灭了,无声无息地。

她们猜错了,倪蕾不是什么模特小明星,而是光明实业董事长的掌上明珠。她毕业于英国皇家芭蕾舞学院,热衷慈善事业,研究国画和马术,无论去哪里都有司机用人保镖跟着。新闻中报道的倪蕾真如她本人那样,不争不抢,优雅低调。去年她才创立了自己的品牌Shining Lei,每一季都会推出自己设计的服装,还亲自代言该品牌,因其风格可爱青春,很受少女们的欢迎。

发现了这一事实,小容连在贺英泽身边瞻仰的机会都放弃了。更何况她进入高尔夫球场,尖长的鞋跟就陷入了草坪泥土中,也没法好好打球。丁晴还是成熟一些,和贺英泽、倪蕾打了几轮才客气地退下。过了一会儿,贺英泽走到较远的地方去了,倪蕾端着红茶,站在高尔夫球车外对三个女生说:"今天真是要谢谢你们。"

丁晴好奇地说："为什么？"

"今天要不是有你们在，我也不会有机会和King单独相处。以前我们见面，我爸爸总是在场。尤其是你，洛薇，谢谢你。"倪蕾点了点头，跟迪士尼动画里的公主似的端庄，把洛薇吓得坐直了身子。她又轻轻说："第一次和King见面，他就告诉过我，他小时候最好的朋友叫洛薇。他真的很重视你呢。"

丁晴和小容不约而同地看向洛薇，都惊讶地睁大眼。洛薇反倒被她这番话说得不好意思起来，脸红红地笑了："哈哈，我俩哥们儿情谊不假，但你这么优秀，任何男生都会觉得和你对话是一种荣幸。King再高傲，到底也是男人啊，他喜欢和你出来跟我没有关系的。或者说，只是拿我当借口约你出来吧。"

"谢谢你，我真的没有你说的那么好……"

"你有的你有的。"洛薇连连点头。

两个人聊了一阵子，贺英泽把球打远了，过来坐在洛薇边上："倪蕾，这车只够坐四个人，你去后面那辆车里吧。"

听见这句话，丁晴担心地看向倪蕾。丁晴在外企工作，早就习惯了现代都市白领男士们的绅士风度。这种情况，男孩子们应该会说"你们女生先去，我坐后面那一辆"才对。一个大小姐被如此命令，简直就是一个大写的不尊重。然而倪蕾没有一点受到冒犯的样子，甘之如饴地笑着说："好的！"小跑到了后面的车上。

贺英泽开了车，一路上为洛薇讲解高尔夫球的打法和规则，除了偶尔会用到"你们"，根本无视了后面两个人的存在。等车到了目的地，他又下去继续打球，也不管她们想要做点什么。洛薇只能努力找话题，聊这里空气不错、球场很漂亮、别墅也修得精致，但气氛始终有些奇怪。她发现贺英泽每挥一次杆，尤其是打好的时候，就一定会回头看向她们的方向。除此之外，他与她们再也没有任何沟通。

直到夕阳西沉，贺英泽才结束了运动，走过来说："晚上想吃点什么？我让厨师去做。"

小容瞅了一眼为他擦汗的倪蕾，皮笑肉不笑地说："哦哦哦，我都可以的。"

丁晴的脸色更难看，连笑都快笑不出来了："我明天一大早还要开会，就不参加你们的聚餐了，先回家了。"

洛薇察觉到她有心事，也跟着说："我晚上也有事，跟丁晴一起回去好啦。"

于是，小容跟贺英泽、倪蕾走了，洛薇和丁晴被球童送出高尔夫球场，又被贺英泽安排的车送到她们指定的目的地。她们找了一家日本料理店坐下，丁晴长叹一声："真是漫长的一天。"

"是啊。"洛薇抬头，和她相视片刻，都笑出声来。

"说实话，我在工作中接触过不少成功人士、高端人士，像King这样大男子主义的还是第一次见。"

洛薇笑盈盈地说："怎么，开始的好感都没啦？"

丁晴摆摆手，"喊"了一声，又叹了一声："说实在的我也理解King为什么会这么傲，他不光成功、有钱，还长得帅。所以能对倪蕾那样的大小姐都颐指气使。如果是我，我肯定是受不了的。当这种男人的女人，得牺牲多大啊。说真的，一个男人有多少财富，有多帅，我真的真的一点儿也不在意。我自己就是一个很独立的女人，另一半赚多少钱，你觉得对我来说重要吗？我要的是尊重。"见洛薇一直弯眼笑着听自己说话，她忽然意识到自己语失，毕竟自己吐槽的对象是洛薇的朋友，又转了个弯回来说："现在我终于知道，为什么你身边有这样好的男人，你却没努力抓住了。King肯定是个好朋友，但不会是个好男友。"

"聪明。" 逞强的女孩子虽然不甜，却让洛薇觉得很真实。

二人点过菜以后一直没有对话，十分钟后，丁晴忽然开口说道："我觉得吧，我始终没能从前一段感情中走出来。"她的声音听上去有气无力，倒是比平时温柔了许多。

这个开场白和洛薇料想的差不多。一般人在新的恋情中受挫，或是遇到了求而不得的理想对象，就会自我洗脑，把前一段感情过度美化，以作为保护脆弱内心的掩护壳。不管丁晴是否有意识这样想，她都需要为对方找好台阶下，才能起到安慰人的作用。她笑了两声："我早就看出来了。"

"真的？你看得出来？"丁晴的声音悦耳了一些，似乎是得到了想要的答案。

"是啊，贺英泽和你前任一样，都是有一点酷酷的男生。你对贺英泽那一点点的迷恋，压根儿就是想在他身上寻找前任的影子嘛。"

"洛薇，你果然是我的老朋友，连这么小的细节也发现了。"丁晴苦笑了两声，喝了一口什么东西，声音更加颓然了，"我说了，我的男人不用太出色、太有钱，只要跟前任一样就好。可是，分手以前，他一直怪我进入社会就变得世俗、物质、现实，用这个当借口劈腿……呵呵，是不是我给他压力太大了啊？"

洛薇温和地说："这不是你的错，你只是太优秀了，人又那么美，哪怕什么都不做，也会给男人很大压力的。他是真的很爱你，觉得自己配不上你，才会犯下那么大的错误。"

丁晴吸了吸鼻子，但还是努力藏住哭腔，低下头让头发盖住红红的眼睛："是啊，是啊，都怪我们没有缘分。我是真的很爱他，如果有机会，真希望一切能重头再来……"

就这样，整个晚上，洛薇都在丁晴"是我做错了吗""我怎么这么没用""我再也遇不到真爱了"的种种哀怨中度过。她知道丁晴心情不好，情绪很乱，过了这个晚上就会恢复正常，但被迫接受那么多的负能量，她的情绪也难免低落起来。

丁晴这一切负能量的导火索，无非是贺英泽的不尊重。丁晴内心深处应该也明白，为什么倪蕾可以忍受贺英泽的坏脾气，她却无法忍受——即便她脾气变好，也不可能接近贺英泽。倪蕾有机会，所以无限温柔。在希望为零的情况下，丁晴选择了保护好自己职场独立女性的尊严。

离开校园才发现，人与人之间的差别还真大。洛薇知道，如果不是因为从小认识，她连和贺英泽正面对话的机会都不会有。想到这里，她就觉得沮丧不已，拖着疲惫的身躯去洗澡、贴面膜，一切睡前工作完成，躺在床上辗转反侧，却怎么都睡不着。她趴在床头，在黑暗中摸到正在充电的手机，打开微信刷新看了一眼贺英泽百年不变的朋友圈，然后刷了一下朋友圈。丁晴又开始分享悲伤情歌了。这一回是张靓颖的《我走以后》。她点开听了几段：

每晚的梦都会重复/重复一段路/我们曾走得好辛苦/你感谢我付出/更感谢我退出/说她更需要照顾

听说你比从前幸福/我只有满足/还能有怎样的企图/当初你迷了路/选择我的脚步/是不是有些唐突

喧闹的人群中/陌生的面孔匆匆略过/感觉每张脸都是你的轮廓……

这首歌太煽情，她听得也有些伤感，给丁晴点了个赞，把歌转到朋友圈，写上一句"唱功真好"，附加一个星星眼的表情。但过了两分钟，她就迅速删除了分享，把音乐关掉，翻身平躺在床上，睁眼看着上方夜晚的漆黑。成年人和孩子有什么区别呢？就是成年人不能矫情，不能让情绪控制自己，从而耽搁宝贵的时间。

可是，不管怎么努力，都还是没有睡意。她握着手机，把头埋在被窝里深深呼吸，手机却振动了起来。她举起手机，屏幕上呈现的名字却让她呆愣了——小樱。

这是怎么回事？都已经快十二点了啊……

她屏住呼吸，按下绿色的接听键，像犯了错出现在班主任办公室的小学生一样，不敢开口说话。

"喂。"

听见贺英泽声音的刹那，她眼睛眨得很快，心狂跳起来，但说出口的声音还是平静而柔和："怎么啦？"

"为什么还没睡？"

原来是这样。他看见了她秒删的朋友圈。嘴角不知不觉扬起了起来，连她自己都没有留意到："你不是也没睡吗？"

"我刚到家。"

"哦，好吧。"等了一会儿还没得到贺英泽的下一句话，她才想起他在等她的答案，"我睡不着，今天有点失眠呢。"

"睡前玩手机，失眠会更严重。"

"可是如果不玩手机，躺在床上也会胡思乱想。"

"单细胞生物要胡思乱想很费劲吧，难为你了。"

"看来贺先生很有这种费劲的经验嘛。"

"总算知道我的本姓了，真不容易。我还以为你看见微信名字都不会反应过来。"电话那一头传来贺英泽的轻笑声，"说吧，你有什么不开心的。你的麻烦事不是已经解决了吗？"

"难道今天你对她们的态度都是故意的？"

"你说呢？"贺英泽没好气地说道。

"啊，真是不知不觉就……好吧，你真是比猴哥还神通广大。为了报答你，我决定讲一个笑话给你听。"

"嗯？你还会讲笑话。"

他那一声轻扬的"嗯"让她心跳更快了，但她还是提起一口气，面对两百人做演讲般认真地说："这可是我亲身经历的事呢。听好啦。我有一个ABC朋友，她也会说中文，但是说得不好。有一次我跟她还有她妈妈去逛街，她试衣服的时候对我说：'把我妈妈拿一下。'我呆住了，不知道怎么'拿'她妈妈，于是不知所措地站在她面前。想了半天，才知道原来她是把英文'bring my mum'直接翻译成中文了！是不是好好笑！"她捶床哈哈大笑了半天，电话那头却只有一声轻哼。她清了清嗓子说："这个不好笑吗？那我再讲一个，还是关于她的。有一天，我们去吃饭，服务生问我们想要喝什么饮料，她说：'请给我一杯橘子汁。'服务生跟我前一次一样，呆住了，说他们没有橘子汁。我立刻反应过来，她说的是橙汁，不过把'orange juice'直译过来了。是不是也好好笑，哈哈哈……"

还是没听到贺英泽的笑声。她再次清了清嗓子，说："还有一次，她对我说：'你有时间吗？'我说：'有。'她说：'告诉我呀。'我蒙了。有时间我该告诉她什么呢？好奇怪哦。你猜她本来想说什么？"

"她是想问你现在几点了。"

"哇，小樱，你怎么这么聪明！"说完洛薇又笑了起来，笑了十多秒，她忽然刹住车，拉长了脸说，"哼，我在讲笑话呢，笑到肚子疼你也不笑。不讲了。不笑了。"

"洛薇，你还真是没怎么变。一旦心情不好，就会用大笑来掩饰。说吧，你到底在烦些什么。"

这句话让洛薇的心"咯噔"一下，她支支吾吾地说："也没什么烦心的……就是一些女生朋友的感情问题，有一点点影响到了我。小事啦，不用在意。"

"别人的事为什么会影响到你？"

"我有一个朋友，跟她男朋友从大学一直恋爱到毕业，最后两个人还是分手了。现在她找到了理想的工作，但感情始终不顺利，她跟我说，她觉得这辈子再也遇不到更好的人了……"她每说两句，就会听见他认真聆听后的"嗯"，她觉得备受鼓励，难免变得感性起来，"然后我就在想，虽然世界上的人那么多，但对很多人来说，遇到一个自己很爱、对方也很爱自己的人，或许只有一次机会。"

"是吗？"贺英泽沉思了一会儿说，"你也这么想？"

没想到他会问到自己身上，洛薇冥思苦想了许久："我……我不知道。可能吧。我并不想一生爱很多人，只要一个就好。"

"那你遇到这个人了吗？"

第二个问题更是一道闷雷，直直劈在洛薇背脊上。他的声音一直在她耳中回荡，让她变得手足无措。她翻过身，把整颗脑袋都罩在被子里："当……当然没有。"

"你的声音是怎么回事？"

"我在被子里呀。"

他笑了一声："真像小学生，睡觉还蒙头。不过，我也在床上。"

他的声音真好听，笑声就更别说了。只是听一听，都觉得很沉醉。她捂在被子里脸红红的，心跳一直没能慢下来，然后闭着眼睛，鼓起勇气说："那，小樱，刚才那个问题……你是怎么想的呢？"

"什么问题？"

"就是刚才那个问题啊。"

"嗯？不懂你在说什么。"

她确定他是在装傻，赌气地说："小气鬼。我都告诉你答案了，你却什么都不愿意说。看来你就是个花心大萝卜，同时有好几个女朋友那种吧。"

"我没女朋友。"

他回答得这样快，让洛薇反应停顿了两秒，喜悦毫无防备地盈满了胸腔。她不想去深想这种快乐源自哪里，只是做大吃一惊状："大名鼎鼎如雷贯耳的King居然和我是同类物种，你一定是在逗我玩儿。"

"汪也是分级别的，不用这么感动。"

"哦，受到了一千点暴击伤害。"洛薇捂着胸口，咳了几声，想掩饰因下一句话而变快的心跳，"那，倪蕾不是你女朋友吗？"

"为什么这么想？"

"因为我觉得你们挺般配的。"

"原来这是洛薇对男女朋友的理解。那你觉得你和什么样的人般配？"

怎么话题又绕回了自己身上……不过这个问题有意思，洛薇深思了一会儿。想到父母都是老实本分的人，给她的择偶建议也是最传统的，干脆把爸爸给的择婿标准说出来："比我大三到五岁，身高一米七三到一米七八，上班族，收入稳定，工科毕业，性格比较温和的男孩子吧。"

贺英泽沉默了几秒："除了年龄，我居然没有一个满足的。薇儿要求可真苛刻。"

洛薇爸妈喜欢叫她"薇儿"，小的时候贺英泽就喜欢这么调侃她。这一刻，洛薇的脸已经完全烧了起来，当然，不仅仅是因为这一声"薇儿"。她反应迅速地转移了话题："你居然是学文科的。那你这么受欢迎，一定也喜欢拈花惹草。"

"我的生活环境确实发生了一些变化，但我和以前没什么不一样。"

甜蜜的喜悦再度充盈着思绪，她大大地笑出来，翻过来翻过去，一点也不安分："我不记得你以前是什么样了。"

"这么巧，我也不记得了。"

她停下来，一边脸贴着枕头，一边脸贴着发烫的手机。虽然月光照进房中，她能看见一些黑暗中的环境，但这些画面只能停留在视网膜上，完全无法进入记忆。她的脑子里、心中，已经被贺英泽填得满满的。她双手捧着手机，有些孩子气地说："我就记得你叫小樱，而且以前我老是把你当成姐姐。"

"这么巧，这件事我也不记得了。"

小樱真是变了，比小时候狡猾了很多。洛薇笑了笑，也不认输："没事，我记得就好啦……"

两个人聊了很久很久，虽然大部分时间里都是洛薇在说话，但贺英泽没有一点想要中断的意思。在她无话可说的时候，他总会提出下一个引发她兴趣的话题。直到通话系统自动挂断，洛薇才反应过来已经过了一个小时。正考虑是不是该发个消息让他早些休息，他又打了一个电话过来。然后，他像没事人一样，继续接着刚才的话说。就这样，两个人一直聊到洛薇困得眼睛睁不开，软软地说了一声"小樱，我好困，我们睡吧"，才总算挂断电话。

脑子里只剩一团糨糊，她甜甜地睡着了……

第二天她醒来得很晚，打开手机看见通话记录，才真正意识到，前一晚她和贺英泽煲了三个小时电话粥！在电话里他们都说了什么？好像并没有什么过分的内容，但是，早晨的阳光洒了满床金子，让她有一种裸体曝光的错觉。为什么觉得这么害羞？她用双手使劲搓了搓脸，狠狠拍了几下，让自己不要再多想。小樱一定是半夜无聊才这么做的，一定是的……可正这么想着，手机上却多了一条新的通知：

贺英泽发来一条微信。

她头脑空白地点开消息，内容只有一个字：

早。

但是，这一个字已经给了这一天特别特别幸福的开端。她躺在枕头上，想着今天是星期天，什么都不用做，真是太好了。她懒懒地展开四肢，任长发海藻般与被褥缠绵，然后微笑着输入："早啊，小樱。^_^"

不管他们差距有多大，不管他对她怀有怎样的感情，她还是很喜欢他，不由自主依赖他。就像小时候一样。不，确切地说，比以前再多一点点……

周一洛薇去上班，发现同事正抱着一大袋无花果干猛吃，一脸销魂的样子。她笑着说："很少看你吃零食还吃得这么开心。"

同事皱着脸，朝她勾勾手指，在她耳边小声说："因为我有点便秘。这个是通便的。"

"无花果还有这种功效？好神奇，好吃吗？"

"好吃！特别甜，有嚼头。你也吃一点吧？"

没等洛薇拒绝，她就倒了一堆给洛薇。洛薇只吃过新鲜的无花果，没吃过无花果干，于是好奇拿了两颗，道谢后就坐到了自己的位置上，把无花果干丢到嘴里。才咬了第一口，她就呆了一下。好甜，比新鲜无花果甜多了。但是这种甜一点也不腻，黏黏的果胶在口中化开，咬碎脆脆的籽，有一种幸福到上天堂的感觉。她慢慢品尝，不知怎么的就想起了贺英泽。他淡淡的笑，他好听的声音，与他对话时那种一颗心被糖塞满的感觉……明明一个是甜甜的水果，一个是冷冷的男人，天遥地远的两种事物，怎么给人的感觉就这么像呢？她越吃越开心，掏出手机对着无花果干拍了一张照，发给贺英泽，发消息说："这个很好吃。"

他回消息很快，但让她立刻黑了脸："看出来了，这是在为减肥积攒体力。"

想起自己在电话里告诉他，这两天都在减肥，不打算吃零食，她发了一堆坏笑的表情过去。他回复："既然不怕吃胖，周五晚上我带你去一家很好吃的餐厅。"

"好啊好啊。"

洛薇恨不得发一堆"小樱你真好"过去。虽然之后他没再回复，但她已经开心坏了。再度抬头，旁边便秘的同事望天无奈地笑着摇头："恋爱中的女人真可怕。"

洛薇把剩下的一颗无花果吃下去，差点被呛到："不是不是，这不是男朋友，只是我的朋友。"

"男的女的？"

"男生，但只是朋友。"

"是吗。"同事露出了完全没有信任感的笑容，埋头继续食疗便秘。

周五晚上就要跟小樱见面。想到这里，洛薇就觉得时间过得特别慢，做什么都提不起劲儿，只有跟他联系时才觉得好受一些。她不仅开始不吃晚饭，连午饭都吃得特别少，一有时间就跳绳跳到满头大汗，因为打算见他的时候瘦一点，漂亮一点。周四晚上十点多，她又接到了他的电话。洛薇已经饿得头晕目眩，但听见他的声音，她觉得再辛苦也值。聊了一会儿，他就想挂电话。可能是因为身体虚弱，她变得有些感性，坚定地说："不睡，不想睡。"

"你乖点，别胡闹。"

听见他愈发温柔的声音，她整个人都快融化了，眼眶莫名热热的，用被子把自己裹住："可是，我想和小樱多聊一会儿……"

她把嘴埋在了被窝里，声音听上去只有嗡嗡声。他顿了一会儿，不确定自己是否听错："什么？"

"我说我好饿。我已经饿成了阿姆斯特朗。"

"你真节食了？"

"没有，就是比平时吃得少……"

他叹了一声，一副恨铁不成钢的口吻："我觉得你是有毛病，已经瘦成这样了，还减什么肥。你在家等着，我接你去吃东西。"

"啊？"她还没来得及问下一句，电话那头已经只剩了忙音。

话虽如此，这一整个晚上过去，甚至到第二天约定的时间，贺英泽都没有再联系她，或者回复她的消息。

六　面　镜

王城

她想起了小时候在花瓣雨中哭着告别的回忆。

这时的感觉，奇妙地与那时重合在一起。

五日后的清晨，坚持不懈的闹钟把洛薇拉起来，她睁开眼，看看手机，没有未接电话，只看见了手机上的头条新闻"最大黑帮苍龙组11名要员被逮捕 传头目黄啸南重返宫州"。无聊的消息。她把手机丢在一边，心中一阵失落。她洗漱完毕，换好衣服出门，照常上班。这几天她的心情一直跌在谷底，很想问问贺英泽发生了什么事，但想到他的工作性质，还是没有去打搅他。

　　工作室中不是往常和谐繁忙的景象，Edward焦头烂额地来回踱步，刚到的几个员工低着脑袋窃窃私语。知道老板一向情商欠费，在他发火的时候还是绕道而行比较好。洛薇做贼般悄悄溜进去，Edward却叫住她说："King想要融资我的工作室，你随时做好被炒鱿鱼卷铺盖走人的准备。"

　　她有些糊涂了，却没有漏掉重要的名字："King？"

　　"你在珠宝业连King都不知道是谁，很好。洛薇，不如我们来玩cosplay吧，我来扮番茄，你来扮鸡蛋。"

　　洛薇愣了一下，细思恐极。一号助理站起来，在她耳边小声说："他说的是贺丞集团的King，宫州贺丞钻石有限公司的创始人，现在是甄姬王城一把手。今天早上他属下跟Edward通了个电话，说要买下Edward的品牌，不用挂贺丞集团的名字，且一年内会在全球帮Edward扩张翻倍的旗舰店。"

"他要多少股份？"这是她能想到的第一个问题。

"20%。"

"那不多啊，这不是很好的事情，Edward为什么不愿意？"

"问题是，那边态度特别强硬，Edward只是犹豫了一下，那边就开始吓唬人。你知道我们老板的脾气，他最讨厌别人对他来硬的，但又拿King没办法。"

不得不说贺英泽眼光不错，EC上升趋势非常快。第一助理补充道："而且，他们还提出了一个很奇怪的要求。就是Edward身边签约超过两年的员工，全部都可以由他们任意差遣。"

洛薇感觉自己变成了一颗手榴弹，再戳一下就会爆炸成天上的烟花。她人生中第一份工作，居然就这样摇摇欲坠了。贺英泽应该不会为难她吧？她还想在珠宝设计上有所作为，不能被炒掉……

"你们俩，跟我去一趟甄姬王城。"Edward接过一个电话后，脸色发青地对他们说道，"现在就出发。King要见我。"

虽然距离上次见面不久，但洛薇还是分外紧张，在心中深呼吸。其实，相比贺英泽可能会炒掉她的风险，她更害怕面对他。

推开甄姬王城英式下午茶餐厅的门，贺英泽正坐在欧洲古典式沙发上，旁边站了一圈石雕般的跟班。他一手搭在橡木框靠背上，一手端着茶，见Edward来了，他朝对面的空沙发比了个"请坐"的手势。然后，他们俩的谈判开始了——与其说是谈判，不如说是贺英泽单方面地下命令，Edward相当被动地挣扎。Edward是个标准的艺术家，我行我素，无法无天，面对贺英泽却也有一些拘束。洛薇和第一助理站在Edward的左右两侧，在暗地里替他捏一把冷汗。看着贺英泽讲话时从容却充满攻击性的样子，她心中的担心渐渐增多。

这是怎么回事……电话和微信里那个小樱是那样容易亲近，时而幽默，时而亲切，时而温柔，时而严厉……可一看见本人，就像换了一个人。而且，从他们进来以后，他连看都没看过她一眼，就好像她真是一个他不认识的路人助理。之前他们的感情明明越来越好了，突然冷下来就发生了这种事，她不明白……

就在她还在胡思乱想时，贺英泽突然冒出一句话："正如我所讲，这次合作是互利互惠，你不必担心太多。而且，我对你的员工也没太大要求，只要你不时给洛薇放个假就可以。"

她讶异地看向他。Edward更是不解地看着她："洛薇？"

"对。"

她的目光一直没从贺英泽身上离开，想要从他那边得到一点信号。但他只是抿了一口茶，对Edward露出宽心的笑容："我和她是小学同学，有一些私人事情需要处理。"

"既然如此，我就放心了。"Edward松了一口气，"要找她的时候，让人给我打个电话就可以。我随时让她出来。"

洛薇就这样被自己老板卖了。更离奇的是，直到从甄姬王城出来，贺英泽都一直当她是透明的。而她连去询问的勇气也没有，只是在家焦头烂额了一个晚上。

第二天早上起来，她收到Edward的短信。他叫她不用去公司，直接等King的通知。正准备回短信，手机铃声响起，"小樱"两个字赫然出现在上面。她接通电话，小声说："喂……"

"我在四十五楼酒店，过来。"电话那一头，是贺英泽不带感情的声音。

"酒店，是甄……"连开口说话的机会都没有，电话那边已只剩下忙音。

半个小时后，她士兵般老实地站在甄姬王城四十五楼酒店里。这一层有一个餐厅和一个酒店总统套房，里面是一套复式住房。室内装修整体是偏暖金的米色，黑色长绒毛地毯上置放着茶几与酒杯。通过旋转楼梯上去，是敞亮宽阔的主人活动区域。四面都是落地窗，置身于此，宫州的全景恢弘匍匐于脚下。地面中央是一个巨大的圆形凹槽，放置着书桌，上面有堆积如山的文件、折叠细脚Led台灯和笔记本电脑。贺英泽正坐在桌前通电话，见她进来，指了指沙发的方向，示意她坐下。

这一坐就是三十六分钟。因为太无聊，她拿手机刷自己的银行交易记录，检查这个月的开销，又从包里掏出账本，整理这个月的账单。她正记得投入，有个声音从头顶上飘过来："这点收入开销你也要记账？"

她把账本合起来，底气十足："积少成多是理财的基础。"

"原来这是理财之道，洛会计真是腹有良策。"

"逗我玩开心吗，我还会别的。"

"说来听听。"

她掏出手机，把理财软件拿出来给他看："这个，每年利率都比银行高很多，而且随时可以把钱提出来，非常划算。对了，还有利财宝套餐ABC、买黄金什么的……不过这些风险太大，我不敢投资太多。"

"你存这些钱进去，利率有多少？6%？"

"5.56%。"看见贺英泽笑出来，她清了清嗓子说，"笑我有意思吗？穷人也有穷人的理财方式好吗？我们是要买房子的！"

"就是因为这样，你才越来越穷。等你把钱囤够，房价也早翻了不知多少倍。"他掏出手机，打开股票大盘，在上面点了几下，"你所有的钱全部买这只、这只、这只股票，最后一只一周后抛，其他的后天一开盘就抛。"

"全部？"

"对。"

"可是，风险……"

"亏了我全翻倍赔你。"他看了看手表，"你喜欢什么牌子的衣服？"

这话题跳得太快，她愣了一下，说："Mélanie Green。"

他掏出手机来搜索，翻看了一下结果，向她投来了莫名的眼神："你这是什么审美？"

就知道他会这么说。Mélanie Green虽然只是个法国二三线的小牌子，但衣服设计感很棒。跟男人讲这些，他们肯定听不进去，更何况是这个急躁的人。她只能说："不管你怎么看，我喜欢。"

"这些衣服都太不正式了。"他快速在网站上浏览Mélanie Green的衣服，"算了，我再想想。你回去吧。"

想什么？回去了？他今天叫她来这里目的是什么？她走了两步，又回头说："小……"到底还是没能把话问出来。

他看着电脑屏幕，头也没有抬："那天我临时有点事要处理，所以没来得及跟你说。下次再约你吧。"

洛薇心中有气，但想到这几天他的冷淡，以及他们并没有熟到可以随便发脾气的程度，也只能和气地说："好。"连"下次不来要提前说"也咽了回去。

回去以后，她没有忘记他说的话，把他指定的股票买了下来。但因为还抱有一定怀疑态度，她只放进去了一部分储蓄。两天过去，她数了数银行账户的小数点，狠狠在脸上掐了一下。知道了自己不是在做梦，她抛开所有的胆怯，发短信给贺英泽。在"小樱""贺英泽""贺先生"和"贺总"之间徘徊了很久，她还是决定跳过称谓："那两只股票真的赚翻了。就这两天，我赚了八个月的工资，谢谢你。"

短信才发过去不到五分钟，那边电话就打过来："八个月？你没把钱全部投进去？"

"没有……我还是考虑了风险问题……"

"在我身边做事，就得照我说的去做。知道了吗？"

好凶。现在的贺英泽和电话里的小樱压根儿就是两个人。她不知道这段时间究竟发生了什么，只是觉得有些怀念当初离她那么近的男孩子。她佯装无事地说："听到啦，下次我会注意的。"

"现在马上过来。"

电话又被挂了。她想早早还掉这个人情，用最快的速度收拾好自己，赶到甄姬王城四十五楼。这一回，贺英泽房门前有一群酒店女佣在整理保洁推车。她绕过她们进去，看见他穿着黑色开领衬衫靠在沙发上，正在看重播的足球赛。听见她的脚步声，他没回头就说："真够慢的。"

她看看门口那群女佣，疑惑道："你住这里？"

"对。"

"那吃饭怎么办？"

他用遥控器指了指墙角，那里还有两个女佣正在收拾一个西餐推车。

"上来。"他关掉电视机，放下遥控器，朝旋转楼梯走去。

一路小碎步跟上楼，她被二楼的画面吓了一跳：那里摆了三个塑料人体模特，每个模特的身上都穿着不同的小礼服，分别是大红、深紫、黑色。有六七个人围着这三个塑料模特，其中有一个高个子的金发女人梳着马尾，头戴贝雷帽，身穿小夹克，脖子上挂着软尺，看上去很帅气，应该是服装设计师。见他们进来，她快速打量了她一番，把大红小礼服的腰再收细一些，用珠钉钉好，对他们友善地挥挥手。

"这三条裙子好漂亮。"洛薇眼睛都看直了，又留意了一下那些裙子的裙摆，惊喜地望着贺英泽，"你可能看不出来，这三条裙子都很有Mélanie Green的风格。不过他们家衣服都是日常服，一般不会这么正式。"

女设计师听不懂中文，只是用湛蓝的大眼睛望着他们，面带微笑。贺英泽抱着胳膊审视了一下那三条裙子，对女设计师说了几句法语。女设计师点点头，重新在那件深紫色的裙子上做调整。贺英泽这才转过头说："她就是Mélanie Green，当然有她自己的风格了。"

洛薇差一点晕过去："我读书少，不要骗我。"

"我叫你去炒股，本想让你赚点钱，好入股Mélanie Green在官州的第一家店。你偏不听我的话，现在股份少了，责任自己承担。"

"Mélanie Green要在官州开店？！"

在贺英泽漫长的沉默中，她察觉到自己的惊愕是小题大做。他想要在官州代理一个不知名的小品牌，简直比她下楼吃一碗面还简单……可是，原因呢？难道就是因为他喜欢？她身上有什么值得利用的地方吗？小樱不会暗恋她吧……她又看了一眼贺英泽，觉得自己该吃药了。但不管如何，他对她心存善意是真，已经非常幸运了。她还没弄清眼前的状况，Mélanie已经把衣服都调整好，把黑裙斜边角度调得比之前更大，减少了紫裙腰上的钻石，红色低胸抬高了一些，又对贺英泽说了两句话。贺英泽点点头，对那三条裙子扬了扬下巴："挑一件你喜欢的。"

"为什么，我不懂……"她茫然地望向贺英泽。

"过几天你要陪我出席一个活动。"

"可是，裙子哪里都可以买，不用这样大费周折。"

"忘记我之前的话了吗？选。"

"凶死了。"她吐了吐舌头，从他面前走过时，回头横了他一眼，冲他眨眨眼睛，"小时候的小樱比较可爱呢。"

又被他瞪了一眼，她缩起脖子，发现旁边的人都目瞪口呆地看着她。看样子平时没人敢这样跟他说话。然而，在Mélanie Green美丽眼睛的注视下，她觉得选哪一件都是对另外两件的侮辱，只能默默转过头去，向贺英泽投去求助的视线。他淡淡地说：“放心，三件都是你的。你现在选的，是活动上要穿的。”

俗话说得好，无事献殷勤，非奸即盗。虽然贺英泽这态度完全不像在献殷勤，但正因如此，才显得更加可怕。他这样做的目的到底是什么？她反复思考，还是没法得到答案。这时他走过来，指了指其中一条裙子：“选不出来就穿这件。”

“为什么呢？”

“晚上我的衬衫是这个颜色。”

“这算是什么理由？承认吧，你这直男就是没什么审美，哈哈。”

“如果真是这样，那我应该会喜欢你。”

“……”

对小辣椒来说，生命的意义在于享受，她不喜欢在脑袋里装过多无用的信息。但这段时间，她每天都会思考一个问题：圣特丽都2号楼49层4948室到底是个什么基地？第一次开门的人是接近一米八的性感女人，她原本以为是户主陆西仁，但第二次再去，开门的人变成一个扎双马尾的穿粉色蕾丝的洛丽塔姑娘。她吓了一跳，还以为自己不小心走到了cosplay展览现场，她后退一步抬头看，发现自己没弄错门牌号。女孩接下她配送的一堆包裹，尖细脆嫩地说了一声“谢谢”，就把门关上。

这一个早上，她又为4948室送十多个包裹。进入电梯，有两个盒子滑落在地，她弯腰去捡，不由得好奇地看了一眼包裹上的寄件人信息。第一个包裹是打印的字体，上面写着“露娜的诱惑官方旗舰店”，第二个包裹写着“食色性趣屋”，第三个包裹写着“百媚制服商城”，第四个包裹写着“云雨绝版图书馆”……这一个个名字单独看都还好，但放在一起，是如此触目惊心。到底是怎样的变态，才会一口气买下这些东西？而这一回，4948室开门的人是穿着13厘米高跟鞋的金发碧眼豹纹女郎。女郎打了个哈欠，接过包裹，重新回到身后第三次世界大战战场似的客厅里。小辣椒下巴都快掉在地上了。

同一时间，洛薇被贺英泽带到奢侈品店，后面跟着陆西仁和常枫。贺英泽挑了一堆鞋、包、首饰给她，都是为了搭配身上的裙子。她觉得这样花钱实在不好，说回家找一些配件戴上也可以。对此，他只说了一句话："站在我身边的女人不能掉价。"一句话把她所有的收藏全部否定，还请专业的化妆团队来替她上妆，把她折腾成了自己都认不出的样子。

忙了一整天后，钟楼上，指针指向了九点一刻。甄姬王城门口，人工火山正在喷火，把整栋建筑和小半边天都照成红色。直升机、游艇、豪车上走下许多富豪和美丽的女伴，夹杂着各国语言的笑声响彻阶梯。洛薇跟贺英泽一起下车，看见他把手臂折起，抬在腹部，她立刻会意，过去挽住他。很快她发现，不论他们走到哪里，所有人的视线都会随着他们移动。尤其是一些成群结队的女性，她们看着她的目光掺杂了各种情绪：有羡慕、嫉妒、玩味、憎恨……洛薇脸上挂着蒙娜丽莎的笑，内心却早已有上千头羊驼翻滚而过。如果可以，她真想拿个喇叭过来大声宣布，她不知道自己为什么会出现在这里，只是服从上级指示而已！拉仇恨这种过于高难度的活儿，还是交给其他玲珑俏佳人吧！可是她什么也不能做。走到人少一点的地方，她清了清喉咙说："小樱，总觉得好多人在看我们……我是不是有什么需要注意的？"

"那是因为你头发盘起来还挺好看吧。"

这不是第一次被人夸好看，而且，贺英泽的口吻也没有一点恭维的意思，她却心慌意乱地高兴了好一阵子，小声地说："……真的吗？你真这么想吗？"

"你在质疑我的审美吗？当然不是真的。"

"……"

贺英泽带她参加的是好莱坞明星投资的俱乐部的开业典礼。客人很多，俱乐部里DJ打碟打得热火朝天，他们去的地方却是相对较安静的社交宴会厅。宴会厅里面全是身着礼服的贵客。他引领她走向两个正在等待的人："来，给你介绍一下，这是高启之先生和高敛先生，你应该听过他们的名字。"

确实已经不用他介绍。这两个人是一对兄弟，一个是最有名的钻戒设计师，一个是大名鼎鼎的珠宝商，她在外地看过他们的展秀。她朝他们点点头，谨慎地说："你们好，我是洛薇。"

　　"啊，原来是洛小姐。开始我还将你错认为谢欣琪了。"高启之很快拿出名片，双手递交给她，谦虚得跟学徒一样，"请问洛小姐是做什么的呢？"

　　面对这么厉害人物的如此态度，她实在无法做出"我是设计师助理"这种寒碜的自我介绍。她回头局促地看了贺英泽一眼，他一改常态，把她往前推了推，面带微笑地对那二人说："洛薇是我老同学，她之前到外进修，今年才回官州。她是Edward Conno栽培的新人设计师，最近正在启动官州第一家Mélanie Green的项目。"

　　她呆若木鸡。这样介绍……也能行？是不是所有成功人士都这么会自我包装？高敛上下打量了她一番："这条裙子，也是出自Mélanie Green之手吧？"

　　"是的。"她点点头。

　　"洛小姐这么年轻就如此厉害，真令人刮目相看。Mélanie Green是个有潜力的牌子，我表姐一直想代理它，总没下定决心。这下可好，被更有实力的人捷足先登了。不过，如果以后你有什么想要合作的项目，可以考虑联系我。这是我的名片……"

　　继这两个兄弟之后，贺英泽又带她去认识了很多人。可以说，如果平时只有她一个人遇到这些人，他们连正眼都不会看她一下。但这个晚上，她收到了他们每一个人的名片、热情、青睐的目光。原来，高位者的生活是如此酸爽。在贺英泽的帮助下，她的事业肯定会平步青云。可是，他为什么要平白无故帮她呢？就在他带她见下一个富商之前，她拽住他的衣摆，小声说："小樱，我有事想跟你说，你跟我出去一下好吗？"

　　明朗的夜晚，苍穹变成了群星的国度，用深浓的蓝色幕布捧着它们。他把她带到了宴会厅外的阳台上，转过身："说吧。"

　　她有些尴尬："到目前为止，你已经帮了我太多忙，我真的很感激，谢谢你。不过，我社会经验实在太少，你一下让我上这么大一个台阶，我会消化不了。我也不想欠别人太大的人情，还是先自己学习吧。"

他抱着双臂，倚在大理石栏板上，黑发反射着璀璨星光："以洛小姐的智商来慢慢学习，我等待的时间也足够让你欠的人情更大了。还是别客气了。"

嘴毒成这样，还能让她好好说感谢致辞吗？她嘿嘿笑了一下："既然如此，就更别帮我啦。有多大能力，就做多大的事，这才比较符合逻辑。"

"你所说的能力是什么？"

"像你们这样，能把事业做得很大的人，都需要能力。我没有你的能力，所以不适合和你周边的人打交道。我觉得我应该先努力，然后才……"

"洛薇，你还真是理想主义。"他打断她，"你认为成功人士都是单纯靠努力取得成绩的吗？实际上，努力最多只占了三成因素。背景、运气、手中资源才是关键。对女人而言，更是如此。"

"为什么对女人而言是如此？"

"男人都喜欢漂亮女人。美女想要有事业，要么得豁出去，要么就要比丑女还要聪明百倍。一个又漂亮又笨的女人，在这个社会上是很危险的。"见她一脸惊讶，他顿了顿，淡定地补充了一句，"只是笨的女人，就更完蛋了。"

她抽搐着嘴角："有道理。就是不知道这些跟我有什么关系。"

"我是个言而有信的人。承诺过的事，无论如何都要做到。如果真的做不到，我也会用别的事来补偿。"

洛薇越听越糊涂，只是点点头。他将淡漠的目光投过来，等了片刻，发现她别扭地躲开他的视线，终于说出了后面的话："如果我答应过一个女人要娶她却无法做到，就会给她和妻子同样的生活保障。"

洛薇还是点头，准备听他继续说下去。但许久都没有后文。她眨了眨眼，忽然想到小时候在桃花树下他对她说过的话，"啊"地叫了一声，想笑又不敢笑："等等，你说的这个女人，不会是我吧？就是小时候玩家家酒说的话？"

她当然不会发现，听见那个"玩家家酒"，他的眼神有了微妙变化。随后他面无表情地说："不管是什么时候，我曾经这样承诺过。"

"小樱，你怎么会这么可爱，孩童时期说的话没有人会在意的。你不用帮我啊，我现在过得很好。"

都说King是官州最无情的男人，在她看来，他不是无情，压根儿是在某方面有点缺乏常识，单纯得有些可爱。可她想得越多，心里就越不是滋味……没错，她确实不会把孩童时期的话当真。现在他们都长大了，不用别人说，她也感受得到他们之间的差距有多大，她不会奢望能和他成为恋人的。可是，他这么认真地讲出不会娶她的话，还要因此对她做出补偿……他之前与她打电话、若有若无的试探，都只是为了履行儿时的承诺吗？然后他终于发现，她并不是他想要的女孩子，所以才会有今天这些乱七八糟的事？

想得越多，心里就越觉得低落，甚至觉得室内的小提琴演奏者把弓子拉在了她的心脏上……

但洛薇从来不是一个喜欢暴露情绪的人，她最大的优点，就是可以让周围的人因为她的存在而感到舒服。她往前凑了一些，在贺英泽身上嗅了嗅："我懂的，我能闻出来，喜欢小樱的女人很多。"看见他露出迷惑的表情，她笑着瞎掰："因为小樱身上可真香，是Chanel No.5的味道呢。"

他浅笑："我看你是闻到了Chanel两百五。"

本来想逗他笑，她却反倒被逗笑了："就算搞不定你这样优秀的男人，我想把自己嫁出去也不是那么难的事，真是劳烦你比我老爸还操心啦。我们是这么多年的老同学，应该继续保持这种信赖关系才对。"她用手背轻撞了一下他的胳膊，"你是不是应该跟朋友们见一次面？他们很想你呢。"

他低头看着她，双目深沉看不出情绪："……可以。"

"太好啦！"她高兴得握紧拳头，掏出手机来，"我现在就打电话和他们约时间！"

他继续皱眉："你为什么要笑成那个样子？"

她没理睬他，拨通了小辣椒的电话，静候那边接听。她不愿表现出自己受到了伤害，甚至不想承认自己被伤害，所以到目前为止，她的表现自己是满意的。但是，心中的痛有增无减。听着电话里的嘟嘟声，她仿佛回到了与他通话的第一个晚上。当时只是听见他的声音，就这样发自内心感到开心甜蜜，真是傻透了。还好夜幕愿意为她当屏障，藏住了她眼眶中滚动的泪。她低头转过身去背对着贺英泽，努力平定情绪。

过了很久，电话都没响应。她放下手机看了看，准备再打一个过去，没想到有人在阳台门前晃了晃，冲了进来。是隔壁俱乐部里的客人。他穿得时髦，却喝得烂醉。刚好这时电话那头传来了小辣椒的声音，她才说出个"喂"，那个客人就号啕大哭着，朝她扑过来。她来不及闪躲，往后跌了一下，倒在身后的贺英泽身上。他的手搭在她腰上，扶了她一下。她一时间没法思考，被他触摸的地方隔着衣服都发烫起来，一直烧到了她的脸上。

"喂，薇薇？"小辣椒的声音。

贺英泽另一只手稍微一用力，就将醉客推在地上。他扶着她的肩，把她往他身边揽去。她余惊未定，下意识转过头看了看他，进入视野的却是他的脖子。她再抬头往上看去……

"喂，薇薇？你信号不好？怎么不说话？"

"没……没事。"她慌乱地移开视线，再也不敢与贺英泽对视。但是，心跳得自己都快受不了了，耳朵里像野蜂飞舞般嗡嗡作响。

"是这样，我和小樱说好了……"

接下来，贺英泽出去找人料理这个醉客，她留在原地和小辣椒打电话。想表现得若无其事，但心情早已乱成了一团。因为，腰部被贺英泽触摸过的地方像被揭开痂的新伤，无法从脆弱的状态中恢过来。

她想起了小时候在花瓣雨中哭着告别的回忆。这时的感觉，奇妙地与那时重合在一起。

不同的是，那时她并不知道重逢后的结局，现在她知道了。

七 面 镜

时间

就是这个人，会操纵她的情绪，

会让她再无法喜欢上别人。

"你知道吗？双鱼座的男人很性感，而且，和双子座最速配。因为，都有个'双'字。"谢欣琪对眼前的男人抛了个媚眼，"现在，你可以对我今天的美貌做出评价了。"

　　西餐厅用了金银二色的墙壁、大红餐布，配上帝国壁灯和烫金字体皮革菜谱，使客人有一种化身韦塞克斯王朝皇室的错觉。按理说，这种地方的客人都比较有涵养。但听见谢欣琪这么说，旁边坐着的女孩也禁不住抽了抽嘴角，扑哧一声捂住嘴笑出来。谢欣琪不在意，继续对面前的男人放电。苏嘉年倒是很厉害，没有破功，反而颇有绅士风度地说："美丽夺目，光华万丈。"

　　说实话，谢欣琪进来的那一瞬间，他真的差点把她当成了另一个人。因为，过去在新闻里看到的谢小姐，总是打扮得成熟时尚又性感。这一天，她居然会这么淡雅，令他略感惊讶。只是，她一开口说话，就变回了大众眼里的谢欣琪。

　　这里的鱼子酱、阿根廷菲力牛排与羊肚菌蘑菇配马德拉酱是谢欣琪的最爱。她以前经常拖着谢修臣来这里，每次点菜，谢修臣都会嘱咐一句："多吃点，有助于缓解你的公主癌。"想到这里，她就忍不住挥挥手，仿佛可以打散浮在脑中的腹黑微笑的哥哥，但随意一翻手机，就看见一条谢修臣发来的新消息："我觉得这个适合你，帮你买了一个。"下面有一张图，她点开一看，是一个购物网站的商品截图，标题是："漏嘴克星，清闪闪随身清洗喷雾剂，再也不用怕漏嘴啦亲！"谢欣琪默然看了那张图两秒，回了谢修臣一个"拜拜"的表情，就把手机倒扣在桌上，递给苏嘉年菜单："来，点菜吧。随便点，不用客气。"

"谢小姐，今天是我选的地方。"

谢欣琪歪着头想了一会儿，还是没明白："所以呢？"

"所以，这句话应该是由我说。"

"噢。是这样吗？"有没有搞错，有她谢欣琪的地方，还需要别人来做决定吗？这是不是有点不合逻辑？不过她没有多想，只是撑着下巴，继续下一个不那么费脑子的话题："所以，下一次生日你打算怎么过？"

苏嘉年想了想，笑道："希望在那之前，能娶到一个像谢小姐一样的妻子。"

这个赞扬实在是太有水平，居然让她有些不好意思。因为被她美貌吸引的男生很多，一见钟情的也不在少数，她收到过很多昂贵的礼物，却从未听人说过，谢欣琪像个贤妻良母，适合珍藏在家中——谢修臣除外，但他那不是珍藏欲，而是囚禁欲。她竭力隐藏住那份细微的心动，把空气烫大鬈发拨到肩后，露出线条优美的脖子："我给自己准备了一份很有意义的生日礼物。"

从坐下来以后，谢欣琪已经换了无数种坐姿，无一不是百分百展现女性魅力的姿势，随便抓拍一下，都可以拿去放在时尚杂志的名媛专栏里。但正巧是因为每个动作都太刻意、太完美，反而有些好笑。苏嘉年强忍笑意，身体往前倾了一些："愿闻其详。"

"Natalie Lee 新建了一个面向年轻人的珠宝品牌，叫Cici，不知道你听说这消息了没？他们总部的CEO马上要到宫州来，聘请一位御用设计师。不限范围。所以，任何平台的设计师都可以上交作品，参加这次选拔。刚好我认识这个CEO，他也说很看好我，愿意优先考虑我。他们公布结果的那一天，刚好是六月二十一日，我的生日当晚，在甄姬王城。"说到这里，谢欣琪变得认真很多，嘴角也露出了有些梦幻的微笑，"如果选中了我，简直就是最棒的生日礼物。"

"你一定可以的。"苏嘉年举起酒杯，"先预祝你选拔成功。"

她抿了一口酒，提高声音，以掩饰自己的羞赧："我……我应该是没问题的对吧？我可是董事长兼设计师呢。"刚喝下去，就不小心溅了一滴酒在裙子上。

"对了，谢小姐喜欢的牌子都有哪些？"

谢欣琪没有心思思考，只是忙于整理她的衣服，差一点就将"清闪闪"脱口而出。

洛薇雀跃了很久，因为她也听到了Natalie Lee聘请新设计师的消息。还剩不到两个月时间，刚好是六月二十一日，她生日的前一天。这次海选设计师的门槛几乎为零，机会千载难逢。于是，她先组织好和朋友们的聚会，准备大家放松后，就开始闭关修炼。

天气越来越热了。一群青梅竹马的聚会当日是星期天，难得的休息日，陆西仁家里没有佳人等候。圣特丽都高级小区健身房里，他对镜拉动扩胸器，看着自己一身腱子肉肉欲地蠕动，满意地呢喃："爱情不用心灵辨别，而是用身体来判断。爱用的不是心，而是眼睛①。美貌比金银更容易引起歹心，看，这位绅士，今天你还是如此英俊，火炬也不如你明亮②……"他正陶醉在镜中人的美貌中，却对上镜里一个36C美女的视线。她的目光是旋律动感的音符，勾得他浑身荷尔蒙也跳动起来。看来，即便是休息日也没法休息。他甩动着一头法式小鬈发，直接转过头去，对美女露出冰狼般的目光，左边嘴角却弯成优美的弧度。美女原本在跑步，对上他的眼神，伸手按下跑步机的减速键，臀部扭动的动作也因减慢而暧昧撩人。他在下唇细舔了一圈，从多功能健身器上下来，用毛巾擦着额上的汗水，左手用力握拳，刻意绷住一条拉紧肱二头肌线条的青筋，收住下巴自下而上看着美女，径直走

---

① 改编自莎士比亚《仲夏夜之梦》。原句是："卑贱和劣行在爱情看来都不算数，都可以被转化成美满和庄严；爱情不用眼睛辨别，而是用心灵来判断/爱用的不是眼睛，而是心。"

② 分别出自莎士比亚的《皆大欢喜》以及《罗密欧与朱丽叶》。

去，把手搭在她的跑步机上。

"嗨。"美女倒是大方，朝他摇了摇手。

陆西仁朝跑步机方向歪着头，目光从别处游移到她的双眼中，等她觉得有些受到冒犯，又巧妙地转移到别处，轻轻用鼻子笑了一声。他听见她天真地问了一句"你笑什么呢"。他在情场摸爬滚打多年，都不用看她，嗅嗅空气中的化学分子就知道，本次狩猎志在必得，现在只差一个让她想继续话题的开场白，例如他准备好的"这么美丽的小姐，居然没有男朋友"。可是，当他将目光转移到别处，正好看见隔着两道玻璃落地窗与草坪的物业管理处，一个穿着快递公司制服的女生把大包小包的东西扔到柜台上。他愣了一下，拔腿就跑出去，也不管后面的美女"喂喂"的叫唤声。

推开物业管理处的门，他听见管理员滔滔不绝："我说了多少次，4948室的东西不能放在物业。我们已经被这个业主投诉了很多次，你丢了都可以，别给我们行吗？"

随着两下纸盒落入垃圾桶的声音响起，年轻女生爽朗健气的声音响起："那我就丢在这里了。"

"小姐，你们顺通快递是不是服务都这么差，我都说了……"

话没说完，管理员看见推门而入的陆西仁。而唯一进入陆西仁视线的事物，就只有站在柜台前的女生：阳光可以把纸都烤出个洞，她却不得不应公司的要求，穿着身上厚厚的派送员金鱼黄制服。制服松垮垮地半挂在她身上，袖口、裤脚亦卷起，露出小麦肤色的细长胳膊和半边裸肩，里面纯白背心紧裹着凹凸有致的上半身，露出一截毫无赘肉的小腹。鸭舌帽是斜着戴的，年轻秀气的脸上，一双眼睛清澈得会说话。这完完全全就是陆西仁最喜欢的类型。他一时激动，连话都说不出来。管理员倒是认出了他，张了张嘴："啊，你来得正好……"

在这短短的一秒钟内，陆西仁敏锐地想起自己都网购了些什么、又让什么人为派件员开过门，于是使劲清了清嗓子，扑过去挡在他们中间，看着快递小妹说："我的到来正好是一场明媚的邂逅。这位黄玫瑰般的派送员小姐，我是4948室的邻居，可以为你把沉甸甸的货物带上去。我帮他签字吧。"

　　管理员欲言又止，把收件人签字表格拿出来给他。一切手续完成，他把大包小包的盒子抱起来，跟着快递小妹朝门口走去。他本来想为她拉门，但双手没空让他展现风度。倒是她落落大方地拉开门，让他先出去。他有些发窘，路过她身边时本来想说点什么，却看见她憋不住笑了一下。他疑惑地看着她："小姐，你心中一定有话想要告诉我。"

　　"你居然是陆西仁的邻居啊。"说完这句话，小辣椒笑着摇摇头。

　　"嗯，小姐认识陆西仁？"

　　"不认识，但这家伙就是个变态好吗？"

　　"变……变态？"陆西仁顿感万箭穿心。他风流美名在外，居然被人说成是变态？他正搜索枯肠，想要挽回一点自己的形象，小辣椒望天叹了一声："他网购的东西全都是你想象不到的。每次到他家，他从来不自己来开门，都是让穿着奇怪的女人来开门。最有意思的是昨天早上。"

　　"昨天早上怎么了？"

　　"开门的是个男人，长得还挺痞气的。"她又笑了一声，出去跨上电动车，"当他的邻居，你也挺不容易的。"说完她猛地踩下油门飞驰出去。

　　对着她越来越小的背影出神很久，他忽然反应过来，昨天六哥找他去办事，常枫刚好在他家附近，到他家里拿文件给他们送过去。那么，开门的人应该是常枫。什么叫"最有意思的是昨天早上，开门的是个男人"？等等，这个快递小妹知道常枫不是他，那她联想到了什么……反应过来时，发现她早已没了影儿。

　　午后两点整，洛薇穿了一条粉裙子，梳了田园风格的蝎子头，尾部系了粉色的蝴蝶结，轻盈地抵达白鸟公园。放眼一片石绿草地，蓝湖轻舟，大红繁华将它们点缀。她很快找到了坐在草坪里的两个人：苏嘉年一身雪白休闲西装，面容秀美，满面柔光；贺英泽穿着湖蓝立领T恤，一条腿长长地伸出去，看眼神就知道他非常无聊。这还是她第一次看见成年的小樱穿休闲装，感觉真奇妙。此刻，他俩坐在那里，画面如此美好。如果贺英泽把外套换成轻挂半身的银白色，以手背撑在腰上，一只白靴踩上石阶，那简直比安东尼·凡·戴克爵士绘制的《斯图亚特勋爵兄弟》还优雅[1]。他俩有一句没一句地聊天，构成一幅"基情"四射的美好画面……苏嘉年发现了她，朝她挥挥手，起身过来帮她拎食物。贺英泽也跟过来，没有说话，只是把白布铺在地上。

"我带了亲手做的糕点。"她对贺英泽展开笑容，却直接背对他坐在苏嘉年旁边，"嘉年哥要不要吃一点？"

"只要是你做的东西，我都会喜欢。"

对于洛薇来说，和两个男生单独相处并不会尴尬，但其中一人如果是贺英泽，那就另当别论了。她如坐针毡地倒饮料、活跃气氛。过了几分钟，小辣椒也到了。她穿衣服一向没什么重点，不过是把快递小妹的制服换成了牛仔衣，但因为身材是运动型，看上去还是活力十足。

"哇，小樱哥真的来了！"小辣椒举话筒一样，把手握成拳放在贺英泽面前，"学长，请问你登基称王之后有什么感想吗？"

"感想就是，苏语菲你得了精神病以后，精神真是好多了。"

"什么！！你居然这样说一个女孩子！"小辣椒捂胸口做痛苦状。

大家笑了一阵子，洛薇和小辣椒说今天要给大家带来一个惊喜。她俩脱离群众，跑到公园的某个角落，把准备好的铁铲掏出来，在地上挖坑。现在的白鸟公园草地保护得很好，如果被人发现她们在这儿干这勾当，会被直接抓去拘留。好在地点比较隐秘，她们顺利地刨掉了草地和土，铲子几下就戳到了硬邦邦的东西。好奇怪，小时候在这里埋东西时，他们总觉得用小铲子挖了很久，洞很深，没想到现在这么容易就挖出来了。看见里面浅色的塑料壳，洛薇想起小樱曾经指着旁边这棵树说："我们把它藏在这棵树后面吧，是沿路大石头旁边的第一棵树，这样长大就不会忘记。"

她们抱着四颗圆溜溜的塑料蛋，回到两个男生身边。看见这几颗蛋，苏嘉年坐直了身子，贺英泽也睁大了眼。洛薇拍拍手："有没有很怀念？看你

---

① 安东尼·凡·戴克爵士（荷兰语：Sir Anthony van Dyck，1599年3月22日—1641年12月9日），比利时弗拉芒族画家，是英国国王查理一世时期的英国宫廷首席画家。查理一世及其皇族的许多著名画像都是由凡·戴克创作的。其画像轻松高贵的风格，影响了英国肖像画将近150年。他还创作了许多《圣经》故事和神话题材的作品，并且改革了水彩画和蚀刻版画的技法。

们还记不记得哪个颜色是自己的，来认领吧。"

那几颗五颜六色的"蛋"其实是孩子们爱玩的时间囊，是她离开宫州前，大家一起挖坑埋的。当时他们约定好，要把自己觉得最有意义的东西放进去，等以后长大再次重聚，就要一起把它们挖出来，拿出回忆分享。

"这是我的。"小辣椒拿走金色的时间囊，期待地按下开关按钮。

时间囊弹开，如小叮当的口袋一般，变出了两个五角星形的香珠盒子、一根皮筋、一个洋娃娃、一张蜡笔画、一个万花筒、一个笔袋。她哈哈大笑起来："有没有搞错啊，这就是当时我觉得最珍贵的东西吗？不过……挺怀念的，你们看这个。"她把两个香珠盒子打开，放在鼻下闻了闻："都没有味道了。不过你们看这一盒粉的，只有一半了。因为另外一半在这个笔袋里。"她拉开笔袋，露出了剩下的珠子，然后打了个响指："我记忆力真好。"

第二个打开时间囊的人是苏嘉年。他的珍珠白时间囊里东西不多，只有几个卡通人物章、几张照片、一个塑料游戏机、一封信、一个孔明锁。游戏机里面充满了水，按下下面的按钮，就可以把里面的彩色塑料圈用水力推上去，套在小棍子上。洛薇记得这是小辣椒送给他的，他当时特别会玩这个，总是能在很短的时间内把所有圈套上去。他把照片一张张拿出来给他们看：第一张里，小辣椒拽着班上一个家里富裕的男孩子的头发，男孩子趴在桌子上，哭得稀里哗啦；第二张里，他们四个人并排坐在草地上，苏嘉年笑得很像乖学生，贺英泽抱着足球酷酷地完全不笑，洛薇和小辣椒笑得没了眼睛，一人缺了一颗门牙，左右两边刚好对称；第三张里，洛薇左右两边分别站了苏嘉年和贺英泽，但她的身体明显朝苏嘉年的方向倾斜，表情很尴尬……

"这里还有一封信。"小辣椒一边啃着面包，一边拿起那封泛黄的信，"这上面写着'让妹妹读出来'……哥，是要我来读吗？"

苏嘉年笑得有些无奈："我已经不记得自己写过什么。既然这么写，就由你来念好了。"

小辣椒叼着面包，拆信抽纸："哇，哥，你小时候的字就这么漂亮。咳，我开始念啦：给长大后的我自己。"

"嗯。"苏嘉年撑着下巴认真聆听。

"长大以后，我要考上最好的音乐学院，成为优秀的钢琴家。"

洛薇和小辣椒鼓掌，贺英泽也露出了赞赏的眼神。小辣椒清了清嗓子，继续念："我有喜欢的女孩子，她马上就要转学，但我没有勇气跟她告白。等我们长大，如果打开这封信时，她还不知道我的心意，那就请妹妹帮我念出来吧。"听到这里，洛薇的心已经怦怦乱跳起来。苏嘉年看着小辣椒，好像也有些紧张。小辣椒顿了顿，慢慢念下去："我喜欢你，洛薇。等我成为钢琴家以后，我想娶你当我的妻子。以后在一起生活的每一天，我都会为你弹你最喜欢的曲子……"

洛薇已经恨不得挖个地洞钻到西半球去，苏嘉年扶住额头，双颊有些泛红："那时候我太小了，不懂事。"

但是，小辣椒却没打算放过他俩，推揉了洛薇几下："大嫂，你就从了他吧大嫂！"

洛薇擦掉被她喷到脸上的面包屑，横了她一眼："我说辣椒，你精力这么旺盛，要不要去绕公园跑两圈送几个快递？"她把自己的粉红时间囊拿过来，没留意到贺英泽冷冷抛来的视线。但那也只是短短不足一秒的时间，当她再度抬头时，他已经面无表情地看向了别处。

打开盖子的瞬间，阳光直射进来，里面的东西反射出的强光差点刺瞎眼睛。她挡了挡阳光，低头一看，里面有：贴有亮片的跳跳糖口哨糖盒子、十多颗弹珠、几捆吃干脆面收集的闪亮三国人物飞镖卡、四个水钻发卡、一个贴满水钻的发箍、金色的橡胶手——就是那种可以扔出去打在别人脸上的恶作剧玩具……不反光的东西，似乎就只有一张100分试卷和"东南西北"折纸。那个"东南西北"折纸里，写着"小偷""笨蛋""好人""杀人犯"这些奇奇怪怪的内容。好久远的东西，现在都忘记该怎么叠。但是，她却记住了留下这个折纸的原因：当时，她把笨蛋的"笨"字写成草字头，小樱看见以后，说你真是笨到连笨字都不会写，我来帮你写。他画掉了她的字，在旁边写了一个新的"笨"字。现在再看这张折纸，她记得很清楚，那个时候她真是特别喜欢他，连他写的一个字都当成宝贝留了下来。小辣椒拿起她的飞镖卡，像是拿起了癌症晚期病人的药物："妈呀，薇薇，你真是疯了。你对发亮的东西到底是有多大的执念？还有，这个飞镖卡总共有一百零八张吧，看这厚度，好像你都收集全了？"

"差不多吧。"

其实，这里只有一百零七张，还差郭嘉的那一张。如果让他们知道她当时吃干脆面吃到嘴干都还没收集全，小辣椒肯定会笑死她的。

"对了，三国里，你们最喜欢的人物是谁呀？" 小辣椒小学生提问般举起手，"我先说，我最喜欢赵云。"

洛薇一脸高深莫测的笑："哟，这问题我也问过别人，一般年轻男生喜欢赵云，年长一些的喜欢曹操。辣椒果然是个大男孩。"

"滚蛋，我根本不想跟你说话。"小辣椒翻了个大白眼，把胳膊搭在苏嘉年肩上，"哥，你喜欢谁？"

苏嘉年想了想说："诸葛亮和刘备吧。"

"什么，我喜欢周瑜！我们兄妹俩势不两立。"

"你不是才说你喜欢赵云吗？"

"只要长得好看的我都喜欢，更何况是精通音律的美周郎。不过，你为什么要喜欢诸葛亮，你知不知道周瑜其实不是被气死的，相反，'雅量高致'这个成语的出处就是他。你知不知道赤壁其实是周瑜打赢的？罗贯中为了捧高诸葛亮，把周瑜黑成了一坨翔，你知道吗？"

"难得我头脑简单四肢发达的妹子也会上网搜搜资料，这些我当然知道。"

小辣椒一点不服输："也是啊，你头脑发达功课好，为什么还要喜欢诸葛亮？"

"历史上的诸葛亮没《三国演义》里那么有神话色彩，但'志决身歼军务劳''两朝开济老臣心'，还是很有悲剧英雄色彩的。杜甫都特别喜欢他，为他写了很多诗。"

"哥，你长得很有吴国帅哥们的俊逸风范，还是喜欢吴国比较好吧？你叹气干吗？算了不问你了，薇薇，你喜欢谁？"

"我喜欢的都是军师，郭嘉、周瑜、陈宫、司马懿、贾诩等都不错，最喜欢郭嘉。"洛薇看了一眼苏嘉年，又补充道，"诸葛亮我也喜欢，但演义里他太厉害了，一会儿纵火一会儿变风，只能当小说人物喜欢。郭嘉的计谋和洞察力更有实用性，所以更喜欢郭嘉。"还有一个原因是干脆面卡，当然说不出口。

"你没说到重点，郭嘉的优点其实是脸好看。"小辣椒摇摇手指，"小樱哥喜欢谁呢？等下，我想先听听小樱哥对刘备的评价。"

"刘备，哭出来的江山。"

听到这个答案，洛薇强忍住笑意，不由得又看了一眼苏嘉年。虽然大家只是聊天，但这样当面打别人脸，贺英泽个性也是够尖刻的。好在苏嘉年除了眼睛眨得快了些，也没太大反应。如果换成小时候，被朋友这样否定，他一定会敏感得脸颊发红。小辣椒神经还是很粗，笑成一团："这答案真是他妈的酷毙了，果然你这样的男人都不喜欢刘备！说实话，你是不是喜欢曹操？"

"曹操是乱世之枭雄。"

后面没跟那句"治世之能臣"，换别人回答，也听不出是褒是贬。但洛薇猜想，对贺英泽来说，这句话就是褒义的。她双眼发光地望着他："那你觉得郭嘉如何呢？"

"郭嘉是王佐奇才，他的十胜十败论顶一本《孙子兵法》，就是英年早逝。"

听到这个回答，洛薇心里高兴坏了。并不是因为他和自己喜欢一样的历史人物，而是她欣赏通过智慧与理性让自己变得更好的人。相比蜀国悲观感性的忠义英雄们，魏国的君主和谋士更像这种人。所以，她与贺英泽的人生观说不定有些不谋而合。

聊了一会儿三国，小辣椒又把话题带回时间囊上："我保证，如果这些飞镖卡不是发亮的，薇薇绝对没这耐心集全它们。对了，好像当时从某个日子开始，薇薇就爱让小樱哥去当水钻商人。不过，小樱哥更给力，直接当了钻石商。"

"那几年钻石好做。"贺英泽不以为意。

当然知道贺英泽做钻石不是因为自己，但他立即否认，还是让她有些难过。毕竟，她才因为与他有共同点而窃喜……她放下那个"东南西北"折纸，拿起100分试卷，感慨道："这可是我一生中唯一考的满分呢，难怪要用心保留下来。不像嘉年哥，一张都没留——他要是把满分试卷都放进来，我们几个人的时间囊全加起来都不够装。"

"你太抬举我了。"苏嘉年微微一笑。

小辣椒击掌道："下面轮到小樱哥了。他从小就很拽，好好奇他装了什么，不会是哪个总统发的徽章吧！"

当蓝色时间囊被打开，三个人都不约而同地探过脑袋去看。小辣椒疑惑地说："东西好少……小樱哥，你也喜欢飞镖卡？还是单纯和薇薇一样都喜欢郭嘉？"

洛薇这才发现，那里真的只有一张飞镖卡，就是她缺的郭嘉的。她愣了一下，再看看时间囊：那里还有一把仿真火药枪、一个遥控车、一个海螺、一个用透明玻璃纸封好的植物标本。前两个是贺英泽小时候最喜欢的玩具。那个小海螺是还没读书时，他们玩焰火的夜晚她在海边捡给他的。当时他说这种东西很无聊，回去就会把它丢掉，但没想到居然一直保存到了她离开……还有那个玻璃纸标本，里面是一朵已经干枯的蔷薇花。她记得，有一次体育课前的午休时间，学校里的蔷薇花开了。她偷偷摘下最漂亮的一朵，别在他的耳朵后，说小樱配蔷薇，简直漂亮呆。他立刻把花摘下来，但没有立即扔掉。现在再看见这个干枯的标本，她久久回不过神来。但是，贺英泽只是沉默着，把时间囊盖子重新合上。

小辣椒表示对结果不满。作为最后一个隆重登场的彩蛋，里面的东西居然只有这些，他们非常失望，要求贺英泽解释清楚这些东西的来历。贺英泽思索了一下，说："没什么印象。"

洛薇也沉默了，走神了很久。她不知道自己为什么要这样在意。不管他以前说过什么，做过什么，都只是童年往事。谁的思想和爱好会与小学时一样呢？何况他都已经记不住了。现在认清她与贺英泽之间的距离，才是最重要的事。

他们在白鸟公园一直待到傍晚时分。走之前，苏嘉年说要送洛薇回家，小辣椒一直大嫂大嫂地叫个不停。洛薇再三推托，总算一个人从公园里溜出来。太阳是赤金的脸盆，霞光是漫天的锦绣，将弯曲的道路绣成一片金红。沿着公园后门走，她买了一罐啤酒，抵达了小时候经常去的一个游乐场。这个时间孩子们都已经回家休息，里面只有跷跷板还在晃动。都十五年了，这里的游乐设施居然没有被换掉，只是刷上了新漆。看见一个滑梯，她踩着沙地走过去，轻轻抚摸着它。小时候每次爬上这个滑梯，都会觉得它很高，高得有些吓人。每次从上面滑下来，她都会闭着眼尖叫。但是现在再看它，觉得这真是小孩子的玩具，两步就可以跨下来。她站在阶梯下，看着滑梯顶部的小笼子，忽然产生了一种幻觉：前面小朋友们灵活地在洞里钻来钻去，他们钻过来朝她挥挥手，呼唤着：洛薇轮到你了。

她倚靠在阶梯上喝了一会儿啤酒，觉得眼皮特别重。眼前的太阳变成一个丰硕成熟的红果子，等待夜晚将它摘下。这样的画面和回忆重叠了。小时候只要看见夕阳，她总是忍不住犯困，也在这里睡得很多次。最后，每一次拍她肩膀，把她叫起来的人，总是小樱。他爱这么叫她："洛薇。起来了。"态度总是有些凶，但声音像女孩子一样细细的，脸也像洋娃娃一样白皙可爱。

真的很想念那时的小樱。

一罐啤酒下去，她并没有任何醉意，却开始犯困了。不知不觉中，她进入了半睡半醒的状态。头倚在栏杆上有些疼，但梦境里却是一片五彩斑斓……

后来，一双横抱起她的手惊动了她的梦。那双手可以轻而易举地把她抱起来，原本应该是很有力量的，却十分小心，像怕把她弄醒一样。她正巧在做一个关于童年的梦，有那么一瞬间，就真觉得自己被儿时的小樱背回家去了。可是，当她迷糊地睁眼，发现天已经全黑，自己正伏在一个男人的背上，双臂环抱着他的脖子。他背着她，混着淡淡清香的气息将她包围。他一点也不吃力，但走得很慢。待她真正完全清醒，留意到背着她的人是什么人时，心脏停跳了一两秒，然后又剧烈跳动起来。

她想不明白，以前对他特殊的感情，究竟是小孩子不懂事，还是朦胧的喜欢。她也不明白，自己这么执着于找他，究竟是怀念童年，还是怀念让她童年缤纷起来的小樱。即便到现在，她都不愿承认自己对他的感情是爱情。

但她也没法欺骗自己。十五年后的初次见面，初次看见他侧脸的那一瞬间，初次与他视线相撞的那一瞬间，她就知道，不幸开始了。

就是这个人，会操纵她的情绪，会让她再无法喜欢上别人。

心里也很清楚地知道，哪怕他还站在她面前，却早已离她很远很远。他明明白白说明过他们的不可能。所以，以后都不会再有机会这样靠着他了吧。她不敢大声呼吸，只是维持着之前的动作，将头靠在他的颈窝。

离开家乡的这些年，她曾对其他男孩子有过片刻好感。在学校里成绩很好的、打篮球总是最出众的、大学里口才特别好的……不管是哪一个，心动的感觉是令人雀跃、期待、开心的。不应该是现在这样。大概因为他是一个自负的人，所以哪怕只有一点点连证据都找不到的温柔，都会让人恨不得跪下双手接捧他的施舍。

"醒了就下来。"贺英泽忽然站住脚。

她立即从他身上跳下来，又回到需要仰视他的高度。她轻声说："……我刚才居然睡着了？"

"在那种地方喝了一罐酒都能睡这么死，也只有你才拥有这种天赋。"他率先往前走去，"走吧，我送你回去。"

"不……不用了，我自己走就好。"

"这回你想被谁背走？"

无言以对。一直以来，他都不习惯和人并肩而行，所以，她和从前一样，默默地跟在他身后，看他一只手插在裤兜里大步前进，自己却只能一路小跑，努力跟上他的影子。走了一会儿，她突然想起了一直藏在心中的疑惑，抬头说："小樱，甄姬王城四十六楼的业务也是你负责吗？"

"不全是。"

实在没法把"那上面有没有非法交易"这样的话问出口，她尽量选择了妥当的表达方式："那上面的交易金额挺大的，如果不属于你管辖的部分出现了意外，需要你来负责吗？"

"你有什么问题直接说，别拐弯抹角。"

"好吧，你可以告诉我四十六楼编号为K001的客户是谁吗？"

"你认为我是这样公私不分的人吗？"他答得很快。

洛薇不好意思地垂下头去："对不起，我没考虑这么多，只是这个人之前帮过我一些忙，我想当面感谢他……"

"没有必要。你觉得是好人的人，说不定和你有血海深仇。"

"血海深仇？哈哈，我就是个普通人，哪来的血海深仇？只有武侠片里的血亲之仇才能用这么夸张的词吧。"

"那在武侠片里，你有没有可能会变成爱上杀父仇人的女主角？"

这可真不像是贺英泽会提出的问题。洛薇先是一愣，然后笑出声来："嘿，小樱，你觉得我像是那种有了男人就忘了爹娘的柔弱女主角吗？明显我是会跟男主角一起手刃仇人的正派女主角嘛。"

"要是你和杀父仇人是真心相爱的呢？"

洛薇想了想，认真地说："如果他真心爱我，就不会害我的家人。如果是先害了我家人才接近我，本来就目的不纯，就谈不上什么真爱了。而且，你说的这种女主角都是为爱不顾一切的吧，听上去牺牲很多，应该得到圆满结局才公平，可她们通常最后不是受不了折磨自杀，就是被坏男人利用到死，没一个有好下场。我这么正能量的人可不要当这种悲剧女主角。"

她说完以后，贺英泽沉默了很久，才又说了一句："这也是我最欣赏你的地方。"

地面很喧闹，楼房立交桥灯火通明，但高空却是一片静谧，黑夜已在城市上空熟睡。后来司机开车过来，他把她送回家，说了声"去吧"，连道别也没有就走了。回家以后，他一直在她脑中徘徊。怎么都整理不清自己的情绪，她掩去地名人名，跟爸爸汇报这段时间的工作情况，跟妈妈聊了一下感情生活。妈妈说了一堆没有营养的话，如"有喜欢的男孩子一定要好好恋爱哦"，终于爸爸听不下去，抢过电话，万般感慨地说："薇儿，这世界上所有的男人都能分成两种。一种温柔体贴，无微不至，让你过得像公主一样，但跟这种人在一起往往没有激情；一种能力强大，被人追捧，可以带给你很多光环，轻松解决你所有的困难，但跟这种人在一起会很辛苦。就看你想过什么样的生活。"

"爸，我没有什么想要选择的生活，我……我不想跟他在一起，只是很在意这个人。"

"他喜欢你吗？"

"我不知道……感觉不出来。有时候好像有点喜欢，有时候又像普通朋友都不算……"

"男人和女人不一样，面对自己想要的东西时很坦率，不会刻意隐藏自己的情绪。所以，当你不知道一个男人是否喜欢你的时候，那就是不喜欢。"

"……是这样啊。"

"其实，我觉得苏嘉年挺不错的，人好，又懂事，你要现在还有机会，和他在一起吧。"爸爸停了一下，"但是，不准回宫州。你可以把他带到上海去。"

他话音刚落，那一头就传来了妈妈的声音："老公，你怎么会觉得苏嘉年好呢？我觉得小樱那孩子才长得好啊，而且从小就对我们薇儿有意思……"

"你就知道长得好，男人长得好能当饭吃？"爸爸语气中有一丝不悦。

洛薇听得心脏怦怦跳，但她也知道，这是妈妈对小樱的偏袒。因为妈妈是个颜控，小樱又有一张很对她味的脸。她赶紧插嘴打断他们的争执："为什么不能回宫州呢？"

"不能就是不能。没什么理由。对了，我和你妈打算找个周末过去看你，你把你上海的地址发给我一下。"

"等等，爸，我最近要忙一个设计竞选，你们过段时间再来吧。"

"薇儿，你……不会在宫州吧？"

"我现在不是在用上海的卡打电话给你吗？而且我们这一行现在在宫州简直没法混，我干吗要去受虐啊。"

其实不用爸妈说，洛薇也知道嘉年哥很好。只是感情如果真的可以控制，她也不用这样烦躁。她干脆拿出笔和纸，想准备Cici的设计师竞选，可整个脑子都被贺英泽填满，什么都画不出来。最后，写在行程表上的内容，居然全都变成了日记，而且主题几乎都在围绕着他转。

爸爸说，不确定的时候，就是不喜欢。他的态度其实比这个更坚决，他都直接对她说了"不"。可是，为什么内心深处，一个自以为是的声音在洗脑说，他对她是有好感的。小时候小樱一直是这样，表面看上去对她漠不关心，但是每次她走丢，他总是第一个找到她的人。有一次她就在滑梯附近迷路了一个多小时，他把她带回去，大家问她想要吃点什么，有没有害怕。她只抓住他的手，认真坚定地说，我只要小樱就好。他握紧她的手说，以后我也会保护你。大概是有这些回忆作为基础，她才会有那么一点信心，在心底小声说，他只是在掩饰而已。想到这里，她终于鼓起勇气打开手机，打电话给他。只是想听听他的声音，跟他道个谢，应该没什么大碍吧？但是，听见电话接通，她还是紧张得深呼吸了许多次。

终于，有人接听了。第一声"喂"，是一个年轻女人的声音。洛薇一时间连眼睛都忘了眨，只是看了看时钟。现在是十一点整，她拨打的电话，是他在甄姬王城顶楼套房的私人电话。

"喂，你好，请问你找谁？"这个女人的声音温柔又轻快，让她立刻联想到了倪蕾那样的女孩子。她大脑空白了片刻，冷静地说："我找贺先生。"

"哦，他现在在洗澡……啊，等下，他来了。"

接下来，贺英泽的声音传了过来："喂。"

"是我，洛薇。"声音很平静，她的心里却很乱。

"什么事？"

她屏住呼吸："没事，我只是想跟你说一声谢谢。"

"为什么要道谢？"

虽然只有两句话，但稍会察言观色的人都能听出其中的距离感。这个点儿打电话给他，确实太不合适。她怎么会做这种傻事？他现在是King，是贺英泽，是一个感情状态不明的成年男性，不再是随时可以联系的青梅竹马男孩子。她快速说："就是谢谢晚上你照顾我……没什么大事，你先忙吧，晚安。"

赶紧挂断了电话，洛薇长出一口气，把头埋在枕头里。手机滑落到地上发出响声，她也不愿意多花一点力气将它捡起。

爸妈为什么会一口咬定她喜欢贺英泽呢？

这不是喜欢吧。喜欢是幸福，不是消沉、苦闷甚至心酸。

而在电话那头，女秘书替贺英泽把文件整理好，又看了看贺英泽。他张开一只手臂靠在沙发上，拿遥控器频繁地切换电视台，看不出情绪。一直以来，所有人要找贺英泽都得通过她，所以在这个点儿能打通他私人电话的人，肯定与工作无关。不明白上司为什么要让自己来接私人电话，但在他身边工作，最重要的事就是少说话。她把电话轻轻放在桌面上："贺先生，还有什么吩咐吗？"

"回去吧。"贺英泽摆了摆手，把电话扔到沙发角落。

八面镜

情迷

他沉默着推门出去，再也没有回头。

这是二十多年来，他第一次让她一个人流泪。

谢欣琪发现，和苏嘉年不上不下的关系是自己作出来的。一开始她对他没太大感觉，但他和一般男人不同，从不主动联系她，反倒弄得她特别在意他的动向，哪怕在她朋友圈点个赞，她都高兴得不得了，小心肝儿七上八下，一晚起码翻一百次手机。她神经过头了，连专心致志的谢修臣都忍不住摘下眼镜，狐疑地说："你是不是有什么事，想出门？"

　　他们两人的书房就隔了一道玻璃，上有百叶窗。她在家穿衣很随性，所以以往百叶窗都是拉上的。但他意识到，最近她都不拉百叶窗，坐姿也越来越不像样，大腿搭在沙发上，裙子都快滑到大腿根部。谢修臣禁不住皱了皱眉，把视线转回书上。谢欣琪倒挂在沙发上，以奇怪的动作做着瑜伽，长发如云，大团垂在地上："哥，你把眼镜重新戴上我看看。"

　　"为什么？"

　　"你戴眼镜很帅啊……然后我在想，苏嘉年戴着眼镜是什么样的。"

　　最近"苏嘉年"都快成了她的口头禅。谢修臣没看她："既然不回你消息，身边肯定就不止一个女人。"

　　"可是，我不是很优秀吗？"谢欣琪一个打挺儿翻过身来，"对了，哥，我才做了一个心理测试题，觉得特别准。题目是：看见这些东西，你会想到谁？大部分都是气象名词。当我看到'雪'，就想到了苏嘉年。你知道答案是什么吗？看到'雪'想到的人，是'如果你再积极一点，他可能会

118

成为你的恋人'！"

谢修臣当然没有理她。她捧着脸自顾自地说："然后我看到'天空'，你知道想到了谁吗？"

"我。"

"嗯？你怎么知道？"

"因为现在你需要拍我马屁，这样才能顺利地说出'哥哥，我到底该怎么办嘛'这句话，企图让我帮你出点子。"

模仿她说话的时候，他还故意跟芭比娃娃似的快速眨巴眼睛。她服了，像她。既然被发现了她的小聪明，她也不再遮遮掩掩，把设定好的台词说出来："你说对了，'天空'真的是你。天空的答案是什么，你知道吗？"见他只是安静没说话，她故意顿了顿说："是'心中最理想的人'。"

谢修臣还是没有动静，只是低头看着书本，却是全然定格的状态，与刚才有些许不同。她跑到他身边，摇晃他的胳膊："哥你看，我找男朋友都是按你的标准。全天下最帅的哥，我也不知道为什么，我一遇到苏嘉年就没办法，所以现在我都不敢贸然行动，你帮我想想办法吧。"

他抬头微笑着拍拍她的手："你该睡觉了。"

"咦，对了，我觉得你像天空，那你觉得我像什么？气象名词哦。"

他认真思索了几秒钟："不知道。我想象力没你丰富。"

"这么难想？例如月亮？安静纯洁什么的感觉。"

"绝对不会是月亮。"

"那是什么，清泉什么的？"见他若有所思地摇头，她更加好奇了，"那你快说，我不管，必须给个答案。"

他"嗯"了一阵，总算想到一个准确的词："潮汐。"

她皱了皱眉，对这个不怎么浪漫的答案不怎么满意："为什么听上去这么可怕？就没有优雅一点的答案吗？换一个行吗？"

"飓风。"

"……"

"还是不行？"

"不行。"

"沙尘暴吧。"

"……"

"那就地震？"

"……是气象名词，不是灾难名词。"

他被难倒了，埋头苦想了很久，突然打了个响指："哦，我想到了。雾霾。"

"雾霾你个头！！我把你当成我的天空，结果你把我说成是雾霾、沙尘暴！"她不爽地在他身上乱挠。他特别怕痒，缩着脖子往旁边躲，笑得特像孩子，连皮肤都像会发光一般："这不刚好说到点上了吗，因为有雾霾和沙尘暴，纯净湛蓝的天空都被染成黑的了。欣琪，这就是当你哥的命运。"

"命运你个头！！"

两个人打闹了半天，谢欣琪有些累了，打了个哈欠："我困了……我不想一个人睡觉。你像小时候那样哄我睡着可以吗？"

他吐了一口气，一句话也不说，拿起一本书，站起来送她回卧房。他坐在椅子上，打开手里的书："去洗澡吧。我在这儿等你。"

"知道啦。"她懒懒地走到了衣柜旁边，直接把丝袜脱了下来，扔到了地上。隐约觉得旁边情况不对，谢修臣抬头看了她一眼，却呆住了——她居然连裙子也脱了，只穿着一个黑色bra背对着他，现在正在翻箱倒柜找睡衣。但找了一会儿，好像连bra带都让她觉得不大舒服，她解开胸前的扣子，就这样让它挂在自己身上。从他的角度，已经可以从背后看见她一半胸部的形状。一时间，他只觉得脑子里嗡地响了一声，什么也无法思考。谢欣琪也正好转过身来，怀里抱着浴巾和睡衣，刚好把胸部挡住。她若无其事地对他笑了一下："我很快就好，你在这里等我哦。"

她特地留意了他的反应。就算是亲人，看见这种画面也该避嫌吧。但他没走，只是看着她点点头，好像什么也没发生，继续低头看书。终于，她非常确定：哥哥真的是同性恋。记得在美国宿舍时，她曾脱光衣服准备洗澡，一个很娘的gay密破门而入，看见她全裸，居然只是"哦"了一声，说原来你在换衣服啊，然后不顾她的感受，跷着二郎腿坐在床上，清宫剧后妃般把双手交叠在膝，开始聊他的男朋友。她无语了许久，说我正在换衣服你看不到吗。他摆摆手说，没事啦，我不介意。她眼中有火焰燃烧，说我还是挺介意的。他才扭着屁股离开房间。

现在想想，哥哥的动作没有那个gay密那么娘，可他对她脱衣服的反应，和她所有gay密完全一样：不避嫌、不脸红、看她的眼睛。虽然有些遗憾哥哥以后不能传宗接代，但她其实挺开心。因为，有一个同性恋哥哥的另一层意思，就是她同时有了哥哥和姐姐。当然，她不知道，谢修臣之所以没有说话，仅仅是因为大脑短路。她进浴室后，他撑着额头，已无法消化书上的字，脑中只有刚才的画面。他知道欣琪穿衣服喜欢装水饺垫，所以一直认为她的身材是一马平川。可事实不是这样。她弯下腰的时候，半球形的胸部非常饱满。她翻衣服的时候，胳膊还会碰到那一片肌肤……

"欣琪，你到底在做什么……"他单手捂着额头，喃喃自语，觉得混乱极了。

但是，这还不是结束。洗完澡，谢欣琪擦拭着湿润的长发回到卧室。她换了半透明的暗红丝质睡裙，没有穿内衣。看见这一幕，谢修臣再一次受到冲击。但她并没有做出任何诱惑的举动，只像孩童一样跳上床钻进被窝，用天真期待的眼神看着他，拍拍枕头："哥，来这边嘛。"他犹豫了几秒，经不住她的二次催促，放下书本躺在她身边。她从被子里露出一颗脑袋，素颜的面容还是和小时候一样水灵灵的，不过脸颊纤瘦了一些，多了几分女人味。她掀开被子，把他也包在被子里，娇滴滴地靠在他的怀中。

夜空是一场无梦的酣眠，只有微风吹动窗台上的蔷薇花，令花瓣露珠闪烁，翩然起舞。柔弱的灯光，青梅竹马的男女主角，这一幕在他看来，就像老电影中的场景。男主角拥抱着女主角，什么也不做，只是抚摸着她的头发说，我爱你，永无止境。女主角甜甜一笑，亲吻他的手心，说我也爱你。但是，此时此刻，他只能抚摸她的前额："早些休息。好梦。"说完收回手，不愿在她的肌肤上驻留。可她却抓住他的手，轻轻嗅了嗅，声音软软的："从小到大，哥哥身上的味道都没变过呢，香香的，像女孩子一样。"说完掰开他的手掌，在他的手心吻了一下。一股极强的电流击中手心，打得他神经麻痹。

难道，是他想的那样吗？他可以往前再迈进一步？刚才她说了，他是她的天空……现在，他离那里就只有不到十厘米的距离。只要稍微再往前走一些……他看了看她的嘴唇，呼吸有些乱了。

吻过他的手心，谢欣琪微笑着，把他的手放在自己脸颊上。她知道，哥哥现在的压力非常大。因为父母都是传统古板的人，谢家又只有他一个继承人，他们绝不会允许他出柜。但她起码可以支持他，帮他想对策，例如找个女同形婚、鼓励他和男朋友出国结婚……不过在这之前，他得向她坦承。她也必须让他知道，不管他喜欢男人还是女人，她都很尊敬他。想到这里，她的眼神充满前所未有的温柔："哥哥，我爱你。所以，不管遇到什么事，我都会第一时间站……"

话没说完，嘴唇已被谢修臣的唇堵上。

时间与心跳同时被按下了暂停按钮，谢欣琪睁大眼，不能做出任何反应。紧接着，如同烈火燎原，他的吻迅速侵略着她的双唇。他吸吮着她的唇瓣，呼吸灼热，烧伤了她的肌肤。因为受惊过度，她竟无法抵抗，甚至不小心让他的舌探进她的口中……终于，她闷哼一声，猛地推开他，从床上坐起身来："你……你在做什么？你疯了吗？"

他也坐了起来，用质问的眼神望着她。相比她的语无伦次，他冷静得出奇："你又是什么意思？"

"……你不是同性恋？"

他恍然大悟。内心瞬间凉透，但他没让自己看上去有半点破绽，反倒露出招牌微笑："我早就知道你在玩什么名堂，也早就告诉过你，不要干涉我的私生活。现在开心了吗？"

窗外，月光冷寂，独横在南岛的路上。群星秒针般跳动，银光浸入露水的身体。明明是温暖的五月，谢欣琪却觉得浑身发冷，任性的小野猫转眼变成了任人宰割的小绵羊。她抓过被子把自己裹了起来，哭丧着脸说："我只是关心你，你怎么可以这样？"

所以，这就是最终结果。过多的爱，只会伤害她。他把被子放到一边，起身下床："如果你再擅自猜测我是同性恋，下次的惩罚……"他笑而不语。

"等等。"

他站住脚，但没有转过身。她是个急性子，现在又受到不小刺激，说话非常快，声音颤抖，像是快哭出来："哥，你真不觉得这样做很过分吗？好吧，我是你妹妹，确实没有资格像你教训我那样教训你，也没资格插手你的感情生活。我只是关心则乱，误解你了。我承认，是我的错。你可以打我骂我，我都不会跟你计较。可是，你是我哥哥，做出这种事，你觉得合适吗？你认为这样的惩罚能有什么用？"

"我用其他方法训过你，有用吗？"

"就算没用也不能这样啊！你这样做，是想让我觉得自己很脏吗……"说到后面，她呜咽的哭声淹没在被窝里。

他什么都不想再听。这种又是愤怒，又是心疼的感觉，也不想再经历第二次。他沉默着推门出去，再也没有回头。这是二十多年来，他第一次让她一个人流泪。

一个不眠的晚上过去，清晨的曙光洒落大地。谢修臣换上西装，打好领带，依旧觉得凉意袭人。以前天气变冷，他总是会条件反射地害怕看见欣琪伸出手，因为她上中学以后，有很长一段时间公主癌变成了女侠癌，直接表现就是会做一些幼稚的恶作剧。

记得他十六岁冬季的晚上，他洗完澡裸着上身经过她的房间，见她把手伸在被子外面，赶紧走过去，抓着她的手往被窝里塞："收进去，你都冻成这样了。"

她看看自己的手，抬起脸肃穆地说："不，我在修炼神功。"

他心中预感到不好，微微睁大眼："不要修炼了，手收回去。"

她冷笑了一下："哥哥知道我在修炼什么功吗？"

"知道。"

躲已经来不及了，见她穿着卡通睡衣猛地从被窝里跳出来，他倒抽一口气，被她追杀得满屋跑。最后她在角落里逮住他，大叫一声："寒——冰——神——掌！"那一声"掌"喊得抑扬顿挫，与此同时，她将冰凉的五指在他背上印下去！

他啊地叫了一声，也不拉开她，痛苦地受了这一掌，倒在柜子上，慢慢滑落在地，有一种溺死美少年的凄凉："……告诉我妹妹，我会永远爱她，让她不要难过，因为……以后夜宵……没人帮她买了……"

"啊！不可以！你不可以死啊哥哥！哥哥啊！"她跪下来抱住他，痛不欲生地喊道，"——我的夜宵！！"

默默听她哭号了半天，他面无表情地捏住她的脸："奥斯卡影后，哭够了吗？"

"没有。"她也捏住他的脸。

这时，谢茂愤怒的声音从楼下传上来："谢修臣，谢欣琪！你们俩闹够了没有！吵得我心烦！这么晚还不睡觉，都给我滚去睡觉！"

他们这才统一战线，对彼此做了"嘘"的动作，缩着肩膀偷偷笑成一团。他低声说："欣琪，这个点儿你该饿了，我弄点夜宵给你吃吧。水果怎么样？"

"好呀。"

"你要吃什么？"

"方便面。"

"……"

想到这里，谢修臣的嘴角禁不住扬了起来，可是笑了一会儿，又渐渐笑不下去。人如果不会长大，一直都是天真快乐的十多岁，那该有多好。那个时候，他已经清晰地知道她是他这辈子最珍惜的女孩子，却又不用担心结婚生子的事，不用担心分开的事。他也永远不会失去她，不用亲眼看她投入其他男人的怀抱……

他有些担心谢欣琪的情况，敲了敲她的房门，没有得到回应。于是，他直接推门进去。本以为她又像上次那样坐直升机离家出走，但她居然还在床上，抱着被子缩成一团，和昨天坐着的姿势一样，好像是哭到累就倒下去睡着了。他替她把被子理好，拨开她额前蔓草般的头发，再重新把被子盖在她身上。哪怕还在沉睡，她的眼睛也很明显地红肿着。那双白皙而充满女性气息的手，也已经很久很久没有在他身上印下"寒冰神掌"。从什么时候开始，这一切已经偷偷改变？他不知道。他知道的是，她离自己越来越远了。他用手背试了一下她的额头，确认她没生病，本想吻一下她的额头，但最终也没这么做。

欣琪，我保证，这样的事再也不会发生。不会让你再受到伤害。

他在心中如此对自己说，转身出去，在门缝里最后看了她一眼，把房间的门轻轻地、静静地关上。

每一个人或多或少都会经历这种事情：过度在意一个人，因为自己经常想着他，所以擅自曲解他的每一个动作与表情，自圆其说他所有的不在意都只是别扭而已。然后，又唱独角戏一样受到打击，觉得尴尬、懊悔。这种时刻就连和他说声"谢谢"，都像是在自取其辱。每每看见别人处于这种情况，谁都不会觉得是多大的事。可一旦发生在自己身上，就连出去面对无关紧要的人，也会少了许多自信。洛薇觉得自己还是很幸运的，因为身边还有苏嘉年。

跟爸爸预测的一样，苏嘉年是个无可挑剔的男人，除了偶尔过度挑剔——他会不经意透露出洁癖，碰过手机都要去洗手，看见女孩子过度圆润会嫌弃对方的自制力。他表露这种情绪的时候，洛薇总是会默默地把视线从冰激凌店挪到别处。他的好也不是没有底线的。有一天晚上他们俩约好出去吃饭，但因为Edward临时把她叫走，她的手机又没电了，让他在餐厅里白等了一个小时。之后，他并没有责备或教训她，而是买了一个充电宝给她，还亲自送到家里来。本来她已经觉得很愧疚，看见充电宝，更是恨不得挖个洞把自己埋掉。作为男人，苏嘉年还真是有一份有些女性化、过于艺术的纤细。他还是一个耐心很好的人。时间囊的事他自嘲过，但追求她的意思却越来越明显。一周里最少有两三天，他会单独叫她出去吃饭、看电影、去图书馆、听音乐会，等等，却不主动要求更进一步的发展。她知道，他想让她来做决定。

如果不用与贺英泽见面，洛薇大概已经和苏嘉年顺利成为男女朋友了。可是，见贺英泽是不可避免的事。贺英泽已经完全把她当成了秘书，时不时让她陪他去社交与娱乐，同时传授她工作经验，似乎是在有意识地帮她……在这些过程中，她只看见了他更多的优点，像他马术好到能骑着狂奔的野马去套头马，海钓总能钓到最大的鱼，野外捕猎也从未失手。说到赛车，他更不只是看比赛这样简单，他是真的去约了赛车手一起开车比赛。任何与竞争和冒险有关的东西，他都特别喜欢。洛薇知道他不是自己能束缚住的男人，又无法戒掉对他的迷恋，心情很烦闷。但她不喜欢跟人倾诉自己的心情，因为知道倾诉解决不了实质问题，无非是给人添加茶余饭后的笑料罢了，所以养成了在记事本里写下心情的习惯。

这个周六，贺英泽又把她这跟班带去海钓。她躲在阴影下与紫外线做斗争，拿手机网购了一瓶防晒霜，以免再次听到小辣椒说"跟薇薇比我真是雪白雪白的"这种鬼话。常枫倒是跟一德国佬似的享受着阳光："洛小姐，怎么在King的面前，你也敢玩手机啊。难道是在跟喜欢你的男人聊天？"

洛薇飞速看了一眼贺英泽："我在回朋友短信。"

"男朋友？"见她拼命摆手，常枫一双眼睛弯了起来，"那是很重要的朋友吗？"

"是的。本来她约我今天去吃饭，我拒绝了。"

其实她是在间接暗示贺英泽，周末应该给她假期。没想到贺英泽没一点反应，常枫反而来了兴趣："连那么重要的聚会都放弃了，我们六哥果然魅力无限。"

陆西仁撑着下巴，也看向洛薇："贺六公子的美，是悬在花间的朝露，是春日氤氲中的青莲色桔梗，是天空淬炼出的月光。假若他诞生在牛皮纸记录的洪荒年代，就是海神的一滴眼泪。"

在这种环境听见这样的台词，而且陆西仁周身弥漫着中世纪吟游诗人的诗意，洛薇感到非常迷茫。但再看贺英泽，他完全不觉得不适。常枫善解人意地说："你不用理陆西仁，他从小看了很多英法的名著，后来还去巴黎主修法国文学，不晓得怎么正常说话。倒是洛小姐，你是不是也觉得六哥很有魅力？"

洛薇又看了看贺英泽。他刚赶走驾驶员，自己开起了快艇。他的宝蓝墨镜反光到可以直接当镜子用，大到盖住半张脸。海风吹乱他的刘海儿和衬衫，他专心致志地享受着飙快艇的爽感，像是没听到他们的对话。记得小时候，每次看见他鼻子上的痣总觉得很可爱。但现在看上去，他的脸部轮廓成熟很多，那颗痣竟显得他的侧脸有几分性感……

"洛小姐，口水快流到衣服上了，赶紧接住。"常枫的话把她吓了一跳。他用上排牙齿咬了咬下嘴唇，笑得坏坏的，"洛小姐喜欢六哥吗？"

洛薇快速抬头："不喜欢！"

"哇，反应这么大，更让人怀疑啊……"常枫干脆转过头来，冲她眨眨眼，"那你想和六哥上床吗？"

陆西仁很配合地补充："洛小姐，你可以任心房的幻想之花绽放，任灵魂飞向极乐的天堂。"

像是天雷劈中了天灵盖，血液全部都涌到双颊。若不是考虑到环境问题，洛薇一定已经惨叫出声。所以，哪怕忍得很痛苦，她也只能指着他，颤声说："你……你们……"

"常枫，陆西仁，你们别闹她了。"贺英泽终于开口发言，但也没有看他们任何一人。

"是，是，听六哥的。"

他们确实也没机会再闹腾。贺英泽开船比驾驶员猛多了，简直跟开赛车一样。直奔海中央的过程中浪涛飞溅，快艇颠簸，同行的人晕的晕，吐的吐，热的热，就连常枫、陆西仁都加入了这一行列。最终，快艇停在了比赤道还热的地方。贺英泽的属下们全都恨不得拿牙签撑住眼睛让自己不要睡过去，他却精力旺盛得很，不断往快漫出来的大桶里丢活鱼。洛薇觉得很羡慕他，不管面对什么事，他总是应付裕如。她地位比他低那么多，却一肚子烦心事——虽然报名参加了Cici的竞选，也打下了三十多种设计草稿图。但不管是哪一种，她都不甚满意。然而，看见他把钓竿快速收回的侧影，她觉得这一幕很有美感，脑中闪现出一条项链的轮廓：一条椭圆弧度的细项链上，七颗小珍珠竹节般等距镶嵌其上，就像眼前绷紧的钓竿一样。至于项链的坠子……这时，贺英泽刚好钓起一只色彩明艳的蓝鱼。它摆动着尾部，生机活现地拉动鱼线。

她立即掏出笔和餐巾纸，在纸巾上画下这条项链的轮廓。对了，就是这种感觉！之前设计的项链都实在太过繁复，反倒不如这样细细的一根具有线条美。而坠子本身，用鱼形宝石就非常灵动跳脱……她又抬头看了一眼贺英泽手中的鱼，埋头把草稿剩下的部分完成，攥着这张餐巾纸，三步并作两步跑到船头："谢谢你哦。"

他停止折磨那条鱼，抬起头对着她。她先是在他墨镜镜片上看见自己红红的脸，然后透过镜片，看见他长而深邃的眼睛。她心跳如擂鼓地笑了："刚才我看你钓鱼，就设计出了一条项链。这个感觉就是我想要的。"他接过她手里的餐巾纸，低头凝神看了片刻。她突然觉得自己犯傻了。虽然他在放假，但她可是在工作中。这时候给他看这个，是不是太不合适？她想，大概下一刻，他就会把它揉成一团喂鱼吧……但是，他只是把餐巾纸还给她，伸出食指和拇指，在她额上弹了一下："还行。"

他力气很大，还不懂控制，这一下弹得她脑门儿有点疼，让她一下回想起儿时的记忆。她乖乖退下，但转过身就开始揉头，腹诽这个男人尽管很有教养，却没什么绅士风度：他对美食很精通，能一口吃出新烤牛腰原产地是德国还是澳大利亚，但只要不是在最正式的场合，他都只会用叉子吃西餐，刀子都是摆设；在社交礼仪方面，他可以做到一百五十分，但对于犯错的属下，即便是身高近两米的挪威男人，他也可以骂到对方泪流满面，有时甚至会说出"别再跟我说你的狗屁理想"这种没什么品位的话；面对可爱的东西时，他更是毫无鉴赏能力可言，上次居然把她的Hello Kitty手帕和灰色厚抹布混淆，拿去擦车窗……不论从哪个角度看，这粗鲁个性都与优雅皮相不搭。她摸摸脑袋，突然受到了鼓舞，对他微微一笑："连小樱都觉得还行的东西，说明是很不错了。那我得好好答谢你一下。"

"我好奇'答谢'和'好好答谢'两个级别的差别是什么。"

她眨了眨眼："答谢就是请你喝下午茶，好好答谢就是请你吃晚饭。贺先生应该不会从高级VIP降级到普通VIP吧？"

"一般情况下，高级VIP不都是囊括了普通VIP的特权吗？"贺英泽把又一个诱饵熟练地挂在钩子上，"你的客服系统需要整顿整顿了。"

"好了好了，服务不周是我的错啦。请你吃一天好吗？从早吃到晚。"

他把钩子抛到海中央，嘴角扬了起来："我考虑一下。"

原以为他只是傲娇才说了这句话，却没想到这之后，他就没再提过这件事。最开始的聊天让她以为他愿意和自己一起去吃饭，但等的时间越长，她的心情就越低落。她真是不懂贺英泽。他明明帮了自己很多忙，也在很多细节上表现出了对她的特别，但她不过是想请他吃顿饭，他就完全不赏脸。难道是他太忙，所以把这件事忘记了？

周日，她跟苏嘉年、小辣椒还有几个朋友去草莓地里摘草莓。趁他们在摘草莓的时候，她偷偷坐在一块石头上画项链。刚进入一点状态，一颗洗干净的大草莓出现在她眼皮底下。本来思路被人打断，她有些不耐烦，但看见那双漂亮的手，她立刻回过神来，抬头看着站在身边的人：苏嘉年怀里抱着一篮草莓，背光而站，面带微笑，简直就像是童话故事里的男孩子。他把草莓往她嘴巴的方向送了一些。她不好意思地把它吃下去。他在她身边坐下，看着她手里的画："这是准备参赛的设计？"

她用橡皮擦掉多余的线条："突然有了灵感。"

"哦？是哪里来的灵感？"

她一时没能回答出来。

"洛薇。"他的声音忽然离她耳朵很近。待她意识到他靠过来时，他已在她的脸颊上吻了一下。手中的画笔掉在了地上，她用手按住脸颊，转过头不知所措地看着他。阳光包裹着黛绿的树，照红了火红的草莓，水果清香浸泡在空气里，杜鹃鸟不知疲倦地歌唱。在这一片翠青繁红中，他乌亮的眼眸却是最美的风景。有几根手指穿过她的指间，轻轻地扣住她的手。他入侵得实在太缓慢，太没攻击性，令她完全不知该如何回避。她只能僵硬地任他牵着，僵硬地看着别处。但很快，那双手松开了。

"你心里还有没放下的感情。"他站起来，头发微卷，挡住了一只眼睛，而后微微笑道，"没事，你不用想太多，我有耐心。"

她恨不得一头撞在膝盖上——她就这么没用？连拒绝的话都没说，就被对方认定心中还有其他人？好在苏嘉年并没有不悦，当天晚上还陪她一起参加了老同学的婚礼。看见小学时胖胖的女孩子变成了美丽苗条的新娘，她心中有说不出的感动。她喜欢参加婚礼，因为亲眼目睹身边人的幸福，就对自己的幸福也有了信心。

在婚礼中，她最喜欢参加抢捧花的环节。大概是因为小时候发生的一件事。那一年，他们小区一对年轻情侣结婚，关系好的邻居也在邀请名单中，包括她父母和林叔叔。他们把她和小樱都带到了婚礼上，婚礼进行到一半，她就问妈妈，新娘子为什么要抛捧花。妈妈说，接到捧花的女孩子会是下一个新娘。她听了以后，以妈妈的描述是"两只大眼睛都会发光"，立刻从妈妈怀里跳出来，跑到新娘脚下，有模有样地和其他未婚女性站在一起，等着接捧花。全场的宾客都被这四岁的小女孩逗笑了，小樱却一脸尴尬地跑上去拽她，想把丢死人的她拖走。她说什么也不肯下来，还和他手牵手站在台上，说："小樱，我想当新娘子，我不要下去。你帮我抢花，等我接到花分一朵给你，好吗？"

这件事她现在还记得，但已经记不住小樱当时的反应了。现在想想，依他的个性而言，一定是一脸轻蔑吧。从那以后，参加任何婚礼，她都不会错过这个环节。

这天，当司仪让所有未婚姑娘上前时，她第一个冲了上去，简直跟自告奋勇的小学生一样，把一肚子的小心机都笑到了脸上。最幸运的是，当天未婚姑娘不少，那个捧花竟不偏不倚地砸到了她的怀里。她高兴坏了，不仅让苏嘉年帮自己录了视频，还拿着捧花和新娘拍了许多组照片，全部发到微信朋友圈，加上一句傻傻的文字："快祝福我啦！"而后还真的得到了损友们一堆类似"预祝结婚快乐"的留言。当然，其中没有贺英泽的。他不发朋友圈，不点赞，如果不说话，在微信上的存在感为零。

这段时间，她一直把贺英泽放在最重要的位置。只要他找她，她就会放下所有正在忙的事，赶到他身边，哪怕是苏嘉年的约会也一样。每次这样做，她都会以工作为理由说服自己。但实际在内心深处，她比谁都清楚不是这个原因。

只是想见贺英泽而已。

如果见不到他，她甚至会对着手机上的"小樱"发呆，反复刷他们之前海市蜃楼般的聊天记录。终于，她决定不能让自己再乱下去，编辑好一条短信发送给他："小樱，什么时候有空，我请你吃饭哦。"

结果是，她又经历了一次从紧张到失望的心理折磨。他没有回复。

又过了五天，贺英泽打电话给她。她实在没有和他通话的勇气，于是任它响到被挂断，然后发了一条短信给他："我在忙，你发消息吧。"这条短信跟在上面那条故作轻快的短信下面，显得上一条就像个傻乎乎的小丑发的。

他无视消息，又打了电话过来。她再次挂断。这一回，他总算没再坚持。她松了一大口气，却收到另一个陌生电话的短信："洛小姐，贺先生请你今天下午四点到甄姬王城四十五楼报到。"

她没回复，闭着眼删掉这条短信，大胆地放了他的鸽子。她准时赴苏嘉年的约，度过了一个难得轻松的夜晚。苏嘉年送她回家，一直目送她上楼。看见他脸上的笑容，她知道自己当日的选择是对的。虽然，很快可能要面对大麻烦……

到家以后，她在床上躺了十分钟，要睡着的刹那，电话座机忽然响起。这个点儿会打电话给她的，一般不是爸妈就是苏嘉年。她疲倦地睁开眼，接起电话，调侃道："喂，猜猜我是谁？"

"你在和苏嘉年交往？"

听见这个声音，她吓得睡意全无，弹簧一样从床上坐起来。她双手捧着听筒，心里猜测着无数种他得知她动向的可能性，强压着满满的不安："原来是贺先生，有什么指示呀？"

"回答我的话。"

她停了停，因他命令的口吻憋了一肚子闷气，但还是平静地说："他喜欢我，我还在考虑。"

"以后不准再和他单独出去。"

"凭什么啊？"怒火已经快要抵达耐心临界点。

"洛薇，记住你的身份。跟着我，就要按我的要求去做。"

这番话真是彻底把她激怒了。想到他一开始的暧昧和后来满不在乎的态度，她又气又怕，提高音量："就算我是Edward的下属，你也没资格干涉我的私生活……你以为你是谁？炒了我啊，我才不会怕你！"

她把听筒重重扣在座机上。起初，两种感觉充斥着她：一是"太爽了"，一是"我死了"。再之后就只剩下难过，身体被抽空般无力。因为，他没有再打电话过来。

心理学家说，百分之八十的错误决定都是在冲动的情况下做出来的。当晚她就隐隐预感到不好，但也没多想就迅速进入了噩梦。第二天，这种不祥预感继续笼罩着她，为了让自己不再胡思乱想，苏嘉年一叫她晚上陪他出去，她立即答应。从早上起，所有陌生号码打来的电话，她都统统无视。Edward来电说，贺英泽指名要她陪他出席一个场合，她也以女性生理问题为由推掉。这还是她第一次这样违背贺英泽的意愿，真有一种旧时徒儿背着师父溜出去，不顾师兄妹警告玩得淋漓酣畅的快感。

天即将黑了，苏嘉年过来接她，带她去一场私人派对，举办者是他代言的钢琴商和合作方。他今晚会现场表演，因此穿了一件单排扣的黑色夜礼服，里面是纯白到发光的古典衬衫。为了配合他，她穿了Mélanie Green设计的黑色小礼裙，随他一起抵达派对现场。刚走到派对大厅，就有几个女孩朝他们走来。她们个个穿衣雅致，艺术气息浓厚。还没跟苏嘉年打招呼，带头有温柔笑容的女孩已经先对他说："学长，这位是你新交的女朋友？以前好像没有见过。"

　　苏嘉年看了她一眼，态度得体地说："现在还不是。"

　　"咦，现在还不是？"女孩子们整齐地起哄道，带头那个又眨眨眼说，"看来这个姑娘很受我们男神的喜爱哦。我叫席妍，你叫什么名字？"

　　她伸手握了握她伸出来的手："我叫洛薇。"

　　"你们怎么认识的？"

　　"我们从小一起长大。"

　　"居然是青梅竹马。真浪漫，快快，来跟我说说你们的故事……"她挽着洛薇的手，对苏嘉年摆摆手，"我喜欢洛薇！不介意我借她一会儿吧。"

　　洛薇对他露出了安心的笑容，和席妍一边聊天，一边走上楼去。原来，这帮女孩子都是苏嘉年在奥地利音乐学院的学妹，席妍是他代言的钢琴商的女儿，也有着很深厚的同门情谊。学艺术的女孩子就是不一样，大方优雅，谈吐得体，和苏嘉年读书时身边失去理性的疯狂亲卫队完全不同。她们聊得很开心，很快就到了派对大厅。里面早是一片觥筹交错，人山人海。端着香槟和葡萄酒的侍者来回走动。糕点师戴着白色厨师帽，站在白色大理石台后方，为宾客们供应饮料食物。然而，前脚刚跨进大厅门，就看见里面无数人头中的熟人脸孔，她的大脑飞速运转了起来——为什么Edward会在这里？难道他白天说的活动，就是指这一场？

　　终于她想起来了。Edward和苏嘉年认识，就是因为他在为苏嘉年代言的钢琴做装饰。所以，Edward来了的话……她的目光飞速转动，很轻易地捕捉到一个高挑男人的侧影，常枫和陆西仁相伴他左右。

　　见鬼，白天的不祥预感是真的。那是贺英泽。

九 面 镜

告白

当窗外的霓虹轮番投落在她身上，

她只能蜷缩在车门与靠背的夹角中默默流泪，连吸鼻子也不敢大声。

"洛薇？怎么了？"席妍拉住她的胳膊，"哪里不舒服吗？"

她来不及逃脱。因为随着苏嘉年进入大厅，席妍的父亲已经大声说："我们的大钢琴家来了。欢迎欢迎！"

雷鸣般的掌声响起，上百道目光齐刷刷地朝他们射过来，贺英泽也一样。苏嘉年笑着和席先生寒暄，洛薇却一直扭着脑袋走路，不敢抬眼皮，生怕和贺英泽的目光撞到一起。席妍挽着她的胳膊说："学长很快就要表演了，他喜欢在演奏前喝提神饮料，但这里没有供应。我们出去帮他买一点好不好？"现在她只想赶紧避开贺英泽，于是和席妍一起离开现场，没敢多看贺英泽一眼。

进入一家超市，席妍在门口崴了一下脚，惨叫一声："哇，我的脚。"

"你还好吧？"洛薇过去扶她。

"哎呀，我真是作，非要穿十一厘米的高跟鞋，这下疼死了……"她看看表，一瘸一拐地走过去，"不行不行，我们得赶紧去买饮料，不然会来不及。"

"你现在没法走吧，我去买好了。你在这里等我。"

"也行，我帮你拿包吧。这样快一点。"

"好。"洛薇把包递给席妍，一路小跑到饮料柜，抽了几瓶提神饮料。回到门口，席妍却早已不在那里。她的包被放在了收银台，柜台小哥把包包递给她："刚才那个小姐说她脚实在太疼，已经回去等你。"

"这样啊……麻烦结账。"

她打开自己的包，想拿钱包，却摸到了她的硬壳记事本。这好像有点不对。她习惯把设计草稿、随笔、账本、备忘录等全都集中到一个本子上，这么重要的东西，一直是放在最里面的，怎么会跑到外面来了？她拿出本子翻了翻，没发现什么异常，重新把它放回包里。付款以后，柜台小哥忽然叫住了她："这位小姐，你的朋友有点问题，小心点吧。"

"为什么？"

"她刚才躲在角落里翻你的包，拿出了手机，但破解不了密码，就翻开了你那个硬壳本偷偷看了很久。"柜台小哥指了指角落里的监视器，"这里全都看得到。"

席妍为什么要翻她的本子？等等，她在记事本里写了什么……想到这些细节，她就觉得大脑里缺氧。自己怎么会这么大意！都说江山易改，本性难移，那么人的气场也不会改变。小学的时候，贺英泽身边总是充斥着各种格斗戏，而苏嘉年身边总是上演着精彩的宫斗戏。苏嘉年以前就吸引这样的女孩子，长大以后，这些女生的道行只会越来越深，怎么可能会突然换个类型？她加快脚步朝酒店的方向赶去，同时又害怕面对那个场合。可是，她必须回去。如果不回去，不知道事情会演变成什么样子。

回到派对大厅内，正巧赶上众人鼓掌，苏嘉年要去钢琴前表演。见洛薇进来，他从一群叽叽喳喳的女孩子中走出，看了她一眼。没有笑，也没有愤怒，他别开视线，朝镶满宝石的豪华三角钢琴走去。洛薇赶紧走上去，小声说："嘉年哥。"

他没有看她："什么事？"

"专心表演，今晚你可是主角。有什么事表演完我们再谈。"

他轻吐了一口气，还是没有看她，径直走到钢琴前。他掀起燕尾，以占1/3面积的标准坐姿静坐下来，头深深垂下去，看上去很消沉。不过，他的心理素质很好。他按下琴键，当第一个节拍的旋律回荡在厅堂中时，所有人的面部表情都不由得变得柔和。音乐虽然动人，她周围的气氛却比铅云还沉重。席妍站在了离她很远的地方，在她们之间仿佛画了一条线。那些学音乐的女孩也不再享受艺术，纷纷围在一起讲悄悄话，像怕被她发现，转过来看她一眼，一旦视线与她碰上，就会迅速转过头去。她坦然听着演奏，不看她们一眼。发现她并不在意，她们故意笑得更夸张，回头的次数更多了，像努力寻找存在感的孩子。直到苏嘉年的表演到达尾声，所有人再次鼓掌，其中一个女孩才向她走来，堆了一脸假笑："姑娘，今天你照镜子了吗？"

洛薇不作回答。她再也藏不住满腔的恶意，咬牙切齿地说："你见过学长前女友吗？刘伊雪，我们音乐学院第一气质美女。"

这一回，洛薇连看也没看她一眼。发现挑衅无用，她回头看一眼席妍，席妍皱了皱眉，朝她们走来，凑到她耳边小声说："洛薇，你知道吗？刘伊雪她之前可是……啊……啊。"

她看着她的身后，忽然像结巴了一样，半天说不出一个字。而且，不仅是她，其他女孩也惊诧地看向她的身后。她下意识回过头去，也被吓了一跳：几个穿着西装的中年商人把贺英泽请到她们身后坐下，贺英泽虽然比他们大部分人都年轻，看上去可是一点也不客气。

"对……对不起！贺先生！"意识到自己挡住了贺英泽的视线，席妍拽着其他女孩站在了一边。贺英泽没搭理她，转头听那些人谈事情。正巧这时，苏嘉年演奏结束走了回来。席妍等人小鸟依人地站在他身边。苏嘉年冷冷地看洛薇一眼，眼睛自然看向别处，并不打算主动和洛薇说话。洛薇知道现在不是解释的最好时机，只是站在原地玩手机。过了一会儿，他主动走过来了："你没有什么想跟我说的？"

洛薇抬头，朝他笑了笑："表演得很不错，真好听。"

"就只有这一句？"

席妍的怒火似乎已经快要藏不住。她瞪了洛薇一眼，眼中写满警告。洛薇还是只管和苏嘉年说话："你很聪明，看出了我对别人有过好感。是我对不起你。"

"没关系，我不介意。"他的双眼明亮，忧伤时就像花瓣上的露珠在闪动。

后面的话没说完，席妍已绕过她身侧，在苏嘉年耳边低声说："学长，好像有人发消息到你的手机上了。唉，这件事虽然洛薇做得不对，但是，我觉得是可以原谅的。你可以打开看看。"

"我不想看。我相信她。"

她咬咬牙忍下,转而瞪了一眼一个女孩。那个女孩藏獒般忠诚地点头,对苏嘉年说:"苏先生,不是我们多事,但不告诉你就是害了你。她直到昨天都还在记事本里写其他男人,他们是青梅竹马哦,叫什么小樱。总之,你对她而言不过是个备胎。"

听到"小樱"二字时,苏嘉年背脊明显一直。洛薇头皮发麻,手心里全是冷汗,四周的酒香与糕点甜味令她感到不适。她悄悄看了一眼身后的贺英泽,他好像没有听到她们这边的谈话。这一个细节却被苏嘉年捕捉到。他瞳孔略微紧缩,声音有些发抖:"……是他?"

"我和他完全没有关系。你要相信我。"

"是英泽。"他闭上眼睛,嘴唇也哆嗦起来,情绪失控边缘的神经质模样跟小时候一模一样,"我早就该猜到。不管过多久,你都只能看到他。不会改变的。"

这时,一个女孩子晃了晃手机,一脸惊喜:"哇,你们快点看群消息。内容好劲爆啊。"

几个女孩子都掏出手机查看消息。那个对席妍忠心耿耿的女孩点开一张图片,朗诵课文般念道:"'今天去跑马场的路上,我不小心碰到小樱的手臂,然后心情乱了一个下午'……"

听到这里,洛薇先是一愣,很快反应过来发生了什么:席妍不但偷看了她的日记,还把它拍下来了。席妍掏出手机,轻摇了一下,搭着苏嘉年的肩:"你还好吗?别难过了。洛薇她也不是故意的。"

那个女孩没有停下来,声音反而越来越高:"'我真不懂,小樱在电话里不是很温柔吗,为什么现在会变成这样。我更不懂我自己,为什么总是想着他。'"

洛薇双颊迅速发热,耳朵里一阵嗡鸣,想要阻止她们念下去,伸手出去却抓了个空。几个侍者端着酒水盘子路过,她看见了沙发上的贺英泽。他眼睛微微睁大,正错愕地看着她。这一刻,连空气也已凝滞。他……都听到了。这种感觉,真是比死了还要难过。那女孩冲她摇摇手指,故意用很娇弱的声音念道："'跟小樱相处，真的很没有安全感，心情总是很乱。我在想什么呢，他已经明明白白说过，绝对不会和我结婚。'"

不管是苏嘉年的受伤，还是贺英泽的震惊，都让洛薇觉得无地自容。她能感觉自己整个脸都已涨得滚烫，泪水在眼眶里打转。可是，那个女孩正专心致志地研究日记，不曾留意到他们之间的尴尬，她咂咂嘴："还有这一句，啊，实在太糟糕了：'为什么我就是没法喜欢上嘉年哥呢？'"

听到这里，苏嘉年的手也因用力握紧而发抖。他终于甩手，大步朝大厅门口走去。

"嘉年哥，听我解释！"洛薇提着裙子追上去。但是，他走得太快，她穿着高跟鞋，追不上他的脚步，只能在后方呼唤他。人群挤来挤去，很快，他的背影就完全消失在门外。她扶着墙壁，掏出手机，想打电话给他。电话才响了第一声，手机就被人抢走。转头一看，是刚才念日记的女孩。她把手机关掉，瞪了洛薇一眼。剩下的女孩也围了过来，把她堵在墙角。席妍出现在她们中间，睥睨着她："洛薇，你听好，我们没有人想要为难你。但是，你要先掂量清楚自己的斤两。你不属于这个圈子，和学长也不是一类人。那个和你一起生长在巷子旮旯里的小樱才最适合你，好好追求你的真爱去，不要当绿茶婊，知道了吗？"

洛薇终于知道，并不是每次和气都能生财。既然席妍要弄得她不舒服，那就大家一起不舒服吧。她转过身面向席妍，平和地说："其实，恋爱是两个人之间的事，我觉得你应该尊重苏嘉年的选择。你再喜欢他，他不喜欢你，又有什么用？"

席妍的脸迅速涨得通红："谁说我喜欢他了！我如果喜欢他，早就有所行动了！"

"我只是觉得有些新奇，漂亮优秀如席小姐，也会有追不到的人。"

"你是在说我，还是在说你自己？"席妍原本盛怒，但很快话锋一转，冷笑道，"对了啊，你喜欢上的那个小樱，是个女人关系很乱又没责任感的男人吧。洛小姐看上去这么清纯，不会也是被他玩玩就甩了吧？"

那个念日记的女孩紧接着说道："家境不好的女孩审美是挺特别的，看不上苏嘉年这种高端的男人，偏偏喜欢和她们同档次的屌丝浪子。苏嘉年是钢琴家，追她还真是对牛弹琴。"

"嘘。"席妍把食指放在嘴唇上，"我爸来了。"

果然，席先生朝着他们的方向走过来，女孩们迅速乖乖站成一排。席先生本是一个颇具威严的成功男士，但此时席妍叫了一声"爸"，他也只是敷衍地应了一声，朝洛薇点头哈腰："你是洛小姐对吗？"

"是的。"

"爸，你干吗要这样和她说话？"席妍的不愉快写在了脸上。席先生没有理她，只是伸手指向一群西装男人坐着的位置："King请你过去一下。"

"King找她？"席妍整个脸都皱在一起，"King认识她？"

其他女孩都傻眼了。逮着这个机会，洛薇把她的手机夺回来，离开了她们，快步走向大门。但还没走出去，席先生已叫保镖拦下她。他又一次指了指贺英泽坐的位置。她只能硬着头皮，不情不愿地走到贺英泽的方向。属下站在他旁边，原本在为他添酒，他挥挥手制止属下，以方便为她挪出空位。她刚上前一步，他已拽住她的手腕，把她拖过去，按坐在自己腿上。她吓得心都快跳出来，想要从他身上跳起来，他却搂着她的腰，不让她动弹。

"让我想想，我们的话题要从哪里开始？"他递了一杯香槟给她，"先把这个喝了。"

现在谁能懂她的心情？只是听见这个男人的声音，想到他知道日记内容，就觉得自己快要崩溃。整张脸都被羞赧烧红了，她不敢看他，只是别过头去："为什么要喝？我不欠你什么。"

"我敬你。"他凝视着她，充满侵略性地微微一笑，摊开手伸向一旁。跟班双手捧着新的香槟递给他。他和她碰杯，仰头干了一杯香槟。她注意到，他是用自己的杯口碰了她的杯身，也就是说，是把他自己放在低等位置的碰杯方式。从周围人低头紧张的样子不难看出，贺英泽不是一个经常敬酒的人。她担惊受怕地把那杯香槟喝下去。他眼神里有些许喜悦："酒量不错啊，洛薇。我要对你刮目相看了。"他搂她腰的手臂也跟着收紧，令她靠他更近一些。

不行了。再这样紧张下去，她估计会晕倒在地。好想再倒一杯酒干掉。

这时，席妍胆怯地挽着念日记的女孩的胳膊走来，女孩一反刚才的泼辣态度，前所未有地像个大家闺秀："贺先生，请相信我，我并无意来打扰你们，不过为了防止中间产生什么误会，有的话不得不说。洛薇正在和我们学长苏嘉年约会，不过，她背叛了苏嘉年，和另外一个男人扯不清关系。"

刚才说过的话、做过的事，她打算再来一轮吗？洛薇快无语了。陆西仁玩味地"嗯"了一声："和她扯不清关系的男人叫什么呢？"

"她管他叫小樱。"

陆西仁眼睛弯弯地笑着："两位尊贵的玛特儿①，你们知道King的全名叫什么吗？"

"知道啊。"

那女孩回答得很快。席妍想了想，脸色变得惨白。她拽了拽女孩的袖子，说了一声"打扰了"就转身想走。但常枫把她叫住："等等，席小姐，我可能有事想跟你父亲谈，你叫他过来一下吧。"

席妍在那女孩耳边小声讲了一句话，女孩当机立断，转过来一脸哀求相："贺先生，对不起！这件事是我弄糊涂了，与席叔叔和席小姐一点关系都没有……"

"席小姐，快去叫一下你爸爸。"陆西仁笑靥如花。

两个女孩心慌意乱起来，开始哀求他们。贺英泽却无视她们，把洛薇从身上放下来："跟我出来。"

从富丽堂皇的厅堂里走到回廊中，就像从一个万人云集的城堡走到了夜晚幽深的池塘边，四周突然寂静下来。贺英泽在前面大步走着，他响亮的皮鞋脚步声与她细碎的鞋跟声，变成了唯一有节奏的声响。其实，已经告诉过自己无数次，不要再去猜他在想什么。猜得越多，他在她脑海中停留的时间越长，她就越无法从胡思乱想中走出来。这样下去，总有一天会把自己累死。终于，路过一幅油画，贺英泽停下脚步。一盏英式壁灯朝着画的方向，照亮画上红白相间的蔷薇花。他伸手描摹了一下花瓣，说的却是："洛薇，以后离苏嘉年远一点。"

---

① 玛特儿，法国作家司汤达小说《红与黑》里的女二号，典型的巴黎上流社会贵族女子。

"……为什么？"

"我之前就告诉过你，不要让我再重复。"

是的，这不是他第一次这样警告她。别说苏嘉年和他们一起长大，知根知底，没什么信不过的，即便是刚认识他的人，都会认为他彬彬有礼，人品很好。她坚定地说："他是我的朋友，也是你的朋友，你不说明为什么，我不能随便和他绝交。"

"你和他当朋友可以，但这个人的成长和教育环境都有问题，还搞艺术搞过头了，不适合当长期恋爱对象。"

她知道他在说什么。苏嘉年原生家境并不是媒体包装的这样，是一个"富裕而高雅的艺术家庭"。相反，他小时候家里很贫穷，母亲极度强势，从小到大不管他表现得多好，总是会被母亲批评得一钱不值，导致他不管做什么事，都对自己很不满意、没信心。小时候小辣椒就说过，爸妈卧房里有陌生的叔叔，苏爸爸曾经动手打过苏嘉年很多次，破口大骂说他不是自己的亲儿子，是外面男人生的野种。但也是在这样的事情发生后，他们家反而渐渐变得有钱起来。洛薇不敢追究他们到底是怎么挣的钱，她只知道英雄不问出身，更何况是朋友。这种家庭培养出了苏嘉年极度敏感的个性，也成就了他超越常人的艺术才华。现在再倒回去想想，小时候他看上去文静，给人一种温柔沉默的王子印象，实际上只是因为胆怯又自卑。当他情绪有波动时，表情总是有些可怕。但这些过去并不会让洛薇讨厌苏嘉年，反而会让她很同情他。她断定地摇摇头："嘉年哥人很好，我看不出什么不适合的。"

"男人都是变色龙，在目的达成前，会把本性藏得很深。"

她不理解，贺英泽是怎么回事，总是批评苏嘉年。难道……他是在吃醋？她可以认为他喜欢上她了吗？可以有所期待吗？如果这时候她对他说，其实我一直很喜欢你，会不会就会有很幸福的结局……开什么玩笑。上一回深夜，她鼓足勇气给他打电话，接电话的是个女人。

她握紧包带，对他说："谢谢你。"

贺英泽依然在欣赏油画，随口说："谢我什么？"

好糟糕。也好头疼。不管是侧颜、眼睛、睫毛，还是笑容，甚至是头发，都让她心动不已。但心动的同时，哪怕是他侧身的剪影也会令她难过。

她吸了一口气："谢谢你今天为我解围。你真厉害，一眼就看出来我遇到了麻烦。"

他总算转过头来看了她一眼："没有我在，今天你根本没法收场。"

她甜甜地笑了笑："是的呀，小樱最有正义感了，所以才要谢谢你。"

"不谢。以前我就答应过你，会帮你摆平欺负你的人。"

到现在为止，他都没有提到日记的事。

她不应该再有任何期待。再期待下去，再让自己错下去，关于小樱的记忆，就真的会被玷污了。

他是她人生中喜欢上的第一个人，也是这些年最让她魂牵梦萦的人。她现在什么都不应该做，只要把这份单纯的感情藏在心底最深处，永远不试图去触碰它，那就可以让美好得到保存了……

她犹豫了半响，想要给自己找一点退路："小……小樱，关于刚才的事，能不能忘了它？我确实曾经对你有一点点心动，但现在已经想好要和其他人认真在一起……希望你不要太介意。"

"没事。"他若无其事地说道。

这两个字是巨石，砸得她头昏眼花。她早就知道他不喜欢她，也早就知道他不是温柔的人。但是，她丢脸丢成那样换来的回应，居然就是这样。就只有"没事"两个字？

"那，我先回去了。"

她赶紧垂下脑袋，转过身去。明晃晃的吊灯太刺眼，转头的瞬间，两行滚烫的眼泪就顺着内眼角滑了下来。都是她的错。控制自己的情绪就这么难吗，非要写什么日记。这下好了，连单相思的资格都没有了。明天就辞职吧。不，干脆直接离开宫州。不想再看见他。不想再被伤害，也不想再去伤害别人。如果这天晚上只是一场噩梦，而醒来发现关于他的记忆，都停留在儿时那句"等花再开的时候，我就会和你结婚"，那该有多好。如果没有和他重逢，那该有多好……她不敢做出擦眼泪的动作，只是放纵泪水大颗大颗往下落，埋头快步朝门外走。但还没有走出几步，手腕已经被人紧紧抓住。

"放……放手。"她有些慌了，一直不肯转过头去，"我得走了。"

身体被强行扭转过去，难堪的模样被对方尽收眼底。贺英泽叹了一口气，用食指关节擦掉她脸上的泪水："如果我就这么放你走，你打算自己躲起来哭多久？"

她摇摇头，除了拼命忍住眼泪，不能说出一个字。她好不容易盼到他温柔了一些，没想到他接下来的话对她打击更大："洛薇，你听好，你对我的感情根本不是喜欢。"

她呆住。他继续平铺直叙地说："你只是觉得我条件好，短暂昏头了而已。"

"这……这就是你心里想的？"

"对。我们这么多年没联系，你对我有什么了解？你甚至不知道我经历了什么，都做了什么事。你只是被表象迷惑，其实并不喜欢我。"

够了。她再也听不下去。错的人就是她自己。喜欢什么人不好，偏偏要喜欢他。她心灰意冷地说："你可以拒绝我，但没必要把我的感情也羞辱一遍。"

贺英泽怔了很久，骤然睁大眼："这么说，我说中了？"

"喜不喜欢你，是我自己决定的事。不用你操心。"

"停止无意义的行为。"

"……什么？"

"你不能喜欢我。"他不耐烦地皱眉，捏住她的脸颊，强硬地说道，"你想要什么我都会给你，但是不能再傻下去了，给我清醒一点。"

这人……这人实在太过分了……

她没向他提出任何要求，他完全可以拒绝她啊。而现在，她连自己感情的支配权都没有了吗？

泪水又一次涌出眼眶，她张了张嘴，说不出一个字。可是，就在她张嘴的那一秒，眼前黑影覆下，嘴唇忽然被柔软的东西贴住。她大惊，发现他垂头含住了她的嘴唇。他把她整个人压在冰凉彻骨的墙壁上，逼得她无路可退。如何也躲不开他强势的吻，舌与舌相触的那一瞬，她大脑闷响一下，短路到无法思考。然而，心脏还在剧烈且疼痛地运转着，刺激泪腺涌出越来越多的泪水。随着他的吻越来越深，她觉得自己就快要窒息……

最后，他拉开了一段距离，呼吸有一丝凌乱，声音却是冷冰冰的："我试了，没用。一点感觉都没有。"

就这样，她输得一败涂地。

那么小心呵护的尊严，已经被贺英泽随意踩在了脚下。

她抬起头，眼中充满泪水，也写满了坚定："我知道的，我们毕竟一起长大。太早认识的朋友很难变成情人。不过，我不要你的回应，但你也不要再劝我。"

他脸色发白，嘴唇也失去了血色："我已经告诉过你了，你对我的感情不是喜欢。你只是依赖我，喜欢青梅竹马的童话，又被外在的东西迷惑了。"

灯光是金纱，温柔地厮磨着脆弱的眼睛。隔了很久很久，她才苦笑着说："喜欢和你聊天，喜欢听你的声音，觉得你做什么都真是帅翻了，联系不上你就会担心，生怕你工作太累了，想到你就会心动，每天战战兢兢，很容易就会被你伤害……这一切，都可以解释为依赖你，喜欢童话，又被你的外在条件迷住，对不对？贺英泽，你把一个女人的感情理性地解剖成这么多个部分，说这不是爱。好，我相信你。那你告诉我，这算是什么？"她任大颗眼泪坠下，充满恨意地看着他。

或许是错觉吧。她在他眼中看到了难以掩饰的强烈动摇。可是，他说出口的话却是："……你为什么就不能控制一下自己的感情？"

她抿着发抖的唇，钻入他的怀里，紧紧抱住他："就信你的好了，这不是爱，我真想把这种不是爱的感情留给别人。可惜，我做不到。"

他伸手想要去触碰她，但手掌用力握成拳，停了几秒，才疲惫地松开，始终没有给她回应。直到她松开手，笑着擦拭眼角的泪，转身离开。

虽然说得果决，走得潇洒，但心中的窒息感有增无减。她打了一辆出租车回家，一路上都在告诉自己要坚强，不要太把失恋当回事，还有更多重要的事情等着她去做，一切烦恼睡一觉就会好的……但是，还是没能挺到回家。当窗外的霓虹轮番投落在她身上，她只能蜷缩在车门与靠背的夹角中默默流泪，连吸鼻子也不敢大声。

十　面　镜

素描

见他对自己浅浅地笑，心脏最柔软之处也被戳了一下。

周六早上，太阳把整个圣特丽都小区都烤成了火炉。2号楼4948室卧室三层窗帘都拉得死死的，男主人跟一具裸尸似的趴在床上。门铃声凶猛粗暴地响了快十次，都没能把他从这种状态中完全唤醒。他拖着疲惫的身躯起身开门，又砰的一声把门关上，冲到前方穿衣镜前抓好鸡棚头，在乱七八糟的客厅里瞄了一圈，从女伴忘掉的化妆包里掏出BB霜涂在眼圈上，换了一套衣服，一边整理衣服一边把BB霜抹匀，整个过程耗时不过二十秒。再度打开家门，他又变回了从法国诗歌里走出的贵族男子："早上好，炎炎夏日的征服者，我的黄玫瑰小姐。"

　　小辣椒把包裹塞到他手里，眼中有藏不住的诧异："陆西仁？"她曾经跟洛薇提到过打工遇到的奇怪经历，自然少不了网购怪咖陆西仁。洛薇听到他的名字笑得花枝乱颤，说他是甄姬王城的艺术总监，有"宫州头号种马"之"盛名"，会做这样的事一点也不奇怪。

　　陆西仁摇摇头，指了指隔壁："黄玫瑰小姐，我住在隔壁。忘却是一种自由的方式，自由的美人更是多忘事，我可以理解。"

　　小辣椒全身纹丝不动，只有眼珠往隔壁的门转了一下，干笑着说："你们感情可真好。"

　　"是的，我们是患难与共的好友。但我必须得说，我不赞同他的生活方式。毕竟，忠贞不二的爱情是我人生的信仰。"

她与那双含情脉脉的笑眼对望了片刻，却发现他只是越笑越深，忍不住接着说："你可以代签了吗？"

　　他这才在快递单上写下潦草的签名："黄玫瑰小姐都负责这一块的快递吗？"

　　"对，如果你要发件也可以直接找我。这是我的电话。"她递给他自己的名片，转了转鸭舌帽，转身大步走到电梯门口。

　　他仔细端详那张名片，上面写着她的名字、公司电话和手机号码，再抬头望着她穿着运动型制服的苗条背影，心脏扑通乱跳起来——苏语菲，这是她的名字。真是没有想到，这个小兽般野性的女子，居然有着如此温婉的名字。等到电梯抵达的叮咚声响起，自动门打开，他不由自主上前一步："苏小姐。"眼见她用手挡住电梯门，示意他继续说下去，他鼓起勇气说："苏小姐日夜奔波，一定非常劳累。我是一名艺术家，想要了解一下你们这行业的生活，下个周末，我可以请你喝下午茶，听你说说你们的工作吗？"

　　"这个搭讪方式真是他妈的酷毙了。"她松开手，进入电梯，对他挥了挥手，"可惜我不接受双面插头。"

　　几日后，雨后的风打破了炎热的桎梏，在空气里弹奏出自由清新的旋律。谢家草坪中，一个女人穿着大红露背曳地长裙伏在桌子上，一只手撩起长发，裸背的肌肤如清凉的牛奶似的泼出来，尽数暴露在后方炽热的目光下。从早上开始，她就一直维持着这个姿势，但那道目光的主人热情丝毫不减，在画布前时远时近地观察这幅画和她本人的差别，连把笔刷压在抹布里吸水的一秒里，都不忘观察她身上所有的明暗交界线和颜色过渡。她腰椎病快犯了，无奈地回头看了一眼："欣琪，你不是要去参加Cici的设计师竞选吗，我看你好像一点也不着急？"

　　"那个早搞定了，闭嘴闭嘴。好处少不了你的，转过头去。看到你的脸，我都没创作激情了。"谢欣琪的大鬈发扎在脑袋上，碎发落在两鬓，围裙上颜料散乱成了打碎的彩虹，左手拿着调色盘和两支笔，右手拿着浅色的笔打高光。每次她艺术瘾大发，这幅模样被谢太太看见，谢太太都会唉声叹气，说自己女儿就跟捡破烂的一样，当初怎么就不让她去学音乐，起码有气质。又过了二十分钟，她露出一脸得意的笑："大功告成！我把你画得比本人美多了，你的背哪有这么骨感，胸哪有这么大？呵呵。"

模特如建筑垮掉般趴下来，不顾形象地乱扭身体。谢欣琪把油画从画架上取下来，让路过的用人把它拿去晒干，又迅速放了一张空白棉麻布框上去，朝模特勾了勾手指："过来，现在我要再画一张脸部特写，你坐近一点。"听到这句话，模特呆了一下，提着裙子跑到十米开外。谢欣琪当然不会轻易放过她，用更快的速度追上去，在葡萄藤走廊上拦住她。她大喊女王饶命，谢欣琪却不容分说地把她往草地上拖。一个一米八的穿露背晚礼服的美女和一个乞丐似的艺术家扭打成一团，连园丁经过都忍不住多看几眼。她俩原地僵持了一会儿，走廊上忽然传来一个声音："欣琪，你朋友都累了一天，让她回去休息吧。"

廊柱后面，谢修臣的脸探了出来。他手里捧着一本书，似乎已经在阴凉下待了很久。谢欣琪吓得立即放了手，模特差点摔个狗吃屎。自从上次接吻的乌龙事件发生，哪怕后来他跟她道了歉，她还是有点害怕看见他。他们家很大，想要刻意避开一个人很容易，这段时间她都只在父母在场时与他见面。现在见他这么淡定，她觉得自己神经兮兮好像真是有点犯二。听见谢公子都为自己开脱，模特跟缝纫机似的点头："欣琪，我还有别的事情要做，改天来可以吗？"

"不行，除非给我个替代品。我喜欢身材高挑的、脸蛋漂亮的模特。你去找个符合条件的来。"

"画脸部特写，要身材高挑的有什么用？"

"脸部特写身材也要好，否则我画不下去。"

模特真是要哭了，谢欣琪的标准自己是知道的。只是普通漂亮的她根本看不上，如果找专业的模特，她又会嫌对方为摆姿态而摆姿态，气质庸俗，配不上她的艺术情操。她喜欢受过高等教育、典雅美丽的模特。想到这里，她的目光一转，看见坐在走廊上的谢修臣，疑惑地说："奇怪，你为什么不画你哥哥呢？他不是刚好没事在看书吗？"

谢欣琪快速看了谢修臣一眼，断然地说："不行。"

"为什么呢？你哥哥完全符合条件呀。"

"我可够不上欣琪的标准。"谢修臣脸上挂着柔和的笑容，视线从书上转移到了模特脸上，"她只画最漂亮的人。"

"哪有，哪有……"模特红着脸躲开他的视线。其实她每天都能听到很多赞美的话，但从谢修臣口中说出来，分量自然不一样，对心脏的冲击力也不一样。不过冷静下来细想他说的话，她忽然惊呆了，几乎掉了下巴："什么，你还够不上她的标准？"

谢欣琪反而怒气冲冲地说："是你够不上我的标准吗？明明是每次我要画你，你都不让我画。"

谢修臣微笑："如果你非要折磨什么人才开心，折磨我总好过折磨人家女孩子，让她放松一下吧。不过建议你还是改天再画，你也站了一整天，不会比她轻松多少。"

这一番话让模特又感激又花痴，恨不得再为他们站上三天三夜。谢欣琪挥挥笔说："我可以坐着画。这是你说的，我要画多久就让我画多久，不准赖账！"

和谢修臣谈判完毕，她总算把模特放走，把画具全部搬到走廊下。他问她要不要摆什么特定的动作，她观察了他一阵子，说："我也不知道为什么，我一画站着的人就容易效率低下，所以我只画坐着、躺着的人。要不哥你就保持原样，别动好啦。"于是，他继续低头看书。她找出铅笔，细吐一口气，在画布上打素描草稿：看了一眼他的头顶，她在画布上方定下最高点。又看了一眼他伸展在地上长长的左腿、鞋尖，她在画布下方定下最低点……她正想画定其他身体部位的点，他却头也没抬地说："不是画脸部特写吗，这么远能看得清楚？"

她这才发现自己脑袋当机了，居然一紧张连要画什么都忘记了。她擦掉草稿，把画架和椅子往前挪到他身侧，把最低点定在了他的胸前，寻找他下巴的位置。以往她的作画风格就跟她本人一样，不管是勾勒线条还是上色都大胆自信，素描只用4B以上的粗笔，下笔又快又精准，很少精细地调色，而是直接把颜料涂抹在画布上，因此她的画都很厚，有点奥古斯特·雷诺阿的印象画风格①。不知道是不是因为第一次画哥哥，怕画丑了被他骂，她的速

---

① 奥古斯特·雷诺阿（Pierre-Auguste Renoir，1841年2月25日—1919年12月3日），法国巴黎的经典印象派画家。一生致力于表现女性的人体魅力，被人看作印象派中女性青春美的歌手。他是克劳德·莫奈、巴齐依和阿尔弗莱德·西斯莱的好友。

度比以前慢很多、下笔保守很多，线条比之前用的细，甚至连铅笔也换成了2B的，简直就像第一次拿笔的学生。眼睛、鼻尖、嘴唇和中线的位置定好以后，她开始勾勒他的大致轮廓。她发现，哪怕低着头，他的下巴也没什么赘肉，头往一边微微歪着，反倒勾勒出漂亮的下巴鼻尖弧度，让她这个老手第一次有了紧张的感觉。她很小就开始画画儿，也是很早就知道，好看的人一般比丑人难画，因为对比例要求特别多，这也是她一直想挑战画哥哥的原因。当她开始画他的嘴唇，才勾勒出一个形状，就觉得双颊发烧般升温，不敢多观察实物，乌龟般缩着脖子，涂抹背后的藤条和树叶轮廓。但画完其他的，到底还是要面对他的嘴唇，她依然不愿观察实物，干脆把铅笔放在画架上，用纸巾使劲擦拭手上干了的油画颜料，擦到皮肤都发红微疼。她之前一直挪动头部观察他，突然没了动静，他没抬头，只轻转眼珠看向她，只是这细微的动作，立刻让这幅画变成了另一层意义——和他对视以后，她发现他确实太难画。别说动眼睛，连动动嘴唇，细节都很难抓。

只是，他动了嘴唇，说的话却充满调侃意味："很热吗？脸红成这样。"

"这种天气怎么可能不热啊！你好烦！"她反应太激烈，连画架上的铅笔也被胳膊撞在地上，把削得细长的笔尖摔断了。铅笔骨碌碌滚到他的脚下，她追过去捡起来，却刚好碰到他伸出的手。她被电打般猛地收回手，又若无其事地伸过去捡，这一个刻意的动作让她更加懊悔。她不再看他，坐在椅子上低头削笔，但这支笔的笔芯也被摔坏了，无论削得多轻柔，它的芯都会一截截断开，狼狈地掉落在地，如同被摔碎的心的碎片。最后她恼羞成怒，把笔扔在地上，以重新拿笔为借口溜回房里。

他面无表情地看着她离去的背影，直至她消失在房门里。他把书倒扣在一旁，弯腰下来翻了翻她的笔袋，在里面找到许多支2B铅笔——从小他就帮她削笔，知道她笔袋里的2B铅笔总是崭新的。风带动植物生机勃勃的香气姗姗而来，把高大的香樟树冠摇成一片翡翠绿的海洋，惊动了林间的灰背鸽扑腾飞起，亦拂动了他额前的发。他捡起地上的碎笔，静默地端详着它。

如果她看见他这时的表情，一定会觉得这幅画的难度又增加了。

就这样，忙碌的每一天匆匆过去，六月也过去了大半。

二十一日的晚上，Cici设计师选拔会正式开始。洛薇将头发盘起，穿着一身简单的吊带及膝纯白晚礼服，拿着古典串珠花漾晚宴包，身上唯一的首饰就是自己设计的项链。原想简约就是设计师的风格，但抵达甄姬王城二十楼的活动大厅，才知道自己真是愚蠢的人类：在场百分之八十的女性参赛者，用"珠光宝气"来形容都不为过。进去不到五分钟，她已看见了一条Lorenz Baumer黄金项链、一枚超过5克拉的蓝宝石配钻石铂金戒指、伦敦宝龙以三十六万英镑成交价卖出的梵克雅宝钻石手链……美丽的女人们戴着它们，配上水晶红酒杯，就跟城堡酒会似的豪华。对于喜欢珠宝的她而言，这里是人间天堂。但是，作为一个寒酸的参赛者，这里又是炼狱火海。她在门口站了几秒，鼓足勇气走进去。幸运的是，她并没有引起太多人的关注。刚进去，她就看见几个参赛者围在一起，面色复杂地讨论着别人：

　　"真是好好笑，我们设计的是珠宝，又不是油画，不晓得大小姐跑来这里凑什么热闹。"

　　"是啊，都没有攻读过与珠宝有关的专业，也没有从事过相关行业，借用家里名气炒作入行就算了，还正儿八经来参加比赛，这不是在伸脸让人打，自己闹笑话吗？"

　　"她可能觉得会油画就叫会艺术设计了吧。"

　　"可是她画画也不是那么好啊，我朋友是艺术学校毕业的，每天和意大利艺术圈的人打交道，说她的水平和天天泡在画室里的人比，就是个初学者。除了家境还有长得还行，我在谢欣琪身上看不到半点优点。"

　　"她的长相也还好吧，都是靠名牌堆出来的，说到底还是靠钱。"

　　洛薇耳朵竖了起来——谢欣琪居然也参加了比赛？她有些好奇地往四周打量，没想到的是，在这么多华丽的美女里面，第一个看见的竟是个男人。他留着巧克力棕短发，身形高挑，穿着三件套晚宴正装：外面是白西装，里面是白衬衫，但中间的夹克和领巾都是宝蓝色。他拿着香槟底座的姿势很标准，胸前方巾上绣着他名字的英文缩写。他的面部表情温柔似水，带着情欲时常得到满足一般的泰然自若。总觉得这个人在哪里见过。想到这里，他们的视线意外相撞了，他居然直接朝她走过来。他盯着她的脸许久，疑惑道：

　　"我是不是在哪里看见过你？"

她老实地摇摇头。

"你肯定在心里想，这男人搭讪的技巧很俗套。"他有一双细长的清水眼，笑起来却桃花满满，有一种格外稀有的美感，"重新介绍一下，我叫谢修臣，请问小姐的名字是？"

原来，这就是传说中的谢公子。她和他握了握手，微笑着说："我叫洛薇。幸会。"

"洛薇？"

说话的人不是谢修臣，而是出现在他身边的苏嘉年。苏嘉年也一身正装，笑容如春风拂面，好像早已忘记他们有过不愉快的对话："洛薇，你也来了。"

场面好像有些尴尬了，她点点头，尽量表现得落落大方："晚上好。"

"你也来这里参加选拔？"

"是啊。嘉年哥呢？"

苏嘉年还没回答，又有一个声音插了进来："嘉年哥，怎么你在外面有这么多妹妹？苏大钢琴家，再这样下去，我可要把你软禁起来了哦。"

说话的人把一只手搭在了苏嘉年的胸前，这大概是今晚洛薇看过最贵的手：它柔而纤长，指甲是深红色，食指戴着一枚瑰丽欧泊石配钻石戒指，手腕上戴着一条手链，上面镶嵌了粉色、玫瑰色、浅紫、金鱼黄、白色、大红等十六颗彩钻，合起来大约有十四五克拉，仅成本都值六十万美元。其中有一颗是D色IF净度，上个月才在纽约苏富比成交。在这条手链的一端，有一朵代表了设计师风格的蔷薇花。然后，一个红裙女子出现在他们中间，自信地拨了一下头发，转过头来挑衅地望着洛薇，眼波妩媚而霸道，似乎想用气势压倒洛薇。洛薇却有了一种正在照镜子的错觉。

她们望着彼此，都同时惊讶地睁大双眼。

很显然，谢欣琪看见洛薇的惊讶程度，远远超过洛薇看见她的。她凑近了一些，一双眼睛在洛薇脸上扫了几个来回："居然是天然的。真不可思议，怎么可以这么像？"

真的是谢欣琪本人。她也太漂亮了，比电视上漂亮好多倍。刚才那些八卦的女生到底在想什么，说她长相"还好吧"？如果这叫"还好吧"，那自己岂不是成了"丑哭了"。洛薇对她展开了笑容："之前就有人告诉过我，'你长得好像谢欣琪'，不过你更漂亮啦。"

谢欣琪又上下打量了她一番，居然还认真地点评起来："除了眼睛没我的大，皮肤没我的白，腰没我的细，其他地方还可以。难得看到和自己长这么像的人，我们可以认识认识。你已经知道我的名字，我就不再自我介绍。你叫什么呢？"

谢欣琪的"莎乐美情结"果真名不虚传。奇怪的是，这些寻常人说出来必定会招人厌的话，由她说出来却像是理所当然。她的裙子、嘴唇、指甲都是同色调的正红，霜花白的肌肤会发光，脚上穿着黑色天鹅绒高跟鞋，手上都是价值连城的珠宝，整个人显得魅力四射，洛薇像看见了一个超级有钱又更加有品味的自己，既亲切，又不由自主地仰慕。因此，看见她伸出手来，洛薇受宠若惊地和她握了握手："我叫洛薇，是Edward Conno的助理兼新人设计师。"

"你也是来参加比赛的？"

"对。"

"你设计的是什么呢？"

她从包里拿出参赛作品照给她看，她眯着眼睛看了看项链上的坠子："这是……水晶？"

"对。"

"噢，那你获胜的可能性恐怕很小。这一回参加比赛的作品里，五成以上都是带钻的。不过没关系，我喜欢你的设计。如果落选，可以到我的公司工作。来，跟我到旁边聊聊。"谢欣琪把她拉到一边VIP座位上坐下。她们不过走了不到十步，洛薇就察觉到自己的存在感完全不同了。无数视线朝她们投来，其中不乏哂笑而望等看大小姐比赛闹乌龙的，但谢欣琪无所谓，抑或是已经习惯了，只是递给洛薇一杯红酒，撑着下巴认真地望着她："洛薇，你住在宫州吗？还是从其他城市专程赶过来参加比赛的？"

"我住宫州，住朋友家里。"

"朋友家里？"谢欣琪疑惑道，"你自己没有房子吗？"

"没有，我父母由于工作缘故，都调离了宫州，走之前把家里房子也卖了。宫州现在房价太高，我一个人是买不起的。"

"那你的生活怎么办？父母还支持你吗？"

"不会呢。他们年纪都大了，我也不想再找他们要钱。"

"独立的姑娘很有魅力。我越来越喜欢你了。"谢欣琪朝洛薇伸出大拇指，和她碰杯喝了一口，忽然道，"我刚才听你叫苏嘉年嘉年哥。这么说，你们很早就认识了？"

"对，我和他是穿开裆裤时就认识的老朋友啦。我都不知道原来你们也认识……"

跟谢欣琪聊得越多，洛薇就越觉得她美得不似凡人。后来谢修臣有事找她，她就颇有涵养地朝洛薇点点头，与哥哥离开。想到一会儿竞赛就要开始了，洛薇难免感到紧张。她在手机上打开微信想缓解一下压力，却看见一个头条娱乐新闻：King首次带女友现身瑞士，二人雪山游秀恩爱。她只听见脑中震响了一声，随着神经一片麻痹，失去了知觉。如执行程序的电脑般，她僵硬地打开新闻，看见了一张照片：一对穿着滑雪装的情侣出现在阿尔卑斯山顶上，虽然戴着越野镜，那个女生的脸被遮得完全认不出什么人，但她一下就认出了贺英泽的身材和脸。只觉得大脑有些缺氧，她头晕眼花，难以站立。

不出一分钟，大厅台上灯光忽然亮了。贴满Cici商标的墙壁前，主持人、两名设计师以及几个工作人员一起走上台来。主持人的声音通过麦克风与音箱，传遍整个大堂："晚上好，各位未来的设计师。非常高兴能在这个流光溢彩的夜晚，与各位相聚在甄姬王城。就在我们Cici以全新面貌向官州展开怀抱的同时，注入天赋与灵感的新任Cici设计师，也将诞生在今晚的舞台上。在公布最终设计师选拔结果之前，我们希望能借此机会，与大家分享一下所有优秀的参赛作品……"

一系列开场白结束后，全场掌声响起，工作人员端来了一个透明的水晶盒。主持人将里面的胸针拿出来，惊叹地说："Wow，这简直是一件可以直接挂在佳士得拍卖的珍稀艺术品。现在我们请设计师Anna小姐帮忙做出详细解说。"

"这是范怀远先生设计的钻石花朵胸针，它重5.5克拉，叶子的四颗卵形钻石约重4.15克拉……"Anna说完这番话，众人都向第一位设计者投去意料之中的羡慕眼神，同时为他鼓掌致敬。

他们展示了许多作品后，又拿出一条眼熟的项链说："下面这一条项链，是一份非常贴心的作品。大家知道，Cici是面向年轻人的品牌，所以，主要产品应该综合活泼、生动、实惠等因素……而这条海洋水晶项链，它长720毫米，配以珍珠、梨形拉长石和圆形切割水晶，坠饰拆卸可作胸针。尽管成本不高，设计不算拔尖，但手工制作很精巧……"

洛薇小心地拨开人群走到前面，眼中闪烁着期待的光亮——设计师手里拿着的，居然是她的项链。

洛薇的心悬了起来。确实，她有用心去准备这次设计，但因为高手太多，她并没指望自己能入选。Anna对她的作品点评并不多，但基本都是赞美之词，这无疑给了她一丝希望之光。这一刻再看看其他人的作品，它们似乎也没最初那样遥不可及。当别人察觉她是设计者，并投来时尚人士特有的端详之色，她看上去还是成竹在胸。然而，她握成拳的手心滚烫而湿润，像握住了一把水蒸气。

时间嘀嗒嘀嗒溜走，出现在Anna面前的作品越来越多，洛薇一直有些心不在焉地听她一一解说，直到一串彩色的珠宝被她举起来——它是蓬蒿间拔地而起的青松，不仅吸引了洛薇，也抓住在场所有人的视线。

"这条彩宝配钻石的项链，可以说是这一回参赛作品中成本最高的一件。粉红碧玺、海蓝宝石、堇青石、石榴石、玉髓、月长石、钻石……这条项链的颜色、净度都是顶尖的。"Anna小心翼翼地捧着它，露出了初次收到圣诞礼物般的惊喜之色，"但更让人惊叹的是它的设计部分。不知各位是否喜欢古埃及的人体图腾？他们的人物明显特征都必须一目了然地展现在外面，例如头部侧面线条最明显，埃及人就只画侧脸；眼睛从正面看最明显，他们就把正面的眼睛放在侧脸上；人身体的正面比侧面更明显、腿和脚侧面比正面明显，他们就只画侧正面的身体和侧身的脚……所以，古埃及的壁画人物总是有些别扭。他们不寻求突破，只要求遵照原始画风，而且越循规蹈矩越好。这样的埃及艺术一直延续了三千年。直到公元前五百多年前，一个署名'尤西米德斯'的红像式花瓶横空出世。花瓶上，一名青年正准备出征，他的右脚保持传统画法，左脚却是正面，用透视法画成了五个小圆圈。

在这之前，所有的艺术品中，没有一件是这样的。而我说这么多，只想告诉大家：谢小姐设计的彩宝项链，就是珠宝界的尤西米德斯的红像花瓶。它或许生涩，或许并不是最完美惊喜的一个，却是独一无二的、创新的瑰宝。所以，让我们有请今晚的最终赢家——谢欣琪！"

短短几秒沉默后，掌声雷动，响彻厅堂。谢欣琪拨拨头发，摆出最好的姿势，让闪光灯打在自己身上，款款走上台阶，接过话筒说："谢谢大家。"

过了许久，掌声总算停止，而开始那些叽叽喳喳说她是非的女生早就羞愧得满脸通红，不知往哪里看。谢欣琪微微一笑，单价四位数的假睫毛逼真得跟洋娃娃的睫毛一样："其实，如Anna所说，我在珠宝设计领域并不资深，我本科攻读的是油画系，硕士读的是古典传统史，与时尚并没有太大关系。这条项链的最初灵感，也是来自两件艺术品——阿兹特克的雨神雕像让我脑中有了它的线条，拉斐尔的名画《草地上的圣母》让我脑中有了它的色彩。非常凑巧的是，Anna也喜欢古典艺术，所以，她看出了这条项链这两个部分——"她指了指项链上一个卷曲的部分和锯齿状的玉髓，"是出自阿兹特克雨神的眼睛和牙齿，它们原本都是蛇形①。所以，你或许会觉得这条项链色彩鲜艳，有一些墨西哥复古风情……"

当提起艺术设计，谢欣琪的眼睛就像她手里的彩宝项链，明亮得过于夺目。她的一番介绍后，Anna喜悦地说："现代与古典的结合总是会产生新的经典，我相信对Cici也一样。谢小姐能从成百上千名设计师里脱颖而出，我们觉得你相当有天赋。当我们把所有晋级作品递给Natalie看，她给出了这样的评价：'这是一块未经打磨就已经巧夺天工的美玉。'相信你加入Cici以后，会更加大放光彩……"

她们交流的时候，四周安静得出奇，相机的声音和闪光灯是仅剩的动态音影。一个多小时的发布会结束后，有不少人来向谢欣琪道贺，其中有最

---

① 在阿兹特克时代，美洲人民觉得雨前空中的闪电像巨蛇，所以认为蛇是神物。文中提到的雨神雕像名为特拉劳克（Tlaloc），源自14—15世纪，它的眼睛、嘴巴和牙齿分别是由两条蛇尾卷曲的形状、蛇的嘴和牙齿盘踞而成，反映了当地人对自然文化的理解与审美。

以她为荣的哥哥。而且，她还在现场发现了正巧来这里与人谈生意的父亲。她拽着谢修臣跑过去跟父亲打招呼。与谢茂聊天的总监与这对兄妹聊了几句，就舌灿莲花地拍起了马屁，说"谢公子出身高贵却一点公子架子都没有""谢小姐有贵族气质""谢总教育有方"，等等。后面的事，谢茂也都交给谢修臣去洽谈。见父亲空闲下来，谢欣琪挺了挺胸脯，想要显摆一下自己的成绩，但迎来的第一句话就是："你哥可比你讨人喜欢多了。"

谢欣琪的脸拉了下来："哪有。这个总监不是才说我是有贵族气质的人吗？"

"贵族气质的言外之意是什么？不就是小姐脾气，说话冲，让人不想靠近吗？人家拐弯抹角骂你都不知道。就你这性格，迟早要吃大亏。"

谢欣琪更不开心了："想靠近我的男生可多着呢，我不想搭理他们而已。"

"那是因为你在黄金年龄，向这个岁数的女人献殷勤，换哪个男人都愿意。要是性格不改，看谁敢娶你，当心变成老姑娘。"

"在我变成老姑娘之前，哥他会先变成老伙子吧。他比我大两岁，别说结婚苗头了，女朋友都没一个呢。"

"你哥？他的感情还轮得到你来操心？他想结婚是分分钟的事，就看他愿不愿意结了。操心你自己的事吧。男人都不是傻子，知道女人真爱一个男人就会对他温柔。你对谁都是这个暴脾气，想嫁个好男人是真难。"

"才不是，我对苏嘉年可凶了，但他还是经常说我是他理想的妻子人选呢……等等，"谢欣琪忽然抬头，"怎么我哥的感情就不用操心，他不是一直单身吗？"

谢茂冷笑一声："哼，还好谢修臣是我儿子，如果是女婿，这种女婿是真没法要。在他真正定下来之前，不给你弄三十个准嫂子出来，你爸名字倒着写。"

谢欣琪被这个庞大的数字逗乐了："三十个？负三十个吧。"

"你听谁说的？他自己说的吗？"

"对啊。他亲口说的，他没有女朋友。"

"如果他说什么你就信什么，那你就太不了解你哥哥了。你没发现从他嘴里说出的话总是特别动听吗？"

"我知道他周围有一些莺莺燕燕，但都不是女朋友吧？"谢欣琪十分困扰，难道她与哥哥朝夕相处，都还不够了解他？

谢茂笑出声来："那完蛋了，更可怕。"

"啊，为什么可怕？"

谢茂摇摇头，无奈地笑着："女儿，你还是单纯。你妈快到了，我先不跟你说了。"

谢欣琪百思不得其解，一头雾水地扭过头去，看向与人谈笑风生的谢修臣。不知从什么时候开始，他周围又多了几个女孩子，他并未觉得不适，反倒游刃有余地把她们都哄得娇笑连连。看来，他是挺讨女性喜欢的……难道他有恋爱经验，只是自己不知道？谢欣琪突然想起那个在床上的吻，他当时的表现，真的和新手八竿子打不着……

想到这里，她脸颊发红，一股无名火从胸腔里冒起。她四处搜寻苏嘉年，却没见他的踪影，于是发了一条语音消息给他："你人呢，玩什么消失？"

刚一发出来，她就听出自己语气确实很强硬。想到父亲说的话，她忽然开始疑惑，难道自己真的不爱苏嘉年？但这样假设也不成立，如果对一个男人温柔就是真爱，那她的真爱岂不成了……

这时，视线不经意与谢修臣相撞。见他对自己浅浅地笑，心脏最柔软之处也被戳了一下。她慌乱地别开视线，握紧双拳，再瞪了他一眼，甩手就走。

十一面镜

影子

世界上并没有什么不能承受的挫折，

只是这个晚上挫折来得实在太多。

从大厅里出来，洛薇觉得自己就是连跟王子跳舞的机会也没有，就被打回原形的辛德瑞拉。谢欣琪在台上的发言很精彩，她与Anna那种艺术家之间相见恨晚的默契，她这个初学小虾米根本不能理解。所幸的是，她与其他所有落选者一样，这一次的失败并不会被太多人留意。她的作品还被表扬过，只要再努把力，就算变不成谢欣琪，也可以有所作为才对。她在心中默默为自己打气，试图逼自己忘记那条关于贺英泽的新闻。

然而，去后台索要自己的作品时，她路过了一个门半掩的房间，所有期待的泡沫也都被打碎。

"苏先生，我已经按你的要求为洛薇小姐说了好话，现在再提这些附加条件，是不是有些过分？"听到自己的名字，洛薇走过去，看见Anna抱着胳膊，以防备姿态对着一个人。

"之前我们说过，最起码要给洛薇一个鼓励奖，说话不算话的人是你。"

是苏嘉年的声音。洛薇警惕地往里看去，只能看见他的背影，而Anna早就是一脸不耐烦："我这人说话向来直接，就不再跟你绕弯子了。如果是别的设计师，这个要求我会答应你，理由你应该比我清楚吧，我不能睁着眼睛说瞎话。"室内只剩下六七秒的沉默，苏嘉年没有接话，她不客气地继续说："洛薇设计的东西很一般，本人也没什么名气。一般的东西太多了。"

听到这里，洛薇感到背脊被绝望感扎中，身体变冷的同时还伴随着刺痛。如果这番话是当着她的面说的，她可能早就没脸继续待下去。苏嘉年还是不气馁，试图为她辩解："Anna，任何人的能力都不是与生俱来的。"

"我真不敢相信，这句话是出自你这样级别的钢琴家口中。你从小弹琴，也获得过国际钢琴比赛奖，应该知道自己是怎么打败竞争对手的。只是因为你勤奋、努力？"

"我相信勤能补拙。"

"这句话说得没错，可是这个'勤'也要看时机。就拿谢欣琪来说吧，她的个性够招摇，不喜欢她的人不少吧？但是，有谁能否认她的艺术天赋呢？哪怕她没做过珠宝设计，以前学的东西也和珠宝八竿子打不着，但她受过世界顶尖的教育，从小对艺术就有深刻的理解，油画水平已经到了大师水准，学珠宝设计速度也快。她有钱，不怕失败，在创作上敢花时间砸钱玩；她有名，即使她没有如此高的天赋，只要丢出'谢欣琪'三个字，就可以让无数崇拜她的女孩子来买我们的产品。何况，她真是个天才。苏先生，所有艺术领域都是互通的，哪怕你来做珠宝，也会比这个叫洛薇的姑娘好。哪怕她大学读的专业是珠宝鉴定，哪怕她比你努力十倍。"

"洛薇有闪光点，只是你没有发现。"

"这话也没错。我相信她肯定有自己擅长的领域，例如很擅长搞人际关系，口才好，不然你也不会这样为她说话。但她的设计天赋？呵呵，说直接点，她那条项链，拍个照PS一下，定价29元放在网上卖可能还有出路。你不如让她去走走这条路，现在电商在崛起不是吗？"

从接触高级珠宝设计开始，洛薇就知道在这个行业里发展，只靠努力是不可以的，基础和后台二者缺一不可。有多少女孩曾经抱着热血的梦想进来，又遍体鳞伤地哭着出去。但她从来没想过，自己也是其中之一。想想前几个月自己宁为玉碎不为瓦全的无业生活，想想苏嘉年为她找的工作，想想周围人一次又一次的鼓励，想想谢欣琪那一串精雕细刻的彩宝项链，再仔细思索Anna这番话……她觉得自己简直就是个大笑话。

世界上并没有什么不能承受的挫折，只是这个晚上挫折来得实在太多。

她悄无声息地回到大厅，又一次看见了被人群包围的谢欣琪，忽然意识到，一群优秀女性围攻平庸女性的剧情只有偶像剧里才有。现实世界是，平庸女性才会聚在一起对优秀女性议论纷纷。那些参赛的女孩子攻击谢欣琪，并不是因为谢欣琪真是一个一事无成的大小姐，而是因为她们本能地感受到了谢欣琪的威胁。谢欣琪的才华锐利如刀，她们恨不得磨平它。而谢欣琪没把她们放在眼里过，所以连胜利的笑也懒得留给她们。洛薇还是同样的感觉，看见谢欣琪，就像看见了镜中自己的影子。只是镜子带了魔法，呈现出的幻象太过高贵，让她无法企及。

她突然有了一种很可悲的想法：如果自己是谢欣琪，或许就能得到贺英泽的心了。

自古以来，门当户对都是幸福婚姻的重要因素。贺英泽在这么短时间内找的女朋友，网上都传闻说是一个家境富裕的名媛，结婚对象肯定更会挑选和他般配的人。她知道，正确的思路应该是努力让自己变得更好，等爬到和他一样的高度，他就一定会回头来看自己。但是，内心深处还是有着过于天真幼稚的心愿，希望他能喜欢原本的洛薇，而不是强迫自己改变后的洛薇。想到这里，那张瑞士滑雪的照片又一次出现在脑海。不愿再低落下去，她摇摇头，只想要赶紧回家，忘记这糟糕的一天。但走了几步，她迎面遇上两个人，惊讶地看着她："你是……？"

说话的人五十岁左右，大约一米八，因为被人搀扶着使身高打了折扣。他穿着双排扣西服，头发一丝不苟，胡子刮得很干净。岁月带走了他的青春，带走了他的健康，却没能带走他眉宇间的风雅。她并没有花很多时间，就认出这人是经常出现在财经杂志上的地产富豪——谢茂，而且，也很快想明白他会吃惊的原因。她朝他点头致意："你好，谢先生，我叫洛薇。"

"洛小姐，你见过我女儿吗？你和她长得实在太像了。"

"有幸见过。很多人都这么说。"

"你看看，她就在那里。"他侧了侧身，指向远处的谢欣琪。谢欣琪还在忙着和别人讲话，她身边的母亲谢太太周锦茹却看见了洛薇。周锦茹愕然地张开口，眼中露出的惊讶绝对不亚于谢茂。她不由得用手掩嘴，然后拨开人群，快步朝他们走来。周锦茹比洛薇矮一些，欲哭无泪地抬头望着她，而后握住她的手："是你，一定是你……你是欣乔对不对？"

欣乔？不是欣琪吗，这阿姨连自己女儿的名字都能记错？她摇摇头："不是，我叫洛薇。"

周锦茹眼中有惶恐一闪而过，快到让人以为是错觉。然后，她垂下肩膀，无助地抓住丈夫的袖子："不对，我太傻了。就算欣乔还活着，也不可能知道自己叫什么……"她又一次迫切地望向洛薇："这位小姐，我这么说可能有些冒犯，可是，能请你和我们去一趟医院吗？"

怎么都不会想到，他们叫她去医院的理由是要做亲子鉴定，以确认她是否是他们已经死去的双胞胎女儿之一谢欣乔。突然要确定自己可能是一个死人，这种事听着就令人感到毛骨悚然，洛薇不愿意掺合。但是，看见谢太太一副摇摇欲坠的心碎模样，她想起很长时间没见的母亲，即便知道这是不可能的事，还是答应和他们一起去做鉴定。谢欣琪开始完全持反对态度，认定洛薇不可能是自己的妹妹，但多看了洛薇几眼之后，她也有一些动摇，只是嘴硬说随便你们。其实，洛薇也有过短暂的疑虑：父母叮嘱她不要回宫州，难道真有那么百分之一的可能，她和他们有什么关系？做过亲子鉴定后，他们都在静候结果。

自从小辣椒开始半快递半读生活，洛薇就很少在家里看到她。但是，第二天她就化作一道旋风卷了回来，抓住洛薇的肩膀摇晃，说真不敢相信贺英泽居然找了女朋友，我一直以为他喜欢你呢！这无疑又是一把撒在洛薇伤口上的超咸滚烫液态芝士。好不容易把她打发去上课，洛薇对镜调整心情，收拾好自己去上班，刚一出门却看见了苏嘉年的车。

苏嘉年下车第一句话是："贺英泽到底在搞什么？那天他把你抢走的时候那么坚决，你们不是在一起了吗？"他素来谦逊有礼，这样直接的提问似乎还是第一次。

洛薇若无其事地耸耸肩："我被甩了呢。"

"我去找他。"

他正想转身回到车上，却被她拦住："嘉年哥，别这么冲动。责任在我身上，是我误会了他。"

"误会他什么？误会他不会玩弄你？"

"我这么喜欢他，他却在这么短的时间里和其他女生确定关系，这说明了什么？"见他蹙眉迷惑的样子，她笑出声来，"他只是玩都不愿跟我玩而已。"

　　"洛薇……"

　　"别安慰我。我喜欢自己保持清醒的状态，不喜欢被安慰。"

　　确实，她不是不清醒的人。只是清醒着受伤，比糊涂着受伤痛楚更多，毕竟没有感性的麻醉剂让自己陷入昏睡。导致她清楚地知道自己被贺英泽拒绝，自己的真心被他嫌弃。但是她也知道，这世界上没有什么伤不可愈合，没有什么人不可替代。哪怕是童年的回忆，最初喜欢的人。只要难受过这一阵子，自己就会好起来。

　　"好，我不安慰你。但我也想让你知道，不管发生什么事，我都不会走。"苏嘉年摸了摸她额前的发，凑近了一些，"因为，你喜欢他多久，我就喜欢了你多久。"

　　他们站在人来人往的小区门口，车辆的嘈杂声可以吵醒每一个浅睡的人，但他如此小心翼翼地触摸她，就像他们站在飘溢着童年香气的花园中。她却不争气地想起贺英泽的吻。贺英泽的吻是色彩最浓烈的油画，牢牢地抓住她所有的感官神经，强迫她接受近似绝望的激情。她不明白，一个内心完全没有爱的人，怎么会这样倾尽一切去亲吻一个人。每多想他一秒，她都会觉得自己又不自爱了一秒。只是，无法控制。她静静地让关于那个人的记忆流淌在血液中，然后朝苏嘉年莞尔一笑："嘉年哥，你知道我可不会犯贱，你对我的好我都看在眼里。给我时间，我会试着忘记他。"

　　"我会等。"除此之外，他别无赘言。

　　天公不作美，当日暴雨瓢泼覆盖了整个宫州，浇灭了夏日的热情。洛薇到家时连文胸里的钢圈都快泡生锈了，她用最快的速度冲了个澡，但还是免不了开始喉咙沙哑、打喷嚏。吃药似乎太晚了，夜幕越深沉，她的身体就越不舒服。到晚上十点，小辣椒依然没有回来。洛薇在心中诅咒了一百次这妞以后吃生鱼片都没芥末，却也松了一口气，自己不用再在别人面前强颜欢笑。睡到十一点醒来，发热的脑袋跟被捅坏的蜂窝没什么两样，她难过得要命，睁开眼对着苍白的日光灯发了几分钟呆，吃力地翻身爬起来找到手机，隐藏了自己的电话号码，拨通了贺英泽的手机。响了几声，那边传来了熟悉的声音："喂。"

他的吻像炙热的油画，声音却像冷色调的水彩画，画的还是怀俄明州雪山中的冰湖。

她没有说话。从不知道自己会这样脆弱，只是听见他的声音，两道眼泪就直直地从眼角落到鬓发。由于高烧的缘故，耳里又嗡嗡地响起来。她闭上烧得发疼的眼睛，感觉到又有眼泪滚出来，浸泡在耳朵里。他又"喂"了一声，没有听见声音，直接挂断了电话。胸腔里有毛球在滚动般痒得厉害，她在被窝里浑身震动着咳了几声，又打了一个电话过去。他又说了一声"喂"，然后等待她的答复。

世界上所有的声音都消失了，时间也已经静止。但她争分夺秒地听他微不可闻的呼吸声，生怕他再度挂断电话，关机或拒接。他没有再发声，也没有挂断电话。她把手机挪远了一些，用被子捂住嘴，闷在被窝里咳了几声，努力不发出声响，但那边还是听见了动静。终于，贺英泽平静地说："找我有什么事？"

她蒙了，没有说话。贺英泽等了几秒，又说："洛薇。"

"你知道是我？"她还是故作活泼地调戏他，声音却带着掩藏不住的浓浓鼻音。

等了很久，他才接话："说吧，你有什么事。"

"没什么事，我看见了新闻，只是想打电话跟你说一声，恭喜啦。"

然而，电话挂断了。听筒里那两声"嘟嘟"是刺耳的笑声，讥讽着她的不自量力。胸中那挠痒的毛球也因此往上爬，在她喉咙里扫着每一根血管。她甚至连哭的机会都没有，就已经剧烈地咳嗽起来……

甄姬王城四十五楼中，陆西仁抿着唇，担忧地看着面前在转椅上满面阴沉的贺英泽，又看了一眼报告做到一半就被洛薇电话打断的常枫。常枫指了指墙上的幻灯片，故作轻松地笑道："所以上周的财务报告还要继续吗？"

"你继续。"

贺英泽回答得果决，当对方继续说下去，他看上去也很专注。但过了半分钟，他忽然拿起衣服站起来，朝门外走去。陆西仁第一时间跑去把门堵上，常枫上前一步说："去不得，真的去不得。"

"她生病了。"贺英泽拉开陆西仁，拧开门把，"我送她去医院，马上就回来。你们在这里等着。"

他从来不是喜欢解释的人，这一回却说这么多，恐怕连自己都说服不了。常枫也冲过去挡住他的去路："六哥，我就问你一句话：看见她病倒在你怀里流泪，你能忍住不理她，直接回来吗？"

贺英泽紧锁眉心，把他们统统推开，大步流星地走到电梯口。常枫叹了一口气，在后面说："黄啸南回宫州了。想想你母亲，想想炎爷，你和洛薇未来有可能吗？如果她是那种比较听话的女人还好，那哄几句就会回来。可是，她是这样的个性吗？"察觉贺英泽背脊僵硬，常枫不气馁地说："六哥，你是做大事的人，这么多年都过来了，为什么要前功尽弃呢？"

这句话也没能说服贺英泽，他还是蓄势待发地往前走，然后常枫又说了一句："我真是一点也不关心洛薇的死活，只是担心六哥你。想想跟她在一起又分手，你会有多痛苦吧。"

贺英泽的身体终于松下来。他重新走回房内，把外套狠狠扔在沙发上，一下坐下来，再也没有说过话。

室内长久的静默过后，陆西仁才小声地对常枫说了一句："有时候我觉得六哥很高深莫测、不怒自威，有时候，又觉得他像个六岁小男孩……"

"他跟六岁小男孩真没区别。"常枫面无表情地望着他，"在自私这方面。"

午夜，谢修臣刚回家，就听见厨房里冰箱门响了一声。他轻手轻脚地走过去，发现自己妹妹正戴着耳机摇头晃脑地翻冰箱。他摘掉她的耳机："饿了？"谢欣琪丝毫不受影响，上翻翻下翻翻，又摇头晃脑地把冰箱关上："我不饿，我就看看冰箱。"

"我给你下面条吧。"谢修臣把西装外套脱下来，挽起衬衫袖子。

她从小就最喜欢吃他做的面，听他这么说，差一点跟以前一样，尖叫着抱住他的脖子。但她忍了下来，只是躲到一边："我不吃。最近我都胖了。"

"你都瘦成这样了，人家会认为我虐待妹妹的。"

后来不管她怎么拒绝，他都坚持煮面。她一闹腾，他就说自己工作到现在一直没吃晚饭，是煮给自己吃的。她知道这是他每次为她做夜宵的借口，一溜烟跑到楼上，躲避他的食物攻击。但在房间里待了一会儿，她又觉得不习惯，毕竟一直以来他下厨，她都是个小跟屁虫在厨房转来转去，于是又下楼钻进厨房，气鼓鼓地看他煮面。果然面条做好以后，没有惊喜，他把筷子和碗都摆在她面前："吃吧。"他做的面条是清汤面，从来不加生抽、味精、鸡蛋或海鲜，最多往里面放一点当日的剩肉，但汤鲜味美，面条有弹性又软糯，煮多少她都能吃得一根不剩。闻到这股热腾腾的香味，她哈喇子都快流出来了，但还是别过头去嘴硬道："不要，我最近压力太大，真的胖了。"

"在你的同类里，你已经长得很慢了。"

"……你想说什么！"

"你知道国家研究CPI的时候有一项指标吗？叫生猪存栏率。"

"谢修臣你好，谢修臣再见。"

"你不吃我倒了。"

"哎，等等……"见他作势要拿碗，她赶紧按住，一脸纠结地说，"那……那以后出去，我跟别人说我九十斤，你不能拆穿我。"

"好。"他在她身边坐下，用筷子替她拌面条，"那以后出去我跟人说我一百四十斤，你也不能拆穿我。"

她上下打量了他一番："哇，还没到一百四？你不会是又瘦了吧？"

他被戳到痛处，推了一下她的脑袋："吃你的面条，臭丫头。从小我就瘦，还不是照样把那些欺负你的男生打得跪地叫你大王。"

"是女王大人！"她嘻嘻一笑，低头吃了一会儿，察觉到他一直在看自己，小心地抬起眼皮瞅了他一眼，"……你怎么老看我吃，是不是感觉像在喂小动物？"

他以食指关节撑着下巴，微微笑着说："仓鼠。"

听见这个称呼，谢欣琪条件反射地觉得很绝望。记起高中时跟谢修臣一起看电视剧，男主角养了一只仓鼠叫琪琪，谢修臣幼稚地拿这个名字玩了好久，不是弯腰用逗狗的动作对她说"琪琪来吃饭了"，就是把一个东西丢很远说"琪琪去把它捡回来"。噩梦，真是好大一场噩梦。

过了一会儿，他拿出纸巾擦了擦她的嘴，又擦了擦碗附近掉落的食物："皮卡丘，你怎么总是把东西漏得到处都是，你的爱慕者们知道谢家大小姐的吃相是这样吗？"

"我也不知道为什么，我一吃东西嘴就会漏，所以我在外面只吃西餐，盘子特大那种。要不哥你来帮帮我，喂我吃好啦。"见他正在凝神思考，她歪了歪头，"嗯？怎么不说话？"

"我刚才思索出了一个句式：'我也不知道为什么，我，下划线，就会，下划线，所以我，下划线。要不，下划线，你来帮帮我，下划线，啦。'"

谢欣琪想了几秒："……滚蛋。"

"我也不知道为什么，我一倒牛奶就会洒得到处都是，所以不在家我都买盒装牛奶。要不哥你来帮帮我，帮我倒好啦。"

"滚蛋。"

"真是大小姐万用句式。'我也不知道为什么，我一打电话给那些该死的公司就会跟他们吵架，所以我都不喜欢跟他们直接对话。要不小李你来帮帮我，帮我打电话给他们好啦。'"

"滚蛋。"

"'我也不知道为什么，我购物的时候包包里装上钱夹，右脚就会痛，可能是因为我用右肩背包，而钱夹又太重了，所以我都不喜欢带钱夹在身上。要不哥你来帮帮我，帮我把钱夹拿着好啦。'"

"滚蛋。"

…………

他们又重归于好了。只是，两个人再也不能回到从前那样。到底是哪里变了，谢欣琪说不出来。

过了一会儿，他忽然问道："你刚才说，你压力太大了？为什么？"

"因为莫名其妙钻出一个女孩，长得像……"她本来想把父母与洛薇做亲子鉴定的事告诉他，但想到这件事与他母亲有直接的关系，也就没有继续说下去。

"长得和你像？你是说洛薇？"

"是呀，谁知道你会不会因为她和我像，就又去认一个妹妹，然后不要我这妹妹了呢。"

"胡说八道。"

谢欣琪知道，随着时间推移，父亲对哥哥孤独死去的母亲越来越感到愧疚，而会渐渐淡忘早夭的另一个女儿，毕竟这个妹妹当年只是一个婴儿。所以，这个家庭也越来越不快乐。这些年，父母都很少在家，总是各忙各的，与她相处最多的亲人反倒成了哥哥。因此，当她第一次有了"洛薇如果是妹妹"这个假设，也就有了一丝不切实际的希望——如果妹妹能回来，她能得到一个从未有过的和睦家庭。

然而，几日后最终检测出的结果，令她和谢茂大失所望，也令洛薇大松一口气。最痛苦的人还是周锦茹。她站在人来人往的医院走廊中心，却面对着墙壁，怕维持不了平时的仪容。她拿着亲子鉴定报告，手指颤抖，紧闭双眼，额上青筋微凸，看上去痛苦极了："我早就知道。我每天烧香拜佛，希望欣乔能回到我的生活中……老天它就是不愿还我们一个女儿……"

还是在坟场般冰冷的医院，还是同一个哭到抽搐的母亲，记忆的碎片从四面八方飞来，在谢茂的脑海中组成了一幅二十多年前往事的黑白拼图。不同的是，这里已经没有那个叫吴巧菡的女人，他的妻子也不再年轻……

当年听从父母的话，因生辰八字娶了周锦茹后，他也曾经对她有过几分动心，毕竟她正处于最美貌的时期。但是，她美得很不安全，流言蜚语一大串，甚至还有跟过黑帮老大黄四爷的传闻。她用尽各种方法证明自己的清白，他半信半疑，心中却认定不能在她这棵树上吊死。因此，才有了后来的"踏遍寒食百草千花，香车系在香闺树"。

后来，他遇见了吴巧菡。以前在《诗经》中读到的"妻子好合，如鼓琴瑟"，他没能在周锦茹身上感受到，却在吴巧菡的身上感受到了。她产下谢修臣之后，他更是坚定了要与妻离婚迎娶她的决心。可就在这时刻，周锦茹生了一对双胞胎。都是女孩，二老并不欣喜，但弄瓦之功也不可没，婚是暂时不能离了，也只好委屈吴巧菡几年。他原以为吴巧菡性情如水，并不急求一个名分，就没跟她提以后的打算，但没想到会发生惨绝人寰的意外——有一天，保姆为两个女儿洗澡，洗好了姐姐欣琪，就轮到妹妹欣乔，保姆拿起刚才为欣琪洗澡用的温水壶，直接浇在欣乔头上，可里面流出来的水居然变成了滚烫的开水。欣乔的头发全部被烫掉，头皮烫坏，脸也面目全非，送到医院不过十多分钟就断了气。他当时正巧在国外出差，赶回来时，孩子冰冷的身躯早已被送到太平间，而且家里还有第二条命也赔了进去，即两个孩子的瘸腿奶妈。周锦茹哭晕了两次，谢家二老则提着拐杖打他，说都是他在外面养的野女人害的，让她来偿命！仔细问过才知道，原来保姆提的那壶水并不是意外，而是被人偷偷调包过。调包的人就是才跳楼自杀的奶妈。他们命所有人去调查奶妈房里的线索，终于发现一封匿名来信。信纸是蓝色，有薰衣草花纹，他曾经收到过无数封写在这种信纸上的情书。而信上的笔迹，也正好是他最熟悉的。读过信的内容，他当时脑中缺血，脸色比死人还难看。到现在，他还记得当时对吴巧菡说的话："就这么急不可耐吗，你知不知道我从来没放弃过要娶你的念头？"她一脸茫然，好像比她身后的池水还清白无辜。但他已经彻底厌恨了她。

他强行带走了谢修臣，从此与吴巧菡完全断了联络，但是每次面对儿子，他都会想起他那个恶毒的母亲，因此很少有心情愉悦的时刻。被抛弃、被夺走儿子的第九年，吴巧菡死在了乡下偏僻的老房里，死后一周才被家人发现。得知消息的那一天，他莫名地在家里哭得像个三岁孩子。但他从小锦衣玉食逃避惯了，那一刻，他也放纵自己，没有让自己深想。

不管怎么说，最难过的人始终是周锦茹。此刻，看见她这么痛苦，谢茂不由得叹了一口气，上前去搂住她的肩："算了，都已经过了这么多年。"

"这是老天对我的惩罚。"周锦茹靠在他的肩上又一次流出眼泪，"都是我不好，没能早点为你生孩子，都是我的错……"

谢茂有些动容，又回头看了看如坠五里雾中的洛薇："洛薇小姐，我们都很喜欢你。既然我们这样有缘，不如我们认你当干女儿如何？"

"如果是这样，那就太好了。洛薇，你愿意吗？"周锦茹含泪说道。

突然被两个陌生人这么热情地认作干女儿，洛薇有些接受不来。于是，谢茂隐去了吴巧菡设计陷害的部分，把他们失去欣乔的过程告诉了洛薇。洛薇正犹豫不决，他又说："你看上去和欣琪差不多大，生日是什么时候呢？"

"是六月……"

她话还没说完，周锦茹猛地抓住谢茂的衣襟，抽了几口气："不行，谢茂，我……我突然觉得头好疼……"

"怎么了，为什么会头疼？"谢茂的注意力立即回到妻子身上。

周锦茹脸色惨白，身体摇了两下，就晕了过去。他伸手接住她软若无骨的身体，到处叫唤医生和护士。洛薇赶紧帮他找来医生，他向她道谢后，就忙着把太太送入病房，再没出来过。洛薇等了许久，本想先离开，却临时接到了家里的电话。她走到过道窗边接听电话，随后看见谢欣琪匆匆而来。谢欣琪冲她点头示意，推门进去看母亲。医生摘下听诊器，向她解释谢太太只是一时有些贫血，外加情绪紧张没休息好，所以才会突然晕倒，并无大碍。护士正在给周锦茹打点滴，谢茂虽然在旁边照料，却也身体抱恙，像朋友探亲一样，客气而陌生。周锦茹躺在床上，望着渐渐靠近的年轻女子身影，伸了伸手："欣乔……欣乔……"

脚如灌了铅般再也挪不动，谢欣琪目不转睛地看着母亲。再次听见"欣乔"二字，她觉得鼻根到眼角一片酸涩，却只是红了眼睛，没有哭出来。她明明叫欣琪，但从小到大，母亲念"欣乔"的次数，远远超过"欣琪"。她从来没有得到过父母的拥抱，从来没有得到过和他们对等交流的机会，不管取得再好的学习成绩，他们也总是一副无所谓的样子。他们总是冷战、吵架、忙，所能想到的东西除了资产就只有毛利，导致她在看见同学父母之前，一直以为全天下的父母都是这个模样。因为没有父母陪伴，她的童年有大把的时间在家画画儿，所以她年纪轻轻就有了几百幅拿得出手的高水准油画。小学第一次油画得奖，她斗胆告诉父母，他们讨论的唯一问题，就是这幅画值多少钱。没有鼓励，什么都没有。她有些失望地耷拉着肩，但也没有觉得太意外。只有谢修臣摸着她的脑袋说："真是太好看了，我妹妹以后一定会成为闻名世界的画家。"

她一直都明白，对她来说，向父母要一个拥抱，比要一辆兰博基尼奢侈多了。听见母亲还在喃喃念着欣乔的名字，她苦笑了一下，把刚才在楼下买好，连钱都没找的水果放在床头柜上，和父亲交流了一下母亲的病况，就起身走出病房。洛薇还在走廊上打电话，站的位置都没怎么变，不断对着电话翻白眼："唉，知道啦知道啦，我会准点吃饭的……我没熬夜啊，真没熬夜啊，我声音正常得很！雄哥，你怎么就不信我呢？不要再凶我了啦！"

谢欣琪顿时心生疑惑——她进去没有二十分钟也有一刻钟了，洛薇跟谁讲电话讲这么久？雄哥，是她男朋友吗？但很快，她又听见洛薇顽皮地说："就叫你哥怎么啦，你还是帅哥呢！好啦好啦，我不要跟你说了，快让霞姐接电话。"等了一会儿，洛薇孩子般哈哈大笑起来："不是我要开老爸玩笑啦，明明是他太严肃……啊，妈，我受不了啦，怎么你也想来一轮？"

听到这里，谢欣琪呆住了。怎么，洛薇管自己爸妈叫霞姐、雄哥？孩子可以这样叫父母吗？她看见洛薇靠在玻璃窗上，也不管医院有没有病毒，一副忍受到极限的无力样子："我有吃，我有睡，我会做饭！什么？不，坚决不吃。我最讨厌吃胡萝卜，哈哈，反正现在我们都不在一个城市，你威胁不了我啦，哈哈……啊啊啊，别挂母后，听儿臣解释，都是因为母后的手艺太好了，害我现在吃什么都不入味儿，不喜欢吃的胡萝卜，更要母后亲自做，才能津津有味地吃啦……我才没有油嘴滑舌呢，句句属实，我偷学了你和雄哥的厨艺做饭给我朋友吃，朋友都说满汉全席也比不过呢……"

原来，洛薇的父母还会做饭？想起自己在家一个人吃上等料理的生活，谢欣琪微微皱了皱眉，告诉自己洛薇这样的人根本没什么值得羡慕的。普通人家的女孩，连家政阿姨都请不起，还要父母亲亲自下厨，或许还会一家三口挤在小厨房里瞎忙乎，这样的生活她可不愿意过。可是，再看一眼母亲的病房，她的心情却难以控制地更低落了。而玻璃窗变成了一面镜子，浅浅映出洛薇的影子。只是，洛薇笑得如此开心，跟她面无表情的容颜是如此相似，又是如此不同……

十二面镜

事故

那时他骤然出现在病房门前，一脸惊惶地冲过来，

也和现在的表情一模一样。

在父母的再三要求下，洛薇请假回去探望他们，顺便调整自己的心情。

坐上出租车，穿过几个长长的山洞，车窗上她摇晃的影子被美景覆盖，阳光直射入车厢，她伸手挡在眼睛上方。宫州的北岛是快到令人窒息的繁忙，如同小美人鱼向女巫用艰辛换来的双脚，它换来了顶尖的精致夜晚。这是一座被雕刻出来的城市，被文明之神的大手小心翼翼地放在海边。甄姬王城仁立在海边，此刻也被列车远远抛在身后，没过多久，几座大山就挡住它。眼前的青色大海宽阔炫目，令她不由得闭了眼。货船在海面平移，拉出一道慢到不可思议的闪亮水纹，呈楔形扩散到两岸，乍一眼看去，还以为是海水张开青色的衣衫，被风挂上了银色珠宝。抬头看看这一站的名字，它叫"西涧"。这一直是洛薇喜欢宫州的原因。哪怕是现代化的北岛，也总有一些地方保留着传统古韵。

出租车穿过大桥，飞速行驶，阳光照得她感到一丝困意，她眯着眼睛，把头靠在了玻璃窗上。半梦半醒间，额头也在玻璃上磕磕碰碰，撞得她发疼。她往下缩了缩，本想找个舒服的姿势靠着继续睡，却听见玻璃窗上发出了一声闷响。她睁开眼一看，发现离自己额头四五厘米的玻璃窗上多了一个小洞。她迷迷糊糊地看了它两秒，本来准备继续入睡，脸颊上迟来的痛感又有些不对劲。她摸了摸疼痛的部位，却摸到了一手血。终于，她猛地想起什么，看了一眼窗外，伏在座位上——窗外一辆与出租车平行的黑车里，有一个戴墨镜的男人掏出了枪对着她！

紧接着，刚才的闷响接连响起，无数子弹打穿了车窗，没过多久，车窗就被打碎，飞溅的玻璃划破了她的胳膊。她连擦血的时间也没有，就发现出租车司机已经趴在方向盘上，流了满腿血。她被吓得浑身颤抖，不敢动弹一分。

有人想杀她！这种只会出现在新闻与电影里的事，怎么会发生在她身上？

绝对不能出去挨子弹，但她对这一块的地形也有印象：再往前笔直开几百米就是山壁，四面无人，都是死路，如果什么都不做，她不是被围剿在角落，就是撞死在山壁上。到时候想逃肯定更难。而道路左边有一片沙滩，白天游客众多，如果往那个方向跑，可能还有幸逃脱。她匍匐向前爬，打开左边车门，抱头跳出车去，在地上快摔出了脑震荡。

太阳已被大片雨云覆盖。浓云沾满灰尘，大海变成泛黑的藏蓝，浪花的摇铃即将唤醒沉睡的海。洛薇跑到沙滩上，沿海奋力冲向一个餐厅。没过多久，暴风从海平面卷来，带起更大的浪涛，为大海表面染上一层白霜。忽然间，胸口有异样的感觉。大脑中嗡嗡声响起，与回荡在冰冷海岸的海鸥同时鸣叫。有什么东西从她的后背穿破前胸。黏稠的液体顺着胸口流下来，她听见了肋骨断裂的声音，同时剧痛也把她整个人撕裂。她完全失去重心，膝盖一软，跪在地上。尚有意识的最后一刻，她察觉胸腔已经中弹，想掏出手机打电话报警，却被人抬起来，扛米袋一样扔在肩上……

两周后的夜晚，一场大雨淋湿了官州，碎岛浸泡在无尽沧海之中。夜晚如此幽深，大海如此无垠，再是骁勇的狂风暴雨，也最多模糊了它们的容颜。这是个无月之夜，苏嘉年站在南岛的码头上，望着天海交际处的混沌，任自己被雨淋得彻底。

从那一场枪杀事件后，他就彻底失去了洛薇的下落。警方仍在对犯罪分子进行调查中，也在寻找失踪的洛薇，但到目前为止毫无线索。她没有再去上班，手机一直关机，家里没有人返回的迹象。他动用了所有人脉资源调查她的下落，甚至找到了她父母的住址，但是，他非但没有打听到她的任何消息，还听说了另一个更骇人的消息：她父母的住所发生了煤气爆炸事件，一整层楼无人存活。至此，他知道她身上有危险的秘密，她很可能早已经不在这个世界上。而现在的他不但不能为她报仇，甚至不知道是否该继续调查下去。因为，她得罪的人来头不小，如果他继续调查下去，或许会把自己和家人也卷入不幸。他从未有哪一刻像此刻这样，觉得自己是个彻头彻尾的懦夫。忽然，有阴影将他笼罩，头顶再无雨水。他抬起头，发现一把伞撑在他的头上。打伞的人是一脸无奈的谢欣琪。

她出来并不是巧合，而是父亲又住院了，她去探望过他，回家听见母亲正在用刻薄的字眼羞辱谢修臣，仅仅是因为他在公司犯了一个小错。她替他说了几句话，就被母亲劈头盖脸地骂了一顿。她忍住怒气回房，本想安慰哥哥，他却冷淡地说"以后我的事都用不着你管"。真是好心当作驴肝肺。她委屈地离家出走了，发消息骚扰苏嘉年，到这里找到他。她把伞递给他："你是得绝症还是破产了，犯得着淋成这样吗？有什么不开心的事都说出来听听，让我开心开心。"

"我不是自虐，只是在赏景。"虽说如此，他的眼睛却只有灰烬的颜色。

谢欣琪扑哧一声笑出来："赏景？有人会冒着感冒的危险赏景吗？你真是逗我玩。苏先生，想学大叔玩沧桑，好歹先留个络腮胡吧。"

苏嘉年浅笑："古人常说，生年不满百，常怀千岁忧，还真是挺有道理。"

"今天你怎么老说丧气话？不要说这些，走，我请你喝酒消消愁。"

谢欣琪朝他勾勾手指，把他带到附近的便利店买了很多啤酒，然后和他把车开到海岸边喝酒。喝了一个小时，苏嘉年伏在车窗上，灌了自己一口酒，喃喃地说："曾经我一直觉得，自己是别人眼里最不成熟的人，但我还没来得及成熟，就已经有些累了。因为，最初圆满的东西，最终都会破碎。你看，就像官州一样。"他眺望海平面，指了指远处的零碎岛屿："听说以前官州是一块完整的岛屿，那些曾经都是官州的一部分。现在，却像是人生一样摔得七零八落。"

她也看向那些岛屿，说话因血液中流着酒精而有些拖拉："你知道官州为什么会碎掉吗？"

"不是因为地壳运动吗？"

"你可真无聊，那都是科学，我是艺术家，只爱听神话传说。"

"神话？"

她笑了："是的，传说这里以前叫溯昭，是沧海之神临月而建的空城。它高悬天空，周围都是银河，住民也不是人类，而是挂镜舞袖的仙灵。因为溯昭离月亮很近，每月十五，出门就能看见很大的圆月，所以，它的别名又叫'月都'。这里曾经有一位女性统治者，她法力高强，会乘风踏云，这里的人都很敬仰她。后来她与沧海之神相爱，沧海之神却为了救她归元大海，于是，她耗尽法力，把溯昭从天上摔入大海中，她也从此长眠，这样一来，也算是他们永生永世地在一起了。"

苏嘉年呵呵笑了一声，也有了一丝醉意："如果我也能遇到仙灵这样的女孩就好了。"

"你果然是弹钢琴的，还是浪漫主义。"她脑子里出现了各种经典浪漫的影视桥段，诸如《新白娘子传奇》《茜茜公主》《魂断蓝桥》……想到最后一部的剧情，她露出被恶心到的扫兴表情，还像娘gay一样挥了挥兰花指。她的世界里不允许有不自爱的女人存在。

"想到什么了？表情这么丰富。"苏嘉年有些好奇。

"我在想，第一次我强吻你，你妈妈为什么要把我扔出去。"

苏嘉年想了想，说："大概是因为你太漂亮，她怕我驾驭不了你。"

她的眼睛亮了一下："能不能驾驭我，现在就知道答案了？"

如果换作平时，苏嘉年肯定会有一些羞涩，但这个晚上他醉了，思路比被大雨浇灌的视野还模糊，他只是转过头去端详她的脸蛋，陷入了沉默。她说了什么，他已经听不见。哪怕在夜晚，她的雪白肤色也让人无法忽视，她的双颊却红润如同花瓣。像什么花呢？大概是蔷薇。他扣住她的脖子，凑过去吻了她。她吓了一跳，却没有躲避。大概是因为被雨淋湿了，他的嘴唇微冷，和她想象的温软不大一样。她原本应该推辞一下，但想起哥哥冷淡的眼神，心中的委屈就比阴雨天还恼人。她描摹着苏嘉年的唇形，洛水般潺潺不断地回应着他……

第二天早上七点半，谢欣琪才回到家里。她脱掉鞋，轻手轻脚地踩上楼梯，却正巧碰上下楼的谢修臣。这个点儿他居然已经穿戴整齐，连袖扣都擦得发亮，似乎打算去公司。她被吓得魂飞魄散，差点从楼梯上滚下去："哥，你怎么起来了？"

　　"你去哪里了？"

　　"我……我开车兜风去了。"

　　他又往下走了几步，凑过来闻了闻："你喝酒了？"

　　"哎呀，就喝了一点点。我的酒量你又不是不知道，千杯不倒。"其实，到现在她都没有完全酒醒，一个小时前的画面历历在目。被苏嘉年触摸过的每一寸肌肤都像灼烧的伤疤，时刻提醒她自己做了什么蠢事。

　　"欣琪，对不起。"他轻拍她的脑袋，"昨天晚上我对你太凶了。"

　　她呆呆地看了他一会儿，忽然觉得眼眶发热，也不知道是不是酒精又一次上脑。她有一种前所未有的羞耻感，甚至让她连拥抱哥哥哭泣的勇气都没有。她垂下头去，摇摇头表示没关系，然后拖着倦怠的身体往楼梯上走。可刚走了两步，她就听见谢修臣说："他对你好吗？"

　　她挺直背脊，却无法阻止它整片变得冰凉。她干笑两声，摆出以往的骄纵态度："才在一起我怎么会知道？不过以我对他的观察来看，他绝对是个新好男人。而且，我怎么可能让别人亏待我。"

　　"对你好就行。只要你幸福，不论做什么哥都支持你。"

　　他没有像往常那样亲吻她的额头，或是看她躺在床上才离开。随着他的脚步声消失在门外，这一声温柔的祝福也让她泪流满面。她掏出手机，看了一眼自己半天都不知如何回复的消息："谢小姐，我为自己酒后冲动的行为道歉。我愿意负所有责任。只要你愿意，我随时可以娶你。你愿意先当我女朋友吗？"她咬着唇，回了一句："好啊，那我们就算在一起喽。"刚发送出去，她就坐在楼梯上，把头埋在膝盖里。

　　她心里清楚，自己真正的委屈并不是哥哥凶她，也不是因为她做了蠢事。而是，她连委屈的理由都不敢知道。

　　就这样，时光飞逝，转眼一年零四个月过去。

十一月一日，宫州珠宝拍卖市场以六百二十万美金的成交价，刷新了年度珠宝拍卖排行榜。第二天早上，这条太阳神黄金黑珍珠项链的照片就出现在了新主人的第一条微博上，配上一句极为甜蜜的文字："谢谢你，我的国王。"

　　这条微博刚发出来十五分钟，转发量就超过了四万四，下面的评论都在调侃"皇后有钱任性""Queen你有本事用钱羞辱我""听说你睡了我老公，婊子放学别走"。看见这条微博，谢欣琪却差点气晕厥过去，因为这条项链她很早就看中了，发誓就算卖血也要把它买下来——当然，她的血也值不了什么钱。竞价她是斗不过King的，成交价足足是她预算的五倍！不过，她和所有人一样，并不知道"Queen"的真实身份，更不会知道这是她曾经看不顺眼的人。

　　只有贺英泽身边的人知道，Queen叫倪蕾，是名媛圈里最像名媛的那一类姑娘。她总是"谢谢""对不起""打扰了"不离口，说话比林志玲还温柔，总之，是谢欣琪最不喜欢的类型。谢欣琪一直认为，这种女人都是装给男人看的。可金字塔顶端的男人就是这样，相比锋芒毕露的优品，他们更喜欢没什么个性的大和抚子①。King也是这样。倪蕾运气好得不正常，打破他不谈恋爱的原则，成了他名正言顺的女友。

　　这一刻，倪蕾心情愉悦地乘着轿车，在一栋都铎王朝风的建筑前停下，找到了里面的Mélanie Green工作室。里面演绎着一幕欣欣向荣的文艺景象：缝纫机、装着剪刀卷尺的花篮、挂着半成品的塑料模特、被简约金属吊灯照亮的设计图纸、成卷的布匹……倪蕾绕过所有忙于工作的人，进入隔壁的珠宝设计室，反倒像通过时光机，进入了一个古老的世界。房间不大，木柜朴素陈旧，白板上贴满花卉照片，办公桌上凌乱得好似才被猫儿踏过。桌前的女设计师在奋笔疾书，她对面的女子身材纤瘦，留着齐肩发，穿着英伦风格衬衫、深蓝长裙和马丁靴，正翻阅一本时尚杂志。她气质文雅，有一张

---

　　① 从中国唐朝引进石竹之后，日本将其取名为"抚子"。为了区别两国的石竹，就把中国来的石竹称为"唐抚子"，把日本原产的石竹称作"大和抚子"。此后，日本人把这一词语应用到了描述人的品性，常把具备传统美德的女子称为大和抚子，其特征是外表柔弱、顺从、举止温柔，但内心有着不随俗流的品性和坚强。

白净的脸，乍一眼看去像个高中生，而不是珠宝设计师。倪蕾高兴地朝她摇摇手："洛薇！"虽然她已经雀跃至极，但声音还是很轻很软，怕会吓到窗外树枝上停留的喜鹊似的。

听见她的声音，洛薇先转了转眼看向她，露出狡黠的笑容后，才迟迟地抬起头："听你这'薇'字拖得这么长，我就知道肯定有好事。快说来让我嫉妒嫉妒。"

"真的是好好的事呢。"倪蕾快速走到她面前，抚摸着颈项间的太阳神黄金黑珍珠项链，"你看这个，好不好看？"

"就知道你要炫这个，我已经在微博上看到啦。真是美死了。"洛薇站起来，低下头对项链轻嗅了几下，"闻闻看，满满都是少女心爱情的酸臭味。"

被她这样一嗅，倪蕾那张精巧的巴掌小脸反倒红了："啊，别说我了。你什么时候才打算交个男朋友？每天待在工作室里也不是办法呀。"

"我也不想这样累，都是你家国王陛下的旨意。你有时间帮我劝劝他，我就有时间交男朋友啦。"

倪蕾掏出手机，飞快地按下快捷键，朝洛薇眨了眨眼："我这就带你去见他。"

"唉，等等，我不能……"

洛薇还没来得及说完话，她已经打通了男朋友的电话，那一声"喂"叫得百转柔肠，听得洛薇都酥了。不过，除了电话会议，贺英泽从来不会与人通话超过五分钟。这一次更是二十秒不到，倪蕾就被单方面挂断电话。但她早已习惯他的行事作风，一点儿也不生气，还告诉了洛薇一件五雷轰顶的事："King过一会儿就要来了。"

洛薇并不是喜怒形于色的人，但笑太多也会觉得有些累。刚好秋季天气转凉，风穿过红枫延绵的林荫道，把几片枯叶吹到窗台上，她转过身去把窗子关上。

天地间满溢着植物的尸体，又是一个衰败与丰收的时节。哪怕隔着玻璃眺望窗外，看风无声摇晃着黄枝，她也觉得有一丝凉意，从而引发右边肋骨伤口的疼痛。那是一年零四个月前她中弹的部位，现在伤口已经痊愈，但有些后遗症，一变天就会又疼又痒。她根本不愿再回忆自己是怎么走过来的——在私人医院醒来，自己难过得几乎死去，也打不通父母的电话。原来，是贺英泽救了她，他却不愿告诉她为什么联络不上父母，直到她在网上看见煤气爆炸的新闻。

想到这里，她吸了吸鼻子，耗尽所有力气去控制情绪，不让自己再度流泪。哭并不能解决问题，这一年她已经深有领悟。她为倪蕾倒了一杯茶，端上点心，两个人聊了二十多分钟，就听见门口传来脚步声。倪蕾笑了起来，走到她身后。她吸了一口气，也酝酿好情绪转过身去。倪蕾高挑而美丽，蕾丝镂空长裙颜色是钴蓝混了些湖蓝，再加了一点点白的清新，把她衬得像个模特，但她望着贺英泽的眼神却无比小女人。在洛薇看来，他们还真是有几分相配。他看了看手表："倪蕾，你去车上等我，我有点事要跟洛薇谈。"

"好啊。不过，一会儿我们能让洛薇加入晚餐吗？"

"她还有工作要做。"

看得出来倪蕾很想说服他，但又很怕他，只好低低地叹了一声，对洛薇摇摇脑袋，悄然跟着保镖走出去。设计师也很识趣地跟着出去。于是，房间里就只剩下了洛薇与贺英泽二人。他随性地走过来，在沙发上坐下："珠宝设计进行得如何了？"

每次到只有他们二人相处时，洛薇都会手足无措，但她不会露出半点受到动摇的神色："我们可能会考虑换一种方案，第一批首饰改做手链，市场定位稍微低端一点。"

"不设计戒指了？"

洛薇把时尚杂志拿过来，放在他面前："你看，两个月前谢欣琪就开始为下个季度的Cici戒指、项链新款打广告了，如果他们也走高端路线，形势会不利于我们。Mélanie Green本身就不是顶尖的品牌，第一次开拓珠宝市场可以保守些，适当避开与谢欣琪撞档的风险。"

去年那么短的时间内连续发生两起事故，她当然知道父母的死绝非意外，却没有能力找出敌人是谁。事故发生后，她恨透了这个组织，说什么也要查出父母的真正死因。贺英泽答应帮助她，但前提是她必须保持低调，以免再次被人盯上。同时，她要为他工作，把她喜欢的品牌Mélanie Green发扬光大，尤其是在珠宝这一块。所以，出院以后她几乎一直待在这里，与Mélanie Green御用珠宝设计师一同工作。

"行。你现在是宜州Mélanie Green最大的股东，自己做决定吧。"

"嗯。"

他原本就是不多话的人，她也变得寡言，空气里只剩下了局促的寂静。

这一年是如此难熬。她不会忘记自己对他多年的喜欢，不会忘记他救了自己一条命，也不会忘记他如何陪自己走出失去双亲的悲痛。他为她找了最好的私人医生，让她住在最舒适的房子中，让人照顾她的衣食起居，还提供了她最想要的高薪工作……真的如他之前承诺的那样，无法按约定那样娶她，就会给她妻子的待遇。不，与其说是妻子的待遇，不如说是像照顾女儿一样把她供养起来。能被King这样对待的女孩子，舍她其谁？她是发自内心感激他，因为他的关心，她变得更加爱自己，也变得比以前更成熟了。她不再像以前那样经常闲着上网刷朋友圈，不再经常做甜点给自己吃，也不像以前，即便减肥也控制不住吃零食的嘴。她每天作息规律，看大量书籍，三餐都吃很健康的低卡食品，一天跑步一个小时……现在，她过着细水长流但日益变好的生活。这些与这一年的经历有关，更大一部分原因，是源自贺英泽的责任感。

但还是开心不起来。

因为，哪怕是百分之一的爱，他也吝于给她。他对倪蕾的照料远远比不上对她的，但倪蕾却拥有了她最想要的东西。

过了一年多，她都依然没能完全接受贺英泽和倪蕾在一起的事实，哪怕连她自己都觉得他们很般配。

她端正地坐在他面前，跟所有下属一样，静候他发号施令。他喝了一口茶，把茶杯放回原处："我走了。你记得少出门，就算要出去也要跟常枫说，让他派人和你一起。不能一个人到处跑。"

"好的。有新的工作进展我会再跟你汇报。"

她起身送他出去，但他刚走了两步，又停下来，背对着她说："你身体好一点了吗？"

"好多了。谢谢贺先生关心。"她露出了颇具她个人风格的笑容。任何人看见了这个笑都会忍不住和她套近乎，倪蕾也是这样中招的。然而，他回头淡漠地看了她一眼，看透了她的诡计，像儿时那样伸手在她额前弹了一下，什么也没说，再度转身走出门外。

她缩着肩，听他的脚步声渐次远去，直到彻底消失，才渐渐松开肩，轻抚额头。这一年多的时间里，他们见面的次数屈指可数。可是，为什么每一次的分别，都会有几分难过……她看了看自己张开的手掌，指甲印陷成了几条深深的弯月，早已不痛，只剩麻木。

再有奢望，就是她太不知足。是时候发自内心祝福他们了。

天色暗下来后，洛薇又在贺英泽司机的护送下，一路返回她的新居。路上轿车没油了，司机在加油站停下，问她要不要顺便买点东西回去吃。她说要去便利店自己看看，他犹豫了一下，到底没强硬过她坚持的态度，只好跟在她的身后，跟个狱警似的牢牢地监督她。她在空荡荡的便利店里面转了两圈，提着篮子选了几个水果，没留意到门口传来客铃声。经过一个堆积零食的货架，她发现自己喜欢的紫菜只剩下了最后一包，伸手过去拿过来。这下货架上刚好剩下一个空位，架子的另一头出现了一件穿着针织衫的男人的胸膛。男人似乎好奇为什么零食凭空消失了，便低下头来看。然后，她看见了一张熟悉的脸孔。男人发梢微卷，眼睛比苏黎世的湖水还清澈，他惊讶地说："欣琪，你也在这儿……"但话没说完，他就停住了，像是反应过来了什么，她从这个空洞里再看不见他，取而代之的是听见他急促的脚步声。想起贺英泽曾经说过，找出凶手之前，绝对不能和任何熟人打交道，她带着司机转身朝门口跑去，一溜烟钻到车里。

"洛薇！"后方的苏嘉年大声喊道，"洛薇！是你吗？"

洛薇焦头烂额地拍了拍司机的座椅靠背："快快快，开车。记得，先不要让你们老大知道这件事，不然我们俩都要遭殃，好吗？"司机早就吓得呆住了，除了开车，就只会点头。

到家以后，她总觉得有些心神不宁，来回在客厅里踱步，最后不放心，还是给贺英泽打了一个电话。才听到苏嘉年的名字，贺英泽就恼怒地说："我是怎么跟你说的？"

"遇到他只是巧合，我不是故意的啊。"

"我说过，你想要什么东西，就让他们去给你买。如果想去什么地方，一定要让常枫跟着。你把我的话都当耳边风？"

"这一年多我都过得比犯人好不到哪里去，再这样下去我会得抑郁症的。"

"不，犯人也比你好。他们被枪杀也知道时间。"

"贺英泽，你太小题大做，都过了一年多了，你不要……"她实在是憋坏了，把头发抓成鸡窝，"不行，我是一个健康的年轻人，我需要自由，需要社交，需要接触大自然，需要出去娱乐！"

"这些事你都可以做，只要让常枫跟着。"他一点也感受不到她的焦虑。

"常枫的脸我看腻了。你有本事囚禁我，就亲自来陪我啊，你陪我我就不抗议了！问题是你不能，也没时间。你忙成那样，想干吗就干吗，根本就不懂我的痛苦好吗？"

"你想我陪你做什么？我可以抽时间。"

这个答案完全超出她的意料。她支支吾吾半天，完全不知道该如何回答。正巧就在这时，她看见一辆黑色轿车停在楼下。没有车牌。她让贺英泽先等等，从抽屉里掏出望远镜，躲在纱帘后偷窥车里的情况：车里有两个二十出头的青年，一人手里拿着一个方盒，分别是红色和绿色。他们俩交头接耳地说了一阵，一会儿指红盒，一会儿指绿盒，最后两人好像商量好一般拍了拍绿盒，相望点头，拿着两个盒子走出车门。刚一出来，拿着绿盒的人与对方眼神确认过，就按下盒上的按钮……

"轰！！！"狂雷般的爆裂声响起，赤红火光从他们所在地爆开。刹那间，连轿车都被炸得粉碎。

她又想起一年前的事故，吓得手一抖，手机摔在了地上。再哆嗦着去检查，发现手机已经摔坏，如何也开不了机。不出一分钟时间，就有很多人从住户窗里伸头探看，其中不少人都打电话报了警。望着那片尸骨不剩的废墟，再回想他们之前的手势、对话，洛薇突然浑身发凉，因为，这似乎是一起未遂的谋杀案：这两个青年是被人指使来杀人的。他们的头儿告诉他们，红色的盒子里是炸弹，绿色的盒子里是掩护用的东西——假设是烟雾弹，让他们到指定的人家里放炸弹，再借用绿盒里的烟雾弹逃脱。但他们胆子太小，来到了这里，不敢放了炸弹跑，而是先打好掩护，再去放炸弹。只是他们没想到，这两个盒子里放的其实都是炸弹。他们的头儿就是想用过他们就除掉他们，不留后患。那么，他们想杀的人，会是什么人？意识到这个推理完全行得通，洛薇在家里待得越来越害怕。她又在房内踱了几圈，想要下去看看情况，但也不知道现在出门是否会遇到其他意外，只能坐下来修手机，想尽快联系上贺英泽。

十多分钟后，砸门声响起。她惊弓之鸟般跳起来，四处寻找躲藏之处，但外面的人却用钥匙打开了门。她没来得及躲藏，就已经看见冲进来的人是贺英泽——是啊，只有他有她家里的钥匙。然而，她从未见过他露出这样的神色。他微微喘着气，面色苍白，一脸受惊后的怔忪，两鬓的头发都被冷汗浸湿，粘在了颊上。

他对她疏冷惯了，让她几乎都忘记了一年前自己中弹清醒后的情景。那时他骤然出现在病房门前，一脸惊惶地冲过来，也和现在的表情一模一样。只是他一向冷静自持，所以当时只是双手叉着腰，垂下头来喘了几口气，就走到病床边问她感觉好些了没。

这一刻，他的表情与当时并无不同。她本来想说点什么，但他已经大步走过来，粗暴地抓住她的手臂："洛薇，你不知道你差点就会死了？！刚才如果不是他们被自己人坑了，你已经被炸成肉酱了！"

胳膊被弄得很疼，她吓得抖了一下，往后退缩了一些："对不起……"

他没有一点同情她的意思，反倒把她往自己的方向拖，差点把她拽到跌倒："你以后不准再这样胡闹！我让你做什么，你就做什么，我让你待在哪里，你就一定不能走远！知道了吗？！"

"知……知道了……"

她本来想再度道歉，却看见他眉头皱得更深了，伸手一拦，把她搂到怀里。

脑中突然空白。洛薇轻抽了一口气，连呼吸都被这个拥抱夺走了。她……是被贺英泽拥抱了吗？这样不真实的感受，让她觉得像是在做梦。直至他的拥抱越来越紧，把她勒得浑身发疼，喘不过气来，仿佛在努力确认她的存在一样。

他的手臂居然在微微发抖……

这样的表现完全不像胆大爱挑战的贺英泽，只像一个被吓坏的孩子。

他怎么会方寸大乱成这样？是因为很害怕自己会死掉，对吗？即便没有爱情，他也是很在意她的，是这样吗？想到这些假设的可能性，她就觉得鼻尖酸涩，很想回抱他大哭一场。可她把情绪控制得很好，只是用脸颊轻轻摩擦他的脸颊，强颜欢笑着说："小樱，你的脸好凉哦。我帮你暖暖。"

他无视她的话，平定情绪后松开了手："我不会允许这样的事再发生。走。"说完拖着她的手腕就往门外走。

就这样，她被带回甄姬王城。听过她解释发生的事，他只说了一句"这段时间你就住在这里"，就把她锁在一个豪华房里，无论她怎么敲门也不理睬。直到第二天早上，她都在闹心中睡了一觉，贺英泽才终于打开门，变回了平时的模样："把你的身份证原件带上，跟我去办个证。"

她被封锁了一个晚上，不敢再好奇，连连点头称好，跟他出了门。当他的车停在民政局门口，她才呵呵一笑说："你不会是想替我办结婚证吧？"

"对。"

脑袋像被金属锤狠狠敲了一下，把她的智商也敲成了负数。她愕然地说："什……什么？我要跟谁结婚？"

"我。"

"……"

十三面镜

艺术

直到这一刻她才发现，原来自己的要求早已降到这么低。

低到，只要是他就好了。

"别多想，没人想和你有夫妻关系。只是多了这一层关系，就没人敢再对你下手。"

虽然只是形式上领个证，可是一旦结婚就会有记录，那是终生的烙印，可以这样草率处理吗？洛薇一时间有些迷茫，但又找不到适当的推托借口，只能试图拖延一下："那倪蕾怎么办？"

她看见他像看孩子一样笑了笑，才骤然反应过来这问题确实有点傻。贺英泽是什么人，倪蕾根本hold不住他。当初发那条微博，也是倪蕾害羞地旁敲侧击很久，他才勉强点头答应，还没让她露脸。她也看出来了，不管倪蕾表面有多公主，内心深处对他的爱与别的女人并无不同。这种爱是非常畸形的，就像雌马遇到赛马中雄性激素最旺盛的种马，只要能让孩子拥有他的基因，她们愿意争先恐后与他交配，不需要爱情，不需要婚姻，甚至能跟任何人和平分享他。别说要求他专一，只要他愿意多花点时间给倪蕾，倪蕾都会觉得如沐甘霖。而提出这个要求后，贺英泽思路很清晰，好像一点也不觉得荒谬："我想过了，这个人与苏嘉年有关，昨天有人跟踪他，才找到了你的新住址。所以，那个动手的人应该不用多久就能查出来。等把事情处理妥当，我们就可以办理离婚证。"

"等等，我有一个疑问：哪怕是形式上的，一旦有婚史，以后我们找对象都会……"

"你觉得同样是离婚身价大甩卖，你和我谁比较吃亏？"

她想了想，"年轻未婚姑娘"变成"年轻二婚姑娘"，"未婚霸道总裁"变成"离异二婚总裁"，还是后者的转变大到让人不忍直视。她无奈地看着他："当然是你。所以，何必弄到这种地步呢？我知道你是为我好，可是，应该有其他方法可以解决吧？"

"你想死吗？"

洛薇低头想了想，再抬头时一脸期待，眼睛闪闪发光："想。"

"……下车。"

她最后还是被他赶下车了。前排的常枫忍不住转过头来，欲言又止地叫了一声"六哥"，但贺英泽没给他继续的机会："我有分寸。"

他下车后，常枫长叹了一声："唉，六哥真是彻底陷进去了。"

陆西仁也叹了一声："随他去吧，洛薇毕竟是他的初恋。你看他们分开这么多年他都放不下她，一直追踪她的消息，怕她受一点点委屈，就像她没爹没妈似的……现在她就在他面前，他更不会放心了。如果洛薇真死掉，也不知道他会不会再得一次抑郁症。关心洛薇也就算了，我就是怕他会收不住。"

"要相信他，他自制力很好。当时如果不是我抓错人，他根本就不会出现在她面前。六哥不会为了儿女私情耽搁大事的，放心。"常枫扭过头，诧异地说道，"都会正常说话了，说明你确实挺担心他的啊。"

"愚蠢无知的人，不要像奥托·迪克斯的自画像那样凶神恶煞般地瞪着我了好吗？"

贺英泽做事很有效率，填表送资料也就是几分钟的事。登记员是个年轻姑娘，态度非常好，看见贺英泽和洛薇郎才女貌，般配得不得了，忍不住多看了他们几眼。她在电脑上登记了两个人的资料，盖好章把红本子发给他们，微笑着说："恭喜你们，祝你们白头偕老。"

洛薇看着地上，耳根子红得发烫。贺英泽倒是坦然地把本子接了回来。正准备离开，登记员指了指里面的房间说："要不要进去拿着结婚证宣誓拍照？"

洛薇往里面看了一眼，发现那里正有一堆新婚夫妻在宣誓，读完了誓词以后，男方搂着女方的腰，在她额上吻了一下。但贺英泽看也没看里面就说："不用。"

听见他这样断然拒绝，登记员怜悯地看了一眼洛薇，转而继续笑道："说得也是，二位相差四岁，属相很合，从八字上来看，这就是'三合'，是非常圆满的配对呢。"

贺英泽这次连话都没回，拿着本子就往外走。

登记员哑口无言，向洛薇投去了一脸求解的神色。洛薇倒是不在意别人的眼光，只是笑着解释说他性格就是这样。但转身过后，她还是失落地叹了一口气。总觉得结婚手续比想象中简单，也比想象中更让人心情复杂。她跟在贺英泽后面走，同时翻看结婚证。第一页盖好了章，上面写着："结婚申请，符合《婚姻法》规定，予以登记，发给此证。"翻开第二页，左边那一页写着持证人洛薇、结婚字号、登记日期的字样，右边那一页则是他们俩登记时拍的合照。下面分别写着"姓名：贺英泽，性别：男 出生时间：……""姓名：洛薇，性别：女，出生时间：……"的字样，后面跟着两个人的身份证号。看着他们那么真实的资料，她却只感觉到不真实。再看看他们的合照，贺英泽还是和小时候一样不爱拍照，微微皱着眉，有些不耐烦。她哪怕紧张至极，也会露出灿烂的笑容和一颗小虎牙，只是笑容完全没有底气。与其他夫妻不由自主靠近亲昵的登记照不同，他们二人中间的距离很远，就像把两个人的一寸证件照PS在一起一样。

她正看得出神，他就把结婚证从她手里抽出："交给我保管。"

"好。"

"你别胡思乱想，这个证不能代表什么。"

"好。"

"怎么了？"他凑近了一些，愕然地看着她，"怎么哭了？"

"没事，可能是昨天玩手机过度，眼睛疼。"她慌乱地避开他的视线，摇摇手，擦掉眼泪。可能对他来说，这只不过是写在一张纸上的策略书，总有一天会解除。但是，这可是她第一次结婚，还是跟自己喜欢的人。哪怕没有相爱，也是他，是贺英泽。

直到这一刻她才发现，原来自己的要求早已降到这么低。低到，只要是他就好了。

她有资格去嘲笑暗恋他的可悲女人吗？她与她们，又有什么不同？

周六早上十点的，谢欣琪和一群姐妹换好比基尼，在自己家别墅屋顶做指甲、游泳、拍照。其中一个是初入行的模特，身高一米七八，没有人愿意和她出现在同一张照片中。谢欣琪拿着相机，皱着眉挥挥手："都靠过去靠过去，怕什么啊。"

一群大小姐叽叽喳喳地说不要和她合照。谢欣琪把相机递给旁边的女孩，把手插进头发，抛出一个漂亮的幅度："都是胆小鬼，跟高妹合照有什么好怕的？让谢老师教教你们，如何不留痕迹地打倒敌人。"她把浴巾往腰上一裹，走过去45度角半侧身靠在模特肩上，一只手挽住模特的胳膊，一只手牵住浴巾像提裙摆一样，跷起一条腿。她笑得特别甜美可爱，声音却很硬朗："拍。"

拍立得照片洗出来以后，所有女孩都惊叹了：照片上的谢欣琪娇俏如花，模特即便很有欧美范儿地叉腿叉腰，也高大僵硬得像个男人一样。

"懂了吗？"谢欣琪喝了一口饮料，懒洋洋地说道，"抱胳膊、歪头、扭腰、活泼，大长腿女神瞬间变汉子。"

"欣琪，你太厉害了！那，如果有女孩比我矮又比我漂亮，不需要做这些动作已经比我可爱了，我该怎么办啊？"

"这还不简单？你，过来。"她对一个矮个儿的可爱女生招招手。

那个女孩过去以后，谢欣琪摆出了和刚才模特一样的姿势，一手叉腰，双腿交叉，像在拍杂志硬照一样："拍。"然后，在按下相机快门之前，她迅速把另一只手搭在可爱女生的肩膀上，微微抬起下巴，眼神妩媚地微笑。这一回洗出来的照片里，可爱女生瞬间变成黄毛丫头。女孩子们都捧着脸，一片赞叹。谢欣琪耸耸肩："不管你有多可爱，一被高妹搭肩，立刻被打回原形。"

"哇，欣琪，我个子矮，万一用你说的方法和高妹拍照，她也用了你的方法，那该怎么见招拆招呢？"又有一个女孩问道。

"都心机成这样，还要争妍斗艳做什么？已经没男人可以斗过你们，你俩直接在一起得了。"

听见这句话，在角落里看书的苏嘉年扑哧一声笑出来。谢欣琪对他挑挑眉："笑什么？"

"没事。"苏嘉年笑着摇摇头，重新把注意力集中到书本里。

"哎呀，欣琪，你看我们都忙着自己拍照，把你男朋友都忘在一边了。你快过去陪陪他。"

谢欣琪重新戴上墨镜，慢悠悠地晃到苏嘉年身边蹲下来："怎么，对我有意见？"

苏嘉年把书放在膝盖上，侧过身以一种极为重视的姿势对着她："我只是觉得你说的东西都不太准。"

"为什么？"墨镜上方，她的两道英眉往上扬了扬。

"这些照片你看上去最美，并不是因为你摆了什么造型。"他把她的墨镜摘下来，静静望着她美丽灵动的眼睛片刻，微笑道，"而是因为你本身就是最美的。"

"因为我很适合闪闪发亮的东西，所以本人就是闪闪发亮的人，对吗？"

他笑得更加温柔了："没有什么人比你更适合珠宝。也没有什么人比你更适合当一个好太太。"

他已经再也意识不到这是否对谁不公平，只是想起当自己还是孩童时的孤单记忆，在那时候，有一个小女孩把阳光下璀璨的弹珠给他，双目炯炯有神，笑起来会露出小虎牙。那双孩子的眼睛，和眼前这一双已经重合在一起。洛薇不曾给他的，他不曾幸运得到的，她眉目灿烂转身远离的，他在无数个辗转难眠夜里无数次思念的……他忽然抱住谢欣琪。

"你……你在做什么！"这份突如其来的热情让她忍不住脸红，"别闹了，我肚子饿了，去给我做早餐。"

"好。宝宝想吃什么？"

"法式烙饼，牛奶，鸡蛋。"

她虽然对他感觉并不算太强烈，但很喜欢他用这样宠溺的语气叫自己。三下五除二把他打发走，她回到姐妹堆里去。看了看苏嘉年离去的背影，一个女孩说："欣琪，你家不是有厨师吗，为什么要叫苏嘉年做饭？"

"男朋友做出来的饭，能和厨师做出来的饭一样吗？他下厨，更有家的感觉。"

"这么说，你也有为他做饭了？"

谢欣琪一脸气定神闲的微笑："我连做饭要淘米都是前天才知道的，谢谢。"

"哎呀，这样看还是很不公平啊，他可是著名钢琴家，一双手的保险都花了好几千万呢，你这样虐待他真的好吗？"

谢欣琪打了个哈欠："那有什么关系。只要他爱我，就应该宠着我。他现在表现很好，过两天还要陪我去Bianchi的珠宝展。"

"这男朋友真是我见过最完美的一个了。欣琪，你真是太有福气啦。"

在一片羡慕称赞声中，谢欣琪瞥了一眼苏嘉年的背影。提到"完美"二字，她沉默了。就像这世界上没有毫无缺陷的油画，世界上也不会有完美的人。她和苏嘉年已经在一起很久，苏嘉年却真的可以用"完美"来形容。她花了不少精力去寻找他的缺点，但他始终是这样好、这样体贴，一点人格缺陷都没有。这让她偶尔会觉得没有安全感，也觉得不够了解他。她曾经也傻傻地问过他，为什么你没有缺点呢？他想了想说，我的缺点大概就是想太多吧。这也算是缺点？

她纠结了一段时间，觉得或许想太多的人是自己。

与此同时，洛薇也在甄姬王城四十五楼的厨房里。清点了一下面前一大堆早上七点不到就跟常枫、陆西仁采购回来的食材，她挽起袖子，开始干活。五香牛肉需要花的时间不短。把牛肉放水里煮好，放好香料、酱油、调味料，开了小火慢慢炖，她开始准备下一道农家小炒肉。小米椒非常新鲜，刚切成段，又鲜又辣的味道就飘了出来。这时，门铃声响起。她把手里的东西放下，跑到门口开门。果然，会准时到几乎以秒计算的人，只有贺英泽。他刚从贺丞集团开过会回来，还穿着西装，上下打量了她一番："你这是什么打扮？"

她低头看看自己，围裙、马尾、袖套，就是普通居家打扮，很奇怪吗？

她笑眯眯地说："时间不够了，我得赶紧进去忙。你在客厅等我。"她飞速小跑回厨房，用菜刀在菜板上噔噔噔噔地切好小米椒，放置一边，把五花肉放入油锅中炸，炸到表面变黄以后，再放入黄酒快炒。刚炒两下，就有一颗脑袋从她身侧探过来，看向锅里的东西。她吓了一跳，差点把锅子都摔了："啊，你进来干吗？"

"没什么。你忙你的。"

她应了一声，把五花肉舀出来，冲洗干净锅，再往里面倒油，放入蒜瓣，直到爆出蒜香。他突然说："你为什么要请我吃饭？"

他是真不知还是假不知，抑或是自大到没发现他亏的程度有多大？一直以来，社会对男女的评判标准都不一样。一个未婚女子如果与十个男人发生过关系，往往不如一个洁身自好的离异女子讨人喜欢；而一个未婚男子如果和十个女人发生过关系，也比一个洁身自好的离异男子讨人喜欢——有的女人甚至喜欢经验丰富的花花公子，陆西仁的存在就是一个铁证。贺英泽的婚姻，不管是第几次，可以说是无数女性做梦都不敢想的东西，而他现在居然为了革命情义，这样轻而易举地把最值钱的第一次给她了……

要是她有点心机，完全可以在办离婚手续时讹诈他一大笔财产。他真是在商场上和别人尔虞我诈的那个贺英泽吗？怎么会傻到这种程度？不过，他这样护着她，她当然不会做对不起他的事。相反，她比以前要更小心谨慎，不给他添麻烦。

这几天她都感动得不得了，但此刻还是大大咧咧地笑着："因为你对我好啊。刚好我又特别喜欢研究烹饪，所以要做一顿好吃的给你喽。"她把小米椒放入锅里翻炒，没过多久，辣椒大蒜的味道就变得有些呛鼻。感到贺英泽的目光环绕着她，她不安地转过头："你还是先出去吧……这个不好闻。"他总算出去了。

她把做好的菜端出去以后，他抱着胳膊坐在餐桌旁，若有所思地看了她一会儿，却什么也没说，接过她递给他的筷子和米饭，准备用餐。她脱掉围裙，撑着下巴，观察他面部的表情变化，笑容却有几分从容。他吃下一口菜，表情完全在意料之中，就是没表情。他反倒抬头看向她："看我做什么？你不吃？"

"哦，好。"什么嘛，尝过她手艺的人都说她是大厨，贺英泽居然什么反应都没有。想想也是，甄姬王城的大厨天天给他提供最上等的料理，他没有把筷子一放说这东西没法下咽，已经算是一种肯定了吧。她一边这么安慰自己，一边拿过碗筷，默默地和他吃饭。一直知道高大的男人食量也大，但没想到贺英泽食量居然可以大到这种程度。她吃一碗饭的工夫，他已经吃了三碗，还把肉全吃完，蔬菜一点没沾。果然是食肉动物，好可怕……饭后，她把碗筷都收拾好，回厨房洗碗打扫卫生。做到一半，贺英泽进来把手机递给她："你和他说。"

"谁？"

"我的主厨。告诉他这两道菜的做法。"

这太离谱了。甄姬王城的主厨都是国际美食杂志上Top 10的名厨，她再自信，也不好意思班门弄斧。她摆摆手，拒接电话："就是普通的五香牛肉、农家小炒肉和紫菜蛋汤，也没有加什么特别的东西进去，懂一点厨艺的人都会做。"

贺英泽也没有再坚持，又随便聊了几句，就允许她离开。但是第二天下午，当她在工作室工作时，他又打了个电话过来："厨师在这里，我按免提了，你跟他说。"

"洛小姐你好，请问你做的两道菜具体流程是？"厨师的声音传了过来。

她跟厨师沟通了十多分钟："……对，就是把炒好的五花肉放入酱油，用白砂糖调味，出锅前再加两三滴十年陈醋，这种醋不能在超市买，要在我刚才跟你说的南岛老字号才找得到。加了醋，增添香味，最后出锅就可以了……是是是，五香牛肉就要炖很久，到汤汁入味，肉质要变很软才可以，确保汤汁进入每一丝肉……"

"你都听懂了吗？"贺英泽肯定没听懂，但他还是理直气壮地对厨师说道，"再去做。"

这件事并没有就此结束。又过了一天，贺英泽直接把她叫过去，让她手把手教主厨怎么做这两道菜。此等压力排山倒海，绝非一般人所能承受。但不管主厨怎么努力学，他都不满意，说味道就是有哪里不对劲，准备炒掉主厨。看见主厨被雷劈过的表情，她赶紧阻止他，说你想吃我给你做就是，不要为难别人。当时她怎么都不会想到，本来只想好好答谢他，竟会给自己惹来大麻烦。在四十五楼为他做第三次饭的晚上，他突然冒出一句话："我打算搬回自己家里。"

"你家不是在这里啊？"

"当然不是，住在这里是因为方便。不过现在我打算回去住。"他快速把最后的饭吃下，"你也搬过来给我做饭，我付你工资。"

最后这句话，她还以为自己听错了，让他再说一次。不知道他是不在乎，还是没有意识到这件事的敏感性，只是平铺直叙地重复了一遍。他在开什么玩笑？这是叫她跟他住在一起。但站在他的角度换位思考一下，她忽然觉得他的思维模式并不是那么难理解。甚至可以说，是非常直接简单：对他而言，所有由他管辖的人都是他的所有物，把一个他的东西带到自己家里，不需要经过东西本身的允许。她让他给她一些时间考虑，于是回家想了一个晚上。现在是什么状况？她已经从老同学变成一个被救济的下属，然后变成一个需要他负责的弃妇，现在是住家厨师或女佣？不过再想想，他都为她牺牲这么多了——尽管他可能没有意识到，为他当一下厨师女佣也无可厚非。

"好，我答应你。"她感动地一抱拳，学着常枫、陆西仁的口吻说道，"六哥，我就一个问题！我有单独的房间吗？"

"有。"

"好的，过两天我想去参加一个春季珠宝展示会，回来就开始干活可以吗？"

"行。如果在展示会上遇到认识的人，你也不用担心。我会派人保护好你。"

要说男人什么时候最帅，那大概就是这个时刻。洛薇感动得老泪纵横："你终于想通了六哥！你真是我的男神！抱大腿！跪舔！"

男神、抱大腿、跪舔都是网络热词，在微博上很流行，但很显然，贺英泽不怎么刷微博。他皱了皱眉，似乎没听懂："你说什么？"

"我说你是我的男神。"

"后面那句。"

"抱大腿、跪舔？"

二人之间有长时间的沉默。然后，贺英泽缓慢点了两次头，忽而无声地微笑了几秒，低头看手机上的股票行情。洛薇有些迷糊了，歪过脑袋端详他的表情："你笑什么？"

他又抬头朝她笑了笑，声音比平时低沉了一些："好。"

好什么，他在说些什么……她摊开手，完全不知道他们之间的沟通出现了什么问题。

Bianchi的展示会在一个品牌购物中心一楼开展。车子还徘徊在购物中心外面，路就已经被其他冲着这次活动陆续赶来的车堵得水泄不通。进入商场，临时搭建的时尚展棚周围更是里三层外三层围满了人。洛薇从人群中钻进去，出示了邀请函，总算被放进了相对宽阔安静的区域里。摄影师们举着专业单反，拍照声音频率变快变响，展会里只有礼貌的掌声，购物中心二楼俯瞰的人群里却传来了小粉丝的尖叫。洛薇朝着所有环形闪光灯转向的方向看去，就见一对男女在保安的护送下走上展台：女人大约有一米七，有大鬈发垂在肩上，漂亮得让人忘记呼吸。她挽着一个文质彬彬的男人，两人有说有笑，她过了起码四五秒才反应过来，这是Bianchi全球代言人影后申雅莉，和她的著名建筑师先生Dante。

接下来，主持人、Bianchi的高层还有申雅莉进行互动，介绍了Bianchi的新款和经典款珠宝，然后进行开幕典礼剪彩。半个小时后，他们依次离开了展台。洛薇正盯着申雅莉的背影目不转睛，脑子里出现了一个关于品牌代言的点子，但很快就觉得这是自己分外的事，打消了这个念头。刚好这时，她发现前排鼓掌的男人回头看了自己一眼。这张脸她记得，谢公子谢修臣。他先是一愣，然后完全转过来，有些惊喜地说："洛薇小姐，真是人生无处不相逢。"

"谢先生，好久不见。"洛薇笑容满面地答道。可能是因为她长得跟他妹妹像，他觉得她很亲切，所以每次注视她时，他的眼睛总在发光。

"没想到你也会来参加这个展会。是因为喜欢Bianchi，还是喜欢珍藏珠宝艺术展呢？"

"两个都喜欢，尤其喜欢Bianchi。"

谢修臣饶有兴致地笑了笑："哦？为什么喜欢Bianchi？"

"在好莱坞还在拍黑白电影的时候，它的蛇形彩色珠宝就已经大放光彩，无数好莱坞影后都相争为它代言，这种魅力没有几个女性能抵挡吧？今天的新品还有明亮式切割钻石、70克拉的蛋面蓝宝石、拜占庭时期的金币，这些元素，都非常非常吸引我。"

"真不愧是设计师，给出的答案就是有深度。刚才他们介绍了几种珠宝——"他指了指她手里的珠宝展示说明，"有没有特别想买的首饰？"

"每一件都很喜欢，我看着都有些犯了选择困难症。想想，开着跑车、戴着它们飞驰在宫州街道简直酷毙了。今天我把墨镜和车钥匙扣都买好了，就差跑车和Bianchi了。"

谢修臣笑出声来："洛小姐真是幽默风趣。"

"那谢先生是为什么而来呢？"

"我是被我妹妹叫过来的。但刚才她跟她男朋友去了别处……"

他朝四周打量了一圈，没有发现正在角落里默默盯着他们的谢欣琪，却看见了一个做古董生意的朋友。两个人攀谈了一阵子，古董商指了指展台上。在印满Bianchi商标的黑色布景前，摄影师正在拍摄穿着印第安与古埃及风格服装的模特们。等模特们一离开，古董商就想拉谢修臣与他们几个典雅的女性合作伙伴去拍照。谢修臣落落大方地上去，轻捏着手拿包的一角，与他们摆出随性自然的姿势，让记者们拍了许多张照片。洛薇想，真不愧是善于交际的豪门公子哥儿，如果换成是贺英泽，肯定已经叫保镖把记者撵出去了。

这时，一个摄影师把镜头对着洛薇的方向。她以为自己挡了道，后退一步。摄影师跟了上来。大概又被当成了谢欣琪，她只能继续躲镜头。谢修臣朝她招手，示意她也上去拍照。见她有些踌躇不决，他走下来想要拉她上去……不能让自己出现在媒体前，这样太危险了。她正想着如何回绝，一个身影却骤然挡在了她与镜头中央。

奢侈的香水味飘了出来，前方的谢欣琪拨弄着头发，一袭镶钻白裙配着她自己设计的红宝石项链，出现在任何时尚杂志扉页也不会显得寒酸。那个摄影师这才留意到自己拍错了人，对着她疯狂按快门。她挽着谢修臣的胳膊，回头对洛薇露出略带敌意的微笑，走到展台前与哥哥合照，亲密得如同名流夫妻。洛薇拍拍胸口，大松一口气，打算找服务生拿两块蛋糕压压惊，但一转身又看见了两个熟人——苏嘉年和小辣椒。

苏嘉年先是一脸震惊，然后眉心皱了起来。小辣椒看见洛薇，尖叫声把路人都引了过来。洛薇扑过去捂住她的嘴，用最快的时间向他们解释自己神秘失踪的苦衷，并告诉他们自己现在并不安全，叫他们与自己保持距离。

"洛薇，你根本就没把我们当朋友！"小辣椒并不买账，捏着洛薇的脸使劲晃了晃，"你处境都这么不好了，还要我们和你保持距离？这一年多里，你都是怎么过的，跟什么人在一起啊？"

"别担心，我很安全。"

一直沉默的苏嘉年开口了："语菲，你不用这样单纯，连人家话里的意思都听不出来吗？她现在有了靠山，不需要和我们保持联系。"

"嘉年哥，我真不是这个意思……"

洛薇话没说完，已经拍完照的谢欣琪端着一杯香槟走到他们身边。再次相逢的两个人，又像在等身照镜子一样望着对方。苏嘉年把谢欣琪揽上前一些："洛薇，来，给你重新介绍一下，这是我的女朋友，谢欣琪。"

洛薇眨眨眼。刚才谢修臣提到谢欣琪的男朋友，居然就是苏嘉年？这到底是怎么回事？

谢欣琪不在意地摆摆手："我和洛薇早就认识，不需要再重新介绍。我也不知道为什么，我一看见有好感的女孩子，就忍不住想多说几句。所以我这种时候总觉得口干。要不嘉年，你来帮帮我，去帮我倒点水，在那边等我过去啦。"她朝一个方向偏了偏下巴。

"他是个好男人。"见他走远，谢欣琪喝着酒，同时不经意地端详洛薇的表情，"我们在一起的这段时间，他对我的照顾真是无微不至……也不知道他以前是不是这样的人呢？"

"苏嘉年人一直这样好，但对你肯定是特别好。"

"洛薇，我觉得我们还真是挺像的。不知道你为什么要入这一行？也是因为喜欢发亮的东西吗？"

洛薇的眼睛跟宝石一样亮了起来："你也这样想？我从小就喜欢发亮的东西，也喜欢收藏弹珠、水钻……"

听到这里，谢欣琪猛地把杯子放在桌子上，溅了一些酒出来："不好意思，我有事要先失陪一下。"

谢欣琪推开桌椅，踩着高跟鞋走开。但走了两步，她又微笑着走回来，在桌旁整理了一下耳环，把桌上的红酒杯端走。她走路的姿势相当有气势，就像是泰拉·班克斯最后一次登陆"维多利亚的秘密"T台一样。这里没有人不认识她，几乎看见她靠近的人都会主动为她让开一条道。只有服务生毕恭毕敬地走向她，把新鲜的点心盘端到她面前。她停下来，从里面拿了一块三文鱼刺身和红酒洋葱的春卷放进嘴里，还没吃完就停在了苏嘉年面前。她转过身来指了指洛薇的方向，堆了满脸笑，把手里的红酒泼到他脸上。

周围的人都不由自主地倒抽一口气。场面瞬间寂静下来，一如点满危险烛火的停尸房。终于，谢欣琪吞咽了口里的食物，她把高脚杯放在服务生手里，重新转身面对苏嘉年，从晚宴手袋里拿出一颗孩子玩的弹珠，狠狠扔在他的脸上。苏嘉年垂头望着地面，任深红色的水珠从发上、下巴上落下。大约过了三四秒，他才接过旁人递来的纸巾，擦拭脸上的酒水。旁边的服务人员围过去帮忙。谢修臣有些动怒，正在教训谢欣琪。她一脸无所谓的模样，还保持着刚才的动作，坚持让苏嘉年滚蛋。谢修臣看不下去，把她的手拦下来，却彻底激怒了她。她使劲甩手，比谢修臣还愤怒。苏嘉年始终没有回一句话，只是默默地擦干脸，随意打理了一下被染色的衣服，丢了纸巾，大步走到洛薇面前，寒声说："洛薇，你真是贪得无厌。拒绝我的人是你，现在见我和欣琪在一起，你又看不顺眼了是吗？"

"她刚才过来只和我聊了喜好问题，我跟她说我喜欢发亮的东西，没有聊别的啊。"

"欣琪是个优秀的女孩，我喜欢她。和你没有一点关系。"

"那很好啊，不要和我有关系。"洛薇有些不愉快，但还是不想把场面弄得太僵，"看你现在这样幸福，我发自内心为你感到开心，毕竟我们一年多没见了。"

他看上去和平时没什么两样，语速也不快，但语气却莫名瘆人："是啊，都过了一年多，你觉得我还会对你有想法？别开玩笑。以为我不知道吗，你这一年都在贺英泽那里，所有时间都用来陪他睡觉了，还有心思想到我？"

听到最后一句话，她顿觉气血上涌，但又不想在这种场合丢人，于是把桌上的餐巾纸团丢到他身上："你不要羞辱人！"

这时，谢欣琪走过来，冷笑一声："洛小姐，麻烦你不要替我教训男人。"

洛薇觉得很莫名。对这相恋的两个人而言，她不过是个路人。居然会被人这样对待，她可真是冤大头。但发怒不是解决问题的方法，她在心中盘算着该怎么化解尴尬。谢欣琪指向大门，对苏嘉年说："现在，苏嘉年，我最后给你一次机会，到外面去等我。等我结束了今晚的活动，自然会出来和你谈。否则，你这辈子别想再看到我。"

她态度霸道至极，但脸上那一股不服输的傲慢劲儿，竟在转眼之间就弱了半截——她看见了走过来的谢修臣。他插到他们中间，挡住谢欣琪，对洛薇抱歉地说："非常对不起，洛小姐，把你卷进了无关的麻烦里。家妹比较任性，希望你别计较。"

谢欣琪看了看自己的哥哥。他望向洛薇的眼神是她这一年多都不曾见过的，混合了包容、歉意、呵护等多种意味。她握紧手中的香槟杯，只觉得血压不断上涨，穿着高跟鞋的脚快要站不稳，她重新挡在谢修臣和洛薇中间，不希望哥哥再多看洛薇一眼。如果说刚才她的态度是傲慢，现在就只剩下愤怒与受伤，语气也激动起来："我任性？你自己问问他们，是谁先任性！哥，你不要总把我当成蛮横不讲理的人好吗？"

谢修臣无视她的凶悍，只是想要搀扶快被谢欣琪撞倒的洛薇。但是，这样的保护并不能让洛薇感觉好受一些。她不自主地偏了一下身子，想躲开他的手："别再和我说话，忙你们自己的事吧。"谢欣琪却回过头，把冰凉的香槟泼到她的脸上！

洛薇低头看了看自己湿透的衣服，满脸诧异。

"洛薇，你以为你是谁？不许这样和我哥说话！"谢欣琪挡在谢修臣的面前，语气比刚才尖锐得多，简直是一头护着巢穴的母狮子。她把香槟酒杯在洛薇面前晃了晃："你知道吗，我没泼红酒，已经很给你面子了。"

"谢欣琪！"谢修臣怒斥着，同时把胸前的蓝色方巾抽出来，替洛薇擦脸，"洛小姐，真对不起，我妹妹太没教养了。"

"哥，我明明是在维护你……"

谢修臣严厉地说："看来我们真是把你惯坏了，现在你见着谁都这样嚣张跋扈！立刻给洛薇道歉，回家禁足一周！"

谢欣琪傻眼了。从小到大哥哥一直都和颜悦色，她见过他生气的次数十根手指都能数得过来，而现在，他居然对自己发这么大的火，还是因为一个陌生女人……她结结巴巴半天说不出一个字。

"给她道歉！"

十四面镜

同居

他一直是不擅长表达自己的人，总是说绝情的话来断她的念头，
却比谁都对她好，她也比谁都懂他这一份藏在内心深处的温柔。

看见哥哥红着眼命令自己，谢欣琪害怕极了，但一想到洛薇或许在勾引他，愠怒就超越了惶恐。她咬牙切齿地说："我偏不！她恐怕在心里偷偷嫉妒我很久了吧？洛薇，你说是吗？当时我父母带你去验DNA的时候，你就在跟你爸妈没完没了地打电话，是不是想告诉他们喜讯，结果却被打脸了？"

洛薇瞠目结舌。想到父母九泉之下还要被别人的言语羞辱，她差一点就挥胳膊打谢欣琪的脸，但是，最后一丝理智告诉她，暴力不能解决任何问题。她轻轻笑了一声："你这大小姐，受到的教育不错，教养和品德却糟糕得一塌糊涂。之前看你的作品，我还羡慕你，真是瞎了眼。这么自私自利不懂亲情的人，怎么可能会懂艺术？"

而那一句"不懂亲情"，又刚好戳到了谢欣琪的痛处。她从小孤独地待在画室的记忆、一个人吃饭的记忆，与洛薇向父母欢天喜地撒娇的样子形成了强烈对比，简直是黑白两色。她连嘴角都在发抖，但还在勉强自己笑着："我怎么会不懂亲情，所有父母都希望自己孩子好呢。比如说，你父母恐怕恨不得你是我爸妈生的，因为这样他们就可以拿到很大一笔财产啦。"

洛薇握着双拳，连脸都变白了："谢欣琪，我警告你，羞辱我可以，不要羞辱我父母！！"

她这模样有些骇人，谢欣琪都不由得傻了眼，意识到自己说话有些过火。但说出去的话泼出去的水，不但收不回，还让她很难下台阶。她进退两难，只能硬着头皮继续说："我可没羞辱他们，他们希望你到我们家，不是缺钱是什么？"

对父母的思念与愧疚，已经让洛薇彻底崩溃。她气得耳根都红了，眼中有泪花滚动，冲上去就给了谢欣琪一个耳光。声响传遍整个厅堂，引来所有人的窥视。谢欣琪被打蒙了，捂着脸喃喃地说："你居然敢打我……我父母和哥哥都从没打过我，你居然敢打我……"她的眼神骤聚恨意，扬起手，准备回扇洛薇一耳光。然而，手腕却被人抓住，她使不出劲来。

回过头去，她看见了常枫。常枫身后跟着八名高大的黑西装保镖，顿时显得矮了许多。同时，他的眼睛也笑成了俩月牙："谢小姐，先羞辱别人，再动手打人，你这是打算把刁蛮千金风格走到底吗？"

"你也知道我是千金？这种身份的女的，居然敢动手打我！她没资格！放手！"

"这种身份？谢小姐可否定义一下什么是'这种身份'？"

目睹这一情况的人都为谢欣琪捏把冷汗。因为现在情况很显然，洛薇和贺丞集团有交情，不然常枫不会出来为她解围。不过，谢欣琪从来不懂审时度势，她还在气头上，话不经大脑，脱口而出："她？来路不明，只是长得像我，连我的替代品也当不了。"

"你的替代品？如果我没记错，你曾经为了与King相亲专程飞回国，结果连King的面都没有见到，对吗？"

听到这里，苏嘉年的脸色也变得不大好看，谢欣琪不会撒谎，只能多说多错："你也知道那是因为我迟到了！如果我没记错，我是King唯一的相亲对象吧？"

"谢小姐知道他为什么要跟你相亲吗？"

"因为我是谢欣琪啊。"

"不，是因为当时King失去了初恋情人的联络方式，他看了你的照片，觉得你和那个女孩长得像，才答应要与你见面。不过，他们现在已经结婚了，所以，当替代品的人是谢小姐你。"

实际上贺英泽根本不愿意和谢欣琪打交道，哪怕她长得像洛薇。这些话都是常枫胡诌的，但谢欣琪相信了。

"你在胡说八道些什么？这与洛薇有什么关……"说到这里，谢欣琪住了口，愕然地转头看向洛薇。

常枫对洛薇摊了摊手："贺太太是现在的贺丞集团第一夫人，并不是来路不明的人。"

全场哗然。人们的视线是一道道聚光灯，全部打在洛薇身上——原来，这就是"Queen"的真实面目？原来，她和贺英泽已经结婚了？在这样的场合，没有人会做出失态之举，但几乎是同一刻，男人们都认定了洛薇美若天仙，有过人之处，因为他是贺英泽的老婆。而女人们则心怀疑虑地打量她，想这女人究竟是有什么能耐，能征服了贺英泽？当然，最一头雾水的人是洛薇本人。这到底是什么情况？她与贺英泽不是形婚吗，怎么转眼间就变成了他的初恋情人……

"开……开什么玩笑？她是贺英泽的老婆？贺英泽是已婚男人，那当初为什么要和我相亲？"

谢欣琪这番话已经是在自欺欺人。贺丞的资产是谢氏的七倍有余，其中，光甄姬王城的价值就是谢氏资产的三倍以上。人们都为谢欣琪感到羞愧。果然是莽撞无脑的大小姐，丢脸丢到家了都不知道。

在场的人里，谢修臣的反应最为敏捷。他上前一步，歉意满满地说："原来是贺太太，家妹刚才真是太失礼了，回去我一定会好好收拾她。请跟我来，我带你去换一套新衣服。"

洛薇原以为以谢欣琪这种无法无天的个性，肯定会和他顶撞一阵子，羞辱自己一番再离去。没想到她竟别开头去，眼中有晶莹的水光闪烁。但即便在这种情况下，她也不肯露出半点柔弱姿态，反倒皱着眉，红着兔子眼瞪了谢修臣一眼，愤怒地对洛薇说："成为贺英泽的附属品又能如何？你依然一事无成。"说完转身走了。苏嘉年追上去拉她的手，但被她重重甩开。

除了她没人知道，哥哥并不是这样严厉的兄长，他一向宠她，不可能让她受一点委屈，更别提默许她在别人面前丢脸。她独自冲出展会，在一个人烟稀少的角落里大口喘气。没过多久，她听见皮鞋踩在光滑大理石地面的脚步声。这种脚步声如此熟悉，从小到大，每次当她背对这个人，都能听见这种脚步声。她大小姐脾气严重，又很臭美，学生时代女生缘一直不太好。每次当班上的女孩子们联合起来孤立她，她用凶悍回击得她们鸦雀无声，事后却在角落里哭泣时，第一时间听到的脚步声也是这一种。她闻声回头，却听见谢修臣冷冷地说："今天你是怎么回事？"

"我不喜欢她。"她开门见山地说道。

"不喜欢她，就可以这样丢你自己的脸，丢我们家的脸？"

"可……可是……"她又一次虚弱起来，"可是，我只是不希望她接近你……"

谢修臣怔忪了几秒，紧锁眉头不继续多想："你不是总希望我给你找个嫂子吗？现在我和有点好感的女生讲话，你就是这样的态度？"

"你对她有好感？她和我长得这么像，你不会觉得很奇怪吗？再说，她已经结婚了啊。"

"只是长得像，她的本质和你截然相反。洛薇很懂事，性格开朗却谦虚，哪怕她已经结婚，也很难让人不产生好感。King挺会挑老婆的。"

"你才和她聊了几句，就这样认定了她是好女孩？我一看就知道她心机重，才不是好女孩。"

"那什么样的才是好女孩，你吗？"

"对！"

谢修臣都气笑了："真失礼。我看你还是赶快向所有好女孩道歉吧。"

"女生都很会装的。她连贺英泽都能骗，骗你不是太容易了？"

"人的表面功夫本来就很重要，你只是错把低情商当直率。就你这种严重的大小姐脾气，没有男人能受得了。你男朋友能忍你的个性这么久，跟我们的家底脱不开干系。如果有一天我们家不行了，或者有更好的女孩出现，苏嘉年恐怕不会像现在这样忠贞。"

"他已经不忠贞了！对他来说，我本来就是洛薇的替代品！"她激烈地说出这两句，大口喘息了几声，又努力平静地说道，"我知道，这世界上本来就没有人会无条件宠我，没有童话故事里的爱情。从小看着我们这个家，我会不懂吗？本来男人都是有保质期的，他对我不好，等腐坏了换一个就是。"

"一直这样换下去，等你老了怎么办？"

"只要有钱，要请人照顾我还不容易？"

"谢欣琪，你现在说话真是越来越像你母亲了。"

谢欣琪怔住。一直以来，她对自己母亲的品质就很不欣赏。从小她就发现，母亲是虚荣张扬又极度物欲的女人，没有一丁点儿母爱。这一份张扬随着年岁增加而收敛，母亲渐渐把它转变成了一种并不自然的温柔。但她知道，这一份温柔不是建立在信任和亲情上的，而是因为父亲身体不好，母亲不希望他修改遗嘱，同时也想给公婆留下好印象。她只觉得自己很可悲，冷笑道："那又如何，我本来就是她的女儿，本来就不懂示弱，不然她怎么会输给你妈呢？"

这句话碰到了底线，谢修臣嘴角扬起很细微的冰冷角度，双眼失去光彩："我先回去了，还得去照顾一下洛小姐。"

看见他转身离去，她也赌气地转身离去。然后，她再度听见了熟悉的、渐隐的脚步声。它随着时光的推移而变得更加沉稳，那时还能为她带来最疼自己的哥哥，现在却只会把他从自己身边带走。

其实她并不讨厌洛薇，但也不知道是怎么了，今天却特别失态，比以往的叛逆多了许多粗俗。大概是因为，她们确实长得太像，让她有一种错觉，便是死去的欣乔回来夺走了她拥有的一切。路过一个室内装饰店面，她看见了一面镜子，镜子前摆着一个蔷薇花盆景。她最喜欢画的植物就是蔷薇花。记得有一次，她画完了一幅蔷薇油画，站在旁边对谢修臣眨眼说："我美还是蔷薇花美？"

谢修臣毫不犹豫地回答："你美。"

她眨巴着眼睛说："你的意思是我画得不好咯？"

"别作。"

"我美还是蔷薇花美？"

"都美。"

"看来在哥哥眼中我不是最美的，不是不可替代的。"

"谢欣琪你怎么这么作？"

"那你快说，我美还是蔷薇花美？"

谢修臣面无表情地说："我美。"

她到现在都记得，自己被他逗得笑作一团。而此时此刻，镜子里有她的影子，她胸前别的白金蔷薇花刚好与枝叶的位置重叠，像是从枝头自然生出一样。尽管白金蔷薇有了珠宝盒里才有的奢华，在那朵活生生的枚红色蔷薇花旁边，却黯然失色。枚红色的蔷薇有自然的花瓣、馥郁的香味与蓬勃的魅力，美丽如同最自然的笑。

谁都希望能把白金的蔷薇收藏起来，别在身上，因为它象征着富裕与身份。但是，人们真正会主动去亲近、爱慕的，却是活生生的真蔷薇。谢欣琪从小热爱艺术，她知道，世界上最美的花，不是金属做的，不是被笔刷涂抹在画框上的，不是插在花瓶里的，而是生长在野外的。

她是白金做的奢侈品，洛薇是自然之花。

哥哥说得没错。周边的人可能会因为金钱地位靠近自己，但他们真正喜欢的人，是那个性格随和的洛薇。苏嘉年喜欢她，贺英泽保护她，连哥哥也对她产生好感、偏袒她……如果洛薇长成另外的模样，她或许不会多想，但她们如此相似，洛薇任何硬件都不如自己，却比自己得到更多的爱。答案还不显而易见吗？她照了一面平行世界的镜子，镜子里映出了她所有致命的缺陷。

常枫在展台附近搜索很久，才总算在角落里看见了背对众人的陆西仁。陆西仁似乎在躲什么，不是挠头就是假装看手机。就算是贺英泽在场，他泡妞都不会这样畏畏缩缩，这让常枫觉得有些好奇。难道他一脚踏几船，马上就要翻船了？这实在是太糟糕、太尴尬了。所以，更不能放过这个机会。常枫大叫一声"陆西仁"，果然引来了许多懂"行情"的女性围观。陆西仁假装没听见，但洛薇也唤道："陆西仁，我们准备走了。"他浑身长了毛般缩起肩，还想继续装死，却发生了最可怕的事——洛薇笑着跟小辣椒耳语几句，带小辣椒走到了他面前……

四目交接的刹那，天地凝固，电闪雷鸣。他只看见小辣椒堆了一脸不真实的灿烂微笑："我就说嘛，送了一年多的快递，从来没见过户主，却总是被邻居缠着聊天，也真是挺奇怪的。"

"哈，哈哈……"陆西仁满脸冷汗。

"你说吧，你是怎么把邻居说服，让他们每次都允许你出现在他们家的？"

"哈哈，我把隔壁的房子也买了……"

"说实在的，这事如果发生在别人身上，我会直接送他去疯人院。但像陆先生这样，喜欢逛'食色性趣屋''百媚制服商城'这些网店的人，还真是他妈的酷毙了。"

四周议论声纷纷响起，陆西仁涨红了脸，眼睁睁地看着小辣椒朝他举了举香槟，一饮而尽后撤离现场。

不管在珠宝展上怎么装淡定，回去的路上，洛薇的心情都很复杂。贺英泽又一次救了她。他不仅为她挽回了生命，还为她挽回了尊严。她欠他越来越多，却不知道该如何报答他。如果他是单身，以身相许就好，她还占了便宜。可是，他有女朋友。而且细想那个"初恋情人"的说法，她意识到这并不是一件好事：贺英泽与她重逢之前，一直对她有初恋情怀，重逢之后就拒绝了她并迅速找了女朋友，这简直比完全没有那个情怀还要糟糕。她头疼万分，除了为他做牛做马，实在想不出解决方法，只能拨他的电话想先答谢，却迟迟没有得到响应。

不论如何都想见他一面，她直接问陆西仁他在哪里。

"在四十六楼啊，他没告诉你吗……"陆西仁还没能从小辣椒的打击中走出来，回答得心不在焉。

四十六——这个数字是梦魇，令她心惊胆战。和贺英泽重新见面以后，从来没听他提过四十六楼的事。她一下蒙住，但不敢直接回答，只是接着跟他打太极："他说过，但没想到他这么早就会去。我现在有事想找他，怎么进去呢？"

"我现在给他们打电话。你到四十六楼去跟他们说'陆西仁让我来找King'，他们就会让你进去的。"

"好。"

可是，那里面的人都戴着面具，她怎么才能认出谁是贺英泽——这个问题她没有问出来。因为内心深处，突然有一种可怕的预感。当时她在四十六楼遇到了K001，她没有花太多心思去研究他的声音、说话方式和言行举止，只隐约记得他是个蛮不讲理却善良的男人。但现在再回想他的说话方式、他对K001绝口不提的态度……这一切都与贺英泽重叠了。下车前，陆西仁又补充了一句："对了，King上面位置的通道你知道在哪里吗？房间东侧的楼梯，你还是跟他们说一样的话，他们会放你上去。"

这句话令她一直心跳加速，直到进入四十六楼赌场。里面还是满满的黑白格大理石地板，照常挤满了打扮奇异的工作人员和戴着面具的客人。她扶好脸上的面具，往里面走了几步。不出意料，她看见了悬在空中的高台。那里有一把欧式四角红沙发，还有坐在中间的男人。这一天晚上人特别多，高台上还挂着帘子，站在门外只能看见他的腿。她通过东侧的楼梯走上去，对看守者说了一句"陆西仁让我来找King"，他们就让她进去。高台上站了很多人，但坐在红沙发上的人依然只有一个。贺英泽的背影已可以一眼认出来，她却第一次特别害怕他转过头来，只是吃力地往前走了两步。他身边的人发现了她，在他耳边悄悄说了一句话。贺英泽放下口中的雪茄，转过头来，若无其事地看了她一眼。

"……洛薇？你怎么会在这里？"他愣了一下，而后浅笑着拍了拍身侧的沙发，"过来坐。"

她在他身侧坐下，但和他保持着一段距离，双手紧紧攥着裙摆，目光却盯着他每一个动作。他穿着开领衬衫和黑色西装，胸口装点着黑白格方巾，脸上戴着国王面具，看上去放松至极，没有留意到她的异样。她低声唤了他一声。他并没答复，只是转过头，透过面具平静地看过来。她有些紧张："你在这里的编号是K001？"

"对。"

在这短短的时间内，她忽然想明白了，为什么那个噩梦般的夜晚过后，贺英泽就突然出现。但她不明白，为什么他一直不告诉她自己的身份。总觉得背后一定有秘密，只是自己被蒙在了鼓里。她试探地说："所以，从一开始你就知道我是谁了，是吗？"

"嗯。"

"那你为什么不告诉我，你曾经在这里救过我呢？还是说，是你们把我抓到这里的，结果发现弄错了人，你不希望我知道？"

"没这么复杂，只是觉得没必要说。"

还是贺英泽一贯的答案，是她想太多吗？她本想多问几句，但又很清楚他不是那种可以逼问出答案的人，还是以后有机会再慢慢调查。二人静默了一会儿，她叹了一声："我宁可你对我不这么好。"见他迷惑地看着她，她继续说："你一直保护我，甚至不怕得罪女朋友和我假结婚，我……我不知道该怎么感谢你。"

"不用担心，这些对我来说都是举手之劳。你如果真想感谢我，那就努力做好业绩吧。想想今天谢欣琪对你说的话、做的事，你觉得甘心吗？"

"实现梦想听上去很美好，却不是每一个人都能做到的。"面具也挡不住她的消沉。

"不要为自己的软弱找借口。"

"我不是软弱。如果努力就能做到自己想做的事，那就不会有这么多人失败。贺英泽，你知道吗……我……"她张口半天，才苦笑着说道，"要变成像谢欣琪一样的人……我……我可能这辈子都做不好业绩吧。每次她有新设计问世，都会吓我一跳。再对比我的东西，我发现……人和人之间在才华上，真是有差距的。而且，这种东西短期内也很难培养……"

"如果一定要会设计、会艺术才叫有才华，那做IT的、做金融证券的、做电子产品的人不都成了庸才？每个人都有才华，只是你没找到点儿。"

四周的环境十分吵闹，她却一字不漏地听进了他说的话。像在黑暗中摸索的人看见希望之光，她快速抬头："这是什么意思？"

他笑了："连这个弯都拐不过来？自己回去想想吧。"

"我尽量。"

"再说，你很会做饭，长得也好看，任何男人都想娶这样的女人。事业上实在不成功，就嫁人当主妇吧。对女人来说，这也不是一个太差的选择。"

他们已经很久没有聊到感情的问题。女性魅力被他这样肯定，她紧张得握紧双拳，但还是夆着胆子嬉皮笑脸："那你想娶我吗？"

"不想。"

"不想也来不及了。"

"形婚而已，你最好别有所期待。我是不会碰你的。"

"好啦好啦，我跟你开玩笑的。我知道就算你现在是单身，我也是那种主动贴过来你都不会多看一眼的类型。"

"知道就好。"

其实心中清楚，小樱现在的所作所为，都是对她负责。他对她爱情的萌芽早已被时间冲洗成友情，她被他拒绝后撕心裂肺的痛也在这一年时间里平复，因此哪怕不能在一起，他们都还是一起长大的好朋友。他一直是不擅长表达自己的人，总是说绝情的话来断她的念头，却比谁都对她好，她也比谁都懂他这一份藏在内心深处的温柔。能有这样一个朋友，已经是这辈子最大的福分。如果还有什么不足之处……大概唯一的，也是最后的遗憾，就是她还喜欢着他。

不过，人生并不圆满，她懂知足。

"放心，我对有女朋友的男人也没什么兴趣。何况是你这种熟到摸手都如左手摸右手的老朋友。"她轻推了他一下，"别太公开我们现在的关系，以后我还想嫁人呢。"

看见他深不可测的目光，她不知道他在审视什么，只用笑容缓解尴尬。现在要做的，就是不要让他有负担，不要让他察觉这份感情吧。笑了一会儿，她突然停下来板着脸说："我在逗你笑呢，你每次都这样，一点反应都没有，不笑了。"

可是，他居然直接摸了她的手，紧紧握了一下。他收了手，侧过头的表情也藏在了面具之下："确实没感觉。"

他的手比她记忆中的大多了，很烫。而她那只手被捏得有些发疼，一直疼到心里去。她垂下头，只能用自己都听不到的声音，轻轻叹了一声。似乎察觉了她的情绪，他弹了一下她的额头："记得了，人心胸要宽阔一点，别钻牛角尖。"

她捂着脑门儿，有点赌气地笑了："就是没有心胸。"

"对。既没有心，也没有……"他没看她，只是笑着喝了一口酒。

"……"

这一天后，洛薇按照约定搬到贺英泽的家。这所别墅面积大得离谱，让人不由得想到杰克逊年耗百万保养费的梦幻庄园，住在里面的人要出来一趟，简直就跟国王从城堡中起驾入城似的。室内被刷成绛红与金棕色，摆满了艺术作品与古董，稍微有品位的人都会在里面流连忘返。洛薇和他同一天搬进去，刚一进入正厅，就看见管家正指挥人将从洛水大道买来的鲜花插入茶几上硕大的花瓶里。玄关处一头雄狮标本太过栩栩如生，把她吓得差点跳到他身上。不过也因为这里太大，她松了一口气：如果他俩住在不同的楼层，说不定一周都见不到几次面，哪怕和他住在一起也不会不方便。

贺英泽忙得不得了，一直早出晚归，顶多在家吃一顿早饭。一个人待在这么大的房子里，她有时是会忍不住胡思乱想，想他是不是在开会或者在应酬，会不会太操劳，影响他的身体健康……还是说，他和倪蕾在一起呢？尽管他并不属于她，但喜欢他的心情却是贪心的。她尽量调整情绪，老实上班下班操心工作，把注意力转移到了其他方面，买了很多关于营销广告、商务战略、名人传记的书籍来看，同时也去留意了其他公司商品的推广方式，与工作室的同事们一起写新的策划。这段时间，她发现自己脑子里隔一段时间就蹦出一个点子，比做设计本身灵感发散多了。原来用力过猛未必是好事，转个弯儿走别的路，有时候还会有事半功倍的效果。她心情好了很多，也花了更多时间去运动、打扫房间，劳逸结合。

有一次，贺英泽回家较早。他脱下外套，进入连体卧房，被里间的吵闹声夺去注意力，进入主卧，看见正在推动吸尘器的洛薇。他跟她说了一句话，因为噪声太大，她没听见。但看那表情，应该是在斥责她怎么随便进入他的房间。她关掉吸尘器，无视他的话，径直走向浴室："你过来一下。"

浴室里的所有东西都被清理过，哪怕不开灯也是闪闪发亮。他在里面四下打量，许久才说："……你都做了什么？"

"你在哪里请的女佣？肯定不是甄姬王城吧。看这个。"她伸手指了指镜子上的一块水渍，"这是我特意留的，之前镜子上到处都是这玩意。地毯上还有头发。"

贺英泽没说话。她用清洁剂喷在那块水渍上，再快速擦去："你知道吗？你每天早上用浴室简直就是海豚出水，也难怪女佣放弃保洁。"

他叹了一口气："我知道了，今天就换女佣。"

她挑起一边眉毛，一言不发地望着他。他本是毫不在意，但在她长时间的注视下，不耐烦地说："我知道了，下次会注意。"

"把地毯换成白色，这样女佣也不容易偷懒。"她擦擦汗，"对了，你刚才进来的时候，是想跟我说什么来着？"

"没什么。"他快步走出浴室。

五点，贺英泽在客厅里看报纸。她在厨房里准备晚餐，突然觉得肚子一阵疼痛。今天是月事第一天，也难怪有点焦躁。她捂着肚子，蹲在地上，静候疼痛结束。过了一会儿，贺英泽拿着杯子进来接水，正巧看见她："你怎么了？"

她忍着疼痛站起来："你帮我个忙可以吗？"

"什么？"

她把菜板上的胡萝卜递给他："帮我把这个用冷水冲一下，然后削皮。"

她的得寸进尺一次次突破着他的底线。他没有伸手接胡萝卜，只是不可置信地望着她。她慢吞吞地走到他身边，皱着眉，拽了拽他的袖子："我大姨妈来了，肚子好痛。如果再碰冷水，明天肯定就躺在床上下不来了，没法再为你做饭。"

"你别做饭了，我去找厨师。"

她揉了揉眼睛，一副快要哭出来的样子："可是，我想吃小樱削的萝卜，你那么神通广大英明神武，削的萝卜肯定很甜，我一吃身体就舒服……不然，以后都没有心情再做饭啦。"

他静静地望着她，又沉默地将目光转移到那个萝卜上。最后，他把萝卜皮削了。饭后在她的糖衣炮弹威胁下，他把碗也洗了。

眼见新品发布日期越来越近，她把所有空闲时间全部放在工作上。晚上她失败了很多次，丢掉了很多策划方案。这种时候，她就特别不喜欢自己的慢性子，总是越做越慢，越来越困。八点后，她乌龟般缩在床头，感受着一阵又一阵的剧痛。如果同样的情况换到朋友身上，她就会去帮朋友倒热水、调红糖水、灌热水袋等，但医者不能自医，都已经疼成这样，实在没什么精力下床。突然，房间门被人推开，贺英泽走进来。她躺尸般说："没有夜宵，肚子疼。"

他没有回答她，只是直接走到床边把她横抱起来。和他相处时间一长，她觉得自己都快成了被虐狂。被他如此对待，她的第一反应竟是，他没有像扛麻袋一样把她扛起来，真是一种巨大的惊喜。但看着他抱着自己一路走上楼，一脚踢开他卧房的门，她忍不住打了个哆嗦："你想做什么？"

他还是一语不发，把她放在床上，开始脱她的外套。

"等……等等，你做什么……"见他没有停下来的趋势，她急道，"贺英泽，你知道我的情况，还……还……你禽兽不如啊，还……还是说，你有特殊时期的特殊癖好？"

眼中浮现出满满的嘲意，他把外套往旁边一扔，转身进入浴室。没过多久，里面传来了哗哗的水声。她不理解，他把她抱进来，难道就是为了让她听他的洗澡声？还是说……他真的在这方面有特殊癖好？不出一分钟，贺英泽拿着一块毛巾，回到卧房。大概是他平时太让人有距离感，而后他掀开她的衣服，露出她的肚子，她都没能反应过来他想做什么。直到一股滚烫的暖源被放置在她的小腹。那股温暖浸入小肚子，不出几秒，疼痛感消失了大半。他把热毛巾叠起来，让热度变得更厚实一些。她觉得非常舒服，舒服到眼眶都变得有些湿润。

"好一点了吗？"贺英泽淡淡地说道，盯着毛巾覆盖的部位，看上去很认真，好像真能看出它的疼痛程度一样。

她咬着唇，用力点点头："……谢谢。"

贺英泽嘴角有一抹浅笑。他的笑容永远都是这样，自信又张扬，没有太大变化。可不知为什么，她却有了一种他变温柔的幻觉。她竖起大拇指："这么懂女人，真不像传说中最无情的男人。"

"无情不代表就不懂女人。不过我确实不懂你，如果胸大无脑是女人的定律，你是不怎么符合定律。"

"……"

"啊，我明白了。"

"怎么，总算愿意承认我的脑子还算好用？"

"这个定律对男孩子是不适用的。"

"……"

他来来回回帮她换了四五次热毛巾，肚子疼痛感消失，她开始犯困，努力睁开眼睛看着他。因为极度疲倦，看任何东西都好像近在眼前，伸手可及。他的脸也离她特别近。一直以来，贺英泽都是一个存在感极强的大男人。这宫廷式装潢的主卧房修得就像国王的寝殿，刚好配得上他的身份地位。然而此时再看他，那种遥远的感觉消失了。他穿着简单的衬衫，袖子卷到手臂上，低头替她捂肚子的样子，就像是一个普通的帅气男朋友。

如果真是这样该多好。假如她不曾离开宫州，他不曾离开北岛，那说不定这一切就会是真的。

渐渐地，她的意识开始模糊，眼前的景象也在改变：这里的背景换成了朴素的一百平方米的公寓，他变成了一个跟她收入差不多的上班族，是她再平凡不过的青梅竹马，但同时，也是爱着她、照顾她、保护她的另一半。在这幅画面中，没有呼风唤雨的King，只有只属于她和小伙伴们的小樱。离她这样近的小樱，会在周末带她去商城吃冰沙看电影，会送她鲜艳的玫瑰，会穿上她送他的毛衣并扬扬自得。在这幅画面中，她看不见那些费尽心思去征服他的女人，看不见修养好到让人无地自容的倪蕾，不用忍气吞声、强颜欢笑。她可以想吻他就吻他，想抱他就抱他，想哭就哭，想笑就笑，他或许会和她生气，却一直在她身边，用力地拥抱她，哪里也不会去……

最终，她从这场梦里笑着醒过来。

原以为会因为反差太大而感到空虚，但稍微动了一下身体，却感到自己被人从背后紧紧抱着。沉稳的呼吸声在她后方响起，她转了转脑袋，发现自己还躺在天鹅绒床上。只有台灯亮着，在一片昏暗中，他把她搂在怀中，已经沉睡过去，大手却依旧牢牢地盖在她的小腹上。他看上去不好亲近，没想到体温居然这么高。也不知道是不是来月事时女人的体温一向很低，被他这样抱着，她只觉得被一个大烘炉罩住。心脏咚咚地跳起来，又快又剧烈，胸腔都有些发疼。顺着他枕在她脖子下的胳膊，她摸到了他的手。轻轻将他长长的手指掰开，她把自己的手放进去，如犯了错的孩子般闭着眼，悄悄地握住他的手。她的心跳很快，却不敢多用力。能这样牵手，已经很幸福了。

在他的怀抱中，她久久不能入睡。往四周看去，她看见床头有一摞厚厚的合同，放在最上面的那一份还是翻开的，他应该是只看到一半就睡着了。她忽然觉得自己实在是太粗心大意，贺英泽是以事业为重的男人，他在公司已经很忙很累，下午她居然还让他做这做那，操劳家里一些琐碎小事，真是有些孩子气。

　　她自责地叹气，吸进鼻子的冷空气却挠得鼻腔有点痒，让她想打喷嚏。他的呼吸沉重而均匀，她不愿吵醒他。所以，哪怕痒得跟有小虫子在鼻子里爬一样，她还是把打喷嚏的欲望强压了下去。

十五面镜

醒悟

原来，心被掏空的感觉是这样。

不是一寸一寸，而是刹那间的事。

早上八点半，当写着"4948"金光数字的门被拉开，小辣椒再度觉得自己穿越时空了：走道上只有一双擦得锃亮的男式皮鞋，鲜花顺着走廊一路开到客厅。阳台上的欧洲蕨生机勃勃，客厅打扫得一尘不染，水晶桌面在阳光下反射出刺眼的光芒。开门的人是陆西仁本人。在陆西仁的时区里，早上八点半就等同于正常人的深夜两点，这一日他却没有倒头大睡，而是衣冠楚楚地拉开了大门："早安，黄玫瑰小姐。"当他的香水随风飘逸，听见这朗诵诗歌的腔调，小辣椒只觉得眼前这人是花妖变的。她盯着他，默默地把包裹放在他的手上，留意到上面写着"长安文艺书库"字样，扯着嘴角笑了笑，把圆珠笔和面单递给他签字。

　　他握着笔，想抑制住自己的急不可耐，粉色的面颊却出卖了他："明天我还有一份快递，可能要麻烦美丽娇弱的苏小姐千里奔波送过来……"

　　"明天我就不负责这一块了。"她没抬头，满不在乎地说道。

　　"什……什么？为什么？"

　　"你的快递实在太多，而且都是小东西，我不想再送啦。明天负责这里的是条汉子，你放心，他不会再把东西扔到你家门口自个儿离开。"见他签好字，她拽过面单，转身就走掉，完全无所谓炎炎夏日里，身后的男人已经冻成了冰雕。

　　同一时间，再次从梦中醒来，洛薇觉得好像只过了五分钟，但从窗帘缝隙中漏进来的光已非常耀眼。她倒抽一口气，猛地坐起来看表——还好，上班不会迟到。她十万火急地洗漱收拾，狂奔下楼，发现客厅里贺英泽已经穿戴完毕。见她出来，他看了看表说："你出来得正好，今天我有临时会议要去香港，得带上你。飞机会在两个小时内起飞，准备出发吧。"

很显然，贺英泽不知道女生不是穿了衣服鞋子就能出门的。她没有时间打扮，本想推托不去，但他又强调客户是个喜欢通过家庭和睦程度判断商业稳定性的美国人，她只能努力加快速度收拾，但还是比预计的时间慢很多。正在洗手间吹头发，她突然从镜子里看见贺英泽在后方面无表情抱臂靠在门上。她万分愧疚地说："对不起对不起，很快就好。"

"还要多久？"

"二十分钟吧。"

"二十分钟？"他看看表，"你到底还有什么事要做，需要二十分钟？"

"我头发太长了……"她放下电吹风，用梳子把头发猛梳了一阵，忽然灵机一动，转过头去，把电吹风递给他，"来，你帮我吹一下头，我梳这边。"

他望向别处叹了一声，走过来打开电吹风，对着她的脑袋就是一阵乱揉乱轰。水滴溅得到处都是，但她是忍着不舒服梳头发。当挡住眼帘的长发被拨开，她从镜子里看见他个子高高的，轻松吹着她的头发，居然莫名其妙害羞地低下头去，不愿再看两个人的影子。可是，他的手指还是时不时会碰到她的颈部皮肤，让她更是想要挖个地洞钻进去。他又叹了一声，低声说："真不敢相信我在为你做这种事。"

她假装没听见，转过去，抬头眨巴了一下眼睛："嗯？"

"嗯什么嗯，动作快点。"

"哦哦好。"

再度转过头去，她满脑子都是抬头与他四目交接的刹那，他明明是那么严厉无奈的表情，却让她再度想起曾经吃无花果干时幸福的感觉。真想什么都不做，只是转过身去静静挂在他的脖子上，橡皮泥一样粘在他身上再也不下来……想到这里，她觉得自己特无耻，羞愧得把头埋得更低了，没意识到自己窃笑得像占了小便宜的孩子。

出发时间比原计划晚了二十分钟。临行前她问他是否吃了饭，他说没有，她去厨房搜刮了一圈，拿了一个自己最喜欢吃的烧卖，就跟他出发了。上车以后，贺英泽一直看表，她把烧卖递给他："把这个吃了吧。"

"不想吃。"

"你没吃饭，这样对胃不好，怎么可以不想吃？快吃，不要挑食了。"

"我忙的时候不喜欢吃东西。"他看上去心事重重，应该在想工作。

"我就知道你平时工作都不会好好吃饭的，身体第一啊。你现在又没在忙，快吃快吃。"

实在受不了她的唠叨，他接过烧卖，但嘴早被她养刁了，吃一口就皱着眉，把烧卖装回塑料袋里，往下挪了挪，不让她看到。贺英泽也有这样幼稚的一面，简直就像是让蜡笔小新吃青椒。她探头过去看了一眼烧卖，挑了一下眉，他无奈地又吃了一口，把烧卖翻过来："要不你吃一点？这边我没咬过。"

她拼命摆手："不要不要，我吃饱了。"

看他跟服毒一样半天都没吃掉一口，她想这样下去不是办法，离上飞机还有好长一段时间，他肯定会饿肚子。于是，她灵机一动："这样，你吃完了我告诉你一个秘密。"

"什么秘密？"

"吃完我再告诉你。"

"是骗我吃完吧，根本没有秘密。"

"不，有秘密的。不过不是太大的，你别期待太多。"

果然，这句话有点作用，前排的司机都从倒车镜里快速看了他们一眼。贺英泽凝神想了想："跟我有关系吗？"

"对。"

"我身上粘了什么吗？"

"不是。"

"我忘记带东西了？"

"不是。"

他想了很久，凑过来在她耳边低声说："你又痛经了？"

"不是！"她转过头也在他耳边小声说道，"我痛经关你什么事！快吃你的烧卖，吃完不就知道了。"

果然，他比刚才效率高多了，只是一边吃一边抱怨："我不喜欢吃烧卖，又黏又干，根本无法下咽。"

不敢相信，他居然会这样嫌弃她最喜欢的食物。可是，他变得越来越孩子气了，她知道这是他们距离拉近的象征，不由自主笑了起来："那总比空腹好。"

他吃了几口，抬头看看她："……你笑什么？"

"我在想告诉你秘密后你的反应，想想就好想笑。"

"……"

见他快吃完，她鼓掌笑了："太好了，一口吃完，加油！"

他乖乖照做，把剩下的部分一口吃下去。他咀嚼着食物，充满仇恨地看了她一眼。她用力一拍掌："好了，我来告诉你这个秘密。"

贺英泽和司机都竖起了耳朵。

"其实刚才在路上，拿着这个烧卖的时候，我看着它，觉得它软软的，就一直在想……"她举起食指指天，"我好想吃掉这个烧卖。"

前排的司机差点笑出声来，用手掩着嘴假装咳嗽。贺英泽食物还没咀嚼完，就被自己呛得真咳了起来。她帮他拍拍背，笑得翻来滚去："我就知道你是这个反应。我对你是真好，我这么一个吃货，把最爱的烧卖都让给你了。"却被他一把抓过去挠痒痒。

"逗我很有意思吗？现在这个烧卖在我胸腔里翻滚得难受，它说它想滚到你的胸腔里去。"

"住手，住手，你没看司机先生都笑了吗，明明很好笑。"

司机被贺英泽瞪了一眼，吓了个半死，清了清嗓子说："我只是想说，贺先生和贺太太感情真好。"

这一句话让气氛立刻凝固。洛薇才意识到两个人几乎抱成了一团，赶紧坐直了身子，望向窗外。贺英泽也不自然地打开手机，翻看财经新闻。尴尬的空气飘移着，洛薇正想找点什么话题，贺英泽却先开口说："昨天半夜你醒过来了？"

"是啊，做梦笑醒了。"

"你做了什么美梦？"他心不在焉地问道。

"梦到你送我玫瑰花呢，奇幻大片吧。"

没得到他的回答，她更觉得窘迫了，瞥了一眼座位上的笔记本电脑，岔开话题说："我用你的电脑查个东西可以吗？"

"嗯。"他注意力不在她这里。

她打开电脑，点了一下搜索引擎输入框，底下跳出几行电脑主人的搜索记录。在一堆证券指数、股票名字、体育新闻、财经报道、时事政治等关键词里，居然出现了一行很令人出戏的记录：*痛经的症状及治疗方法*。她真的穿越进了奇幻大片的异世界。细细思考这一点，她觉得有些好笑，又觉得有些触动。

梦见奇幻大片很正常，奇幻大片真正实现却又是另一回事了。抵达香港以后，洛薇陪贺英泽应酬了一天，精疲力尽地回到酒店，推开房间门，首先映入眼帘的东西把她吓得揉了三次眼睛——床上有一捧红到发黑的玫瑰，至少有三四百朵，占据了半张床的面积。它们被一圈雪白羽毛包裹住，外面则是同样深红的真丝包装。她喜悦地惊叫一声，飞奔过去，想把它们抱起来，却发现连抱它们都很吃力。于是，也只能像抱大树那样环住它们。她用脸在花朵上蹭来蹭去："好漂亮！我要把它们带回宫州，接下来一个星期我都不出门了，就跟它们待在一起。"

贺英泽嘴角有一抹不易察觉的笑容。他慢慢跟过来："植物的生殖器而已，也可以让你这样激动。"

她皱眉细细思索，想起了早上无心说的话，忽然意识到这些玫瑰并不是酒店的礼品，或是凭空而降的，试探着转过头去："无故送我花，你不会是对我图谋不轨吧？

他默默地看了她几秒："你我都清楚，你对我图谋不轨的可能性要大一些。"

"……"

太可怕了。这些玫瑰真是贺英泽送给她的。这么鲜红的玫瑰，象征的是炽热的爱情啊……这话她当然说不出口，也不敢胡思乱想，只是假装放松地打开电视机，选了一个鬼片点播页面，不经意地说："啊，这里居然有鬼片。你敢看吗？"

"来我房里。"

屏幕上可选择的电影海报是披头散发、少了一颗眼珠的女鬼。早就听闻了这部电影首映时曾吓死过观众，她知道它属于五星级恐怖电影，所以异常期待。她不敢自己看，于是跟贺英泽去了他的房间。然而，这部电影的恐怖程度还是远远超过了她的想象。和贺英泽一起在沙发上看完电影，哪怕天花板上灯火辉煌，她还是觉得一切已变成了灰色，满脑子都是各种惊悚画面回放。秒针嘀嗒作响，房内空旷寂静得可怕。她抱着沙发垫子，只敢转转眼珠，连脖子也不敢动。贺英泽站起来，丢下一句话："不敢回去就睡我这里吧。"

她认真地说："我得想想，你和恐怖片哪个更可怕。"

"别期待。除非太久没碰女人，我对A cup不会有兴趣的。"

"你对我的cup好像一直很有意见嘛，我可是B！"她涨红了脸。

"B–或A+。"

她拗不过他，再度转移话题："你是我上司的上司，我怎么好意思让你睡沙发？"

"不用这么客气，是你睡沙发。"他笃定地说道，进洗手间洗漱，末了还扔了一件衬衫过来，"如果不敢回去拿衣服，就先穿我的吧。"

这没有绅士风度的家伙！她才不管，先行在床上躺了一会儿，听见浴室里传来水声，等的时间一长，就完全失去了思考能力。前一天她穿着白天的衣服不小心入睡，和这一晚在等他上床截然不同。她抓住他的衬衫，紧张得不得了，伸手拉背后拉链的手也有些发凉。当手伸到脑袋后面，忽地背后传来奇怪的声响，她知道不好了——往背后摸一摸，果然，裙子拉链滑丝，拉头还在脖子下方，链牙中间却开了个洞。满脑子都是女鬼的白面，她不敢独自跑回房间。后面五分钟时间，她都在与这个该死的拉链做斗争。可忙得满头大汗，还是没能把拉头拉下去。终于浴室的门把响了一下，贺英泽从里面走出来。

"小樱，快点来帮帮……"她的话说到一半，再说不下去。

他穿着深蓝色的睡裤和同色的拖鞋，上身裸着，正用一条浴巾擦拭湿润的头发。他漫不经心地看了她一眼，打开冰箱，蹲下来拿啤酒。她晃了晃脑袋，想要把他侧颜鼻尖上的美人痣和六块腹肌从脑袋里晃出去，但视线又被年轻结实的背部线条占据。她结巴地说："那个，我……我卡住了……"惨了，她要说什么来着？

"什么卡住了？"

他用开瓶器撬开啤酒瓶盖，盖子弹出去的瞬间，他臂膀上的坚硬肌肉也跟着紧绷了一下。她想集中精力把话说完，却看见他仰头直接对着瓶子喝啤酒，鼻子高高挺着，喉结随之上下滚动……曾经与他接吻的记忆突然袭来。察觉到有想要重温那种感觉的欲望，她恨不得一头撞晕在墙上。直到他第二次问她什么卡住了，她才赶紧埋下头去："那个，我裙子的拉链坏了，你帮我弄一下好吗？"

他放下啤酒瓶，直接朝她走来。她伸手阻拦他："等……等等，你把衣服先穿上吧！"

"今天穿裤子都是因为你在。平时我睡觉不穿衣服。"他反应倒是很平常，直接朝她走来，"你要是觉得不习惯就不要看。"

洛薇只能认命地转身背对他，垂下头，把头发拨到胸前。他在她身后坐下。床垫微微动了一下。他潮湿的手指碰到了拉链拉头，也不经意擦过她的颈项。清新沐浴露的香气将她包围。他另一只手把两排链牙合在一起，隔着薄薄的裙子，压在她背部的肌肤上。他往下灵活地拉了两次，似乎就找准了位置。接着，"刺啦"一声，裙子上的拉链被拉开了。她能感到布料被分开，肌肤与深红色的文胸带暴露在他视线下。拉好拉链后四五秒时间里，他们都保持着静默，没有人做出下一步动作。呼吸异常急促，心跳就像在喉咙里一般……最后，她转过头说："……谢谢。"

他好像也是才反应过来，僵硬地点了点头："没事。"

之后，她钻到洗手间把他的衬衫换上。尽管穿好了衣服，但也有什么东西发生了改变。衬衫洗得很干净，却依然残留着细不可察的，他的清新香气。穿着这件衣服，她有一种……他变成贴身衣物的错觉。前夜的安全感早已消失得无影无踪。关灯之后，他们没有人去睡沙发，也没有人看对方的眼睛，更没有人主动去靠近对方。他们背对背，睡在床的左右两极边缘，中间空了起码一米的距离。直到两点，她依然睡不着，同时能感到那一边的贺英泽静卧着，每几分钟就会换个姿势，重新躺好。

第二天，他们很早就飞回了官州，刚好回到家里过早。进浴室洗手时，她顺带踩上了体重秤，看数字惊心动魄地跳了数次，然后面带淡定微笑地激动了很久。没错，她又瘦了，而且瘦了不止一点点。虽然她做事慢条斯理，但胜在持之以恒，那么生活就一定会回报细水长流的惊喜。

读高中时她就听爷爷说过，一个人如何对待自己的身体，就会如何对待自己的人生、事业和感情。

当时她不懂，现在发现真是金玉良言。典型的例子是陆西仁，他是艺术总监，靠爆发式灵感工作，吃喝不节制，喜欢熬夜，感情生活也是乱七八糟、处处留情；常枫对食物欲望不强烈，不锻炼身体，生病也不当回事，所以他也理所应当地把King放在第一位；而贺英泽是最爱自己身体的人，他在衣食住行上从不亏待自己，从不熬夜，从不节食，但都相当有节制，还会定期去健身房、打高尔夫球、做全身体检，这样爱自己的人，理所当然地收获了成功而自私的人生，感情上也是人生赢家。她跟贺英泽学了很多好的生活习惯，也越来越觉得，认识他是一种幸运。

这种想法只持续到她下楼为止。

常枫和陆西仁不知道什么时候来了。一看见她，陆西仁的嘴成了"O"形，常枫惊讶地从椅子上站起来："哇，洛小姐……你跟六哥去香港过夜就算了，现在直接回家了？"

他们似乎不知道她住在这里。她看了一眼贺英泽，想要寻求帮助，他叼着吐司翻报纸，没接到任何信号。见她没吭声，常枫更加确信了自己的猜想："这还是我第一次看见六哥把女人带到家里，洛小姐，你有几把刷子啊。"

她扛不住，直接到厨房给自己弄早餐，灌了自己一口牛奶。常枫无疑是个八卦王，表现得更加惊讶了："你不会是和六哥同居了吧？！天啊，你们俩不会是假戏真做了吧！！"

陆西仁也配合说："难道这一朵含苞待放的蔷薇，终于在六哥的耕耘下灼灼绽放了？"

洛薇差一点喷牛奶，赶紧摆手："不是不是不是，我只是来这里为你们六哥当厨师，负责午饭晚饭。"

他们这才半信半疑地坐回椅子上，难以理解地有些失望。她端着早餐坐到餐桌旁，一语不发地用餐，想早点离开这里。贺英泽和两位属下总算回到了正常的对话中。想到还要继续忙新品策划，洛薇迅速吃好，把餐具放下。贺英泽也放下报纸："你就吃这点？"

"对啊。"她才瘦下来，可不想立刻反弹。

他将面前没动过的一盘早餐推过来："把这些吃了。"

"谢谢，但我饱了，不吃啦。"她赔着笑把盘子推回去。

他又把盘子推回来，压迫感十足地看着她。她觉得头皮发麻，态度还是非常坚决："不要，我好饱。我真的不想吃。"

"早餐重要，吃。"

本以为这段时间他命令人的习惯有所改变，没想到还是以前的样子。看着眼前金黄的煎蛋、肥而不腻的新鲜培根、蜂蜜华夫饼，她觉得胃口变好了一点点。然而，想到她与贺英泽的差距，她还是意志坚定地把盘子推回去："随便你说什么，我不吃。"

"洛薇，你不用减肥。"

她眨眨眼，没想到贺英泽也会说一些好听的话，于是好奇地说："为什么？"

"瘦死的骆驼比马大，减也没用。"

"……"她头上青筋乱跳，堆了满脸应酬式的笑，"你这样做，会让我不由得怀疑你是想报烧卖之仇呢，贺先生。"

"你为什么要质疑，"他从椅子上站起来，绕到她身边，叉了一块培根就送到她嘴边，"我就是在报仇。"

"我就知道，我是不会中招的！"她冷笑着"负隅顽抗"，最后却还是掰不过他，被他捏住双颊，塞了一块培根进嘴里。她正想吐出来表示抗议，转身却不小心把他放在桌上的钱夹撞掉在地上。她道了个歉，赶紧背着他把它捡起来，里面滑落出一张植物标本和两张旧照片：植物标本就是之前他们从时间囊里拿出的干枯蔷薇。第一张照片中,她与贺英泽都还是小孩子,他们坐在草坪上,她吃力地抱住他的胳膊,笑得特别欢快,他则是面无表情地把她的双马尾抓起来;第二张照片只有她一个人,是她穿着高中夏季校服的剪影。照片上的她走在梧桐树下,手抱书本,一手把被风扬起的发丝别在耳朵后面。她对第二张照片毫无印象,但能清楚地记得高中拍毕业照那一天,有一个人对她说自己是青春杂志社的摄影师,想拍她的照片作为素材。她大方答应后,他就让她自然行走,拍下了几张照片。

这张照片为什么会出现在贺英泽的钱夹里?而且照片边角有磨损,看来不是一天两天的事了……

她突然觉得呼吸都有些困难,本来想把两张照片都塞回去,但想想自己发呆了这么久,想掩饰也很难,于是迅速把蔷薇标本和后面那张照片塞回钱夹,只拿着小时的照片说:"咦,这不是我们小时候的照片吗,你居然还留着。"

贺英泽面不改色地夺回钱夹和照片:"上次合作方让我找青梅竹马孩童时期的素材,我看见这张就拿去用了。"

这撒谎速度和应变能力,真是上吉尼斯世界纪录都可以。她凑过去端详照片,笑着说:"我小时候好可爱对吗?"

"包子。"

"每次我看见自己小时候的照片都会觉得,这小女孩真是太萌了。难怪以前你们都那么喜欢照顾我,看见这样可爱的小朋友,我也会忍不住善待她的。"

对着照片发了半天花痴,察觉到贺英泽陷入了沉默。回头看了他一眼,见他正用难解的眼神看着自己,她意识到两个人的距离,浑身神经都绷了起来,但还是横了他一眼说:"是不是想说我长残了?那也没关系,以后等我有了女儿,她还会这么好看。"

"放心,你的女儿一定比这个好看。"

如果这话换作别人说出来,洛薇一定只当是恭维的话,但贺英泽从来不无故恭维人,她好奇起来:"咦,你怎么知道?"

"因为女儿都像爸爸。"

"小樱，你几个意思啊？你怎么知道孩子爸爸就会比我好看？"

他没说话，只是揉乱了她的头发，收好钱夹上楼了。可是他走了以后，她却比之前更加心乱。想起他们之间的对话，再想想这两张照片，她就莫名感到有些心动，又有些心酸。

一个男人把一个女孩子的照片放在钱夹里，还有什么意义呢？他是明确拒绝过她的。

现在，她既得不到他的爱，也无法从单恋的牢狱中走出来。

他说她的孩子一定会比她好看。可是，她还有可能结婚生子吗？

再次留意到常枫和陆西仁，她发现他俩已震惊得嘴巴都能装个鸭蛋。陆西仁震惊地说："这还不叫恋爱？也是，这就是夫妻生活啊……"

洛薇脸颊滚烫地说："他只是控制欲旺盛。"

想到自己的体重，她愤怒地把纸巾揉成一团，朝贺泽英的背影扔去。

"洛薇……"陆西仁朝她勾勾手指，待她靠近一些，小声说道，"我觉得啊，六哥对你可能已经……你懂的。"

"我不懂。你这么懂他，你们在一起好了。"

"……"陆西仁看了她一会儿，"我还是比较喜欢黄玫瑰小姐。"

常枫却介入他们中间，难得俨然地说："其实，洛小姐，为了你自己好，请和六哥保持距离。"

"我当然知道。"她回答得很快，神色也轻巧，但明显听见自己心里"咯噔"一下，"他已经不是单身啦。"

"不。女朋友是多大的事？就算结了婚，只要他愿意玩也可以。"

隐约觉得情况有些不对，洛薇端详了一下常枫。他望着她，斟酌了十多秒，告诉了她关于贺英泽回到南岛发生的一些事。

原来，贺英泽不光有个大名鼎鼎的爹，他母亲也不是普通人物：她和周锦茹是同一届选美出来的宫州小姐。不过，当时周锦茹拿的名次是第一，他母亲吴赛玉拿的是第四。虽然名次只差三位，两个女人却走上了截然不同的道路——周锦茹嫁给谢茂，过上了豪门太太的滋润生活；吴赛玉跟了贺炎，没名没分，和他走上了颠沛流离的黑道之路。

尽管那时贺炎已经有了两个姨太，吴赛玉还是在他最落魄的时候跟了他。他原本火暴的脾气，时常因挫折变本加厉。她却不离不弃、无怨无悔，贴心地陪伴他，照料他的生活起居。选美结束后第一年，吴赛玉怀了孩子。贺炎深受父亲器重，大部分时间都与父亲在外奔波，一个月见不到她几次。她身体虚弱，但也十分要强，不愿吐半点苦水。十月怀胎过后，贺炎仍然很难抽出时间，就连妻子难产的事都是别人告诉他的。医生尽了全力，还是没有办法，要他们面对二选一的难题。贺炎选了保母亲。吴赛玉却说要保孩子。如果孩子活不了，她即便活了也会立刻去死。他了解她的个性，她虽温婉，骨子里却很倔强，凡事说到做到。二人一番争执后，他终于缴械投降，威胁医生说，母子一个都不能没。然而到最后，母亲还是没能留住。这医生被贺炎亲自用子弹打穿了头盖骨。

贺英泽从小随管家长大，长得像母亲，性格却像父亲。初中之前，他从未感受过父爱，母爱更像是天方夜谭一样遥不可及。贺家在宫州又是一个男权至上的家族，所以，在贺英泽的人生中，没有出现过能够引导他的正常女人。外加知道母亲的故事时正逢叛逆期，他对女人和爱情的态度变得更加奇怪。从十五年前贺炎死去，贺英泽简直就像是被仇人抚养着长大一样。哥哥们带他去赌场黑市的次数，比其他孩子去游乐场的次数还要多。陪伴他一起长大的人，不是一群同龄小伙伴，而是一群持枪保镖。

十三年前，作为一个初中生，他已经能毫无阻碍地与人聊枪支弹药、军火走私、藏剑杀人的话题。当父亲的好友说"我这匕首如此锋利，靠的是人肉磨刀石"并捶腿大笑时，他也能找到笑点，勾着嘴角轻轻笑出来。十一年前，他刚上高中，就在家人的安排下，在一个经验丰富的二十八岁美艳女子身上失去了童贞。九年前，他在金融圈崭露头角，展现不俗的商业天赋。这个时候，苏嘉年参加国际钢琴大赛获得第一名，一举成名。洛薇和他已失去联系。七年前，贺英泽患上抑郁症，大学辍学，吃了一整年的抗抑郁症药。这一年，洛薇正在忙着高考。年末，常枫开始鼓励贺英泽，让贺英泽专心投身商业。五年前，贺英泽用钻石捞到了第一桶金，取得了家族的信赖。到这个阶段，他的生活作风已经和现在没太大差别，只是各方面都没现在大手笔。这时候，洛薇才刚在大学谈第一场恋爱。直到两年前，贺英泽变成了珠宝业的领军人物，从四哥那里接手甄姬王城。

仔细想想，洛薇居然不知道贺家的教育方式能否算成功。但是，只要一想到他曾受过这么多委屈，她就会想拥抱住他。最后，常枫说了一句话："现在你知道了吗？六哥这样的人，不会在一个女人身上浪费太多时间。"

　　"我不在乎他是否愿意浪费时间在我身上。"洛薇笑了笑，惊讶于自己并不感到难过，"我只是想对他好，想他过得好。"

　　她并不是感情白痴，当然明白这一夜后飞速升温的粉色气味代表了什么。她也知道，男人和女人不一样。女人一旦爱起来，就会每天幻想与这个人结婚而后白头到老的画面。而男人的爱分两种，一种是和女人一样的婚姻之爱，一种是激情之爱。两种爱的程度都一样，有时后者更甚，但后者是有时限的，多则数年，短则一夜。所以，哪怕有女友存在，贺英泽应该也不会排斥给她一段激情之爱。她头热过，觉得不管以后会发生什么，现在顺其自然就好。只是理智到底还是艰辛地战胜了情感。在这段感情中，她已经很辛苦了，不愿更加痛苦。如果和他继续下去，她不仅会失去爱情，还会失去尊严、名誉。

　　从这一天开始，她再没有和贺英泽走那么近过。

　　这一天下午下课了，小辣椒和几个同学走出大学校门，本想去买几本书，却被围观人群夺走了注意。顺着师生们的目光看去，一幕与学术氛围格格不入的画面出现了：梧桐叶飘落，染黄了橘柚飘香的秋季，一辆亮黄色的跑车停在校门口。跑车底盘低得几乎贴在地上，整个呈比目鱼形状，是属于那种停在任何一个小城市都会被路人围观合照的款式。更夺人眼球的是靠在车前的男人。他穿着群青色西装，一头法式小鬈发当真把他烘托得有了几分欧洲古典气质，黑领带上镶嵌的闪亮银线却出卖了他的骚包内心。他怀里抱着一捧金子般的黄玫瑰，地面上有黄玫瑰花瓣铺成的女性侧脸和一行字：*致我的黄玫瑰小姐*。

　　身边的同学都看傻了眼，偷偷问是哪个校花级的美女被看上了。小辣椒整个人都凝固成了石膏。她拉着她们低头小跑而去，却听见身后陆西仁的大喊："语菲，我在这里！"

　　"哇，语……语菲，那……那个人好像在叫你？"同学站住了脚步，使劲拉扯她的袖子。她来不及解释，只能埋头狂奔。察觉陆西仁没有再呼唤她，她松了一口气，继续小跑前进，只想低调地从人群中消失。

可是，排气管的声音雷鸣般呼啸而来，那辆跑车刹在了她前方不远处。陆西仁抱着花，从上面走了下来。小辣椒想跑也来不及了，因为她已经变成了这个丢脸事件中的焦点人物。没有任何神灵来拯救她。她只能硬着头皮，看着陆西仁走向自己。他微微一笑，怕惊吓到她般，柔声说："嗨，苏小姐。"

"有何贵干啊？"她无奈地说道。这男人到底是在做什么？她不过是送了几次快递，他就跑到她学校来发神经。可恶，顺通快递不是说过要为员工的资料保密吗？

"既然你已经发现了我的身份，那我也不再做无谓的挣扎。和我约会吧，我亲爱的黄玫瑰小姐，我好像爱上你了。"

他的声音很小，但足以让周围的人都听见。一阵闹腾的起哄声响起，夹杂着几个女孩子花痴的惊叹，小辣椒只觉得更加丢脸了。她才不管他的出现有多么高调华丽，只知道他是有名的种马男，这番告白也告得随便又乱七八糟。

等了半晌也没有得到答案，陆西仁低下头，投以好奇宝宝般的天真目光："语菲，你的答案呢？"

"答应他！答应他！"旁边有几个学生应景地喊起来。小辣椒的同学也抱成一团，星星眼看着这一幕，没喝酒就被这个多金浪漫的"黄马"王子迷得烂醉。她们多么期待好姐妹流下热泪，直接和他谈恋爱，这样她们以后每天都可以看偶像剧了。

小辣椒满脑子想的却是该如何躲过窘境。陆西仁捏住她的下巴晃了晃，轻佻地笑了一下，丢出撒手锏："我可是很优秀的人，只要有我，以后你都不用再打工了。"

看见她的脸逐渐红成了熟透的番茄，他嘴角勾成了自信的形状。正准备进行进一步攻势，却听见她怪叫一声，跳了起来。下身感到灭顶的疼痛。以村上春树的话来说，就是"被踢蛋蛋的感觉像是世界毁灭一样"。他张开口，完全发不出声来，捂着裤裆跪在地上。

就是那句"以后你都不用再打工了",把小辣椒从羞涩少女变回踢蛋侠。一直以来,她都喜欢自立更生,不愿靠家里,更不喜欢听这种带有男权色彩的话。她冷眼俯视他:"再来这么一次,我就告你性骚扰。"

陆西仁猜到了这个故事的开头,却没猜到它的结尾。他痛不欲生,手指颤抖地指着她,见她越走越远,意识到一个可怕的事实:他陆西仁纵横情场多年,居然有一天,连花都还没有送出去,就被……

最近,洛薇心中自然是苦闷的,但她在事业上发现了新的突破口,算是化解悲哀私生活的一剂良药。这个突破口就是谢欣琪的情商下限。

谢欣琪身为官州著名富商的女儿,居然是个完全不懂商业的人。她不仅有着艺术家的天赋,还有艺术家的臭脾气——一谈钱就跟幼儿园小朋友似的任性。在谢欣琪的新品上市前夕,洛薇已经听到了Cici那边的风吹草动:谢欣琪设计了成本极为高昂的绿宝石配养殖珍珠项链耳环套装,想以它为主打产品,它的价格高出市面上所有竞争对手主打新品的价格数倍。不管公司高层如何要求她更改方案、减少成本,她都不做半点妥协,甚至以辞职、撤销谢氏的赞助要挟他们。更让人无法理解的是,谢欣琪坚持不用一线女星当产品代言人,而是请来了一个只在法国有名的芭蕾舞者,说只有她的肢体动作,才能完美地诠释这件艺术品的意义。传闻Cici内部因此吵得热火朝天,也不知道他们最终方案是什么,但对洛薇来说,有谢欣琪这份傻和冲动就已经足够。她对Mélanie Green的新品策划有了初步方案。

"什么?再做一份高端珠宝的设计方案?"听到她的话,设计师吓得扶了扶眼镜,"可是,洛小姐,我们的规模和资历在业内都……都不是很理想,Mélanie Green本身是二线品牌,初次转型又刚好撞上谢欣琪,总觉得……"

洛薇笑眯眯地说:"我只是说准备第二套方案,并没有完全决定下来,你就怕成这样?这种强大的畏惧和不自信,是马兰欧尼学院的老师教你的吗?"

"当……当然不是,可是……"

"相信你自己,你是一个很有才华的设计师,只是没有谢大小姐高调而已。记住,要奢华,宝石材质统统换成最好的。细微改动都交给你了,其他

234

的部分我来搞定。"洛薇拍拍胸口，冲设计师眨了眨一只眼。

她一个人走到工作室外，思索了很久，拨通了一年多没拨过的电话。她在空荡荡的长廊中听见电话的嘟声、自己不确定的脚步声，终于等到那边的人说了一声"喂"。她停下来，望着身侧全身镜般的橱窗，演练出亲和力满分的微笑："嗨，嘉年哥，好久没联络，你在忙什么呢？"

"你有什么事？"

苏嘉年的声音听上去很疏远，但仔细品味他语气中不够自然的强势，她就知道，他在硬撑。她放心地继续说："当然是有好事才会找我的好朋友。为了回馈你去年替我找工作，我想给你提供一个轻松赚钱的机会——当Mélanie Green的新品代言人，你觉得如何？"

"我没兴趣。"

"你是艺术家，不为珠宝艺术品代言，难道要去为碳酸饮料代言？"

"还有事吗？"

"不如这样，我们来打个赌。如果我赢了，你就答应我，接下这份工作。如果我输了，我就无条件为你做一件事，这条件听上去不错吧？"

"……什么赌？"

"我赌你为我代言以后，Mélanie Green的业绩会高于Cici。"

"你这是在偷换概念。何况Mélanie Green的业绩高不高，关我什么事？"听见洛薇只是笑了两声，电话那一头，苏嘉年沉默了很久，突然清清冷冷地说："我再想想吧。"

"好的，你愿意考虑，就证明我还有机会。我已经很感动了。"

挂掉电话以后，洛薇并没有等太久就收到了苏嘉年发来的短信。内容让她有些意外："我没有什么想要你做的，算了吧。"

原本以为他好歹会提一些无法实现的要求，没想到他这么难搞。但她心中还有另一把算盘。

这个机会就在九月二十九日，小学学长的婚礼上。新郎是苏嘉年的同学，而洛薇是通过小辣椒才混进去的——这里有她再度说服苏嘉年的机会。

很显然，这对新人决定在花室内举办婚礼后就没考虑天气的问题。婚礼那一日，台风自北半球卷席到了宫州。市内高楼大厦钢铁丛林般岿然不动，但公园里上演了雷斯达尔《灌木》油画的现实版，苍天大树都被吹得快与地面平行了。随后，雨云成为画家的手，台风成为无数道白色笔刷，在灰色的高空中刷下密集的雨点，晃动成了满天苍凉丝网。洛薇打车在酒店门口停下，随着人群挤进礼堂，拿着邀请函在苏嘉年和小辣椒旁边坐下。

苏嘉年对她心中有怨，态度不冷不热，对话也是有一句没一句的。她很敏锐地察觉到他并没有那么讨厌自己，于是澄清之前贺英泽为自己出面只是出于旧友情谊。见他开始半信半疑，她又搬出童年玩伴的撒手锏，聊小时候各种糗事，绝口不提任何商业合作。他很快被她融化，听她说着说着，嘴角无意识地扬起；又过了一会儿，就轻轻笑出声来。最后在小辣椒的推波助澜下，她总算逮到机会，掏出手机与苏嘉年来了一张自拍合照。

得逞以后她高兴坏了，起身出门想要发工作邮件，没想到却在不远处看见了熟悉的身影。

是贺英泽！

她这才迟钝地想起，新郎曾是小樱校霸时期的小跟班，还起哄开过她和小樱的玩笑。突如其来的雀跃之情侵占了她的心。这种感觉这样熟悉，小学时，她在低年级的区域看见高年级学生走过，不经意看见神似小樱的背影，还不确定的那个瞬间，也有这样的情绪。

可是她很快发现，有一个女人挽着他的手——是倪蕾。他们挽手的动作亲昵自然，完全不似洛薇与贺英泽每每相对时的僵硬。

原来，心被掏空的感觉是这样。不是一寸一寸，而是刹那间的事。她一直记得他们的关系，但是因为自从搬进贺英泽家中，她就再也没见过倪蕾，贺英泽并非单身的事实就被渐渐淡化。

他是有女友的人，倪蕾是他的女朋友。意识到了这一点，她不仅感到难过，还感到了无端的畏惧。当倪蕾不经意间捕捉到了她的视线，她所做的第一反应，居然是逃之夭夭。可是，倪蕾叫住了她："洛薇？洛薇！这里这里！"

贺英泽也转过头来。他穿着休闲黑西装和浅紫色衬衫，腕表也是简单的款式，却比周围系了领结又戴了花的男性宾客有气质得多。在很远的地方，她就能感受到他凝冰的视线。她不敢看他的眼睛，硬着头皮走过去，视线飘忽地和他们打招呼。倪蕾对她还是很热情，他也并没有不适应，只是目光一直锁定在她身上，不知道在想些什么。

"你也来了。"他的声音从上方飘来。传入她耳朵时，她的耳根都变成了滚烫的。

"是……是啊……"她只觉得像被扒光了衣服扔在集市中，只能低头简短地答话，再也无法恢复以往的开朗。她想起无数个自己对他心动的瞬间，他们亲吻的瞬间，还有那一夜他们背对彼此睡在同一张床上的情景……她觉得对不起倪蕾，又没脸见贺英泽。简直像一个被道德谴责的坏女人。

不。其实，她什么也不是，连听他说一句"喜欢你"的机会都没有。他原本就不是属于自己的。回忆、自以为是的暧昧，都敌不过现实。她不过放大了自己的感受，把自己幻想成了他的女主角。

对他有过朦胧的初恋也好，心疼他的经历也好，这都是她的感情。和他一点关系都没有。

十六面镜

秋雨

执子之手，与子偕老。

这大概是世上最悲伤的八个字。

贺英泽态度比平时冷漠很多，他自己找到位置坐下了。倪蕾与洛薇聊了几分钟，忽然弯着身子捂了一下嘴。洛薇连忙扶住她，问她是否觉得不舒服。

　　"你能陪我去一下洗手间吗？"倪蕾细细的手指跟鹦鹉爪子似的扣住她的手臂，"我觉得想吐……"

　　"啊，好的。"

　　不知为什么，扶着她进入洗手间的过程中，洛薇心中被不安的乌云笼罩。听见倪蕾在隔间里对马桶发出呕吐的声音，她担心地问了一声："倪蕾，你还好吗？"却没有得到回答。不安像病毒般飞速扩散，直到倪蕾冲出来，与她擦身而过时轻轻说了一句话，彻底宣判了她的死刑。

　　那句话是："怀孕好难过。"

　　倪蕾在盥洗池面前弯下腰，拼命漱口，还是很痛苦的样子。洛薇看见镜中的自己，脸色并没有比她好到哪里去。她看见镜中人像被巨石从后背重重砸了一下似的，也弓着背，皱着眉轻拍倪蕾的背，却半天不知如何开口。

　　面对另一个人悲伤表情的时候，感性的人情绪也会受到影响。例如一个女孩哭着讲自己刻骨铭心的爱情，她的好朋友往往也会跟着哭泣。这一刻同样如此。洛薇本来可以忍住不哭，但看见镜中自己那么悲伤的表情，也不能自控地红了眼睛。她快速擦掉眼角的泪，挤出勉强的微笑："这是好事啊。

你们很快也会结婚了吧。"

"我还没告诉King。我……我没自信，不知道他能不能接受这个孩子。"倪蕾眼中有泪水，也不知道是否只因为呕吐。

洛薇知道，倪蕾真心喜欢贺英泽。她无法伤害这样的女人，因为她们是同一类人。她能理解爱上他的心酸。她与他也早该做出一个了断。不如就挑这个时候吧。她扶起倪蕾，用纸巾擦掉倪蕾的眼泪和嘴角的水渍，微笑着说："贺英泽是个很有雄心壮志的男人，这样的男人往往很喜欢孩子。你本来就是他的女友，他会很高兴的。"

"真的吗？他不会嫌弃我吗？"倪蕾眼中闪出一丝希望之光，脸庞年轻、美丽、充满期待，真是好看极了。

"当然不会，你怎么可以说这么妄自菲薄的话？如果你都配不上他，那没有人配得上了。你不用担心他的臭脾气啦，我认识他很多年，他一直是这样。表面有点大男子主义，嘴毒，跟野马似的放荡不羁，内心却非常有责任感，充满正能量。挑一个合适的机会告诉他吧，他会欣喜若狂的。"

倪蕾的泪光更加晶亮了，抱住洛薇哭了出来。洛薇拍拍她的背，紧抿着唇，一双兔子眼望着上方，竭力不让泪水落下。

如果不是这次对话，她大概不会这样清晰地发现，贺英泽还有这么多优点。而且，为他说越多好话，她就越喜欢他。他是一个很好很好的人，她真舍不得放弃。她也明白，谁都喜欢两万欧元一套的巴黎女装，只要打扮稍微得体的女性，都有机会去专卖店小心地提起它看一看。但是，真正有能力把它买下来的人不多。如果自身经济实力不雄厚，勉强凑钱买下来，也会知道这并不是自己配得上的衣服。挑男人也是一样的道理。任何女人遇到贺英泽这样的男人，都会舍不得离开。优秀的女性如此多，他如此精明，当然能看出来她并不是其中最出类拔萃的。

安抚好了倪蕾，洛薇陪着她出去，刚好新婚夫妇的结婚仪式也正式开始。新郎在舞台中央等候新娘到来。洛薇在苏嘉年和小辣椒身边坐下来，悄悄说了一声："真没想到，这家伙以前那么能闹腾，今天还有点帅气。"

小辣椒耸耸肩："是啊，男人还是这种适合结婚的好。花花公子没什么意思。"

洛薇思索了一阵子，转头笑着说："这可不像你说的话，怎么，最近被外表风流的男孩缠上了？"

"洛薇你知道吗，我最讨厌的就是你这恐怖的洞察力。"

"看来是真的了。说说看，是什么人呢？"

小辣椒是藏不住秘密的人，老老实实把陆西仁做的事全部告诉了洛薇。听到后面的踢蛋事件，洛薇笑得差点喷了茶："原来黄玫瑰小姐就是你啊。"

"什么，你也知道这个恶心的外号？"

"对啊，这个名字都快变成陆西仁的口头禅了。我还以为是他自己臆想的艺术人物呢。"

小辣椒想说点什么，终究还是用一杯酒堵住了后面的话。过了一会儿，她揉乱了自己的短发，烦躁地说："哎呀，我不管啦，他就是个神经病，随便他吧。"

洛薇观察她的表情，笑盈盈地说："真好，连小辣椒都要恋爱了。"

小辣椒张大口，露出白皙的牙齿："你在胡说八道什么，我才不喜欢他！洛薇，你不准瞎猜，更不准对他乱说话，知不知道……"

掌声响起来，小辣椒继续说了什么，洛薇并没有听进去。因为这时，婚礼现场有大片玫瑰花瓣和泡沫从天而降，下起了一场童话王国里才有的魔幻大雨。隔着花瓣、泡沫、插着两个穿礼服小人的蛋糕、白色天鹅摆设与掌声，她看见了坐在水晶舞台对面的贺英泽。他眼眸幽深，再度投来了冰冷的视线，但也只是一瞬间。而后他转过头去，动作优雅地为两位新人鼓掌。从这一刻开始，她再也听不进任何声音。眼前一切画面都成了电影中的慢镜头，连心痛的时间都被拉长了。她快速转过头来，垂头看着纷纷落在膝上的玫瑰花瓣，强撑着意志不让自己被打垮，听苏嘉年说话。

终于，新娘穿着初雪色的婚纱，冰霜天使般走到新郎面前。他们深情对望中，司仪演说了很长一段煽情的台词，令在场无数人落泪。然后，新郎接过话筒，缓缓说："人生能有几回发自内心感到幸福、难忘的时刻？我想，这就是我这一生中最难忘的一个瞬间。请相信我，我会永远深深爱着我的妻子，一生保护她，为她创建美好的家庭。"

在一片默默的哭泣中，新娘温柔地微笑，对着话筒说："生死契阔，与子成说。执子之手，与子偕老。"

相较于其他动物，人之所以会受到情感伤害，或许就是因为语言太过浪漫。因为有了承诺，把一切都讲述得太过美好，才会有失去时的痛彻心肺。从千年前的"执子之手，与子偕老"，到现在的"会爱你一生"，这些言语多么可笑。谁能确保自己一生不变到白头？哪怕有婚姻束缚，也可以大难临头各自飞。可但凡陷入爱情的人，都愿意相信这肤浅的告白。

洛薇是很会哄人开心的人，因此比一般人更不相信这些口头上的承诺。但是，她多么希望自己与那个人是台上的两个人。只有一刻也好，她想听听这句谎言，也想亲口说一次谎言。

执子之手，与子偕老。

这大概是世上最悲伤的八个字。这简简单单的八个字感动了所有人，让她也忍不住热泪盈眶，偷偷抹眼泪。

接着，最尴尬的环节来了。司仪用话筒宣布，所有未婚的女性都请站到台上来。按照以前的习惯，洛薇应该第一时间冲上去抢捧花。可是，身边的小辣椒都大大咧咧地上去了，她还是坐在原处一动不动。她还像四岁时那样，那么想当新娘吗？她抬头看了一眼坐在对面的贺英泽，发现他竟然也不经意地看了过来，只是目光还是和刚才一样冷漠。

他是否还有儿时的记忆，是否也刚好记起了她当年做的傻事，是否还记得她说过要他帮忙抢捧花？算了，她不需要知道这些。只要记住他不爱她，不要再做傻事，就够了。现在，他身边的倪蕾却更像当年四岁的洛薇，放下手里的包包，一脸娇羞地快步走上台，和单身女性们、伴娘们站在一起。听见司仪反复追问是否还有单身女性，甚至舞台上的灯光都打到洛薇身上了，洛薇也只是深深地埋下头。

如果不是嫁给真心喜欢的人，什么时候结婚，是不是下一个新娘，都不是那么重要。

她不想当新娘了。也不再想结婚了。

等仪式结束，大家相互敬酒时，雨声已经和室内热闹的人声差不多大。一些女孩为没带伞发愁，单身男士们趁机展现绅士风度，拿出自己的伞说要送她们回家。洛薇一个人走到电梯口，却又看见了远处站在意式吊灯下的贺英泽和倪蕾。倪蕾看上去情绪不稳定，眼中含泪，委屈地说着什么。贺英泽神情有些严肃，开口说了几句话，她就激动地捶打他的胸口，两个人拉拉扯扯一阵，就抱在了一起。

看样子，贺英泽应该是说了什么伤人的话。伤害爱他的人一直是他最擅长的事。但又怎样呢，他的孩子在倪蕾肚子里。

电梯铃声响起，洛薇连和朋友打招呼的精力都没有，就拖着沉重的脚步进去，再也不愿回头。仿佛正在落入无底的地狱，电梯以令人心慌的速度往下坠。它的一边是酒店纸醉金迷的奢侈世界，一边是被雨淋湿的深黑宫州。下着雨的沙滩上空无一人，雨水是鱼鳞汇聚的星河，落入深海那一片黑色的荒芜。因为酒店是超五星的，来参加婚礼的宾客多数都有车，他们都进入了地下停车库，门前并没有太多被大雨堵住的人。洛薇在手机上使用出租车App，但加了三十元的小费都没有师傅接单。她等了近二十分钟，正考虑要不要再加十元，屏幕上却出现了来电提示"小樱"。等它响了大约十秒，贺英泽果然准时地挂断了电话，并且没有再打过来。这十秒是多么漫长，让她的内心经历了一次大海啸到死寂的过程。她把未接电话里的名字编辑了一下，换成了"King"，然后继续叫出租车。

"洛薇，你怎么一个人跑了？"

听见熟悉的声音，洛薇惊讶地回头，看见苏嘉年迎面走来，赶紧找了借口："我还有工作要做，所以赶了点，本来想给你们发消息……对了，小辣椒呢？"

"她自己开车走了，说是还要送快递。你还是第一次听说开SUV送快递的吧？"苏嘉年笑了笑，把伞撑开，挡在她头上，"我送你回去吧。我的车停在外面。"

想到现在已经天黑，苏嘉年又不是单身，这样不太方便，洛薇摆摆手说："不用不用，我已经叫了车，车马上到。"

"把订单取消吧，我送你。"

"真的不用了，我不喜欢放司机鸽子。"

"如果不方便说，我帮你说。你把司机的手机号给我，我给他小费让他

244

不用来了。"

不知道他为什么这么坚持，洛薇更加窘迫了，正思索怎么继续推拒，他忽然伸出胳膊来，揽肩抱住她。她吓了一跳，条件反射地想推开他，他却抱得更紧了。刹那间，万籁俱寂，她只能听见雨声与他紊乱的心跳。知道情况已经完全失控，她只能笑着说："嘉年哥，虽然我们哥俩儿感情好，但这样被你女朋友看到，也会很难解释的。快松开啦，有话好好说。"

刘海儿盖住了苏嘉年的眼睛，他的声音也变得更加低沉："他喜欢你多久，我就喜欢了你多久。"

"……什么？你在说什么？"

"贺英泽。"他语速慢了一些，也更加坚定了，"他喜欢你多久，我就喜欢了你多久。我的喜欢不会比他少一点，你为什么从来不考虑我？"

他都在胡说什么，这都是多么没有逻辑的话啊！贺英泽喜欢她？就算有喜欢，也只是程度很低的喜欢吧。她厘清混乱的思路，叹了一口气，拍拍苏嘉年的背："你先松手，有话好好说。"

他警惕起来，把她箍得骨头都疼了，嗓音带着鼻音，有些沙哑："不，我不会再放你走了。我知道你在想什么。我确实和欣琪还在一起，但我是言不由衷的。你只要再等我一段……"

他话没说完，一只大手抓住洛薇的手腕，随即强大的力量把她从苏嘉年的臂弯中拽出来！她还没来得及惊讶，已经被人藏在了身后，一个高大的身影挡在自己面前。男人扫了一眼苏嘉年，就大步转身走去，强硬地拖着她往前走了一段路。她跌跌撞撞地跟着，两次差点绊倒在地，终于意识到这个人是谁，情绪铁石落水般被打乱。她拼命挣扎着想摆脱他，一边推他的手腕，一边使尽全力后退，比面对苏嘉年时防备心重了许多："放手！你放开我！"

苏嘉年也冲过来，挡在他们面前，一脸愠怒："贺英泽你放开她！没看到她不愿意跟你走吗？！"

"她愿不愿意跟我走，还轮不到你来管。"在她前方响起的声音情绪并无起伏，却充满威慑力。

"那也轮不到你管！"洛薇急得脸都红了，却还是没法动弹半分。

苏嘉年走近两步，面色阴森，徐徐地说："听到了吗，她讨厌你。"

"她再讨厌我，也依然是我太太。我们夫妻之间的事，外人没资格插嘴。让开。"贺英泽推开一脸惊诧的苏嘉年，不顾洛薇的痛苦心情，继续往大厅另一道门走去。

"洛薇，他说的是真的吗？你和他结婚了？！"

不管苏嘉年在后面询问多少次，洛薇都无法回答，只是装聋作哑地逃避现实，同时不忘使了吃奶的力气与贺英泽对抗。可女人和男人斗力气实在不明智，她像只小鸡被拎走一样被他拽到楼梯口暗处，一点反抗余地也没有。他单手插在裤兜里，面无表情地训斥："你是不是哪根神经坏了。苏嘉年有女友，你不知道？"

她侧过头去，不愿直视他，也不愿解释："我有点事想跟你商量。"

"什么事？"他态度依旧高傲至极。对他这样的态度，她原应感到习惯，但是，这一刻她只觉得他离自己异常遥远。一时间她有些害怕，但还是继续说："我们去把离婚手续办了吧。"

"现在你还没有安全。"

她把之前就想好的理由说出来："我不介意。再这样耽搁下去，以后真想结婚就难了。你看，有这个结婚证，今天我都不能上去接捧花。"

"这是你不上去接捧花的原因？"

"不然呢？"

他笑了一下："我还以为是你已经长大了，没想到还是一样幼稚。你说说，是婚姻重要，还是生命安全重要？"

他果然还是记得的。明明已经有了倪蕾，两个人已经结合有了后代，为什么还要关心她的死活？让她这样误会下去，对他根本没有半点好处。她皱了皱眉，坚定地说："女人的青春有多宝贵，你比我懂。我只想和对的人结婚。"

贺英泽没有同情她，反而更加冷酷："我一直以为你是有脑子的女人，怎么现在跟别的女人一样糊涂，愁嫁的冲动都超过活命了？你才几岁，有什么好担心的？"

"对的人不是立刻就能遇到的。"

可是，如果你是错的人，那即便遇到对的人，我也不会再爱了。

"就你现在这样的心态，也不可能遇到对的人。现在和一个有女友的男人保持这种暧昧关系，更是不明智。"

雨声比钢琴孤独，浇灌着千点万点音符，为高耸的楼群书写出悲伤的曲谱。洛薇的心里乱极了，想起自己喜欢贺英泽喜欢得这么痛苦，滚烫的泪水盈满眼眶。她几乎把嘴唇咬破，指甲把手心刺破，却还是没能控制住泪水往外涌。她又听见他不带感情地讥讽："洛薇，你是想当小三吗？"

他说话从来尖锐又不留情面，把她的心戳得千疮百孔。她苦笑："你说的'有女友的男人'是谁呢？"

"没必要装傻，刚才我都看到了。"

"哦，原来你说的人是苏嘉年啊，我还以为是在说你自己呢。"她抬头，满脸泪痕，眼神却比刀锋还尖锐，"我就觉得奇怪了，难道跟你混在一起，我就不是小三？"

贺英泽的眼眸骤然睁大。

她笑了一下，脸上大颗大颗掉落的泪水仿佛与她毫无关系："贺英泽，你真认为我是个蠢女人，什么都不懂，对不对？你这段时间假装无意识地和我拉近关系，难道真的一秒钟都没想到过倪蕾？你以为在钱夹里放了我高中时的照片，就可以粉饰玩弄我的事实？真以为我傻到这种程度了吗……"说到这里，她再也硬气不下去，哭得稀里哗啦，呜咽着说："不对，我在胡说什么，我们能是什么关系呢，我们什么都不是……"

忽然，哭到颤抖的身体被贺英泽拥入怀中。她愕然地抬头，一双松软的唇却压了下来，轻轻吻了她。大雨倾盆的夜晚，身体也被雷电击中一般，她僵硬地缩了一下，躲开了他的吻。

"我真的很喜欢你……"她泣不成声，再也无法伪装一分强悍，"求求你，放我走吧。"

很长一段时间里，她都只能听见雨水拍打建筑的声音。他怔了怔，笑了一下，眼眸是燃烧成灰的星，在水光中黯淡了下去。顷刻间，城市的声音都被放大，所有的感官感受都变得比以往清晰。因为液体模糊了视线，高架上的路灯串联在一起，亮成了蜿蜒至黑暗的深黄项链。整个世界的热情都被雨水浇灭，只有寒冷刺骨的悲伤。她眼眶发热，嗓音沙哑地小声说："我没有别的要求，只想从你这里毕业，嫁一个我配得上的人。"说完这句话，脑中千万的神经都被无名的铁线抓紧，拽得头皮发麻，耳朵嗡嗡作响。

雨声淹没了车辆的噪声。很久很久以后，他轻声说："好。我放你走。"

这个答案是意料之中，也是意料之外。

当他吻她的那一秒，她曾心存侥幸，认为他对她的喜欢，比预期的要多那么一点点。

可她想错了。

她低下头去，发现视线越来越模糊："我离开以后，你要照顾好自己，好好吃饭，别老熬夜。"

她是真心爱贺英泽，爱到只要他幸福就好。这辈子能这样喜欢一个人，可以说是一种极大的幸福。若要说这份幸福中有什么不圆满，那也只有一点——这份幸福是属于他与倪蕾的，和自己没有什么关系。

这场雨下了一整个晚上。不知不觉中，最炎热的时节远去，夏花无声香销，残叶也开始旋落。推开窗子，只能看见近处的衰败和远处海雾中的北岛高楼。那些都是另一个世界的事，已经与迈向耳顺之年的谢茂没什么关系。他望着窗外的官州景色，觉得视野也被雨水浸泡过，让他不由自主想起温庭筠笔下的花间伤景，也想起曾经有一个女人很喜欢读宋词。她不喜欢唐诗，因为觉得唐诗行文过于工整，其中又有太多历史、国恨、抱负，都是她不关心的东西。她就喜欢那些女权主义反感的闺怨词，钦佩千年前的男词人能三言两语把小女儿情思写到极致，让活在现代社会的她也深有同感。当时他当然对她充满了怜惜之情，没想到后来的结果会是那样。现在回想往事，不得不承认"性格决定命运"是一条至理名言。他从柜子里拿出一沓包扎着的陈旧信纸。信纸的颜色是天空蓝，上有薰衣草花纹，精细敏感一如它们的主人。翻开信纸，一页页反复阅读，过往的回忆也成了细雨，淋湿了记忆的窗扇。

过了十多分钟，一通电话把他叫到了楼下。他把信纸装入写字台的抽屉中，起身掩门出去。随后，不被留意的角落里，谢欣琪偷偷溜了进来，拉开抽屉，开始偷窥老爸的隐私。她知道他年轻时风流不羁，大概猜到这沓信纸里藏的多半是那个年代的桃色秘密。可是，读完信件的内容，她还是怔怔了很久：父亲与这名叫吴巧菡的女人通信三年多，最初几封信里，吴巧菡的语句无处不透露着浓浓的绿茶婊气息，动辄"薄情不来门半掩，醒来空见杨花满绣床""反正云雨无凭，从此与君音尘绝""纵被无情弃，妾拟将身嫁与，一生休"，看似哀怨，又千回百转地撒了个恶心的娇。让谢欣琪直接怀疑她是从古代青楼穿越来的。但看到后面，写信人的哀怨却成了真哀怨，每一页的纸上都有泪痕，反反复复强调"谢茂，我真是冤枉的"……直到看见"修臣"二字，她才终于发现，原来写信人是她哥的亲妈！就是那个差点把她妈从正宫娘娘位置上扳倒的女人！她快速翻了翻那堆信，在里面翻到一张皱巴巴的信纸。它的纹理与别的信纸一样，但被撕碎过，又重新用透明胶粘了起来。信上的内容是：

　　"奶妈，周锦茹令我们姐妹蒙羞，我恨她，我恨她。让那两个女娃娃消失，一旦我嫁给谢茂，保你全家荣华富贵。"

　　看到这里，谢欣琪沉思良久，终于想明白：原来，当初保姆误杀自己胞妹欣乔的意外，都是这个吴巧菡安排的！直到事情败露，父亲才总算看透了这个女人的真面目，踹了她把哥哥带回家，不让他们母子相见。真是做得好！这种女人就该死！可是，那句"令我们姐妹蒙羞"是什么意思？她倒回去翻其他内容，果然在前面的信里发现了这样一段话：

　　"我承认，我最初接近你是因为姐的仇恨。谢茂，我不求原宥，但求理解。我没有亲人，就那么一个如母长姐。她原本才应该是宫州小姐冠军，原本应该是你的太太。但因为周锦茹拉拢媒体，蓄意炒作，冠军之位才被夺走。你知道你们结婚后，周锦茹未孕都能锦衣玉食，我姐姐过的却是什么生活吗？她体虚病重，挺着个大肚子，在陋室里为丈夫煲汤！病痛令她彻夜难眠，起坐不能平！她爱那个男人，对此不计较，可我看着揪心啊。后来她为保孩子难产去世，还不忘让那男人照顾我。纵然往事已成空，这种丧姐之痛，我亦终生难忘。谢茂，我自己是有姐姐的人，又怎堪害死两个新生的姐妹！即便这对姐妹是我仇人生的……"

谢欣琪并不能确定吴巧菡说的话是否全部属实，却对中间那句"周锦茹拉拢媒体，蓄意炒作，冠军之位才被夺走"产生了兴趣。母亲诞生于普通公务员家庭，并没有什么强大的后台撑腰，在她嫁给父亲之前，更不可能有实力拉拢媒体炒作。可她小时候又听家里长辈说过，母亲参选宫州小姐那一届，本来冠军应该另有其人，因为那个姑娘确实美得仿佛不属于人间，但后来因为体弱多病退出了比赛，不然也不知道后来会发生什么事。想到这里，谢欣琪回到房间，打开电脑，搜索"历届宫州小姐参选者名单"，找到了母亲那一届的信息。从第一名"周锦茹"往后，她捕捉到第四个人的名字：吴赛玉。这个人也姓吴，难道就是吴巧菡的姐姐？她又搜了一下"吴赛玉"三个字。陡然出现的黑白照片吓了她一跳。一个女人头上戴着一顶西洋宽檐白帽，如云黑发盘在脑后，下巴庄重高雅地微微抬起，至于那张脸……谢欣琪倒吸一口气：她也太美了吧！这种天然去雕饰的美，真是斗花花香销，赛玉玉黯淡，让她一个女生看了都不由得心跳加速。

　　只是，这张照片看得越久，她越觉得心惊。因为，吴赛玉的五官辨识度非常高。宫州还有一个人，居然长着和她一模一样的脸。尤其是眼睛，深沉如海，这世界上绝对仅此一双。

　　她不会是那个谁的妈吧……

　　她打开吴赛玉的百科资料，虽然已有这样的猜想，还是被吓了一跳：

　　吴赛玉（1965—1987），赌王贺炎第三任夫人，甄姬王城现任"King"贺英泽的母亲。宫州人，出生于宫州书香门第，体弱多病，曾有"宫州第一美人"之称。1987年因难产而死，二十二岁英年早逝。

　　基因的力量实在太强大了。世界也真是太小了。原来，贺英泽是自己妈妈情敌姐姐的儿子，这关系真是够乱的。看了一遍吴赛玉的介绍，谢欣琪却怎么都觉得有些不对劲。如果贺英泽知道这一层关系，为什么当时还要同意和自己相亲？还是说他根本不知道？怎么可能，第一次看贺英泽的照片，光看眼神她就知道他脑子很好使……她越想越觉得不对劲，想找个人商量商量。这种时候，她的第一选择往往都是哥哥，可一想哥哥是吴巧菡的儿子，万一涉及他和他母亲的利害关系，找他可能还不如自己憋着好。她脑子一转，想到了自己的男朋友。

250

她冒雨开车去苏嘉年家里。接着发生了一件事，让她把吴氏姐妹的事忘到了九霄云外，也因此埋下了一颗定时炸弹。

　　闪电的利爪划破天空，连绵的密雨倾颓了官州之夜。鸟儿躲在树枝间，刺破了枝丫的伤口。走过一段鹅卵石铺就的小路，一栋由爱奥尼亚式圆柱撑起的别墅出现在谢欣琪面前。这栋建筑有半殖民地时的陈旧影子，似乎一定要门前杂草丛生、细雨湿流光的寂静氛围才适合它。然而，这一晚苏家一点也不寂静。一个女人的嘶喊声从门前传来，让谢欣琪打了个哆嗦。她撑伞顺着声音走过去，看见一对中年夫妇站在门口，妻子发了疯般往前冲，丈夫奋力拉住她。她愤怒地大哭："我不要臭钱，我要我的女儿回来！"

　　她前方台阶上站着的人，是两名时刻准备动手的保镖。保镖护卫着的人，是抱着双臂的苏太太和一脸不明状况的苏嘉年。推推搡搡一阵，她丈夫在她耳边说了几句话，似乎是在好言相劝，却更加激怒了她。她指着苏太太的鼻子，对丈夫声嘶力竭地叫道："孩子是这个女人叫打的！我都已经查得很清楚了！意外？放屁！如果他们真的有意道歉，为什么现在才让我们知道真相！我看你是被他们的几百万迷昏了头，觉得女儿的命也就值这点钱是吗？！"被人如此怨恨地唾骂，苏太太也不过是偏了偏头，不让她的食指对着自己的脸。

　　倒是苏嘉年比她母亲震惊多了，他的眼睛瞪得圆圆的："什么……你说……伊雪死了？"

　　男朋友和母亲丢面子的时刻，似乎不要露面比较好。谢欣琪本来是这样想，但听见对方说到孩子的事，又产生了好奇。她正迟疑要不要上前，就听见那个女人对着苏嘉年怒吼："你少装！当时孩子都已经六个月了！是一个已经成型的女胎！国外很多正规医院都不让打胎，六个月的孩子更不可能！在那种情况下，你妈还是把伊雪带到了三流医院！现在两条命都没了！你赔我女儿来！！"

　　伊雪是什么人？谢欣琪蹙了蹙眉，却看见女人冲上去拽着苏嘉年的领口摇晃，他没有反抗，表情越来越惊骇，脸色也比院子里的巴西鸢尾还惨白。谢欣琪刚有了不好的预感，那个女人又继续哭诉："都是你，都是你这个人渣！那时候见异思迁，非要和伊雪分手！"

这句话刚一出口，天上就有闪电划过，惊雷响起，把整个前院照得像日光灯下的太平间。雨下得更大了，一声声打在谢欣琪的心房。终于她想起来了，那个女孩叫刘伊雪，和苏嘉年在同一个音乐学院学大提琴，是他的前女友，她在他的手机相册里看过他们的合照，还逼他删得干干净净。她用了不足几秒时间，就想明白发生了什么事，却完全无法消化事实。说肉麻些，在她心中，苏嘉年一直都是天使般的男生。每当他们亲密无间之时，他都很容易脸红，向来克制、自持。就算他说自己是处男，她也不会觉得意外。而现在，他惊慌失措地看看伊雪的母亲，又看看自己母亲，慢慢摇头，颤声说："妈……这是真的吗？当时……伊雪怀孕了？"

苏太太面无表情地看着他们，就像看一群猴子在马戏团戏耍。谢欣琪本以为这已经是最坏的情况，但刘伊雪母亲的又一句话，把她完全打入地狱："对，她怀孕了！就在你为了猛追初恋情人洛薇把她狠狠抛弃以后，她怀着你的孩子，被你妈妈送到医院堕胎，然后大出血、客死异乡！"

雨忽然小了些。谢欣琪后跌一步，高跟鞋在鹅卵石上的碰撞声，引来了那几个人的视线。

虽然早猜到了苏嘉年喜欢洛薇，但被验证以后，她还是完全无法接受。眼见苏嘉年进入雨中，大步朝自己走来，又听见那个母亲冷笑一声："这不是洛薇吗？"这时她大脑已经混乱，没想过刘伊雪母亲把他的情史调查得这样透彻，又怎么会不知道自己是谢欣琪而不是洛薇。所以，也意识不到这是充满报复意味的一句话，她所有的意识都在诉说着：你谢欣琪，投了一个好胎，却可以硬生生地把一手好牌打得一塌糊涂，在别人眼中始终连洛薇那样的普通女孩都不如……自己究竟有多失败？不，她根本没有投好胎。她的家庭是支离破碎的，还不如洛薇呢。

她丢下伞，狼狈地逃入雨中，又被追赶上来的苏嘉年拽住手腕。

"欣琪，你听我说，我什么都不知道！真的！"他焦急地辩白，牢牢扣住她挣扎的手，"我承认，回国以后跟伊雪提出分手的人是我，但我不知道她怀孕，也不知道她死了。过了这么久，我也是今天才知道！"

"那不怪你，能怪谁呢？怪你妈？"

"我……"

"还是说，该怪洛薇？"

"我以前是喜欢过她，但我现在喜欢你。你要相信我。"

"相信你？"她本想大骂他一通，但看着他被雨水淋湿的眼睛，她沉默了很久很久，"我没法接受这件事。我们分手吧。"

他呆愣了很久，胸口被重物压住般呼吸吃力，握着她的手还打着哆嗦："欣琪，发生这样的事，我也很痛苦，我比谁都痛苦。你给我点时间冷静一下好吗？你别冲动，好吗？"

"我不冲动，如果人真的已经死了，我一定会离开你。"

"我不会说不知者不罪，因为这是我妈做的事，她犯的错，我也要负责。我妈她一直是这样，只要是能满足我的事，她会不择手段去实现。这件事她做得太违背天理，我知道，我都知道……但是，你不能这样惩罚我！我很爱你，不能接受分手。"他说着说着，好像狂躁症病人爆发前夕一样，嘴唇和脸颊也像手指一样颤抖起来。

"这件事触到了我的底线，对不起。"她转了转胳膊，拧着眉说道，"放手。"

他还是紧紧拽着她，视线也没有从她身上挪开过，泪光闪烁，看上去楚楚可怜："求你了。"

"你这样反而让我更瞧不起你，放手。"

他咬了咬牙关，嘴唇苍白："那怎样你才能瞧得起我呢？非要我说出你离开我的事实——那个不可告人的秘密？"

她迷惘地望着他："什么意思？"

他单手抽出裤兜里的手机，打开网页，迅速搜到了一条新闻，用袖子蹭去屏幕上的雨水，放在她面前。那条新闻的标题是："宫州第三十七届艺术画展本月开展 作品《恋人》引发热议"。新闻中的照片是画展中一幅被裱好的人物肖像画。

这是她画的谢修臣。

"画的名字不是我取的。"尽管如此回答，她的心却怦怦跳起来。

"我知道，它原本没有名字。你难道不好奇，为什么你都换了名字去参选，我还会知道这是你画的吗？"还不等她回答，苏嘉年就继续缓缓地说道，"世界上没有哪一个人，能把谢修臣画成这样。你看，连主办方都为它取名叫'恋人'。看过这幅画的评论家，都说……"

他看着手机屏幕，轻声朗诵着新闻："这幅画风格柔和多情，每一笔都呈现了画家对模特的感情，没有日久年深、滴水穿石的爱恋，如此上乘的肖像画也不能得以完成。"

这下轮到谢欣琪白脸了："你在瞎……瞎说什么？他是我亲哥啊！"

"可是你爱他，不是吗？"

"对，是亲人之爱。"看见他不屑地笑了一声，她顿了一下，觉得自己的解释很多余，有些恼羞成怒，"你……你简直是神经病……就凭这条新闻乱推测些什么？你的逻辑都被狗啃了吗？"

"不，如果你是在正常人面前这样辩解，可能别人都会信，但对我就免了。我们都是搞艺术的，不必睁眼说瞎话、自欺欺人。一件艺术作品会暴露多少创作者的感情，你我都知道。"说到这里，他没有心情再与她辩驳，只是长叹一口气，擦去眼皮上的雨水，神经质地反复摸着她的脸颊，"宝宝，我已经很累了。如果你不想让他知道，不想让别人知道，乖乖地别闹分手。等我把刘伊雪的事处理完，一切又会恢复常态的。"他把双手搭在她发抖的肩上："相信我。"

从这天起，谢欣琪还是嘴硬，不让他碰自己，每天换着法子羞辱他，对他大发脾气，逼他离开自己，但也不敢再开门见山地提分手。同一时间，她又被踩了痛处般，拼命地给谢修臣牵红线，把所有能叫上名字的闺密都轮番推荐给他。谢修臣总是一副事不关己高高挂起的态度，让她的心情十分复杂——有些生气，又有少许的得意。果然，她的哥哥是眼界最高的男人，连她都对他崇拜不已，她身边的庸脂俗粉他当然看不上。父亲说他花心，也不过是以己度人吧。这世界上也没什么女人能入哥哥的眼。

当然，事实不是她想的这样。一个周日的下午，她和闺密一起去看电影。灯亮散场的时候，她小小伸了个懒腰，却被前方一个年轻女人的背影吸引住。那女人穿着一身水红色的丝质连衣裙，手里拎着同色系的鳄鱼皮包。跟她比起来，旁边的女孩子都娇小得像孩子。然而，她的空气卷比她们每一个人的都精致，身材也比她们每一个人都瘦，腰还细得不盈一握，最多一尺七八。在这个经济繁荣的时代，走在商业街上，美女确实很多，但有品位到这样让人眼前一亮的背影，谢欣琪在时尚活动上见的都不多。以她的经验来看，这样的人一般是"背影杀手"，她站在原地等对方转过身，想一睹真容。但是，她不仅看见了那个女人无懈可击的侧脸，还看见了她身边站起的男人。男人一米八出头的身高，并没比这个美女高多少，但光看袖扣与身材就知道，他可以轻而易举hold住她。果然，她缠住他的胳膊，擦了擦眼角的泪珠，用浓浓的台湾腔说："真是一部很感人的电影耶。"

然后，男人很自然地轻吻她的唇，柔情似水地说："真是多愁善感的女人。"

她似乎被这个吻打动了，往前嗅了嗅："你身上总是这么香，一定有很多人赞美你很会用香水。但只有我知道，是你的皮肤把衬衫熏香了。"

他没有一点被恭维的喜悦，声音反倒带了一丝慵懒："现在又变成了性感撩人的女人吗？"

不必等他转过身，谢欣琪已经拽着自己的闺密，一溜烟走到台阶上，大步往外走。她没看错，那是谢修臣。怎么会有这么巧合的事，她八百年不来一趟电影院，居然会在这里看见他，而且正巧撞见他约会。

一路走出去，她听见自己的心脏怦怦乱跳，剧烈到呼吸急促。下楼梯的时候，她甚至觉得浑身的血液都冲到了脑袋里，两条小腿发软，使不上一点劲。她也不知道自己反应怎么会这么大。明明不是第一次看见哥哥和女生来往，不是吗？为什么受到的打击这么大？为什么会连思考都很困难？这一刻，她踩在楼梯上的每一步都很吃力，把全身力量都砸在了鞋底上，脚步声比平时大很多，却头脑充血，完全控制不住身体。哪怕穿着平底鞋，都需要扶着闺密的胳膊才能走下去。

十七面镜

理想

这世界上所有的伤口都一样，总是在白昼愈合，在晚上折磨人。

被爱与恨撕裂的那一道也是如此。

"欣琪，你还好吧？"

谢欣琪摇摇头，强撑了一脸笑："没事，就是电影看久了有点晕晕的。不过，真的挺精彩的啊，刚才怪物出来的时候，吓了我一大跳呢。"她意识到自己说话声音比平时大，笑声也比平时清脆、愉悦。特别希望谢修臣能看见自己，却不希望他知道自己已经发现了他，还故意走在他前面。这到底是什么心态？她到底是怎么了……

"是啊，整个电影院的人都抽了一口气呢。真是冲击力超强，就是3D眼镜压得我太阳穴发疼。"

"你这近视妹子还怕眼镜？少装了。"谢欣琪故意转过头去，朝后面的人露出侧脸，推了闺密的额头一把。

这个时间段从影院里出来的人太多，电梯早已爆满，她随着人群走入楼梯间。因为太胆小，又太过在意自己的表现，这整个下楼的过程中，她都没敢回头看谢修臣他们是否在自己身后。直至步行至一楼，再度挤进电梯去地下车库的时候，转过身去，早已没了他的身影。

人群潮水般朝商场外涌出，外面又是一个庞大的世界。而电梯门逐渐关上，一场彻头彻尾的独角戏终于谢幕。她失落地进入车中，但很久很久，都只是伏在方向盘上心情低落地发呆。失去了目标，回家的路上，她开车也开得漫不经心。而且，看见自己家门，她有一种不大乐意进去的抵触感。最后还是哥哥的司机发现了她的身影，叫了一声"小姐"，才让她不得不硬着头皮进去。谢修臣坐在客厅里玩手机，看他的着装打扮，她知道在电影院看见的不是幻觉。她把包包往椅子上随手一扔，懒洋洋地说："哥，你回来啦。"可是，不愿直视他的眼睛。

他放下手机，平静地看向她："刚才在电影院，你为什么不来跟我打招呼？"

"你刚才也在电影院？我怎么不知道？既然你看到我了，应该主动跟我说话的呀。"她打了个哈欠，"你不是不怎么去影院的吗，怎么今天有兴致去了？跟谁去的……"

"不要装了。"

被莫名打断，她佯装好奇地睁大眼："啊？"

"你这人心里一直藏不住事，刚才在电影院演得真是够做作的。现在演得还是很做作。"话没说完就发现她的脸红了，他知道自己果然没说错，只是突然拆穿她显得有些不地道，他打趣道，"怎么，做了什么亏心事？"

"我……我看见你和一个女生在约会，不好意思过去打扰你而已，你反倒怪我。"

他轻轻笑出声来："你不是要哥找个女朋友吗？现在找的你还不喜欢？"

"喜欢，就是个子太高了，跟你一样高呢。"

"没事，哥驾驭得了。"

他的轻松笑容是一把带刺的梳子，把她心脏的血管里里外外梳理了一遍。那个接吻的画面在她脑中挥之不去。她烦躁得心里有火烧一般，甩手说："既然如此，那祝你幸福，我困了，上楼睡觉去。"可是，她刚走两步，手腕就被谢修臣握住。她吃惊地回头看向他。

"欣琪，你似乎心情不太好。"

他眯着眼，微微笑着，看上去和平时一样，轻松又轻巧。但他指尖冰冷而僵硬的手指出卖了他，让她不由得感到有些害怕，下意识抽了抽手："你们在公共场合接吻，还说那么恶心的话，也考虑一下周围人的感受吧，别人看着听着会很不舒服好吗？"

谢修臣愣了一下："恶心的话？"

"什么皮肤把衬衫熏香了，我听了都要吐了好吗！"以前她从来没想过，这世界上居然还有其他女人那么了解谢修臣身上的香味。有一种自己吃的冰激凌被人舔过的感觉，浑身上下都不舒服极了。

谁知谢修臣在电影院还挺会调情的，现在却脸红了。他非但没有松手，反而更加用力地握住她，调整了尴尬的情绪，依然维持着眼中的笑意："不过接个吻，说一两句情话，你心情就坏成这样，我妹妹果然是小孩子。更带劲儿的你还没见过呢。"

气氛像上紧的发条般绷起，她身体微微发抖，推了一把他的手："我没有心情不好！你太大惊小怪了，松手，我困死了！"

他一把把她拽到自己面前："欣琪，你不喜欢我和她打交道是不是？"

她的脸变得通红。她知道自己这点小女儿情态是逃不过他的法眼的，于是偷换概念地说："我本来就不喜欢她啊，你知道我最不喜欢做作发嗲的女人了。"

"那如果不是她，就可以？"

脑中浮现出哥哥和其他女人在一起的画面，她皱眉摇了摇头说："我怎么知道，你又没带来让我看过。不过你谈恋爱没必要问我意见吧，不是叫我不要管你的私事吗？"

"叫你不要管我的私事，是不希望你为我的感情生活操心。现在我只想知道，你的心里究竟……"话说到一半，他的手机忽然响了。他本来想调成静音，但看见妹妹充满疑虑的眼神，只有无奈地叹了一口气，平定心情，转过身去接通电话。因为家里太安静，那边的台湾腔又好认，谢欣琪一下就听出是那个高个女生打来的："谢修臣，会喜欢你这种人，我肯定是审美异常！你根本就是个渣男！"

很显然，他以为谢欣琪没听到，还很淡定地说："这样啊，你已经安全到家了吗？"

"谢修臣你这王八蛋，我正在认真和你说话，你这是什么意思？！"

谢修臣还是眼睛弯弯地笑着："既然如此，那你早些休息……"

"还说我演戏，奥斯卡最佳男主角非你莫属！"谢欣琪本来心情就不好，听见这个女人还敢这样跟哥哥说话，她的狗脾气犯了，一把夺过电话，不客气地说道，"喂，我哥怎么渣了？你知道喜欢他的女生可以从宫州南岛排到北岛了吗？你还敢这样凶他，还想进我们谢家吗？他妹这一关就不让你过！"

谢修臣呆了一下，他差点忘记了谢欣琪是什么人。大概是从小自己就让着她吧，他和妹妹的个性反差越来越大。但是，看着她如此愤怒地和那个女生吵架，他只觉得欣琪连生气都很可爱。他听不进她说了什么，只能看见她眼眸美丽，微微湿润，双颊像被春季桃花晕抹过似的，嘴唇小巧饱满，总让他想轻轻吻上去……这是他一直喜欢的容颜。

说到底，变态的人是自己，还是这个家庭呢？是他生来就注定要陷入不伦的囹圄，还是畸形的生长环境，让他变成了一个病态的人？他不愿意再看她，只是转过头去。从前，不管脸上有着怎样的笑容，他都是孤独的，他的感情是孤独的，连这种畸形的感情形式也是孤独的。但是，前些日子，一把希望的火苗在原野上被点燃。

那一天，他和女伴去看画展。他看见了一幅名为《恋人》的画。

电话那头，女生大概听过谢欣琪的"美名"，委屈地压低了声音："谢欣琪？今天从电影院出来，你哥跟我说他有喜欢的人，没法接受我啊。这能怪我？"

"什么？"谢欣琪歪着脑袋，以为自己听错了。

"他都和我约会两个多月了，现在说这种话，不是在玩我吗？"

"我哥对女人一直温柔，不会随便拒绝人。他是一个完美主义者，处理事情也是滴水不漏。如果他这样说，肯定是你做得不够好。要么是你不够漂亮、不够温柔，要么就是你情商感人，总之，问题肯定在你身……"

简直是霸道到不可理喻。谢修臣把她的身躯转过来："欣琪，别问了，这件事是我不好。"

谢欣琪看看他，又看看手机，电话那头的人还在滔滔不绝，她一时间不知道该听谁的话。但是他还是跟小时候一样，很有兄长风范地做主挂断电话，把手机收了起来。她双手空空地晃了晃，觉得刚才自己是有些激动过头，却因为心中无名的喜悦而再度激动起来："哥啊，你到底喜不喜欢人家？"

"不喜欢。"

"那为什么要和她约会还拒绝人家？我记得你以前是不会拒绝人的啊。"

他手里的手机再度振动起来，那边的人打了一次又一次，他也没有理睬。一段很长的缄默后，他漫不经心地说："……因为想要忘记喜欢的人。"

心无缘由地抽了一下。她不敢问出"为什么要忘记"，只能继续装傻："既然如此，你又不喜欢这个女生，为什么不接受我介绍的女孩子？"

"继续刚才的话题，这就是我不希望你插手的私事。"

她并不害怕他冷淡的态度，却害怕面对即将捅破的事实，只能继续掩耳盗铃地说："哥的事就是我的事，你可是我的亲人呀。"

"谢欣琪，你怎么能这么做作？"

他终于转过头来，有些厌烦地看着她。并没有人挪动身体，但这一个眼神的转变缩短了他们的距离。窗外风摇树丛，竹滴清露，更把室内的安静烘托得格外突兀。在这个两个人一起长大的客厅里，她曾经看见他小大人般拉住自己的手，曾经与他亲密无间地靠在一起看动画片，曾经在他的辅导下一笔笔完成作业，曾经在这里向班上的女同学炫耀哥哥的各种好学生奖状，曾经坐在沙发上画窗外雪景后来睡着、被他公主抱抱回卧室，曾经在这里哭着抱住他说"哥，我不想去美国，不想和你分开"……但没有哪一刻会像现在这样，她如此清晰地意识到，哥哥是一个充满魅力的成年男性。他的呼吸近在咫尺，他的身材高挑如画，他的轮廓比画还优美。

她若无其事地说着："我一直是个很做作的人啊，媒体都是这样报道的。既然你不喜欢我管，这件事以后再说吧，我回房睡觉了。"

但是，她刚转过身去，他的声音就再度响起："开始我以为自己只是单相思，所以想尽量转移目标。"

"然后呢？"自己在说什么，赶快住嘴，快上楼，这话题越来越奇怪了，真的不能再继续下去。

"直到我看到那幅画，还有画评……"说到这里，他的视线与她相撞，像察觉到自己说错了话，眼中有明显慌乱而受伤的痕迹。他单手捂住头，把眼睛埋入掌心："我不知道，欣琪，是不是我多想了，人的感情怎么能用一幅画来衡量。这种模棱两可的东西……不，是我在乱想，我觉得我该去看看心理医生了……"

谢修臣就是苏嘉年所说的"正常人",他不搞艺术,不愿相信感性的证据。但他依然有直觉,而且这种直觉吓到了谢欣琪。她面色苍白,仓皇地望着外面的黑色潮湿世界:"我也不知道你在说什么,你今天太累了,早点休息吧。"说完她飞奔上楼,把自己锁在卧室里,一头扎入床被间,号啕大哭起来。

这是她一生中哭得最伤心的一次。心被摔得粉碎的感觉,她在很多书中看过,但这是第一次感同身受。

谢修臣并没有上来安慰她。而且从这一天过后,他们之间的距离更远了。不光是她有意疏远他,他也不再主动和她说话。连续数日不归后他再度回到家里,就以工作为由完全搬出去住了。

若说谢欣琪是浮躁,小辣椒就是暴躁。她周一至周五要忙着上学,周末又要忙着做快递的兼职,已经累得快发臭了,但还是得面对最棘手、最幼稚的客户——陆西仁。陆西仁的快递实在太多,有时候一天要害她跑三四趟,她跟公司要求换小区,不想再看见4948这个数字。而且,"死就死吧",除了陆西仁,谁会用这么不吉利的门牌号?但才被调走一天,她就被强行调回去,理由是客户投诉,并且以合作方的身份向公司施加压力。合作方不用讲,自然是带有"贺丞"头衔的公司。小辣椒觉得很不爽,也不管是否会丢掉工作,每次到陆西仁家,都会直接把快递扔在门口。总之,她并不想见到他。

一次,她刚在一楼进入电梯,就听见一个女人的声音传来:"陆西仁,你别走,回来给我解释清楚!"然后,两道身影一前一后旋风似的卷进来。小辣椒抬头一看,正巧对上陆西仁的视线。他原本是一脸厌倦,看见小辣椒,却露出错愕的神色。后面穿着红裙的女子就抓住他的手臂:"你给我解释清楚,什么叫作'近期都没空'?你消失这么久,要不是在电视上看到你,我还真以为你回法国了!你是不是不想见我?是不是想甩掉我?是不是有了新欢?"

陆西仁本来只是觉得很无聊,想摆脱这个女子,现在遇上小辣椒,让他心情都变糟糕了。自从认识了这个快递小妹，他一直心神不宁，在外面花天酒地也很不上心。上次好不容易决定要放手一搏追一把，第一次对母亲以外的异性说"爱"这个字眼，却没想到是带花而去，又被踢蛋而回。想到这里，他就觉得自己自尊心很受挫。以前不是没有遇到过难搞的对象，他脾气这样好，总能使出看家本领去耐心地追。即便搞不定，他也可以不失仪态地全身而退。这一回不同了。只被拒绝一次，他就觉得很泄气，想要躲开她，还幼稚地去跟顺通快递投诉她，一定要她上门服务。他恨自己的所作所为，却又无能为力。控制不住眼睛看了小辣椒，和她的视线有了短暂的交集后，她那副无所谓的样子让他更加焦虑。他赌气地转过身，抚摸着女子的头发说："哦，Christine，你既有简的美貌，又有伊丽莎白的智慧①，我怎么会不想见你呢？"

小辣椒伸出舌头，一副快要吐了的表情。Christine扁了扁嘴，很委屈的样子："那你说，你为什么要躲着我？"

"那是因为你是Christine，而我只是那个戴着面具躲在阴影中的残缺灵魂，你太美丽、太耀眼，是我配不上你。找到属于你的拉乌尔吧，你幸福，就是我最大的信仰。"他把她拉近一些，深情地吻了她的唇，把她吻得头晕目眩、满面桃花，然后轻轻把她推出去，用法国口音缠绵地说道，"Christine, that's all I ask of you②."

发现他想把Christine推出电梯，小辣椒毫不犹豫地按下电梯门的关门按钮。但一抬头，就见他不悦地扫了自己一眼。她一点不客气，回给他满脸的鄙夷。于是，接下来电梯上升的时间里，他都在努力安抚哭闹不止的Christine。

小辣椒连看都不想多看他们一眼，只觉得自己很倒霉，撞上了这么一个花心的家伙。这男人果然没变，一点底线都没有，上次在学校门口那样大张

---

① 简、伊丽莎白：指简·奥斯汀长篇小说《傲慢与偏见》里的班纳特姐妹，前者美貌，后者聪明。

② 陆西仁暗示的是百老汇音乐剧《歌剧魅影》中的剧情。魅影（Phantom）深爱着克里斯提娜（Christine），因为自己残缺不全，只能戴着面具活在阴影中，又被克里斯提娜的善良感动，最终成全了克里斯提娜与男二号拉乌尔的爱。英文对白是剧中的名曲*That's all I ask of you*里的歌词。

旗鼓地告白，今天就跟另一个女人在这里缠缠绵绵，他怎么不得花柳病死掉算了？

可是，她还是不能否认，旁边暧昧的气氛令她有些低落。这其实就是她自己的问题。学校里不是没有认真追她的男孩子，她压根儿不多看他们，却偏偏留意了这个浮夸的渣男，还因为洛薇几句话胡思乱想了很久，真是够傻的。想得越多，她的心情就越不好，难受的情绪不知不觉中代替了愤怒。她从包里拿出陆西仁的包裹和笔递给他，待他签好名字，按下了其他收件人楼层的按钮。他也没再像以前那样殷勤地捧着她，签好就把单子还给她，一句话也没多说。她提了一下背上的包，往前走一步，恨不得贴在电梯门上，等门一打开就冲了出去。在暗黄色的电梯门镜面上，她看见他神色凝重地看着自己，却又很快转移视线，她更加难过了，把头深深埋下去。

突然间，电梯停住，灯也灭了。Christine尖叫一声，小辣椒被她吓得半死，一头撞在了电梯门上。刚惊惧地抬头，她却被一个人拉住手腕，紧紧护在了怀里。

"语菲，你还好吗？你没事吧？"陆西仁抽出一只手，拨开她的头发，检查她的额头。

然而，她还没来得及回话，灯又重新亮了，电梯继续迅速上升。三个人都呆了两秒，电梯停在了她要下的楼层，门打开了。小辣椒快速眨动眼睛，只能木然地摇头："我……我只是碰了一下头，没事……"然后快速走出电梯。

电梯门关上的前一刻，她回头往里面看了一眼。陆西仁眼中有不舍，但只是失落地叹气，没有追上来。最莫名的人莫过于Christine，她跟被人打了一拳一样蒙掉了。

加速的心跳还没缓过来，小辣椒转过身去，也长长地叹了一口气。真是不幸而失落的一天。

不过，不管是小辣椒还是谢欣琪的不幸，对洛薇而言都是万幸。

在洛薇看来，小辣椒心情不好，对自己唠叨多了，自然而然会在苏嘉年那里为自己美言几句。而谢欣琪心情不好，更是让她的推广计划如鱼得水。她逮住这个机会，让小辣椒把她和苏嘉年在婚礼上的合照发在了朋友圈。这张照片彻底激怒了谢欣琪。听小辣椒传话说，苏嘉年因为这件事，被谢欣琪在各种公开场合拆台丢面子，每次看见他们都是拉长了脸。洛薇一个电话打过去，总算拿下苏嘉年的代言。之后事情进展的顺利程度，远超过她的想象。苏嘉年为Mélanie Green代言的新闻公开后，谢欣琪因为这件事与他闹分手的新闻也随即爆出。谢欣琪跟吃了炸弹似的，光听见"洛薇"两个字都会怒火中烧。最让人大跌眼镜的是，她不顾众人反对，放弃了已经过于昂贵的绿宝石套装主打产品，换成了红宝石配钻石项链。这条新款项链该怎么说呢，长约382毫米，镶嵌了37.85克拉的42颗泰国天然鸽血红红宝石，配有钻石与铂金。在杂志上看见它的广告，洛薇差一点就笑喷出来。

大小姐的天然条件好得过头，但也是天真得过了头。从上次Cici设计比赛她就看出来，谢欣琪有严重的公主病，像生怕别人不知道她与众人的差距，不惜一切把最上乘的绝品宝石与高端艺术全往设计作品上砸。在比赛中这种作品自然会脱颖而出，但那是作品，不是商品。商品怎能不考虑客户呢？能轻松买下这串红宝石项链的客户有多少？拿它到拍卖会都可以。这种项链只作为限量版产品，用以拉高品牌档次。如果用来当主打产品，Cici再走高端路线，也承受不住这样的高捧。请来这么一个神仙，Cici高层现在肯定已经悔得肠子都青了。不过，这一回产品的代言人总算不是跳芭蕾的，而是活跃于电影界的一线女明星张慧贞。谢欣琪为了装×，也做了不少对她而言很大的妥协。

查了一下张慧贞近期的拍片行程，她即将在一部电影里饰美艳的反派女二号。在影片里，她和灰姑娘女主角抢高富帅男主角，最后有一段男主角在宴会上避开她的邀请、与女主角共舞的剧情。电影面向的观众群体是年轻女性，上映时间也很合适。她心中有了策划，决定找上级申请一下。她请陆西仁传话给贺英泽，想避免与贺英泽见面，但还是没能躲过一劫。他叫她当晚到甄姬王城见面。

一直以来，贺英泽都有独特的办事风格：能用电话解决的事，绝不见面；能不开会解决的事，绝不开会。晚上七点以后，除非是他自己安排的应酬，别人想要找他谈公事，都只能通过他的秘书。她不明白，这个策划提议对他来说不足挂齿，他只需要思考一下，点头或摇头，为什么非要与她当面说。更何况他最近应该是挺忙的。

　　一进入秋冬季，甄姬王城的灯光也比平时冷了些。室内的白色阶梯、天花板、交错的陶立克式和科林斯式石柱，都被粉紫灯光照得跟施了魔法的迪士尼乐园一般。紫水晶雕刻的圣诞树下，总有游客摆出各种姿势与它合照。找到贺英泽所在的赌场包间，她看见他和两个年轻男人还有几个手下坐在一起，周围伺候他们的是一群打扮得跟红磨坊舞女似的女人。不过，哪怕贺英泽是里面相貌最出众、地位最高的，这些女人也不敢靠近他，只敢若有若无地朝他频送秋波。

　　见洛薇进来，贺英泽朝她招了招手。尽管他表现得轻松肆意，但她还是看出来他瘦了，而且是普通朋友都能看出来的那种程度。本来他就长了修长的骨架子，现在更是瘦得有点太过了。下巴可以削葱，脸小得一掌贴过去都能完全盖住。这是怎么回事？他们这才多久没见？他是生病了吗？可是，他看上去没有一点病态，背还是挺得那么直。

　　随后，她坐下来，他向她介绍旁边的男人："这是我家的老七和老九。"贺炎其实就是个皇帝吧，生这么多孩子。她一一点头打招呼，却并没有看见客户的身影。再看一眼贺七公子和贺九公子，都是相貌出挑的小鲜肉。但一个像斯文败类，一个仿佛笑一下都会让女人怀孕。她没看错，贺英泽并不是在忙工作，他只是在这里和小弟们花天酒地。

　　"六哥，洛小姐原来是这样的美人，真是让我们好意外啊。"

　　"是的，好漂亮。"

　　赞美听上去是如此诚恳，她却没有受宠若惊，只是客气地说谢谢。一个男孩子初次见面可以怎样恭维一个女孩子，就可以怎样恭维别的女孩子。如果这种话出自豪门公子，他们是什么样的人，自然更不用言说。她只是觉得奇怪，为什么他们会知道她是什么人？或许是对贺英泽和她假结婚的事有所了解。过了一会儿，等他两个弟弟都忙别的事去了，她就找到机会，跟他提了一下自己的商业计划。

　　"行，就按你说的去办。"他似乎喝了不少酒，眼神比平时少了几分锐气，但嘴角微微扬着、有些温柔的样子，反倒让她心跳加速。

　　她感激涕零地站起来："好的，谢谢贺先生。那我现在就回去写详细策划书，写好了再提交给你看。"

"咦，嫂子这么快就要走了？不多陪陪六哥？"

听见老九这样叫她，她差点跌倒，连忙扶住桌子说："别开这种玩笑，吓得我小心脏乱跳。"

"开玩笑？让嫂子多陪陪六哥是开玩笑吗？那第一次见嫂子，怎么也得让我们先敬你一杯再走啊。"

"我不是嫂子，你们嫂子是倪小姐哦。"

"没事，那是二嫂子嘛，你是大嫂子。"老七也从善如流地接道，自然得好像一夫一妻制只是个天大的笑话。也是了，他们父亲就是有很多姨太的人，估计老七和老九的母亲都不是一个人。

老九点头附和道："就是，自从爸中枪去世，我们家不多的喜事就是二姐生了个孩子，四哥娶了个老婆，后来也离婚了。这下好不容易得了个新嫂子，一定要庆祝一下。"

"中枪去世？"奇怪，贺炎不是病死的吗？而她刚问出口，就意识到自己嘴快了，想狠狠打自己。老七用膝盖撞了一下老九，嬉皮笑脸的样子刹那间烟消云散，递过去一个眼神。那个眼神格外瘆人，有了几分他六哥的影子。

"没事，洛薇不是外人。"

贺英泽一句话让大家都松了一口气。但是，她还是提心吊胆，生怕听见太多不该听的话。过了一会儿，其他人都忙着去喝酒唱歌，没有留意他们的对话，他靠近了一些，交握着十指说："当年，我爸被仇家枪击至昏迷不醒，留下一份修改过的遗嘱，想把产业继承权从大哥那儿转移到四哥那儿。大哥毁掉了那份遗嘱，拔掉了爸的氧气管子。你猜后来怎么了？"

洛薇不敢回答。因为她知道，贺大公子死在贺炎去世的第二年，而现在贺家的主要产业都在贺英泽手上。贺英泽似乎早猜到了她的反应，语气更加不容抗拒："洛薇，这世界上没有什么事能难倒我。我才和美国两家上市公司谈成了七十亿美金的融资项目。我会扩张版图，把产业做大，股市情况就更稳定了。成为我的女人有多少好处你知道吗？我可以给你任何男人都给不了的一切。"

她也不明白贺英泽这一晚是怎么了。诚然，他一直是强势的人，他说话的语气也没有与以往不同，但这样的说话方式却让她觉得他很虚弱。当一个男人拼命展现自己财富的时候，反而显得很不自信。就像一个女人不管有多漂亮，只要化上浓妆、穿着暴露、炫耀有多少男人追求自己，恰好就是她最虚弱的时候。他说了那么一通，却没有迎来预期中的崇拜眼神。她看着他，眉心皱了一下。他愣了愣，还是一副无所不能的模样："你听好，想成为我的女人的人太多了，要排队根本轮不上你。所以，少跟我耍个性，少讨价还价。"说到这里，他似乎也意识到自己已经语无伦次了，闭上眼喝了一口酒，终于掩盖不住醉意，功亏一篑地用手撑住额头："洛薇。"

她实在不喜欢他这个样子，忍着怒意平静地说："什么？"

"还记得小时候我们在海边说过的话吗？"

"什么话？"

"……你说过，如果我当上水钻商，就会嫁给我。"

她震惊地睁大眼。这是怎么回事？他给的答案太出乎她的意料，让她措手不及，结结巴巴了半天，也说不出一句完整的话。她怎么会不记得？她甚至还记得，说这句话的小樱脸颊像两个雪白小包子，而这一刻，这张脸已经不再稚嫩，变得瘦长而冷峻。再回想贺英泽创业的过程，他最初做的是和贺丞集团毫无关系的钻石业……不，这假想太不现实，这人是贺英泽啊，又不是白马王子。她不能让自己像个看韩剧的花痴姑娘。

她推了他一把，笑得没了眼睛："我说过，小时候你可比现在萌多啦。"

他却根本不买她的账，只是端着酒杯张开双臂往后靠，把右脚踝搭在左腿膝盖上，侧头喝了一口酒："跟你瞎开玩笑你也信？我喝多了。"

到底在想什么？真心话差点脱口而出。人在半醉不醉的时候最容易说错话。他又灌了自己几口酒，但深知自己酒量好，怎么都没法完全醉倒。于是，只能看着洛薇的身影在自己面前晃来晃去。她的眼睛真美。不知道用了什么洗发露，味道也很好闻。想抱她入怀，再也不放开。

可是，他只是狠狠推了一把她的额头："行了，这儿没你什么事了。"

她尴尬地笑了一下，跟其他人道别，同时也为自己刚才的心猿意马感到懊恼。倒是老九左拥右抱地靠过来，眨了眨眼睛："这么快就走？难道嫂子不喜欢这里？"

"不是啦，我还有工作要做，下次再来找你们玩吧。"

"我看不像。"老七眯着眼睛看她，想看穿她的小心思，"其实虽然你嘴上不说，我也看得出来，嫂子是一个骨子里很高傲的女性。"

他身边的舞女本来一直在陪酒，但她混遍风月场，几下就把这些个人的内心戏摸得清楚透彻，也看出了King醉酒时努力掩饰的痛苦。真是有意思，King在宫州这样呼风唤雨，遇到爱情也跟个小男孩没区别。阅历可以让一个人成熟，却还是没法把他改造成一个不属于他的年纪的人。这样纯情的King，让人有些心疼。她一边帮老七倒酒，一边轻佻地笑着说："高傲？说白了就只是无趣。故作矜持的女人，男人可是一点也不喜欢。"

洛薇不知道舞女安的什么心，敢当着贺英泽这样说话，但被这样贬低，直接冒犯对方或是当个软包子，都不是她的作风。她笑了笑说："可能人与人不同吧。我的理解是，男人不会对主动的女人认真。"

舞女娇笑两声："不过是为胆小找借口。故作清高。"

本来她不打算和舞女继续对话，但听见旁边的贺英泽鼻间轻轻哼笑一声，也不知是嘲讽还是轻视，她来气了："对男人主动还需要胆子？男人主动还有可能会被拒绝，女人主动可能会被拒绝吗？"

"那也要看是什么男人。"见鱼上钩，舞女扬眉看了看贺英泽，"这个你敢吗？"

"贺先生是很传统的男人。"

"不，我和所有男人一样，喜欢女人主动。"贺英泽坏坏地笑着。

这是瞬间打脸。洛薇笑容僵了几秒，做出了一个明智的决定：无视他，收拾东西准备离开。然而，贺英泽可没打算就这样算了，带着醉意的笑也是迷人得不行。他什么都没说，但那副表情写着赤裸裸的四个大字——你做不到。洛薇拿着包走了两步，忽然转过头说："我不会做这种让自己吃亏的事。"

"对一般男人主动，确实是很吃亏。"舞女转过头去对其他舞女发话，"你们觉得亲一下King是吃亏吗？"

那帮女人整齐地抱在一起，花痴地摇头，还有一个满面春情地捂胸：

"是占便宜好吗？"

洛薇扯了扯嘴角："我……"

"看，我说了，你不敢。"

只有单纯过头的小女生才会中激将法，但亲吻自己喜欢的人，有谁会不愿意？她看了一眼贺英泽，心想，自从上次决心放弃他，他们就几乎不再见面。从今以后，恐怕站入以他为中心的周围五米内都非常困难。如果没有这最后一次，她也不可能再触碰他。豁出去了。她喝了一口壮胆酒，坐在了他的大腿上。她动作太快，他眨了两下眼睛，抬头看她。她低下头，抱着他的脖子就吻住了他。

他诧异地瞪圆了眼睛。

与此同时，口哨声、起哄声、掌声、舞女艳丽的笑声响成一片。

"哇，嫂子太猛了！！你可是世界上第一个敢推倒六哥的女人呢！好厉害！"

"哟，嫂子好样的！"

本来主动的人是她，他也说了，他喜欢女人主动。但是，出于雄性生物本性，他的反击也快得惊人。他的唇舌与身体间，满满都是名酒香、他偏爱的香水与他自己的荷尔蒙气息。只被他回吻了片刻，她就腿软得几乎跪在地上。他把她反压在沙发上，把她困在只属于他的小空间里，缓慢而缠绵地挑逗着她的舌……所有的理智好像都飞到了九霄云外。他太热情了，好像她所能做的所有事，就是跟随他的步伐与节奏……

周围的人不知不觉地离开。等她回过神来，包间里已经只剩下了他们俩。她轻轻咳了一声，想从不可收拾的情形中抽身而出。他把她从沙发上拉起来，她想，就这样结束了吧。松了一口气的同时，更多的情绪是失落。然而，他一手搂住她的腰，一手长长的五指插入她的发中，再度吻上她的唇。

眼泪从胸腔中往上涌，在激烈亲吻换气的空隙间，她哽咽着呼唤："贺英泽……"

"嗯？"

他温柔的声音好听极了。她却无法把心里的话说出来。

贺英泽，我知道我们不会在一起，我知道我会嫁给其他人。我也知道，我不会再爱上任何人。

这种感情是一场绝症，早已无药可救。但没有关系。即便只能依偎在你怀里，就算立刻死掉，我也没有任何遗憾。

其实，不如就这样死掉吧……

搂住他脖子的那一刻，她心中这样想着。

贺英泽喝得很醉。他们并没有机会对话，或是进行更亲密的举止，他就已经靠在她的肩头沉沉睡去。她抱着他坐在残垣断壁般的虎皮沙发上，回想起那些童年时的破碎记忆。她想起桃花雨中的告别，他曾经对她说，我会等你回来。等花再开的时候，我就会和你结婚。

可不知道自己是怎么了，想起那么幼稚的事情，心里反而更难过。眼前的景象都被泪水模糊，包括贺英泽靠在自己腿上的碎发、长长的睫毛、鼻尖上那一颗秀气的美人痣。她很怕被别人看见此刻的窘迫，掏出纸巾擦眼角，从包里拿出粉盒，想要用妆盖一下泪痕。但是，打开粉盒，却发现里面的粉饼和镜子全都摔成了碎片，映出无数个残缺的自己。即便家里还有全新的粉盒，她也没忍心把它丢掉，只是把它合起来，小心翼翼地装回了包里。她不断安慰着自己，把眼泪逼回去。最后，深呼吸几次，她拉开门，请其他人进来照顾贺英泽。

"六哥最近一直很辛苦，酒量都不如以前了呢。"起哄够了，老七扶起贺英泽喃喃说道。

"他最近不都在'放松'吗？"她婉转地点醒他。

"当然不是。前两天我们到他家里，才看见医生为他打针，叮嘱他注意睡眠、不要透支健康，现在过度操劳，到老了都是会还回来的。"

她恍然大悟。难怪他会瘦成这样。她看了一眼贺英泽的脸："注意睡眠？他睡眠不好？"

老七看看手表，望天算计着说："女佣说，他最近每天都是凌晨四点以后睡觉，天刚亮就起来了。"

"怎么会这样……是从什么时候开始的？"

"九月底到十月初吧。"

洛薇仔细一想，时间差不多是上次同学婚礼，也就是她从他家里搬出来之后。是因为那之后他遇到了什么事吗？还是说，是因为……不，跟自己肯定没有关系，不要自恋。可是，刚才贺英泽种种奇怪的表现，又让她忍不住乱想。直到他的手机振动着从口袋里掉出来，她过去帮他捡起来，却看见屏幕上出现了来电人的名字"倪蕾"，她才再度被现实的冷水泼醒。

喜欢上一个人是幸福的吗？真爱是甜蜜的吗？看见自己所爱之人，心情是愉悦、满足的吗？不过是用来骗孩子的童话谎言。

她后悔与他见面，做了亲吻他的傻事。

她更讨厌自己，因为她成了自己最鄙视的那种人。

这一天回去以后，她也瘦了很多，每天早上起来眼睛一定是肿到发疼的。每当清晨的阳光射入窗户，每当看见崭新一天的开始，她都只觉得颓废，不想做任何事情，但还是会强迫自己从冰箱里取出冰袋，敷在胀热的眼皮上。冰碴儿直接刺激着敏感的皮肤，感觉一点也不好受，但好歹可以看见镜中的猪头缓慢地痊愈回归人类。等完全消肿，眼睛还是红红的，化妆都会疼。到这一刻，她总会恨自己不争气，顺带把前一天晚上躲在被子里流泪的自己嘲笑一遍——你可是新时代的独立女性，还为感情的事哭，真是不争气。

只是，顶着这一份坚强，也仅能持续到工作结束后。一个人静下来，无边无际的痛楚又会扩散到血液与骨髓中。只要夜晚降临，她就会再一次无声而冷静地流泪，把被子都哭湿，累到眼泪都没干就进入梦境。

这世界上所有的伤口都一样，总是在白昼愈合，在晚上折磨人。被爱与恨撕裂的那一道也是如此。

然而，受伤的人又总在夜晚孤独一人。

纵然有再多的情绪，也无法用语言表达。即便提笔写随笔，能写下来的也不过三个字。

贺英泽。

她不会再见他了。

十八面镜

飘沦

一条路走入绝境时，不必把自己困死在里面，

退回来看看交叉路口，一定有康庄大道在不远处等待。

所谓屋漏偏逢连夜雨，大概就是人在病情发作时，还接到一个由敌人亲口告知的坏消息。

　　接到电话的那几分钟，谢茂正巧一个人在家，身体极度不适。

　　"谢先生，多日不见。"这个声音并不陌生。因为，谢茂与上市公司的高层管理者开会时，曾无数次被这个声音堵住，它语速不快，但攻击性强、油腔滑调，让人很难没有印象。听到这里，谢茂捂着胸口，吃力地说："常……枫？"

　　"谢先生是贵人，却不多忘事。"

　　他现在病情严重，按理说不应和外人多聊，但他也知道，贺丞集团的人极少与他们谈公事。这一通电话，有一些分量。他忍着痛苦说："有什么事吗？"

　　常枫用他惯有的社交语气轻松地笑笑："令夫人正在甄姬王城消费，输掉了所有现金，还欠了别人三百万，现在保安把他们扣了下来。不过谢先生不必担心，我肯定不会为了这点小钱为难令夫人，马上就放她走。只是来电跟您说一下这件事，以免您不知道。"

　　"锦茹……锦茹为什么会在那里？她是一个人？"

　　"不，她是跟黄四爷的手下一起来的。"

　　"黄四爷？黄啸南？"他本来想问出一句"她为什么会和他的人在一

起"，但反应过来后迅速地住了嘴。难道，那些关于妻子和黄啸南的传闻都是真的……

"是的，官州还有几个黄四爷呢？何况是和令夫人有关的。"常枫平静地嘲讽道，"啊，现在黄四爷的千金也来救令夫人了。"

"黄啸南的女儿？"

"是的呀，就是您的养女谢欣琪小姐。"

这句话无疑是晴天霹雳，把谢茂的大脑劈成一片空白。他咳了两声，上气不接下气地说："你……你在胡说八道些什么！"

他没有等到常枫的回答，但听见电话那一头传来了另一个声音："电话给我。"是一个男人的声音，音色相当年轻动听，语调也并没有故作老成，却总有不怒自威的气势。他记得，每次与贺丞集团的人见面，当常枫的发言结束后，这个声音偶尔会惜字如金地说一两个字。几秒过后，这个声音响了起来："谢欣琪和洛薇都是黄四爷的女儿，母亲是周锦茹。你孩子的母亲只有一个人，就是被你和你太太联合逼死的吴巧茵。"

"贺……贺英泽……？"

电话那头传来一声哼笑，算是肯定的回答。谢茂从短暂的惊讶中走出来，又细细思量了他刚才那一番话，冷笑一声："你别想骗我，你打这一通电话，是有什么商业目的吧。"

"谢氏地产的企业规模，还轮不到我用这种计谋。你想知道我是如何知道的吗……"像是死神在宣告死亡通知，他缓缓说出了后面的话。只见谢茂的脸色越来越难看，而后接近蜡白。挂断这一通电话时，他的状态已经非常不好了，用最后一口气拨通了周锦茹的电话："你给我立刻回来……"

那边的女人听见这边的垂死挣扎，却并没有表现出一丝慌乱或是担心，只是如冬季深潭般平静地说："你什么都知道了，我还立刻回去，岂不是自掘坟墓？"

"周锦茹，你这贱女人，你这臭婊子……"

"尽情骂吧，反正你慢待我也不是一天两天，我早已习惯了。对了，我还有一件事想告诉你，关于吴巧茵的信……"

随着真相一点点被揭开，他虚弱地捂住胸口，但还是没能阻止铺天盖地的窒息感。他的喉咙间发出"咔咔"两声，整个人倒在了地上。

　　就这样，谢茂因脑血栓发作死了，带着满腔的愤怒，圆瞪的眼中写满不甘，直至妻子伸手为他合上双眼。在他的葬礼上，没有一个人比周锦茹哭得更加悲戚。所有人都说，这个女人是个好到犯傻的女人，丈夫花名在外，不曾对她忠诚，她却还是一心只有一人。她顺理成章地继承了他所有的家业，并且在看上去极为被动的情况下，排除掉女儿与庶出的儿子，成为谢氏产业的大股东。对谢欣琪和谢修臣而言，父亲的死对他们的打击太大，他们也无意与母亲计较财产问题。谢修臣曾经对父亲的遗嘱提出过质疑，也被后母"庶子还敢争财产"的轻蔑眼神驳回。家里被死亡黑色的钟声环绕数月，直至新年第一场雪下过，一部电影《天鹅的谎言》横空出世，搅乱了这一潭死水。

　　谢欣琪不关注娱乐圈的事，看电影也只是日常生活消遣，连当红明星的名字都记不住几个。最初让她关注这部电影的人是谢修臣。他转发给她一篇点击率超高的微博长文，标题是《相比"霸气"的假汉子，男人更爱温柔的真妹子》。文章作者是一个以毒舌出名的博主，他从两性角度分析了影片《天鹅的谎言》的主要恋情。高富帅男主角为什么放弃了影后张慧贞饰演的强势美艳女二号，而选择了灰姑娘女一号？他阐述了这部影片很写实，如果是他，他也会选真实而软萌的女一号。文章里还有一句话是这样的："男人挑选女人很讲究性价比。大多数男性并不想要娶质量最高、最难伺候的那个，反而会选物美价廉、性格温柔的那一个。就像这部影片里，为顶级奢侈品牌Cici代言的张慧贞，最后还是没能得到高富帅的心。要说高富帅是否真的对她动过心？肯定有，但再多的爱，都会被她的花式作死逼到灰飞烟灭。他最后还是编织了童话，但公主不是她。"下面配上一张图，是影片里男主角为女主角戴上项链、女主角流泪的瞬间。

　　谢欣琪对商业营销可以说是一窍不通，看到最后也没明白，这篇鸡汤文其实是一个软广告。她只是愤怒地把手机往沙发上一丢："我早就说过了，品牌代言不要这些庸俗的明星！芭蕾舞者有什么不好？现在好了，因为张慧贞乱接戏，Cici的口碑也受到了影响！"

　　"这是别人有意为之的。你看这里。"谢修臣指了指那张剧照里的项链。

那是一把金色的小锁，上面点缀了蓝宝石和碎钻，远处看有点像同心结，但又比同心结多了时尚奢华的气息。谢修臣递来一本杂志，上面有一张相同姿势的广告，不过男女主角换成了苏嘉年和一名瑞典女超模。他指着右下角的金锁项链立体图说："就是这个情人锁，Mélanie Green珠宝第一拨主打产品。"

谢欣琪瞠目结舌。

写那篇长博文的博主自然免不了被女权主义者们骂成直男癌。但这部影片原本就极具争议，在他和许多影评人的连番轰炸下，这部片子火了。大龄都市女青年们纷纷站出来支持大明星演的女二号，恋爱或已婚的姑娘和男性观众都支持女一号。而电影的票房朝十位数逼近的同时，电影里那段送项链邀舞的剧照频繁出现在网络、纸媒，被各式各样的广告商放大，张慧贞为Cici打的广告就缺乏了那么一些说服力。相反，那一条出现在电影里的情人锁项链却被不少年轻女性惦记。眼见情人节即将到来，一句话在微博、微信以及各种社交平台上出现，被无数单身女性转载：

"我不要情人节，我要情人锁。"

俗话说得好，养兵千日，用兵一时。洛薇心中早有了点子，决定孤注一掷，已经低调很久不发声了。

情人节当日，Mélanie Green的新品"情人锁"上市的第一小时，销量和销售额就已经超过了谢欣琪设计的鸽血红项链。不管是旗舰店门口、购物中心，还是下午茶店、电影院……只要是有年轻女性出现的地方，就一定能看见有人脖子上戴着"情人锁"。

"情人锁"上市前夕，洛薇的黑眼圈都快垂到了嘴角，正式上市的第一天，听见各个发行商的捷报，她感动得在工作室里走来走去。设计师更是被销量吓得连续推了三次眼镜："我的天，我做梦都想不到自己的作品能被推广成这样……"

"是啊，洛小姐，你很善于洞察市场走势，真是个策划天才。"另一名设计师也惊叹道。

"哪有，没有你们的优秀设计，我怎么努力也没有用。都是大家的功劳啦。"洛薇笑得没了眼睛。

这时，再想想贺英泽说的话："每个人都有才华，只是你没找到点儿。"

确实如此，一条路走入绝境时，不必把自己困死在里面，退回来看看交叉路口，一定有康庄大道在不远处等待。当一个人决定放弃时，或许成功就在不远处。

她掏出手机，正编辑消息告诉他这个好消息，屏幕上却出现了他的来电提醒。她吸了一口气，佯装平静地"喂"了一声。

"谢欣琪的消息看到了吗？"他单刀直入地说道。

她打开旁边的电脑，上网搜索关键词。"谢欣琪离开Cici"的字眼骤然出现在眼前。她愕然地说："她被炒鱿鱼了？为什么会这样？"

"输得太难看，当然只能卷铺盖走人。不过，他的事你最好少操心。谢家的事你都别操心，不然以后肯定会后悔。"

"我为什么要操心她和谢家？"

"听我的话就行，别问那么多。"他又失礼地挂断了电话。

新闻确实是真的。随着谢欣琪的项链销量骤减，她自己焦头烂额不说，Cici全球总部打了一通电话给她，告诉她以后不用再到Cici上班了。对于谢欣琪而言，这简直是全天下最可笑的事。他们把她当什么了？她可是鼎鼎大名的谢欣琪，哪怕现在父亲不在了，她的名气与才华也摆在那里，他们怎么能、怎么敢让她离职？她在家里气得哭了很多次，最后总算找到了一切问题的症结——苏嘉年。

如果不是他为洛薇代言，也不会有这么多话题，"情人锁"的销量也不会超过她的设计！她原本就恨他用不光彩的方法要挟自己，现在更是恨得牙痒痒的。他到底是为什么要帮洛薇？虽然洛薇和他是旧识、感情深，但现在他的女朋友可是自己。除非，他们之间……

难道，他和洛薇之间并不只是暧昧？他们之间发展到哪一步了？牵手、拥抱、接吻，还是……她背上凉了一大片。她也知道，如果直接和他硬碰硬，他一定不会承认与洛薇有什么。她必须得抓到证据，让他从自己身边滚蛋。

她以被炒鱿鱼心情不好为理由，让苏嘉年陪自己去听了一场美国摇滚歌手的演唱会。中途她拍了很多张照片，一直拍到手机空间不足，然后拿他的手机继续拍照、录像。演唱会结束后，她坐在车的副驾上整理照片，用他的手机把照片发到自己手机上。发现她一直在自己手机上按来按去，他有些心不在焉，但只敢多瞄她几眼，不敢催她还手机。中途到了加油站，她说自己口渴，让他去便利店买冷饮。他看见她正在用自己的手机为自拍照磨皮放大眼睛，匆忙下车去了便利店。等他一走远，她就翻开他的微信，手指在屏幕上划动、翻聊天记录，终于发现了不愿看见的东西。

那个发送"嘉年亲亲我想你，你什么时候来看人家啦"的女人并不是洛薇，而是一个半露香肩、容貌漂亮的女人，名叫Adeline。她继续往上翻，发现他对这个Adeline说的话都不长，却句句让她五脏六腑直冒酸水："宝宝我就来。""别哭，我在呢。""好好好，都听你的。"——这不都是他平时哄自己时最喜欢说的话吗？只是她往往不会给他太好的脸色看，最起码做不到像Adeline一样嗲声嗲气。语音里的对话更让人想吐，Adeline有多肉麻就不用提了，连他回复的"好"，都是拖得长长的，后面拐了一个弯——这依然是只有对她说话时才会用到的语气！

再往上翻，这两个人某次大吵一架后，他费尽心思跟Adeline解释，其中一段话是这样的："我和她一开始就不是真的，现在被她这样三天两头发脾气、嫌弃，就更不可能有感情。但宝宝，你要为我考虑一下，我的事业遇到了瓶颈，需要大量资金才能渡过难关。我妈辛辛苦苦找来了Tim Statham演一出戏，就是为了让她不那么傲气，更容易上钩。你认为我跟她待在一起开心吗？我只能每天忍她。我想给你更好的生活，给我们的爱情打下更好的物质基础。再等等我，宝宝。"

但最可怕的是，他表现得像个情圣，这个女人却只是他众多情人中的一个。近半年来，他不知和多少女人有过暧昧关系，什么类型的都有，Adeline只是比其他女人更受宠而已。

谢欣琪心脏剧烈跳动，用自己的手机拍下这些聊天记录，然后关掉微信，待苏嘉年回到车上，把手机还给他。他体贴入微地为她拧开饮料瓶盖子，把瓶子与纸巾一起递给她。他坐在旁边看着她喝完饮料，才发动了车子，但车还没开出去，就觉得她的脸色和平时不大一样："宝宝，你觉得不舒服吗？"

听见这声"宝宝"，她被恶心到了。她提起一口气说："我是在想，是不是该给自己取一个英文名。"

"你不是已经有英文名了吗？"他笑道。

"不，我觉得Adeline这个名字挺好听的。"

他身体僵了一下，但又没事人一样摆摆手："这个名字太老旧，不适合你。"

"那适合谁呢？"她用自己的手机发了几张截图给他，"适合其他宝宝？"

他终于开始慌乱，猪肝色从耳根一直蔓延到脸部："欣……欣琪……事情不是你想的那样……"

"该发的东西都已经发给你，现在你给我滚下车。立刻滚，一秒都别多留！"把他赶下车，她把车当火箭开了出去。

在回去的路上，她一直在回想他那条长消息的内容。Tim Statham？谢欣琪绞尽脑汁回忆，却没什么印象。她把车停在路边，上网搜了一下这个名字。一个头发花白的英俊老男人照片出现在结果中，关于他的介绍里写着"美国作曲家"。她总算认出了这张脸——在苏太太生日宴会上，他曾把她当成服务生。再结合苏嘉年那条短信，她完全明白了前因后果。难怪他一开始就总是把结婚挂在嘴边。并不是因为她有多像洛薇，而是因为他缺钱。

对谢欣琪来说，这一天与世界末日没什么两样。但她没想到，还有更糟糕的事在等着她。晚上，她接到一通苏嘉年打来的电话。他喝得醉醺醺的，口齿不清地说："欣琪，你想甩了我是吗？你有没有想过，这场恋爱对我来说非常不公平？你根本没有爱过我。是，我是出轨了，但你有没有想过我为什么出轨？你压根儿就没瞧得上我过。别的女生恋爱都是小鸟依人，只有你，把我当个娘们儿似的使唤！"

"拜托，你本来就娘，又不是跟我在一起才变娘的。连出去吃个饭都要女朋友挑餐厅的男人能man到哪里去，还有脸指责我？"

"那是因为我不敢选餐厅！还记不记得有一次我们去吃自助餐，我没把菜吃完，你就对我露出一脸嫌弃。我那时就想，从那以后去哪里都由你来定好了。"

谢欣琪想了想，好像是有那么一回事："我觉得你真好笑，你点了那么多菜却不吃完，难道不是没有修养的表现？"

"不止这一件。上次我们俩去巴厘岛旅游，你非要我给你买一顶特别贵的沙滩帽，我不过是跟店家还了价，你就不开心了半个小时；我们登记入住酒店的时候，我让门童来搬行李，没给他小费，你就又是对我一脸嫌弃；半年前你在加州生病了，回来以后医院给我们寄来三千四百美金的账单，我觉得他们是敲诈就暂时没管这件事，后来你查出来账单没还，问都没问我打算怎么做，就直接骂我素质低没信誉，还当着我的面给他们转账，说我们不缺这点钱……还有好多事，我都不想说了。你知不知道跟你在一起真的很累？我每天都要想尽办法让自己看上去不那么寒酸，因为只要你一嫌弃我，我就会想你在拿我跟谁比较。想得越多，我就越害怕看到你。你能理解吗？我请别的女孩子吃一顿饭，她们都会感动得不得了，回家还会发N条消息跟我说谢谢，怎么到了你这里，我就成个屌丝了？"

谢欣琪被他说得目瞪口呆。她知道苏嘉年神经比一般人纤细些，但她从来不知道，他是一个这么纠结细节又记仇的人。而且如果不是因为喝醉闹分手，他可能根本不会把这些事说出来。她和他刚好相反，心里藏不住事，脾气来得快去得也快，他说的这些事，她都只有一点点印象，而且没往心里去。

确实苏嘉年在欧洲学来了很多绅士举止，例如为女士开门、拉椅子、脱外套，但很多源自本质的坏习惯还是改不掉。例如吃自助餐，如果是跟哥哥一起，他食量不大，但不会有吃不完会亏的心态，不会跟苏嘉年一样看见什么都要点。哪怕哥哥只吃一杯鹅肝蛋羹，他也会陪她付自助餐全额，而且点菜熟练迅速，点完就把重心放在她身上。出国旅游时，不管是去餐厅用餐，还是使用门童、客房服务，哥哥都会把给小费当成一种习惯，而且只使用纸钞，不会从口袋里掏出一堆零钱给服务生。至于花钱方面，哪怕她把自己的卡刷爆了，哥哥也会毫不犹豫地把自己的卡扔给她随便刷。她已经习惯了跟谢修臣同行时被当成公主对待的生活，跟苏嘉年一起遇到的尴尬就难免令人觉得火大。记得哥哥曾经说过："就你这种严重的大小姐脾气，根本没有男人受得了。"爸爸也曾经说过："男人都不是傻子，知道女人真爱一个男人就会对他温柔。"他们说的或许是对的……可是，她就是遇不到让她满意的男人啊。

苏嘉年又接着说道："哦对了，还记不记得有一天晚上十二点半，你让我给你去买杨梅汁，我跑遍了整个宜州，总算给你买来一杯，结果你说我太慢了，你不想睡前喝饮料长胖，不愿意喝。我不过表现出了一点点不悦，你就对我大发雷霆，说我没用，说如果是你哥，他不但可以亲手做给你喝，还有一百种以上的方法为你弄新鲜的来。问题是，我他妈是谢修臣吗？他是豪门大少爷，我只是一个濒临破产的艺术家！你对我说过全天下最恶毒的言语，这样对我公平吗？欣琪，我对你是有感情的，我们和好吧，只要你对我温柔一点点，我保证一辈子对你……"

叽里呱啦说了这么一通讨厌的话，居然还想要和好。她懒得听他说下去，直接把电话挂断。他随即发消息过来："就算想分手，就算要我死，我也要死个明明白白。我在你家楼下，你当面跟我说清楚。"

她不想再看到他那张脸。不管一个人有多好看，一旦做了欺骗人和违背道德的事，总是会有几分猥琐气息。但是，她到底受过良好的教育，知道不通过短信分手是对人基本的尊重。她走下楼去为他开门，准备在门口跟他讲清楚，他们从此老死不相往来。他却猛地推开门，挤进来抓着她的手腕说："欣琪，再给我一次机会。"

他满口酒气，喷得她皱眉侧过头去。她想挣脱那一只被他牢牢抓住的手，却徒劳无功，只能愤怒地说："我早就告诉你，我不是一般女孩。我懂你那种急需被人崇拜的感觉，但我做不到。我周围修养好的人太多了，你如果做得不够好，又不愿改，那我们的问题也只会越来越多。现在你对我也非常不满，也出轨了，我俩算两清了吧，你可以走了吗？"

"我不需要你崇拜，只要你给予基本的尊重。"

"我没有不尊重你，你想要的也不仅仅是尊重。你想从我这里得到的是你劈腿对象的温柔，我再说一次，我做不到。"

"你为什么做不到呢？"

"你说为什么？因为我是谢欣琪啊！"

"谢欣琪又如何？你是世界第一美吗？洛薇长得也很漂亮，可是她一点架子都没有。"

又是洛薇，又是洛薇！谢欣琪心里憋屈极了："你好奇怪，凭什么要我跟贫穷姑娘一样生活？哦不，她现在靠'没有架子'傍上了King，以后也不会穷了。但她想要的我都有了，我不需要委屈自己好吗？再说，你劈腿了还敢对我有要求？我可不是斯德哥尔摩综合征患者。你走吧，我们之间已经结束了。"

"我就好奇了，劈腿、与亲哥哥乱伦，哪一个更过分？你为什么连后者都能接受，前者就不能了呢？"

"苏嘉年，你给我说话注意点。我和我哥什么都没有！而你不光劈腿，还打我们家财产的主意。所以，不要想把责任推卸到我身上。我们已经完了，你给我出去。"

她试着推他出去，但他就跟一座铁山似的岿然不动。这天是周日，这个点儿也是她家唯一没有人在的一个小时，他记得比谁都清楚。他是故意挑这个时间来的。她更加恼了："好，好，你爱把责任推到我身上也可以，我根本不在乎，你想说什么就去说！但我告诉你，你威胁我越多，我就越讨厌你！找你的Adeline去！那边有你想要的柔情似水，我这里你找不到！你也不要想打我一分钱主意，我不会给你这种机会！"

"你放心，不用你说，我也会去找她。但我也不会跟你分手，我一定会娶你的。"

她握紧双拳，恨恨道："请你从我家滚出去！我嫁给一条狗，也不会嫁给你——"

"啪——！！"

她的话被一记响亮的耳光打断。她捂着脸，不可置信地瞪大眼看他："你……居然敢打我？"

"怎么，你以为你是谁？公主？名媛？你知道吗？谢氏马上不行了，现在的你，不过是个脾气糟糕透顶的臭婊子。有我愿意娶你，已经是你的福气了好吗？"

"你恶心！"她涨红了脸，因为受到羞辱而哭出来，他却没有一点怜香惜玉之情。相反，看见她如此痛苦，他发现这才是唯一让她动感情的方法，哪怕是负面的。心中的黑暗面完全被酒精和情绪激发，他把桌子上的茶具全部掀在地上。她尖叫着逃跑，却被他拽着手腕，拎小鸡一样扔到沙发上，狠抽了几个耳光。她躲不开，只能哭喊着"人渣"。他抓着她的头发，嫌恶地看着她脸上沾满泪水的青筋："和你这种婊子结婚，搞不好以后我都得把乱伦的野种当儿子养。怎么你就可以有很多男人，我就不能拥有很多女人？谢欣琪，你能不能稍微成熟一点？"

初次见到苏嘉年，他如此温文尔雅，弹奏钢琴的样子可以让任何铁石心肠的女人叹息。她从一开始就觉得他过于完美，所以拼命寻找他的缺点，却总是不能如愿。而现在她知道了，男人比女人想的更会伪装。只要他愿意，是可以把本性藏很久很久的。和一个过于完美、过于忍让的男人恋爱，当把他的面具撕下来时，真相往往比想象的更可怕。

而且，她情绪越激动，越是努力逃离他，他下手就越狠。直到四十分钟过去，她伤痕累累地缩在角落里，哭都哭不出来，他才留给她一个恶毒的眼神，说"你以后最好温顺点"，然后离开了她家。她四肢疼得无法动弹，脸上全是擦伤，泪水流过更疼，但还是止不住。她翻出手机，拨通了快捷键1里的电话，屏幕上出现了谢修臣的照片。

不到十分钟，谢修臣就赶回家中。客厅一片狼藉，全是摔坏的陶瓷、玻璃碎片，而妹妹坐在角落，一副瘫痪一般的模样。他方寸大乱地冲过去，在她面前蹲下来，抬着她的下巴，晃了晃手指："欣琪，欣琪，快看着哥哥，你还有意识吗？"

她抓住他的衣角，强忍着眼中的泪水："哥……哥哥……都是那个苏嘉年做的……"

"我知道了，先别再说他。"他把她的胳膊搭靠在自己肩上，把她横抱起来，"现在你要不要紧，伤到骨头了吗？我带你去医院？"

"不要，我伤得不严重……"

就像一个倔强的孩子，狠狠抽她一个耳光，她是不会立刻哭的。她只会眼眶通红、充满恨意地看着敌人，直到至亲开始安慰她。这一刻的谢欣琪也是如此。她靠在哥哥的肩窝里，本来想再忍忍，却控制不住，委屈地大哭起来。他抱住她，抚摸她的后背，在回到房间为她上药的整个过程中都小心翼翼，生怕弄疼了她。她只知道无限度地撒娇、倾诉，却没有看见他眼底深处燃烧的怒意。

第二天下午一点，苏嘉年才起床，回想起前一晚做了什么事。他赶紧打电话给谢欣琪，结果自然是没有人听电话。连续打了几个都是同样的结果，他对着电话笑了一声，最后打电话约了其他女人。可是，刚把车从地下车库开上地面，他便感受到一阵爆炸般的震动，身体弹了起来，撞在风挡玻璃上，方向盘上的气囊弹出得晚了些。脑子里晕了一下，他摸了摸额头，手心一片猩红。警报器响彻小区，他回头看向车尾，只见一辆SUV撞在他的车上，已经把他的跑车撞得跟纸糊的又注了水一样。还没反应过来发生了什么事，轰隆一声响，旁边的玻璃窗也随之震碎。玻璃碴哗啦啦掉进来，一只手伸进来打开锁，又从外面打开门，一把抓住他的胳膊，把他拽出去。因为这边的车祸，已经有几个散步的住户停下来，但那个人一点也不在乎，抓着苏嘉年的后脑勺就往车门上撞。苏嘉年悲鸣一声，瘸子般站不稳身子，捂着头想看是什么人，但抬头的瞬间，又被那人一拳打在脸上、一膝盖磕在肚子上。而后，暴雨般的拳打脚踢落在他的身上，把他打得头昏脑涨，恨不得立刻死掉。再度被卡住喉咙提起来，他才总算眼冒金星地看见谢修臣的面容重重叠叠。谢修臣还是和以前一样，领带打成温莎结，一副贵公子架势。然而，他表情森寒而愤怒，一语不发，伸腿把苏嘉年从台阶上踢得翻滚下去。

　　围观的人渐渐变多，却没有人敢发出声音，甚至无人敢报警。苏嘉年痛得连求饶的机会都没有，就又被他对着脑门儿踹了几十脚。苏嘉年都快被踹成傻子了，口里吐着白沫、口水和血液的混合液体，虚弱地呻吟："我不是故意对欣琪那样……"话未说完，谢修臣举起一旁的金属垃圾桶，砸在他的脑袋上，发出"咣当"一声，然后把垃圾全倒在他身上。

　　把苏嘉年打成半死人后，谢修臣一手掏出手机，一手插在裤袋里，对苏嘉年堆满垃圾的脑袋拍了几张照片，临行前又补了他两脚，把掉出来的领带压回西装下，转身回到车上，扬尘而去。

　　看见这几张照片以后，谢欣琪目瞪口呆。她知道哥哥学过跆拳道。小时候，她一被人欺负，他就会出来保护她。但她从来没见过他把人往死里打的样子。她先是惊讶地捂住嘴，笑出声来："哥，你好暴力……但……但是，谢谢你。"

　　"先别谢我，这事情你不是完全没有责任。你该收敛自己的脾气，不要和男人硬碰硬。男人本来就没女人能说会道，当他们发现自己口头上赢不了你的时候，就喜欢用暴力解决问题。尤其是喝醉的男人，你见了都该躲得远远的，像昨天那种表现是鲁莽。"

"这么说，还怪我喽？"

她笑了出来，却拉痛了嘴角的伤口，"嘶"地吸了一口气，伸手捂住嘴。他赶紧凑近，垂头捧起她的脸观察伤口，柔声问她："很疼吗？"但是，目光却对上了她水灵灵的大眼睛，他脑中一片空白，快速收回手，恼然地看向别处："你要学会避免这样的事发生。现在哥可以帮你，以后等你真结婚了，我可帮不了你那么多。避免这样的事发生，你的婚姻也能更持久。"

谢欣琪无奈地笑："我这辈子都不要结婚了。"

"说什么傻话。苏嘉年只是一个例外，以后你会遇到好男人的。"

"只要跟哥在一起就好，我不要结婚了。"

谢修臣怔了一下，然后推了推她的脑门儿："神经。快休息。"

他很小就知道，他们并没有血缘关系。所以，他才敢对她有了过多的幻想，才会导致自己一错再错。其实血缘本身并不可怕，可怕的是思想中根深蒂固的血亲之情。她早已把他当成兄长，那他做什么都改变不了。不能被她感动的糊涂话而迷惑。

谢欣琪本来已经决定把苏嘉年的话连同他的人当个屁放了，但没想到，他在酒醉时居然说了一句大实话——谢氏马上不行了。

年后第一场大雪降临在冷空气中，随着朔风癫狂舞蹈。本应是温暖的节假日，出现在头条新闻的文字却是：贺丞集团即将融资谢氏地产。

对谢欣琪而言，这个新闻是噩梦，但对就职于贺丞集团的人而言，这可是天大的喜讯。透过玻璃窗画板，冬阳把冷漠明亮的颜色涂抹在房内。陆西仁放下开着经济新闻页面的平板电脑，吹着口哨，在洗手间对镜打理发型，用了比平时多一倍的定型水。然后，他把三款香水混搭喷在手腕、颈项，每喷一下，他都会得意扬扬地说一句没什么意义的话，如"六哥霸气侧漏""姓黄的不过流氓奈何对上国王""谢氏hi谢氏bye"等等。然而，门铃声突如其来，吓得他手一抖，把香水喷到了嘴里。他"呸呸"吐着香水，拉开门苦大仇深地说："我不是说过吗，你们这些送小东西的绅士们，都请温柔地把东西放在物业，没必要送到家……啊。"看见快递员的刹那，他张大了嘴："你们经理不是说，你大学毕业找到了全职工作，已经辞职了吗……"

"这是你说的，下次我都放物业了，不要再投诉我。"小辣椒把手里的盒子塞到他手里，转身走掉。

"等等，语菲。"他冲出去拉住她的手。她停下脚步，转身看向他拉住自己的手。他察觉自己失态，乖乖松手举起来，一副被警察用枪指着的犯人样。

"有什么事？"

他挺直背微笑："为感谢黄玫瑰小姐日夜奔波，想周末请你吃一顿饭，不知是否有这个荣幸？"

"我要打工，没时间。"

"那下周？"

"也没时间，下周要复习。"

他从容不迫地弯着眼睛："原来黄玫瑰小姐在准备考研。智慧的女孩，我喜欢。"

但她可不是来陪他聊天的，她翻了个无聊的白眼，不留恋地转身走掉。看着她离去的背影，那种自尊心受伤的感觉再度袭来，他真的想放弃了。但是，再想想今天六哥又干了一件大事，他就觉得自己不能再这样下去。他再度追上去，把小辣椒推到墙上，以手臂封锁住她的退路。

小辣椒抬头看着他，乱了手脚："你你你……你做什么？"

走廊灯光被他身高的阴影盖住，混合香水的诱人气息把她包裹。他单手撑在墙上，另一只手插在裤兜里，留给了她退路，反而让她觉得更没有安全感，进退两难。他压低了声音说："语菲，我真的没办法了。我一直在想你，每天都想。"徘徊在耳边的倾诉让她更加心猿意马，她涨红了脸，张嘴露出白白的小牙，说出的话却是："可是我一点也不想你！"

他捏住她的下巴晃了晃，笑了一下："我知道你不想。你和洛小姐物以类聚，都是折磨男人的高手。"

"薇薇？她被你们King掳走这么久，每天为他当牛做马，被折磨得死去活来，约都约不出来，她还折磨男人？"

"不说了，你是不知道六哥有多惨……"忽然，他愣了一下，"约不出来？昨天她没去找你？"

"昨天？没有啊。"

他额上的冷汗又多了一层："昨天六哥本来想约她吃饭，但被她临时放了鸽子。她说去找你了。"

"她怎么说的？"

"短信，文字。"

二人面面相觑很久，都变了脸色。

十二小时前，洛薇准备去超市购买调味料，却在楼下遇到了倪蕾。倪蕾眼睛深黑，鼻尖冻得红红的，皮肤白得跟空中的雪粒一样，看上去楚楚可怜："我和King分手了。"

洛薇先是一愣，惊讶地说："为什么？"

"他没有爱过我。有的事，我觉得没有必要再瞒你。"她提起一口气，终于说出了真相，"我没有怀孕。"

压抑住心中那一丝并不荣誉的喜悦，洛薇点点头，等待她说下去。

虽然是事先安排好的回答，但倪蕾心中还是溢出浓烈的不甘。她不会忘记与贺英泽参加婚礼的晚上。那也是她第一次坐实了心中的恐惧。欺骗洛薇自己怀孕后，她却比谁都郁郁寡欢，趁洛薇没注意，偷偷喝了几杯闷酒。仪式结束后，她借着酒劲，壮了胆子，在酒宴门外把贺英泽拦下来，也是第一次直呼他的姓名：

"我知道你不喜欢我，但我好歹是你名义上的女朋友。我们在一起这么久，你连我的手都没牵过。贺英泽，你考虑过我的感受吗？"

"既然你都知道是名义上的，为什么问这种蠢问题？"他说话还是照旧不留情面。

"我开始以为你以事业为重，所以不愿意花精力在感情上，想默默等你，但我现在真的受不了了。我能忍受你冷漠，但不能忍受你喜欢其他人。而且，你喜欢什么人不好，为什么要喜欢洛薇？她可是我的朋友啊……我一直相信你们只是从小一起长大的朋友，对她也很放心，没想到她居然会挖我的墙脚，我很受伤你知道吗？"

"你到底在胡说八道些什么？我从没有说过要你当我的真女友。"

十九面镜

身世

飘落的白雪还是出尘而不染,成千上万,

移动棋盘般飘移着,点亮了暗色调的幕布。

"不要逃避话题！"她忽然一改柔弱常态，变得凌厉起来，"告诉我，你是不是喜欢洛薇？不，我知道你喜欢她。我太在意你了，你的一举一动我都会牢牢记住。我早就看出来了。就连今天晚上也是，你一直在看她，只要一看她，你整个人看上去就都不一样了……"

"这和你没有关系。别忘记你的身份。"他打断她。

这完全是意料中的答案，可还是深深伤了她的心。她打了一个酒嗝儿，苦笑着说："你说得对，我本来就不该多问，反正一开始这就是一笔交易，你给我的好处够很多人一辈子衣食无忧了……你喜欢她，也可以。反正我和她是好姐妹，你喜欢她，总比喜欢其他人好。可是，你能试试爱我吗？我不要你负责，只要试一试就好。"

看见他不耐烦地叹气，却没给出答案，她更加伤心了，但还是抱着最后一丝希望，拽着他的衣角，眼露醉意地望着地面："今天，我……我已经在这个酒店订了房间。我为你准备了你最喜欢的酒，还让人做了生蚝刺身……我会在上面等你的……"

这是她这辈子说过的最不矜持的话，做过的最出格的事，却连他一个讶异的表情都没有换来。他说："如果你只是想要和我睡一觉，也行。但我永远不会爱上你，也不会和你结婚。你即便真用手腕怀上了我的孩子，也只能当一个私生子的母亲，这些利弊，你都自己衡量清楚。"

若说之前还徘徊在深渊边缘，听见他这番话，尤其是最后那一句，她便已经彻底落入黑暗。她盯着他的皮鞋出神片刻，突然哭了出来，用力捶打他的胸口："贺英泽，我这么爱你，你为什么要这样对我？就连试一试都不可以吗？你知道我心里有多痛吗？骗一骗我都不可以吗？！"

他抓住她的手，让她冷静，她情绪失控，拼命挣脱他，紧紧地抱着他。他并没有残酷到推开她，但也只是雕像般站着不动，等她停止发疯。

那一晚，她还感谢过他的最后一丝善解人意。但现在回想，这并不是贺英泽的个性。他容忍并不是因为心疼她，而是发现了她的不理智，生怕她会做出对洛薇不利的事。想到这里，心底的不甘更是转为了暴风雨般的愤怒，将她仅剩的愧疚吞入腹中。她压低声音，把过去在贺英泽那里受到的委屈变本加厉地吐露出来，末了，还不忘说出任何女人都最想听的话："他和我在一起，只是为了做给别人看。开始我以为这个人是贺丞集团的人，但现在想明白了。这个人是你，洛薇。"

"我？为什么是我？"洛薇心情复杂极了。

"他喜欢你。但其中有一些难以启齿的原因，他不愿让你知道。"

"是什么原因？"

"这里不方便说话，你跟我来一下。"

洛薇并不知道，她叫自己跟上去的目的，是想脱离贺英泽眼线的控制范围。等她意识到两个人走得有些偏了，心中有了不祥的预感，一团黑影已经出现在她脑袋上。视线被盖住后的一段时间，窒息感越来越强烈，她失去了意识……

这一天对周锦茹来说是有些烦闷的，因为是多年来她回忆最多的一天。

云朵张开无垠的灰色翅膀，把宫州的天空都快拽低至楼层中央。但是，飘落的白雪还是出尘而不染，成千上万，移动棋盘般飘移着，点亮了暗色调的幕布。南岛一座天主教堂里，彩绘玻璃因天气笼上了一层灰，只留给教堂内部绝望的微光。穹顶上的手绘天使庇佑着祭坛上十二使徒雕像，耶稣被钉在十字架上的表情平静如深海。十二个气质与这里格格不入的黑衣人站成队列，静候着坐在第一排对主祈祷的周锦茹，周锦茹身边站着年轻貌美的倪蕾。这里除了他们和角落一个蠕动的布袋，就再无活物。周锦茹每个周日都会来这里祷告，但这一天，是拥有回忆最多的一日。

她想起了二十多年前的夏日……

"恭喜谢太太，是一对双胞胎啊。要是谢先生也在医院就好了，瞧瞧这俩孩子，可真漂亮。"

那一日，手术室里，白灯明晃晃地刺痛她的眼睛。护士们轻擦孩子身上的污血，不时向手术床上羸弱的她投去微笑。哪怕是"双胞胎"这三个字，也无法唤醒她心中的火焰。孩子是男是女、她是愤怒还是不甘，都不再重要。她眼中噙满泪水，只想好好睡一觉，甚至希望如此走向死亡彼岸，再不回头。然而，闭上眼的刹那，脑海中又一次浮现出那个沙漠颜色的月夜：在丈夫新家窗外，她看见坐在他膝上的男孩。男孩只有周岁左右，系着领带，一副小少爷的模样。丈夫在家说话一向颐指气使，一句话不对，就闹得全家鸡飞狗跳。可是，那个小男孩打他一耳光，他却恨不得把另一边脸也伸过去给他打。

是的，她赢得选美大赛冠军，一时名震宫州，所有富豪都对她垂涎三尺。她也是冰雪聪明的女人，不浪费一点时间，迅速嫁入谢氏豪门。虽然婚后谢公子不改风流脾性，还会跟那些小模特小演员纠缠不清，她却很清醒：只要不动摇她的地位，让她继续过富裕的生活，不管丈夫在外面怎么拈花惹草，她都能睁一只眼闭一只眼。但她没想到，结婚不过两年，一个才貌兼备的狐狸精杀出来，迷得丈夫魂不守舍，夜夜不归。她原本只当狐狸精是个保质期较长的新玩物，依然气定神闲地过着老佛爷般的日子，直到除夕夜来临，丈夫一通电话说要出国出差，让谢氏全家面面相觑，她才终于意识到：惨了。这俩人在玩真的。

她使出浑身解数，找人去调查了那小三的来历。原来，小三真不简单，是个名媛，留洋归来，饱读诗书，有主见又不乏温柔。最可怕的是，小三是美丽幽魂的妹妹——她是来复仇的。最糟的是，得知这一信息时，小三和丈夫已生了个谢小公子。他正为心爱女子捶肩煲粥，时不时捏捏小公子的脸，合家商议如何让妻子在离婚协议书上签字。她这辈子不曾如此心急如焚过。与丈夫结婚四年多，他除了前三个月对她热情似火，之后几乎没与她同房过。她害怕极了，开始求神烧香，寻医问药，亲自跑到曼谷四面佛求子。终于，在丈夫提出离婚的那一夜，她以泪洗面，只求最后温存一次……

想到这里，胸腔中最后一股挣扎的火焰微弱地燃起来，她轻声问护士："是儿子吗？"她脸如白蜡，声音如呼吸般轻飘，护士们不确定地回过头。手术灯闪烁着器械的冷光，被手术台与推车切割成几何状，在她脸上落下黑色的阴影。她睁开眼睛，动动脖子："我的两个孩子，是儿子吗？"

"是两个可爱的女孩哦。"护士微笑着把孩子抱过来。

老天到底不助她。

后来，两个女孩被送进病房，她看得见公婆眼中掩不住的失望。其实她知道，他们对儿子出轨心知肚明，狐狸精临盆时，婆婆还亲自去照料。因此，当她终于有机会抱孩子，却并未感到母亲应有的喜悦。两个小姑娘都在沉沉入睡，眼缝狭长，小嘴水果般饱满。护士说，她们长大以后，一定是两个美人。她们长得几乎一样，只是其中一个眉毛飞扬，充满英气，有一股不服输的劲头；另一个则长了柳叶眉，眉平而浓，温婉可爱。她抬头望向窗外，那儿有几朵醉人的红蔷薇，绿叶含丹，回顾生色。再看看那个温婉的女儿，她拭泪强笑，摇摇这个女儿的小手，为她提前准备好了一个全新的名字……

这时，一个声音在她耳边响起，打断了她的思绪："周夫人，人来了。"

周锦茹收回眼中的伤感，挥挥手示意倪蕾退下，但倪蕾踟蹰了两秒，还是一咬牙，坚定地站在原地。周锦茹也不再勉强她，转过身去，抬起锋利如刀的下巴，视线移向教堂门口。那里出现了两道身影，正在被守门保镖搜身。其中一个高瘦而挺拔，不论走到哪里都会被人一眼看见；另一个虽没他身材好，却理着小平头，身形矫健。是贺英泽和常枫。她一直知道贺英泽这孩子潜力不可限量。他继承了母亲的美貌，又继承了父亲的智慧与狠毒。

"贺先生，请坐。"她对一个座位摊了摊手，像在自己家一样随意。

贺英泽看了一眼墙角的布袋，居然没有反抗，缓慢地坐在她所示意的地方。她满意地微微一笑："外面下了点雨，我看贺先生和这位先生都没带伞，我这里刚好有多出的两把。一会儿你们一人撑一把，我女儿就跟贺先生挤挤了。"

贺英泽没有说话，常枫倒是冷不丁地抛出一句："用布袋装女儿的母亲说出'我女儿就跟贺先生挤挤'这种话，一点也不奇怪。"话音刚落，角落里的布袋就停止了蠕动，僵住了般保持死寂。

周锦茹微笑着说："话可不能这么说。我女儿和贺先生不是已经领证了吗？新婚小夫妻挤一把伞，不过分吧？"

常枫本来准备回答，贺英泽却伸手拦住他，平静地指了指布袋："打开。"

周锦茹笑意更深了。要说贺英泽有什么过大的缺点，大概就是和他爸一样，在感情中是个色厉内荏的纸老虎。听到洛薇被绑，立刻就赶过来了，却还是要装作不在意。她对手下使了一个眼色，他过去把布袋打开，露出了洛薇的脑袋。洛薇头发乱蓬蓬的，嘴被胶带封住，光线骤然刺得她流泪，她低下头去紧闭双眼，直至额头上传来冷冰冰的金属质感。她愕然抬头看去，是眼前的人拿枪指着她。

从贺英泽和常枫进来起，倪蕾的脸色就没好看过。她的目光在贺英泽、洛薇和周锦茹之间移动，却始终没能在贺英泽脸上捕捉到半点因背叛而产生的愤怒。相反，他像没看见他似的，对周锦茹说："直奔重点吧。"

周锦茹抱着胳膊，用手轻轻掩嘴："既然如此，我也不再卖关子。希望贺先生把谢氏地产物归原主。"

"只要我照做，你就会放了她？"

"看过你就知道了。"

她从身侧拿出一沓合约，让人递过去给常枫。常枫又将它交给贺英泽。贺英泽把合约扫了一遍，把它递给常枫，示意他也看看。常枫读着读着，脸都气红了，贺英泽反倒是一脸轻松的笑："这笔生意不小，谢太太，我们恐怕要坐下来慢慢谈。"

他才往前走了一步，周锦茹就防备地后退到更多人身后："别。就算我不认识贺先生，也对贺家公子的非凡身手有所耳闻。"

"谢太太真是多疑，刚才进来时，你们不是已经让人对我搜过身了吗？"

她却没放下一点防备，对他伸手做了个止步前进的动作："别，别。站在那里就好。"

与此同时，角落的黑衣人用枪口更加紧贴洛薇的太阳穴，把她的头都快顶到了墙上。贺英泽举起双手做投降状，笑得人畜无害，慢慢后退，直到黑衣人把枪松了一些，周锦茹也不再那么紧绷，才温和地说："这合同我看了，大致方向我是赞同的，只有一些小的地方需要修改。"

他如果一直是冷冰冰的样子，她还会有一些胜算。可他变得这样好说话，她就知道情况不对。玩商业谈判和心理战术，她绝不是King的对手。贺炎当年驰骋宫州，座右铭就是"兵不厌诈"，而他们对他儿子的评价是"青出于蓝而胜于蓝"。想到这里，周锦茹戒备心更强了，断然说："你来之前我就说过，没有商榷余地，你只能说Yes或No。"

"如果我说No，你会怎样？亲手杀了自己女儿吗？"

"当年她还是襁褓中的婴儿，我都能亲手把她送走，现在要杀了她，简直易如反掌。"

"也是，只是为了与谢茂的情妇争宠，你都能丢掉洛薇，在女儿面前扮可怜这么多年，现在整个谢氏地产和贺丞集团都悬在嘴边，你又怎么会心软？"

周锦茹眯着眼睛，精致的妆容也盖不住绷起的眼角细纹："贺英泽，你现在是在拖延时间吗？"

她这一番话的回音都还没响尽，教堂另一个角落里，已经传来一个熟悉的声音："这些……都是真的？"

周锦茹背脊一直，转过身去，震惊地发现谢欣琪已经被人绑住，站在了走廊的小门前。谢欣琪却并未露出一点怯意，反倒是用质问的目光看着她。她勃然大怒地转过头："贺英泽，你还想洛薇活着回去吗？！"

谢欣琪大声说："妈，洛薇就是欣乔，对不对？当年她并不是被开水烫死的，而是被你偷偷送走了，对不对？我已经在爸的房间里找到了很多证据，有一个叫吴巧菌的女人……"听到一半，洛薇也倒抽一口气，脑子的运转速度快要跟不上眨眼的速度。

周锦茹焦虑地打断了她："就是那个姓吴的贱女人勾引你爸，还喜欢装可怜，装文雅，频频写情书给他，以为这样能留住你爸的心，才让我逮到了复仇的机会——我假装不知道有这么一回事，找到她常用的蓝色薰衣草信纸，冒充她的笔迹写信给奶妈，承诺给奶妈儿子大富大贵的生活，让奶妈帮了一个小忙。"

"这个'小忙'，就是让她承认自己是与吴巧菡串通好的，蓄意杀死了欣乔？"

"她可什么都没说，只是死了而已。"奇怪的是，周锦茹说得越多，焦虑感就越少，甚至还露出了一丝得意的神态，就好像一位隐居多年的军师回味着多年前自己大获全胜的战争。

谢欣琪只觉得天灵盖好似被什么打中，身体摇了摇，往后退了两步。她一直知道母亲是个心狠手辣的人，但没想到会狠到这种程度。

"你露出那种表情做什么？那时我还没做绝，留了你妹妹一条生路，把她丢给了一对普通夫妻，她被他们抚养长大。要不是谢茂发现你妹妹的存在，他们可能还是其乐融融的一家三口。"看见洛薇一直"呜呜"挣扎着想说话，她示意旁边的黑衣人解开洛薇嘴上的胶带。

"所以，你试图派人枪杀我，还害死了我的父母？"洛薇痛苦而愤怒地说道，"在我家楼下派人装炸弹的人也是你，你让人跟踪监控了苏嘉年，对不对？"

周锦茹平静地望着她良久，却没有直接回答："洛薇，你要理解我的苦衷。在那种情况下，谢茂已经开始怀疑你的身份，如果被他发现你是我的孩子，就会发现你不是他女儿的事实。那我的下场可比永世不得超生还惨呢。"

"你这毒妇，把我爸妈还给我！！"

"我才是你的生母，当初亲子鉴定是我动了手脚。真正的测试结果在这里。"说完她把一沓文件狠狠扔在洛薇脚下，"不管你怎么恨我，都不能改变这个事实。"

洛薇只觉得身体都快被怒火烧成灰了，谢欣琪却听出了其中的端倪，一字一句地琢磨着："欣乔，不是我爸爸的孩子？那我呢？我和她是双胞胎，那我……"

周锦茹笑出声来，面容绽放成了一朵轻微凋谢的月季花："那时他只顾着和吴巧菡浓情蜜意，怎么可能有机会让我怀上你们？我只是恰好怀孕，找个机会和谢茂睡了一次。他就真的那么自大，以为孩子是他的。"

"那……我的父亲到底是谁？"谢欣琪虚弱无力地靠在墙上，好似肢体已经撑不住千斤重的精神负荷。

周锦茹却忽视她，撑着椅背，身体前倾，示威的母豹般对贺英泽面露凶光："都听到了吗？对我这样的人而言，你以为多杀一个女儿对我来说，会有多大区别？当年我为了什么生她们，现在就可以为了什么让她们死。"

像突然被掐住咽喉，谢欣琪睁大眼和嘴，却再说不出一个字。洛薇的情绪却始终只有愤懑。贺英泽从容地笑着："我当然知道你是这样的人，所以更加确定你不会杀了她们。"

"你什么意思？"

"杀了她们，你还能活着从这里走出去吗？"

周锦茹不需要问他，他怎么对付得了这么多杀手。因为整个宫州的人都知道，King只做大局在握的事。

"我们都是生意人，都懂嫌货人才是买货人。现在谢太太的诚意我已经感受到了，我当然也会有话好商量。来坐下好好谈一谈。"贺英泽指了指座位，态度比刚才还要友善。

周锦茹进退两难地看着他，心中有两个声音在打架。一个声音告诉她，态度要强势，因为他喜欢洛薇的程度足够让她谈成这笔生意；另一个声音又在不断给她施压，让她知道贺英泽诡计多端，不能接近。

就在这时，教堂内又多了一个人的声音："当年我就告诉过锦茹，让她嫁谁也别嫁谢茂，她不听，偏偏喜欢那小子的甜言蜜语。结果现在没学到人家半点口才，还笨得跟猪一般。"

这是一个中年男人的声音，略微沙哑，但掩藏不住一股从容不迫的威慑力。所有人顺势往声音处看去——祭坛下方，一群人徐徐推来一个轮椅。轮椅上坐着的男人戴着墨镜，穿着唐装，是黑色丝绸质地的，上面绣有龙纹暗花。他头发梳到脑后，凹凸不平的脸上有三道狰狞的刀疤，下巴锋利得把嘴角都拉得微微下垂。才吸了一口雪茄的工夫，周锦茹身边所有人都朝他弯腰行礼。

"四爷……"周锦茹眼中有泪。但与其说她是委屈，不如说是害怕。

这一声"四爷"，让大家都猜到了他的身份——宫州头号黑帮苍龙组的最大头目，黄啸南。

他什么话也没说，挥挥手，好像在骂她窝囊废，把她赶到一边。然后，他重新抬头，墨镜对着贺英泽的方向："真是有缘无处不相逢。贺炎家的老六也长这么大了。"

贺英泽嘴角勾起，却看不出来是在笑："这样'有缘'，当然不能让杀父仇人活着出去。"

"别把你家老头子说得那么无害，他也让我残了两条腿，还有这个。"他拉开袖子，露出一段假肢胳膊，脸上的疤痕因笑容变得狰狞，"更何况，你这是对岳父说话的态度吗？"

他这句话让教堂内有短暂的肃穆静谧，众人面面相觑，都是一头雾水。只有周锦茹，表情矛盾而复杂。最后，还是贺英泽先冷笑一声："我看她未必愿意认你。"

"她现在年轻气盛，以后总会认。血浓于水的道理，你比谁都懂。"

如果不是因为黄啸南把墨镜对向了洛薇，谢欣琪是绝对不会往她身上想的。而既然她与洛薇是双胞胎……谢欣琪狐疑地对黄啸南说："……你的女儿是洛薇？"

"还有你。"

谢欣琪的脸都成了番茄色。虽然她不喜欢父亲年轻时那一屁股风流债，但在她心中，父亲就是谢茂。要她承认眼前这个凶恶的黑社会头目是她父亲，还不如让她立刻去死。她酝酿了半天，才对母亲吐出一句话："你没有他说的这么恶心，对吧？"

周锦茹先是震惊加受伤，又以讽刺的笑容盖过一切，指了指贺英泽："我恶心？当年谢茂和他小姨搞在一起，生下谢修臣那个小野种的时候，你怎么没觉得小野种恶心，还和他走这么近？"

果然，这一番话验证了谢欣琪当时的推测。吴巧菌在信里提到的"姐姐"，就是贺英泽的母亲吴赛玉。而当时吴巧菌在信中也提到："……她原本才应该是宫州小姐冠军，原本应该是你的太太。但因为周锦茹拉拢媒体，蓄意炒作，冠军之位才被夺走……"谢欣琪本来只觉得其中可能有误会，吴赛玉因病退出比赛也只是巧合，因为母亲没有后台。但现在看看黄啸南，她试探着说："可是，如果你不害吴赛玉重病致死，不恶意炒作，你也不会有机会嫁给爸爸，吴巧菡也不会来勾引爸爸，对吧？"

"看来你知道得还挺多的。"

"所以我才说你恶心。你害死多少条人命，居然一点愧疚感都没有？"

"谢欣琪，你这没良心的东西，是谁十月怀胎生了你？居然胳膊肘往外拐。你都在谢茂那儿听说了些什么，他说什么就是什么？如果没有我，你们根本一点关系都没有。你知道吗？当年指使我把吴赛玉拉下来的人是你爷爷奶奶！"

听见这话，不仅是谢欣琪，连贺英泽都错愕地看向周锦茹。周锦茹吐了一口气："你又不是不懂你们谢家的传统，入门的媳妇八字是最重要的。你爷爷奶奶说，吴赛玉八字克你爸，坚决不让她进门，所以我才在她的饮料里放了慢性毒药。"

听到后面，谢欣琪已经不再愤怒，只是失望透顶地懒笑："那他们也没有让你杀人。而且，爷爷奶奶没想到你这么没用，有害死那么多人的能力，却连他们想要的孙子也怀不上。"

周锦茹很震惊。时隔多年居然再次听到这样的话，发话者还是自己的女儿。她气得额上青筋暴起，毛孔都变大了："原因你该去问问吴巧菡！再说，她姐姐本来就是假装柔弱才能获得评委青睐，既然当自己是西施，我就让她当真病一次，又怎么了？谁知她自己不中用死了，关我什么……"

洛薇刚才还觉得奇怪，贺英泽自尊心那么强的一个人，怎么会听见别人这样说自己母亲都没反应，谁知周锦茹话没说完，常枫已经大吼一声，向她冲去。他速度之快，肉眼几乎看不清，周锦茹本能地抱住脑袋蹲下去，尖叫一声。常枫一个后踢，没有踢她，却把看管洛薇的黑衣人的手枪踢飞到空中，踹向贺英泽的方向。贺英泽跳起来接住，快而准地扣下扳机，"乒乒乒乒"打飞数颗子弹。他们速度之快，其他人都来不及反应，刚抽出武器，就已经被击倒在地。常枫则留在他们之间，避开他们的攻击，与他们肉搏。肌肉重击声、骨折声持续响起，那俩人的身影穿梭在高大的人群中，猎豹般凶狠敏捷。洛薇看得心惊肉跳，想乘人不备躲到安全的地方，但有一个黑衣人在黄啸南的指示下，挥着日本武士刀朝她冲过来，似乎想捉她当人质。她把旁边的天使雕塑撞翻在地上，碎裂巨响过后，两人被淹没在烟尘中。她爬起来想逃跑，但因保持同一个姿势太久，眼冒金星，跑了两步就扑倒在地。那个人化身猛虎扑来，她翻过身一脚踹在他的裤裆上。只听见几个男人皱着脸抽气，那个人捂着胯翻滚，几乎死在地上。

但好运到此为止，一个人倒下，另外两个人又围了上来。他们一前一后，逼得洛薇没有退路。她躲过那个人的刀，对他们挥舞，心里却想死定了。一时间脑子也不够用，该先捅哪个？不不，她敢捅人吗，这可是法治社会，又不是武侠世界……眼看就要被他们挟持，又"乒乓"两声响起，他们跪在了地上。一个人影闪了过来，把她搂在怀里。她本能地挥舞着武士刀，却闻到了这个人身上熟悉的香气。

"贺英泽……"她什么也不想，只是一下钻到他的怀里。

贺英泽却没时间回应她，相当准确地击败其他人。最后用枪瞄准了黄啸南，他抱着洛薇的手有些僵硬，眉心皱了皱，还是做出了最后的选择——朝黄啸南的头部开枪。

与此同时，常枫与别人打斗时又推翻了一个雕像。雕像轰然倒塌，一时间空旷的教堂内白烟四起。但是，那一发子弹却没打歪，打中了一个人的身体。

"从一开始，我就知道会有今天的结果。"贺英泽面无表情地说道，"所以我一早就警告过你，不要靠近我。"

"什么？"洛薇迷惑地抬头看他。

贺英泽没有再接话。因为，当烟雾散去，他看见一个手下挡在黄啸南身上，而黄啸南只是肩胛骨中弹。黄啸南推开手下的尸体，在一片混乱中，被另外两人护送着出了教堂侧门。一辆黑色轿车停在门口，他们逃也似的挤进去，把车飞开出去。巷中的雪也被路灯和灰尘染成昏黄的烟霭，车影飞速前移。贺英泽把洛薇推给常枫，随着冲出去，一边往前跑，一边对着那辆车打了几枪。果然，车开了一段就爆胎了，在墙上撞得稀烂。又一辆越野车在巷子口急刹车。黄啸南从车上跳下来，捂着额头，指尖流着鲜血，继续被手下掩护逃跑。贺英泽继续对着他们开枪射击，却只听见嗒嗒几声。子弹打完了。他立刻换上新的，但也就这眨眼的瞬间，那一群人进入了旁边的越野车中。他们拐了个弯，消失在巷口。十多秒后，贺英泽跑到了他们消失的地方，但他们早已逃到了射程之外。他狠狠咬了一下牙，把他们的轿车残骸踹得更加零碎。

这时，教堂内只剩一片伤残。常枫把周锦茹谢欣琪母女绑在一起，让她们坐在椅子上，并让洛薇用枪指着她们，他自己把黑衣人挨个绑起来。洛薇看他忙乎自己的事，只觉得这个场面实在有些荒谬：她的生母要害她，亲姐姐虽然看似无害，但也可能和生母是一伙的，所以她要用枪把她俩都指着，等待她喜欢的人来处理她们的事。看见谢欣琪不满地看着自己，她尴尬地笑了笑："我不是故意的。"

可是，仔细一看，周锦茹脸色跟死人一样苍白，双目无神地望着祭坛上方的十字架。一阵阴风吹开彩绘玻璃窗，卷席墓地般的教堂。洛薇小声说："谢太太，你脸色好难看，你……你还好吧？"

周锦茹苦笑："吴巧菡死掉的那一年，我其实很害怕。因为我知道丈夫后来已经开始怀疑她并不是杀害我女儿的凶手，对她开始心存愧疚。所以，我特地让那对夫妻把女儿带出宫州……我怕她回来被谢茂发现，一旦被他发现，我这么多年在谢家争取的地位，都会荡然无存……但最近我才总算想清楚一件事……或许我有些偏激了……"

她回头看着洛薇。虽然这张脸已经不再年轻，但依然能看出当年风华绝代的影子。她扬起嘴角，又看看谢欣琪，眼中难得有了一丝慈爱的笑意："如果我愿意花多一些时间在孩子身上，就不会落到今天这个地步。我为什么不多看看你们呢，我的两个女儿，都是这样优秀美丽的孩子……"

谢欣琪咬着嘴唇，想起小时候受到的种种委屈，眼泪吧嗒吧嗒落了满身："那又有什么用，我都已经长大了。你是我母亲，却从来没有拥抱过我一次。从我记事起，你也没有哄我入睡过一次。爸说你曾经这样做过，我却不记得，也不相信！"

洛薇也红了眼眶，想到的却是抚养自己长大的父母："我根本不知道你是谁，我只想我爸妈。他们都被你害死了。"

周锦茹像没听见任何回答："但如果让我回到过去，我还是会做同样的选择。女人的青春与美貌实在太重要了。你们现在觉得我做事心狠手辣、自私自利，那是因为你们不知道，上帝把女人的辉煌放在了人生前面，把男人的辉煌放在了人生后面。你们走在人生的巅峰上，男人当然爱你们。等过二十年，等岁月把他炼成金，把你磨成泥，再回想我现在说的话……就会知道，只有自己的利益……才是永恒的……"

没过多久，她的嘴角就流出了黑色的液体。洛薇闭着眼睛晃晃脑袋，察觉那是毒变的血，颤声说："谢太太？"

谢欣琪看了母亲一眼，惊慌失措地喊道："妈！！"

常枫听见也看过来，用枪指着周锦茹："你最好别死。不能这样便宜了你。"

周锦茹哼笑一声，目光冰片般扫向常枫："今天之前，我就已经做好了失败就赴死的准备……现在我一无所有，你想让吴赛玉的儿子、小贱人的侄子看到我跌入低谷的模样？"她捂着胸，剧烈咳嗽起来，吐出大口大口的血："她这辈子……都别想……比过……我……"

也不知道她口中说的"她"到底是姐姐还是妹妹，她就已经从椅子上滑下去，倒在了冰冷的大理石地面上。

很长一段时间里，教堂里都只有谢欣琪的抽泣声。她从小是这样恨这个母亲，多少次恨不得母亲从来不存在。但这一日，她也只能抱着母亲的尸体不停流泪。洛薇虽然与这个女人没有感情，却也被谢欣琪这样痛苦的模样感染，默默擦掉了一些眼泪。即便贺英泽回来了，说要带她离开，她也说要留下来安慰谢欣琪。

天色渐晚，谢欣琪借他们的手机给谢修臣打了电话，让他来接自己。洛薇也陪她在教堂里等待。等谢修臣在教堂外按响了车喇叭，洛薇脱下自己的外套，搭在谢欣琪的肩上，挽着她离开教堂。拉开大门，外面像是另一个时节。教堂外的阶梯下，谢修臣靠在车门上，穿着白西装，系着白领带，衬衫却是蓝天的颜色，童话里走出来的王子一样。这是谢欣琪最后的救命稻草。她没了父母，被男朋友劈腿家暴，不能再没这个哥哥。她抓紧洛薇的外套，含着眼泪，狂奔下台阶。谢修臣知道这里发生了什么，但为了安慰她，还是笑着朝她张开了双臂。

就在这时，台阶旁的花圃栅栏处闪现了一个女人的影子。谢欣琪因为情绪激动，并没有留意那边的动静。谢修臣快速转头，看见那个女人双手吃力地举起枪，大叫一声："洛薇，你去死吧！！"

枪响震彻天空，一群白鸽从树冠中惊起，飞向灰蒙蒙的高空。洛薇站在教堂门口，吃惊地看着倪蕾不知从哪里冲出来，对着谢欣琪的方向打了一枪，叫的还是自己的名字。常枫把洛薇和贺英泽推进教堂，从阶梯扶手上跳下去，徒手绑住了倪蕾。倪蕾失控地挣扎、大喊，被他击中后颈晕了过去。

谢欣琪不知道发生了什么事，只知道自己被哥哥猛地扑倒，背脊骨撞在石阶上，一阵剧痛，然后听见了枪声。他压在她身上，紧紧抱住她，死也不放手。他身体沉重如石，她伸手去推他，却摸到了温热黏稠的液体。她举起手看了一眼，被染成猩红的手指让她瞠目结舌。自言自语般，她轻轻说了一声"不"，然后把他推起来，看见他额头被石阶磕破，流下大片鲜血，雪白西装被赤红色从胸腔贯穿到背脊，而且鲜血越流越多……

"不，不……"她慌乱地用手堵住汩汩涌出的鲜血，血却从她的手指间流了出来，把她的衣服也染成了红色。谢修臣凝视着她的眼睛，面色已经和死人无异。他的眼睛暧昧桃花不再，反而充盈着泪水，似乎想代替他的口，把压抑多年的感情倾泻而出。可是，他张了张嘴，却只是虚弱地吐出两个字："……欣琪。"然后，他身体彻底软下来，倒在她的肩头。

谢欣琪扶着他的肩，却再也说不出一个完整的字。她撕心裂肺地大叫一声，像要把内脏都震裂般，趴在石阶上，长发盖住了面庞。她的嘴就这样大大地张开，极致痛苦的表情像会永远停留在她的脸孔上，让她连呼吸都再也做不到。她抱住他的头，手指发抖地抓住自己的头发，抓得满脸是血。久久的死寂到来，静得可以听见落叶坠地的声音。接下来，神圣的教堂下，就只剩下了她语无伦次的、耗尽生命的悲怆哭声。

二十面镜

花开

我不相信一辈子的时间，足够喜欢一个人这么多。

一定一定，是伴随着轮回的思念。

一个月过去，年假结束，正好是学生们开学的日子，天已不那么冷了。谢太太与黑社会勾结后自杀的劲爆新闻余音未了，才过新年，就又有了很热闹的新事：苏嘉年吸毒被警察逮捕的丑闻上了电视，他也没有勇气出来面对，只是匆匆道了个歉，宣布无期限退出宫州音乐圈，就去了美国发展事业。

　　黄啸南也无声无息地消失了，但贺英泽派人调查得知，其实那天出现的人不过是黄啸南用来摸底的替身。他本人其实根本没有回过宫州，而是一直躲在国外，一个月前曾在罗马出没过。这件事对贺英泽打击不小，也让他知道，黄啸南比传说中更难对付。他不打算在短期内弄出太大动静，只想养精蓄锐，找到机会把父亲的仇一点点还回到黄啸南身上。

　　而从那次生死搏斗后，洛薇是觉得最莫名其妙的人。因为贺英泽那天对她说了奇怪的话："从一开始，我就知道会有今天的结果。所以我一早就警告过你，不要靠近我。"事后她不理解地问他，到底是什么"结果"。

　　"我迟早会杀了黄啸南。"贺英泽如此回答。

　　"所以呢？"

　　"周锦茹的死，多少与我有关。"

　　"所以呢？"

"你可以恨我，但我还是会这么做。"

"等等，我为什么要恨你啊？"看见贺英泽蹙眉疑惑地看着自己，她也疑惑地把头歪到一边，"难道你是想说，他们是我亲生父母，所以我要在意？"

"难道不是吗？"

"那个女人杀了我爸妈，那个满脸刀疤的人我也不认识。我为什么要在意？哦不，我是挺在意的，因为我的父母都是被他们害死的。"

他保持了长时间的沉默，说了一声"我知道了"，就把她送回家里，也没多做解释。她百思不得其解。然后，她突然想起很久以前，他们之间有过一段关于杀父仇人和悲剧女主角的对话。难道，从那时候起贺英泽对她那样若即若离的态度，都与这个有关？因为他知道，那两个坏蛋是她的亲生父母，而她迟早会和他变成敌人？她发了一条消息给他："我真的不介意，你没必要因为他们疏远我。即便他们没有陷害我父母，也远远不如你重要。他们根本没把我当女儿看，比陌生人还可恶好吗？"

他只回复了一个字："行。"

行？什么叫行？是比陌生人可恶"行"，还是觉得她说的话"行"？

她原本以为，他赶在第一时间来救她是因为对她还有好感。最起码两个人还是可以做朋友吧。可是后来她主动发消息给他，要感谢他的救命之恩，或是要请他吃饭，他也只说"不必"或"没空，改天"。整个二月，他都没有再主动联系过她。三月初，她又一次陷入了失恋的痛苦中，常被自己的自作多情羞到想变成土拨鼠挖地洞钻进去，却突然接到了他的电话。

"来甄姬王城。"贺英泽讲完就挂断了电话。

甄姬王城下午茶餐厅的VIP座位上，系着领结的外国服务生又端上两盘点心。洛薇抬眼看了看对面的贺英泽，察觉到他除了隔一段时间看一次表，也没什么兴趣与自己多话。她尽量让自己不要束手束脚，喝一口泰国椰青汁，埋头奋力吃点心。看看水晶制的桌椅和玻璃落地窗，她觉得整颗心也都变成水晶玻璃做的，透明又不堪一击。当远处钟楼敲响了三下，贺英泽对她身后的方向站了起来。

她放下刀叉，也转过身看去。餐厅门前，一对中年夫妇正在前台登记。

她不知道自己究竟是在做梦，还是被传送到了魔法世界。双脚被钉住般，她猛地站起来，却站在原地一动不动，直到他们又靠近了一些，她看清他们确实是爸爸妈妈，胸腔中终于有一股热流涌上。二老笑着朝他们挥挥手。她也不顾这里是什么场合了，飞奔过去，一把抱住他们，泪水这才迟钝地汹涌而出。

"太好了，霞姐！雄哥！你们没事，你们没事……"她不想去问理由，只是一个劲地哭。

"哎哟，宝宝啊，怎么这么大了还这么离不开妈妈，还这么黏人啊？"洛妈妈笑得花枝乱颤，跟十六岁的少女似的，"爸跟妈都没事，让你担心了啊。"

面对父母，洛薇早就耍赖惯了，实在说不出自己担心得快要死掉的心情。她担心地去捏爸妈的胳膊，生怕他们变瘦了一点点。他们不是自己的亲生父母，但也正因为这个原因，养育之恩显得更加可贵。在父母的拥抱和安慰下，她哭了很久，谁也没提到亲生父母的事，谁也没有想要疏远的意思。过了一会儿，洛爸爸拍拍她的肩："薇儿，先别急着黏我们，有礼貌一些，快跟小贺道个谢，要不是因为他，我们这两把老骨头还真早完蛋了。"

洛薇这才反应过来，转过头看向身后的贺英泽。他一直没说话，只是静静看着他们团聚。她抹掉了一些眼泪，挠了挠脑袋，像个被迫与老师道谢的小学生一样："谢谢小樱……不过我糊涂了，到底发生了什么事啊？"

"这些年，谢太太一直不让我们回宫州，特别强调不让你回来，理由你也知道了。那场煤气爆炸事故前，小樱猜到她可能想杀人灭口，提前让人把我们送到了加勒比的私人海岛。"说到这里，洛妈妈居然一点惧意也没有，反而笑了，"不过因为不知道后面的事要处理多久，怕你担心，所以你爸爸就提议瞒着你，也让你锻炼锻炼。"

洛薇倒抽一口气："这种事情居然还要瞒我？！你们不知道我有多伤心吗？"

"我们也摇摆了很久，但现在我们女儿不是成长很快，变得非常优秀了吗？"洛爸爸答得毫无悔意。

洛薇有一种当场吐血身亡的冲动。这老两口大脑回路还是一如既往别出心裁，被送到了海外逍遥，这是度了多长的黏到发腻的蜜月，然后安然无恙地回来，说他们只是想给自己机会变成熟。

四个人又坐下来聊了很久，她得知贺英泽已经在官州为父母买好新的房子，他们随时可以搬进去住。她决定跟他们一起回家，再多和父母聚聚。离开甄姬王城时，贺英泽居然没让人送他们出去，而是亲自送他们出去。父母上车以后，她迟迟没有上去，而是回头依依不舍地看了他一眼："贺英泽……"

"怎么？"

想起这些日子他为她做的事，她知道，他能做的都做了。再回想倪蕾的事，她知道，他也忍过。是他帮助她渡过逆境，对自己最好的人一直都是他。她是如此喜欢他，他又为自己做了这么多的事，在这种互相信赖的感觉里，她有一种寻找到了家人的错觉。她把他拉到父母看不到的地方，本来想再次认真地道谢，但脑子一热，管不了那么多了，一下钻入他的怀中，抱住他的腰，连心都隐隐作痛起来："小樱，我真的不知道你图什么。"

"图我爱你。"

她愣了一下，抬头惊诧地看着他："什么……"话还没说完，就已经被他推到车门上。她抬头想看发生了什么事，手腕却被他扣在车门上。一片阴影落下，嘴唇被狠狠地吻住。

顷刻间，心脏跳出了胸膛，脑中只剩下了茫茫一片白。直到他的吻变得愈发深沉，她才终于意识到，这个人……是贺英泽。

曾经以为一辈子都不会有机会接近的男人，那么狠狠拒绝过她、把她捧上天堂又推到地狱的男人，居然爱着她。

这一切是真实的吗？她眷恋地抓住他的衣领，想要确认他的存在。可是，她才稍微主动了一点点，就已经被他更加粗鲁的吻逼近窒息。

贺英泽，贺英泽。

贺英泽……

小樱……

只要想想他的名字，过多的喜欢与依赖就会让她的心都快要裂开。这是第一次知道，这么凶狠而放纵的吻，也可以如此缠绵……

可是，如果再这样下去，爸妈肯定会看到的。

她赦然地推了推他的胸膛，匆忙地把头偏开，指了指身后的车，紧张地悄声说："你在做什么，他们看到我就完了。"

他没说话，冰川般的眼眸中有了一抹笑意。他握紧了她的手，她红着脸收了一下，却发现被握得更紧。他不由她抗拒，把她带到车门处。

她小声说："我，我晚点来找你。谢谢你。"

"好。"

她又用力抱了他一下，把莫名溢出的泪水蹭在他的衬衫上，快速钻进车门，胡乱抓了一下头发，平心静气，以防爸妈看出异样。洛妈妈笑得没了眼睛："妈妈看人还是有点准的。以前小樱还小的时候，妈妈就跟你说过，这孩子长得好，尤其是鼻子。你看现在是不是说准了？简直是一表人才……"说到一半，她听见洛爸爸不满地清了清嗓子，巧妙地转开话题，疑惑地看了一眼门外："宝宝，你怎么把小樱丢外面了？"

"我们现在不是要回家吗？"

"你跟我们回家，把小樱丢在外面，这样不好吧？都是一家人了，叫他一起啊。"

"一……一家人？"

"是啊，你跟人家不是领证了吗？"

洛薇只觉得一阵头晕目眩。妈妈怎么会知道他们领证了？她难道不知道这只是形婚吗？只是洛薇还没来得及阻止，洛妈妈已经拉开门，把贺英泽叫上了车。他倒是一点不客气，直接上来关上门，坐在洛薇旁边。洛薇尴尬地轻声说："我妈妈好像不知道实情。"

"什么实情？"贺英泽一副局外人的模样。

她瞪了他一眼，说得更小声了："我们结婚不是真的啊。"

见她一副鬼鬼祟祟的模样，他低下头，配合地在她耳边悄声说："是吗，哪一部分不是真的？"

"我们不是只是形婚吗，当然是……"说到这里，她也愣住了。

哪一部分不是真的……结婚证是真的。公开消息是真的。住在一起是真的。同居时就连两个人的相处模式，都跟夫妻没有什么区别。他才对她说了那三个字，她也早就对他……她觉得自己的脸烧了起来，支支吾吾说不出话。他贴心地为她补充道："剩下最后一部分不是真的，今天晚上让它变成真的好了。"

洛薇脸通红，整个人都快烧起来了，却碍于父母在场不好发作。洛爸爸清了清嗓子，想重塑威严："小贺，你现在事业蒸蒸日上，但记得不能忽略我们女儿。薇儿可是我的掌上明珠。"

"爸，我会对她好的。"

那声"爸"简直是一道天雷，把洛薇劈成了木鸡。所以，她和小樱真的变成了夫妻？她还没反应过来，一只手已经自然地搭在她肩上，贺英泽把她往自己身边揽近一些："薇儿是我这辈子最爱的女人，我会付出所有努力让她幸福。"

洛薇浑身的鸡皮疙瘩都起来了。原来幸福来得太突然，真的会有晕眩的感觉……

"有你这句话我就放心了。"洛爸爸松了一口气的样子，但还是担心地看了一眼洛薇，"我这女儿，从小就知道跟在小贺后边，现在更是离傻不远了。"

洛妈妈呵呵笑了起来："那也是要遇对了人啊。薇儿，小樱每周都给我们打电话，真是懂事。记得你们还小的时候，我就跟你爸爸说，小樱这孩子肯定喜欢我们薇儿，你爸爸还说我睁着眼说瞎话，说你们年纪太小，哪里懂什么谈朋友。后来果然这孩子亲口跟妈妈承认了，还把钱夹里你送给他的蔷薇花标本给妈妈看，真是用心得不得了。还是妈妈的眼光比较准。"

洛爸爸严厉地说："就算有这样的想法，那时候也不准谈恋爱！"

贺英泽没有否认，但当着洛薇的面也不太愿意直接承认，难得有些不好意思地看向窗外。洛薇已经惊讶得说不出话，只能瞪大眼一会儿看看父母，一会儿看看贺英泽，然后想到钱夹的事，推了推他说："对了，你钱夹里我中学的照片是怎么……"

"闭嘴，聊点别的吧。"他还是撑着下巴望向窗外，耳根有些红了。

对洛薇而言，这一天她从地狱飞到了天堂。对谢欣琪而言，却依然只有低落。她起来很早，但连画画儿都不能让心中的寂寞减少一些，她一整天都在空荡荡的家中瞎逛、发呆。翻箱倒柜整理东西时，她在父亲的遗物中找到被小心包好的纯白玉佩。以前她从来没见过这个东西，一时好奇，又重新把那一沓吴巧菡写的信看了一遍。其中一封里，有一句话吸引了她的注意："我其实一直不敢问你，你找我要那块玉佩，究竟意图何在。毕竟人已去，玉不贵，你与她也不熟。我就怕你哪天告诉我，在你心中，玉佩的主人才是真正胜金赛玉。"

这句话看了几遍，谢欣琪的视线停留在了最后两个字上。她想起母亲死去那天说的话。为了阻止父亲娶吴赛玉，爷爷奶奶收买了母亲。虽然爷爷现在已经不在人世，但她记得，父亲在家一直都是乖孩子，特别听爷爷的话。他们不喜欢的人，父亲就不会再多来往。需要让他们都去做手脚，阻止他和一个女人在一起，她还从来没听过。她又用手机搜索了吴赛玉的照片。看着黑白照上倾国倾城的美人，她握住那块玉佩，苦笑一下。

所以，母亲和吴巧菡斗了一生，都是为了什么呢……

这时，网页被来电提醒盖住。她接通电话，那边传来护士的声音："谢小姐，您的哥哥醒来了。"

谢欣琪激动得把手机屏幕都摔碎了，角还缺了一块，露出里面的芯片。她却顾不得那么多，飞奔到医院。可真正来到病房前，看见靠坐在床头的哥哥，她却有些退缩。他头上还绑着一圈绷带，挂着病号服的身子至少掉了十斤肉。周围站了很多人，都在排队等候伺候他。他不听旁人劝告，一直看着手机。然后，不经意地抬头，他透过门上的玻璃窗，看见了她的脸。她本来想躲开，见他不顾手上管子还接着吊瓶就想下床，只能赶紧推开门。她张了张嘴，再也叫不出"哥哥"二字。

"你们都出去。"他醒来以后并没有说太多话，声音有些沙哑。

等所有人都出去，她在他病床旁的椅子上坐下，想好的开场白全部忘到了脑后，胆小如鼠地垂下脑袋："我不再是你妹妹了。"

他平静得出乎她的意料："我知道。"

"什么时候知道的？"

"很小就知道了。"

"那你为什么不告诉我？"

他沉默不语。她意识到自己有些口快，这个问题不该问。他不告诉她，肯定是不希望改变这一层关系。可是，他又确实做过一些想要改变关系的事……不行，她被自己绕晕了。她攥着衣角，一个堂堂大小姐，居然有了农村姑娘相亲时的忸怩和怯懦："我……我知道我妈妈对你一直不好，她背叛爸爸也是真的……现在我也不知道我亲生爸爸在哪里……"

他瞥了她一眼，冷笑一声："以前你总笑人家洛薇家境不好，说她只能靠装好人来维持人际关系。现在才知道，你连装好人恐怕人家都不买账吧。"

"……我也不知道为什么，我一想到自己不是你妹妹，就觉得心里空空的，所以都不敢来看你。要不哥，你来帮帮我，让我继续当……"说到这里，见他一脸坦然地望着自己，她更加羞愧了，头快埋到了衣领里去，"……我会先从家里搬出去。"

他温和地说："欣琪，不管我们有没有血缘上的兄妹关系，你都可以一直把我当哥哥看。以后有什么我帮得上忙的地方，都说出来。你也不用担心钱的问题。以前你是什么样，以后还会是什么样。"

"好。"泪水在她的眼眶中打转，她又和他说了一阵，慢慢站起来，"那我先走了，改天再来看你。"

"嗯，你去吧。"

待她开门出去，他的肩松了下来。

就这样吧。这已经是他能处理的最好结果。他和欣琪的缘分就只能到这里，以后也不必再有过多的幻想。他们是不可能的。绝对不可能的。会有人比他好，比他更能给她幸福。

他想起她与苏嘉年刚在一起时发生的事。那时他因为不想面对他们，疯狂工作半个月，一天清晨在公司楼下晕了过去，最后被送到医院。醒来时她并不在身边，他也不想让她知道，所以让所有人保密，独自在医院输液一周。那个星期他每天都在想她，所以配合治疗提前回到家里，看见了她在全身镜前嘚瑟地试穿裙子，连对着自己的背影都要显摆身材。然后，她笑着转过头说："哥，你从美国回来啦？这才几天。"

她不懂什么是度日如年。

现在这个情景，和那时的住院是多么相似，但比那时糟了太多。因为虽然嘴上说得动听，但他知道，因为失去了亲人的关系，他们以后恐怕一年都见不了几次面。出院回家以后，他再也见不到她了。

想到这里，他没什么出院的动力，甚至觉得哪怕一辈子待在医院也无所谓了。他靠在床头，望着日光灯长长叹了一口气。

祝福她吧，她会遇到更好的男人。

想到这里，身上的伤又有些疼了，拉扯着神经连头都开始胀痛。他蹙眉捂着头，静待疼痛过去。但是，高跟鞋在静谧的走道消失后，又渐渐急促地变响。他警惕起来，挺直了背脊。谢欣琪重新推门而入，坚决地说："不行，我这么爱爸爸，不能不当她的女儿。"

他无力地侧过头去："你和他没有血缘关系，当不了他的女儿。"

她却没有丝毫退意，一咬牙，冲到他面前，手心撑着床头，脸红通通地说："还有一个办法。"她豁出去了，闭眼吻了他的唇，青涩得跟英勇就义似的："这样，我就还是要叫他爸爸。我不管，你娶我！"

他眼中写满惊讶，呆呆地看着她。

良久，他点了点头，似乎在笑："好，我娶你。"

又两周过去，谢修臣才出院，就带谢欣琪参加了一个宴会。谢欣琪本来很担心他的身体，但他意志坚决，她也只能小心翼翼地一路照顾他。直到抵达宴会现场，她意识到是谢氏已经被贺丞集团收购的地段，才总算愿意看看周围的环境：红色展棚上写着"战略合作签约发布会"的大字，上面两家公司的名字，更是令她愕然无比——"贺丞集团"和"谢氏地产有限公司"。

"等等……我们家不是已经被收购了吗？"她望着那几行字，揉了揉眼睛，"难道是……对哦，贺英泽是你的表哥，他应该不会对你那么狠。你们俩定下合作战略了？"

"欣琪好聪明，以后我们的孩子如果像你一样聪明就好了。"

谢欣琪先是一呆，然后脸颊滚烫起来。哥怎么会说出这种话……她尴尬万分，但又不愿让他看出自己的羞涩，于是清了清嗓子说："如果脑子像你怎么办？"

"没事，长得像我也够了。这毕竟是一个看脸的世界。"

"那反过来不是悲剧了，有你的脑子和我的……"说到这里，谢修臣淡定一笑，她发现自己被坑了。

这一日，谢欣琪穿着一袭蔷薇红晚礼服，浓云鬒发盘在头顶，戴着一对大大的银色耳环，远远看去，就像油画中走出来的古希腊女神。这样的打扮，实在不适合表现得大惊小怪。她好不容易平定了复杂的情绪，抬头却看见同样一道红色身影。她举手摇了摇，面前的女生也举手摇了摇。乍一眼看去，她还以为自己在照镜子。但仔细看细节，还是能发现两人有许多不同。

"本来就长得像，居然撞衫了。"面前的洛薇笑出声来。

谢修臣却大方自然地对她伸出手："你好，贺太太。"

洛薇和他握过手，继续对谢欣琪说："谢先生谢小姐好，我是Vichi的股东与营销总监，现在Vichi急需一个天赋过人的总设计师，不知道谢小姐考虑得如何了？"

"Vichi？"谢欣琪一脸迷惑。

"谢先生没有告诉你吗？这是他与我先生今天签订合同的主要内容。如果有谢小姐的加盟，相信三年内，Vichi，薇琪，会成为官州最大的珠宝品牌。"

谢欣琪看看她，又看看谢修臣，本来想得到他的解释，却只得到宠溺的笑容。洛薇顿时了然，这是他准备的浪漫惊喜，于是也不再多话，只是凑过去在谢欣琪耳边小声说："姐姐的创作天赋，加上我那么一丁点儿小聪明，肯定能把公司搞好的。"

谢欣琪还是有些头晕目眩，但看见洛薇的机灵笑容，她的敌意头一次消失了，取而代之的是有些傲娇的喜悦。

过了一会儿，贺英泽过来与谢修臣打了招呼，把洛薇接走。俩人刚走几步，贺英泽就目不斜视地望着前方笑道："我站那么远，都能感到你满满的亲和力。看来你不光有营销天赋，还可以考虑做公关，贺太太。"

"真的吗？"洛薇先是星星眼望着他，然后无趣地拉长了脸，"如果我真这样说，你肯定会说'以后多和几个男人握手试试看'，然后把我吓到半夜做噩梦嘛。"

真正过上夫妻生活之后，洛薇才知道，贺英泽的控制狂个性比表面上看到的还严重：穿衣服方面，他最多只让她露出锁骨，一旦裙子短到膝盖上面，他就会嘲意十足地说"你不如不穿"。任何男人多看她一眼，他的脸会立刻拉下来，连快递小哥都不能和她过多对话。他甚至给她设下了门禁，即没有他的陪伴，太阳下山之后不能出门。这算是穿越到唐朝了吗？出门就会被执金吾乱棍打死。不，比唐朝还惨，因为连正月十五夜禁解放日都没有。不过算了，嫁给贺英泽，总要付出一些代价。

贺英泽轻轻拍手："贺太太最近智商有所上升，令人感动。"

"别左一个贺太太，右一个贺太太的，不管提醒我几百次，我还是需要花时间去接受我们已经结婚的事实。你要知道，和你变成夫妻，这是很不真实的事。"

"生个宝宝就真实了。"

真不敢相信，他敢在这样人来人往的高档场所说出这种话。洛薇表面还是一脸平静，内心却卷起了海啸。这时，另一个活泼的声音就传了过来："生！生！生！贺家的强大基因必须好好遗传下去！"回头一看，那是嬉皮笑脸惯了的贺家老九。老九穿得人模狗样，说的话却比他哥哥彪悍百倍："尤其是六哥，在国际精子库论坛里，他的精子已经炒到了三万六千美元呢。"

"什么，你居然去卖精子……"洛薇震惊了。

"不不，嫂子，是别人炒的，我们六哥才不会做这种事。"

"这样也挺好，如果没有钱了……"

洛薇眨巴着眼睛看向贺英泽，他冷静地回了他们一脸讥讽的笑："如果没钱，也就炒不了这个价了。"

"六哥你想太多啦，你的财富和精子有什么关系啊，人家明明看重的都是你的……"他咳了两声，"总之，嫂子加油！"

洛薇又被老九浮夸的表情逗乐了。不过，如果真的能有贺英泽的宝宝……她看了一眼他的侧脸，在鼻上美人痣的点缀下，他真是好看得一塌糊涂……她晃晃脑袋，让自己不要对他再花痴下去。

提到生宝宝，就难免想到他们相处过程中唯一不完美的地方——新婚燕尔，贺英泽在某些需求上让她有点扛不住。她计算了一下昨晚持续的时间，大松一口气，抬头却看见他迷惑地看着自己。她赶紧小声解释说："虽然今天一天都会比较忙，但是因为昨天才做过羞羞的事，今天还是可以和昨天一个时间睡呢，太好啦。太好啦。"

但等了很久，却没有得到对方的回答。她小声地唤道："……贺英泽？"

"你好像很开心啊？"

"没……没有，我只是想到可以早点……"

他无情地打断她："你怎么知道今天可以早睡？"

洛薇背上一凉："……什么？你没有这么变态吧！"

"做不做，这取决于你吗？"

"……"

又过了一会儿，小辣椒也来到了现场。她穿着一身珍珠白小礼服，及耳短发衬着小而俏皮的脸，就像《彼得·潘》中走出的小仙女。她平时随意惯了，难得精心打扮一次，却不怎么注意形象，刚和洛薇说上几句话，就干了一杯酒。然后，有人轻轻拍了拍她的肩。她回过头去，发现那是面颊微粉的陆西仁。他眼睛水汪汪的，一米八的个子像缩成了一米三："原来，你是苏家千金……"

"是啊。不过别提了。"她摆摆手，翻了个白眼，"我哥把我家的脸都丢尽了，现在真是一点也不想提自己的姓。"

这个解释并没有让他感觉好受些。她还是个快递小妹的时候，他已经觉得她非常难追，现在得知她的真实身份，他更觉得配不上她，消沉地垂下肩说："难怪你不愿当我女朋友……"打算到角落里独自伤情。

谁知他刚走两步，身后的小辣椒说了三个字："谁说的？"

这三个字让他猛然抬头，眼中装满了明亮的星光。

距离活动开始还有不到二十分钟。贺英泽和谢修臣都开始做活动准备，洛薇和谢欣琪再度遇上，俩人长相神似，又穿着一样的衣服，并排站在一起，特别引人注目。路过的记者都会为她们拍照，她们俩故意摆出一样的姿势，看上去真像一个人在照镜子一样。她们基因重合率如此高，又笑得很开心，这样的相似，让小辣椒和陆西仁都多次被晃了眼睛。陆西仁扶住额头说："花之君主啊，请告诉我这两朵绽放的红色蔷薇，哪一朵才是我们国王的皇后？"

小辣椒茫然地说："是啊，哪个才是薇薇，我都认不出来了……"

这时，一个年轻富家女路过，显然涉世不深，脸上带着轻微的嫉妒与厌恶，故意歪了歪酒杯，把香槟泼在其中一人身上。被泼的人只是擦擦身上，笑着摆手说没关系。而另一个人大发雷霆，瞬间气场强到了女皇级别，正想要教训富家女，却被她伸手阻止。富家女得逞后一脸得意地走了，但没走几步，被泼酒的女生就莞尔笑着，用餐布溅了几滴红酒在那女孩裹着浅杏色裙子的屁股上。

"好吧，这个是洛薇。真是他妈的酷毙了。"小辣椒伸出大拇指。

看见洛薇的所作所为，谢欣琪愣了一下，与她相视笑了起来。

最初相见的时候，她们并不了解对方，却都羡慕彼此的生活。抑或说，是羡慕在自己眼中幸福的人。同时，对方的存在也是一面镜子，映出了自己本身最不堪的一面。

有人透过镜子看其他人，想要寻找替代品和慰藉，结果迷失了自己，如苏嘉年。

有人从镜中的影子找回真正的追求，坚定自己要的不是表象，而是灵魂，如谢修臣。

有人不受镜子影响，他们是领袖，自我中心，意志坚定，将会因为这一份自信走得更远，成为一个时代的标志，如贺英泽。

有人从未到过镜中，或许将来也会有面对镜子的困扰，但当下他们活得充实快乐，如陆西仁、小辣椒、常枫……

而对洛薇和谢欣琪而言，她们终于知道，超越别人是毫无意义的。因为，除了本人，谁也不知道这个人真正过着怎样的生活。许多人春风得意的微笑里藏着泪水，又有许多看似平庸落魄的人，他们并不自怜，心中充满阳光。

别人的生活，终究只是一面镜子。

确定今天的自己比昨天好，今天才是成功的一天；知道明天会有新的目标，天空才会在夕阳落下后依然明亮。

有的人可能要过很久很久才会知道，最美的风景，是镜子映出来的蔷薇本身。

一个早上过去，活动结束了。回家换了一套衣服，洛薇就拽着贺英泽到外面散步。两个人走了很长很长的路，有一句没一句地聊天。这一路走来，洛薇发现有很多人向他们投来了注目礼。她小声说："你说，为什么每次出门，都有这么多人看我们？是在看我，还是在看你呀？"

"贺太太国色天香，一顾倾城。他们当然不可能是在看我。"

从来没被他这样夸过，哪怕带着一丝调侃意味，洛薇也忍不住开心笑起来："贺先生玉树临风，一表人才。他们肯定是在看我们俩。"

贺英泽没说话，只是笑。

又走了一会儿，他忽然说："对了，今年新年你没回家，想你爸妈吗？"

"会想，所以明年我得回家呢。你要跟我一起吗？"

"我现在是家里的顶梁柱，走不了。你可以回去跟你父母过。"

想到这里，洛薇有点郁闷了："……怎么听着像在赶我走？"

"没赶你，新年应该跟家人在一起。"

说完以后，许久没有得到她的回答，他低头看了她一眼，发现她正双目无神地鄙视着自己。他这才机智地纠正："这样吧，我们把你爸妈接过来一起过。"

"反正我不是你的家人，也不用一起过了，呵呵。"

他笑出声来，揉了揉她的脑袋："知错了。我的小妻子看上去平易近人，实际上凶起来，有点可怕。"

最近总是能发现贺英泽不为人知的温柔一面，洛薇忽然好奇地说："小樱，我在书上读过亨利·米勒的采访，他说在法国女性地位很高，对法国的男人而言，女人是完整的生命，而不是玩具、玩伴或者所有物。法国男人也喜欢跟女人待在一起，和美国男人不一样。美国男人觉得男人只有跟男人待在一起才自在。"

"然后？"

"你比较喜欢跟男人待在一起还是跟女人呢？"这问题好像有些多余，贺英泽明显比美国男人大男子主义多了。洛薇想了想，改变了问法："你会喜欢和女人待在一起吗？"

"我只喜欢和你一个女人待在一起。"

他回答得斩钉截铁，也不知道是反应太快，还是压根儿就没思考过答案，弄得她一阵心跳加速。她笑了笑，挽住他的胳膊，把头靠在他的肩上："我也只喜欢和你一个女人待在一起。"

"你皮痒吗？"

"既然你这么喜欢跟我待在一起，那如果我死了，你多久会再娶其他老婆呢？"

他沉默了很久，叹了一声，眼神凝重地看向她："不会。这辈子都不再娶别的女人了，单身直到死。"

她被感动到了，心跳都停了一拍："……为什么？"

"结过一次婚，就知道婚姻和老婆有多折腾了，再来一轮？不可能。"

"……"

看他笑得像个大男生，洛薇只觉得对他的喜欢又悄悄地多了一些。

这就是贺英泽最吸引她的地方，不管他看着再严肃，在她面前总是有孩子气的时候。没有人知道让他吃早饭还要连哄带骗加威胁，没有人知道他一个人看喜剧电影会无声地露出灿烂的笑，没有人知道他沐浴时还会吹口哨，也没有人知道，他在爱情中其实简单得像个小学生。他们看到的都是被光环包围的King，是贺大家族的六公子，只有她知道，最真实的他是小樱，而小樱只属于她一个人。

新婚的感觉是如此神奇，就像突然多了一个随时可以约会的好朋友。去哪里玩都可以跟他在一起，穿什么衣服都可以问他，看书看电影可以一起分享。尽管会有争执的时候，但只要她外露一点点伤心，他就会毫不犹豫地抱紧她。

飞机上、火车上、公园的长椅上、人生的道路上……任何他们会停下脚步休息的地方，她只要累了、困了，都可以靠在他的肩上。他不仅是朋友、丈夫，还扮演着父兄的角色，时刻当她的避风港。走在今后的人生道路上，她不再感到害怕。她要变得坚强、优秀、体贴，永远支持他、尊重他。

想到这里，她的嘴角扬起，又不免被他笑。她抬头看向他："贺英泽。"

"嗯？"

"你有宗教信仰吗？"

"没有。"

"那你相信转世轮回吗？"

"不信。"

"还真是无趣的人。"她自讨没趣，吐了吐舌头。

"怎么，你信？"

如果不是对他过于了解，她一天起码要被他气三十次。她长叹一口气："对。我觉得我一定从上辈子就开始喜欢你了。"

"为什么？"

"因为总觉得我欠你的呢。"

"什么乱七八糟的逻辑。"

她没再回答，狡黠地对他笑了笑，背着手转身离去。

——在认识你以前，我从不相信轮回。但现在我信了。

前世我一定爱过你，伤过你，欠过你，负过你。

因为，我不相信一辈子的时间，足够喜欢一个人这么多。一定一定，是伴随着轮回的思念。

我说得对不对？

贺英泽。

她大步往前走，仅仅默念他的名字，都会觉得甜蜜而酸涩。然后，她听见他在身后叫住了自己："洛薇。"

她应声回头："怎么啦？"

刚才一直低头走路，她居然没有发现，春天已经无声来到，邻近公园与街道的桃花都开了。花瓣飘落在地，无言地铺成花色的地毯。远处是一幅被水稀释的蓝底画卷，把丛林般的楼房也涂抹上了天蓝。她听见海浪奏出遥远的歌谣，成为人间仅剩的心跳声。海风吹动了她的裙摆，摇曳了树枝。他的面容在桃花后面时隐时现，花瓣也落在他的肩上。

等风停下来，她终于看清他的身影。

他静立桃树下，正抬头往上看，都顾不上拂落衣服上的花瓣，只是伸出食指，指着上方的花枝。

此刻，风已逝去，香气扩散在街道的每一个角落。

他隔花眺望过来，眼眸带着笑意："薇儿，你看，花都开了。"

【终】

君子以泽

二○一五年九月十三日于上海

图书在版编目（CIP）数据

镜中蔷薇 / 君子以泽著 . — 长沙：湖南文艺出版社，2016.7
ISBN 978-7-5404-7622-9

Ⅰ . ①镜… Ⅱ . ①君… Ⅲ . ①长篇小说 – 中国 – 当代 Ⅳ . ① I247.5

中国版本图书馆 CIP 数据核字（2016）第 112540 号

上架建议：畅销·青春文学

JINGZHONG QIANGWEI

镜中蔷薇

作　　者：君子以泽
出 版 人：刘清华
责任编辑：薛　健　刘诗哲
监　　制：毛闽峰　李　娜
特约策划：郑中莉　沈可成
特约编辑：王　静
营销编辑：好　红　雷清清
封面绘图：熊小熊
版式设计：利　锐
出版发行：湖南文艺出版社
　　　　　（长沙市雨花区东二环一段 508 号　邮编：410014）
网　　址：www.hnwy.net
印　　刷：北京鹏润伟业印刷有限公司
经　　销：新华书店
开　　本：640mm×955mm　1/16
字　　数：322 千字
印　　张：21
版　　次：2016 年 7 月第 1 版
印　　次：2016 年 7 月第 1 次印刷
书　　号：ISBN 978-7-5404-7622-9
定　　价：38.00 元

质量监督电话：010-59096394
团购电话：010-59320018

——不要忘记我们的约定。

——我会等你回来。

这 世 界 上 所 有 的 伤 口 都 一 样 ，

总 是 在 白 昼 愈 合 ， 在 晚 上 折 磨 人 。

忘不掉的记忆回眸，抹不去的思念三千。
前世的《月都花落，沧海花开》；今生的《镜中蔷薇》。
旷世悱恻之恋，万古缠绵深情。